Georg Bugla
Flug nach Inferno

Der visionäre und gesellschaftskritische Roman in einem packenden Science-Fiction.

Buch

In unterschiedlichen Galaxien auf vielen Planeten dieses Weltraums, die in habitablen[1] Zonen liegen, gibt es Intelligenzen, die schon seit langer Zeit das Weltall bereisen.

Fliegen Sie mit Oluk als Kapitän und 168 Relianern im Alphakreuzer ALGUB II im Jahr 2025 vom Planeten Relia nach Inferno, wo der Tod bereits lauert. Erleben Sie auf diesem Flug, wie die Betreiber von Atomanlagen und Waffenproduzenten Welten verändern.

Überbrücken Sie unter Verwendung von "dunkler Energie und dunkler Materie" auf einem gesicherten Weg 26.000 Lichtjahre und tauchen in einen anderen Spiralarm unserer Galaxie ein.

Da die Relianer und andere außerirdische Völker, die Erdlinge am unteren Ende einer interstellaren Moral- und Ethiktabelle sehen, wird ein direkter Kontakt mit uns vermieden.

Beenden Sie ihre Abenteuer in diesem Buch auf Inferno und erfahren Sie, wie die Kalimar das getan haben, was die Terraner im Sonnensystem Sol gerade tun. Oder werden die Erdlinge da "landen", wo die Kanturaner gestrandet sind? Alles ist nur eine Frage der Zeit!

---

[1] Sie finden dazu Informationen im Kapitel 3

Der Autor weist ausdrücklich darauf hin, dass Ähnlichkeiten mit Namen von Ländern, Organisationen und Personen auf unserem Planeten zu anderen Welten in unserem Universum rein zufällig sind.

- Die Lautschrift wurde nicht in der Norm ausgeführt.
- Wegen einer besseren Lesbarkeit wurde abweichend von der Norm das Schriftbild Arial verwendet.
- Einige Abbildungen dieses Buches finden Sie als Farbbilder und weitere Informationen unter

www.autoren-m-b.com
E-Mail: flugnachinferno@autoren-m-b.com
Fertig bis Ende 3 Q 2015

Bibliografische Information der Deutschen Nationalbibliothek
Die Deutsche Nationalbibliothek verzeichnet diese Publikation
in der Deutschen Nationalbibliografie; detaillierte bibliografische
Daten sind im Internet über http://dnb.dnb.de abrufbar.

© 2015 Georg Bugla
Herstellung und Verlag
BoD – Books on Demand Norderstedt

Abbildungen: © 2015 Georg Bugla

ISBN: 978-3-7347-6517-9

Mein besonderer Dank gilt
Frau Dr. C. Mohrmann.
Sie gab mir wertvolle Anregungen.

Für meine Kinder Alicia, Luisa und Simone.

Inhaltsverzeichnis

1. Der Auftrag 11
2. Der Flug der ARDENNOS 20
3. Die Rettung der ARDENNOS 24
4. Wieder in der ARDENNOS 31
5. Oluk im Gespräch mit Cortensa 36
6. Die Mission von Cortensa 43
7. Von Angesicht zu Angesicht 46
8. Weiterflug nach Inferno 60
9. Die dritte Art und die Allianz 69
10. Im Kommandoraum von ARX 72
11. Schlagabtausch 80
12. Raumkreuzer ARX und ILX 81
13. Kapitulation des Kreuzers von ARX 87
14. Die Entscheidung 93
15. Angriff auf das Schiff von ARX 98
16. In den Bunkern von Kantura 107
17. Kommandoraum Alphakreuzer 115
18. Die Völker von Kantura 121
19. Die Suche nach Ressourcen auf Kantura ... 128
20. Von Zentralrechner zu Zentralrechner 131
21. Der Professor 133
22. Nach der Sprengung 137
23. Der Weg an die Oberfläche von Kantura 141
24. Sputnik und Oluk 146

25. Lumière, die Begegnung..156
26. Lumière, die andere Art zu leben.....................................165
27. Helios und Heliane..175
28. Kino Real..182
29. Vorbereitung Flug nach Terra 201
30. Ankunft System Sol 207
31. Ein Außerirdischer blickt auf Deutschland..................213
32. Der Relianer mit Blick auf die USA 220
33. Vorbereitung zum Frieden auf Terrra..........................227
34. Friedlicher Krieg 232
35. Endlich Frieden auf Erden...241
36. Rückkehr nach Paix 11...247
37. Ankunft auf Inferno...256
38. Die Untersuchung..267
39. Das Museum...269
40. Vor 63 Jahren..276
41. Vor 57 Jahren..279
42. Ankunft auf Paix; Weiterflug nach Relia...................288
43. Übersicht Flugroute..293
44. Stichwortverzeichnis...294

1. Der Auftrag

Oluk, der den Rang eines Admirals[2] bekleidete, befand sich mit Gerim in einem Vorbau einer Abflughalle, die auf einem Mond ohne Lufthülle gebaut war. Beide blickten durch das gepanzerte Glas auf den gerade vorbeifliegenden Raumkeuzer ALGUB II. Sie genossen diesen wundervollen Blick auf Relia: Der tödliche nachtschwarze Weltraum als Kulisse und darin ihr in ein leuchtendes Blau gehüllter Heimatplanet Relia. Langsam zogen weiße Wattebäusche am Himmel dahin und er konnte den Kontinent erkennen, auf dem sie lebten.

In einer halben Stunde würden sie diese Basis in einem kleinen Transporter zur Übernahme des neu gebauten Alphakreuzers ALGUB II verlassen. Dieses Raumschiff war eines der größten und mit Abstand teuersten, dass Relia je gebaut hatte und wird zukünftig im wissenschaftlichen Auftrag seiner Regierung unterwegs sein.

Nach nun drei Monaten Stresstests der ALGUB II durch Ingenieure und Techniker wollte Oluk nochmals abschließend einen überlichtschnellen Flug durchführen. Er hatte das Raumschiff zusammen mit seiner Crew nach umfangreichen Schulungen bereits abgenommen und die Übernahme unterzeichnet, aber sein Gefühl sagte ihm und das vielleicht nicht ohne Grund, dass er noch einmal die beiden neuen Kernreaktoren für die Stromversorgung und die ebenfalls neu entwickelten Antriebsformen testen sollte. Zu diesem Zweck benötigte er minimal 12 Crewmitglieder, die er neben Gerim, einem seiner engsten Vertauten, mitnahm.

Alphakreuzer ALGUB I, ein wesentlich kleineres Vorgängerschiff, war mit dem neuen Reaktor und Antrieb auf einem wissenschaftlichen Erkundungsflug vor fünf Jahren explodiert. Die 117 Relianer, die an Bord gewesen waren, starben.

---

[2] Die Rangbezeichnungen in diesem Buch sind aus dem relianischen frei übernommen.

1. Der Auftrag

Da keine Fehler, weder am Reaktor noch an den drei Antriebsformen entdeckt werden konnten, wurden die umfangreichen technischen Untersuchungen an den Wrackteilen ergebnislos eingestellt. Man ging von Sabotage aus, da man erkennen konnte, dass eine gewaltige Explosion im Inneren des Alphakreuzers das Großraumschiff auseinandergerissen hatte. Bei unbemannten Spähschiffen, die bereits seit zwölf Jahren mit dieser neuen Technologie flogen, war es hingegen nie zu nennenswerten technischen Störungen gekommen.

Nach dem Start erkundige sich Oluk bei dem Zentralrechner des Schiffes, kurz ZER genannt: »Wie sieht es denn mit unseren Reaktoren aus?« ZER antwortete: »Alle Systeme bereit, die Leistung zu erbringen, um mit dem Einsatz von Energie-II[3] Überlichtgeschwindigkeit zu fliegen. Ich erwarte Ihre geschätzte Order, Sir Oluk!«

»Langsam, langsam, und unsere Energie-II-Ringe?«, fragte Oluk weiter. ZER gab zur Antwort: »Der Bildschirm oben rechts zeigt die Wirkung des Drehens der Energie-II-Ringe und die daraus resultierende Änderung des Raumzeitkontinuums[4]. Alle Ringe laufen optimal, keine Störung. Die Masse unseres Schiffes wird sich mit zunehmender Geschwindigkeit nicht verändern. Der größte Vorteil liegt darin, dass wir zu unserem Abflugsort keine Zeitdilatation[5] zu verzeichnen haben.« »Meine

---

[3] Energie II auch dunkle Energie bezeichnet, wirkt auf Materie abstoßend, im Gegensatz zu Materie II auch dunkle Materie genannt.

[4] Mit Zunahme der Geschwindigkeit nimmt die Masse des beschleunigten Objektes zu. Nach der Formel $E=mc^2$, kann die Lichtgeschwindigkeit nicht überschritten werden. Mit dem Einsatz der Energie II wird die Raumzeitkrümmung um den Alphakreuzer neutralisiert und damit Überlichtgeschwindigkeit möglich.

[5] Bei einem knapp unterlichtschnellen Flug würde der Alphakreuzer ansonsten für 26.000 Lichtjahre ca. 100 Jahre (Uhr im Raumschiff) für Hin- und Rückflug benötigen. Auf Relia wären dann ca. 5000 Jahre vergangen; Angaben als Beispiel für die Zeitdilatation abhängig von Beschleunigung und Verzögerung. Der Alphakreuzer neutralisiert die Zeitdilatation.

1. Der Auftrag

letzte Frage an ZER, bevor wir mit dem überlichtschnellen Testflug beginnen, wie sieht es mit der Flugbahnsicherung aus?«
ZER versicherte: »Unser Weg wurde bereits mit den unbemannten Flugbahnsicherungsschiffen, kurz FBS genannt, abgeflogen. Der Weg ist frei. Sollten dennoch unseren Weg Mikrometeoroiden kreuzen, werden sie mit abstoßender Gravitation (Energie II; dunkle Energie) an der Front- und Heckpartie, je nach Flugrichtung, um unser Schiff herumgeleitet. Meteoroiden werden im Unterlichtbereich mit unseren zwölf LASER verdampft.«

Nach dem Test, der ohne Störung verlief, kehrte Oluk zufrieden zum Mond von Relia zurück und nahm 156 weitere Relianer auf. Die beiden FBS befanden sich bereits tief im freien Raum auf dem Kurs, den sie fliegen werden. Der Alphakreuzer folgte den Flugbahn-Sicherungs-Schiffen in einem von der Geschwindigkeit abhängigen Sicherheitsabstand. Informationen über einen freien Flugweg erhielt der Alphakreuzer von den FBS über permanent ausgestoßene Molekülketten. Mit einer Zeit- und Datumsangabe versehen sicherten die FBS die Flugroute seines Raumschiffes.

Ein unbemanntes Waffenschiff folgte dem Alphakreuzer. Es trug drei Materie-Antimaterie-Torpedos und lagerte zusätzlich weiters Kernmaterial für die beiden im Alphakreuzer installierten Reaktoren.

Sie hatten einen Hinweg von 26.000 Lichtjahren vor sich, die der Raumkreuzer in einigen Monaten[6] zurücklegen würde. Ihr Ziel war der Planet Inferno, der sich im Spiralarm ORX-22[7] der Galaxie Milchstraße befand. Spähschiffe hatten diesen Planeten mit einer hoch technisierten Welt vor bereits 12 Jahren entdeckt. Allerdings war dieses Volk aus einem nicht bekannten Grund ausgestorben.

---

[6] Alle Zeitangaben in diesem Buch in Erdzeit.
[7] ORX-22; relianische Bezeichnung des Spiralarmes, in dem sich der Stern Sol mit dem Planeten Erde befindet.

1. Der Auftrag

Zu diesem Zeitpunkt wusste Oluk nicht, dass eine tödliche Gefahr auf ihn und seine Crew dort lauerte und der zufällig gewählte Name Inferno der schrecklichen Realität dort sehr nahe kam.

Der Alphakreuzer war für den Flug zu weit entfernten Exoplaneten ausgerüstet. Aus Sicherheitsgründen verfügte er über Verteidigungssysteme und Waffen, die eine Sicherung des Schiffes gegenüber jeder seinem Volk bekannten Intelligenz erlaubte.

Oluk hatte sich in seiner Freizeit oft in einem Teil des Schiffes aufgehalten, der von der Crew den Namen Grünraum erhalten hatte. Die Fläche betrug dort 60 x 60 Meter und die Höhe maß 25 Meter. Dieser Raum wurde von künstlichem Sonnenlicht erhellt, das von natürlichem Tageslicht nicht zu unterscheiden war. Eine üppige Flora, die aus Zier- und Nutzpflanzen bestand, simulierte eine intakte natürliche Umgebung. Roboter und vor allem Crewmitglieder, die an Pflanzen Freude hatten, pflegten diese. Ein leise plätschernder Bach schlängelte sich durch den Grünraum.

Dem Besucher wurde das Gefühl vermittelt, sich auf Relia an einem Waldrand zu befinden. Oluk setzte sich dort häufig direkt ans Ufer auf eine Bank. Er schrieb in seiner Freizeit Kinderbücher und komponierte dazu Lieder, die er mit einem elektronischen Tasteninstrument spielte. Oft wurde Oluk von der weiblichen Crew umringt, wenn er seine Lieder vortrug. Er verzauberte die Zuhörer mit seiner wundervollen Stimme im Bariton, der die normale Tonlage des männlichen Reptosianers war. Mit dieser Stimmlage wurde seine Männlichkeit noch um Potenzen unterstrichen.

Es waren vier Monate Flugzeit vergangen. Gerade hatte Oluk seine Schicht wieder begonnen, als ZER sich meldete: »Sir Oluk, wir haben den von ihnen gewünschten Spiralarm ORX-22 erreicht. Ich hoffe, der Flug war für Sie angenehm?«

1. Der Auftrag

ZER wartete die Antwort nicht ab, sondern setzte fort: »Wir fliegen nun weit Unterlichtgeschwindigkeit, gehen auf drei Millionen Kilometer pro Stunde. Späh- und Begleitschiffe habe ich bereits vom Alphakreuzer abgekoppelt und haben ihre Sicherungspositonen rund um unser Schiff bereits eingenommen.«

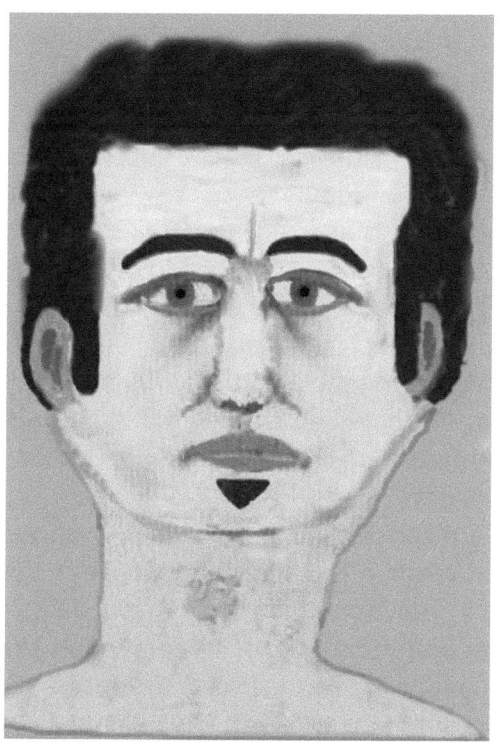

Oluk von Relia

Oluk war ein relianischer Mann von stattlicher Größe und muskulös gebaut. Bei einem durchschnittlichen Sterbealter von 185 Jahren in seiner Welt sah er mit 105 noch blendend aus. Er hatte blaue Augen mit buschigen Augenbrauen, dunklem Haar und starke Koteletten. Sein Kinn wurde von einem kleinen Bart geziert, der dreieckig gestutzt war. Für sein Alter hatte er eine faltenfreie Haut, die im gesundheitlich verträglichen Maß gebräunt war.

Seine Kleidung war eng anliegend. Er hatte als Farbe des Anzuges, die frei wählbar war, ein helles Grau ausgesucht. Das Emblem an seiner linken Brusthälfte wies auf seine Funktion als Kapitän im Rang eines Admirals hin. Seine Befehlsgewalt, wie z. B. der Einsatz von Waffen war durch den gesetzgebenden Rat seiner Welt in den Schiffsstatuten niedergelegt und strikt einzuhalten.

ZER fragte ihn: »Sind Sie denn mit ihrem neuen Multifunktionssessel zufrieden? Es wurden all Ihre Wünsche erfüllt und eingebaut. Sensoren, die die Oberfläche Ihrer Haut abtasten und erkennen, wenn Sie Muskelverspannungen haben. Miniaturisierte Massagesysteme mit Wärmeeinheiten üben sanften Druck auf Ihre Nervenpunkte am Körper aus und Ihre Muskulatur und Nervenenden werden in angenehmster Weise stimuliert. Oluk, ich habe berechnet, dass Sie aufgrund dieser körperlichen Annehmlichkeiten keine Frau mehr für Ihre Entspannung benötigen ...«

Oluk antwortete: »So ein Unsinn« und dachte: »Seitdem in ZER zusätzlich ein biologischer Kern verbaut worden war, wird "sie"« - er schüttelte den Kopf, nein, "er" ..., dann folgte ein lautes »Undeco[8]« - »in seiner Ausdrucksweise immer zweideutiger. Das war von seinen Erbauern sicherlich nicht beabsichtigt worden«, da war sich Oluk sicher.

ZER fragte Oluk: »Sind Sie denn zufrieden mit dem neuen Design des Kommandoraumes, der ja ebenfalls nach Ihren Vorstellungen zum größten Teil neu konzipiert worden war? Ihr Sitz mit den vier anderen Kommandositzen befindet sich jetzt genau in der Mitte eines gut 12 Meter großen runden

---

[8] Beliebter relianischer Fluch und Ausruf: "Undeco" (unkontrollierte Dekomprimierung)

1. Der Auftrag

Kommandoraumes.« Oluk nickte kurz und sagte, ohne in eine der Kameras zu schauen: »Doch sehr ZER.«

Darauf führte ZER weiter aus: »Derzeit liegen seine gepflegten Hände auf einem Touchscreen mit Tastensymbolen, mit denen er das Raumschiff in wichtigen Funktionen befehligen kann. Das macht er aber meist doch nicht, weil er meine allseits hervorragenden Dienste annehmen wird. Stimmt das, Sir Oluk?«, fragte ZER.

ZER fuhr fort, nachdem Oluk keine Einwände hatte: »Ich darf meine erfrischenden Ausführungen ergänzen und auf unsere künstliche Gravitation hinweisen. In den Bodenplatten unseres Raumschiffes befindet sich komprimierte Materie II. Sie erzeugt eine Schwerkraft, wie wir sie auf unserem Heimatplaneten Relia vorfinden.«

ZER fragte: »Soll ich Ihnen etwas zum Essen oder Trinken bringen lassen? Unser Wartungsroboter für den Kommandoraum nimmt gern Ihren geschätzten Auftrag entgegen. Ich mache mir doch sehr Sorgen um Ihr Wohlbefinden, da Sie ein bisschen blass um die Nase wirken. Möglicherweise liegt es daran, dass Sie heute noch nicht wie bereits viele Ihrer Crew ihre morgendliche Sitzung hatten. Ich habe gerade Ihren Gesichtsausdruck mit älteren Aufnahmen, die die Flugorganisation von Relia eingespielt hatte, verglichen und festgestellt, dass Sie auf diesen Bildern immer einen höchst zufriedenen Ausdruck hatten.«

»ZEEEER, jetzt reicht es aber!!«, rief Oluk mit ungehaltener und empörter Stimme: »Und ich möchte nicht, dass über solche Dinge gesprochen wird, wenn Schiffspersonal hier anwesend ist. Ist das verstanden, Madame ZER?« Der nun angeschlagene Ton des Superrechners hatte in diesem Moment einen fast flötenden oder säuselnden Klang einer relianischen Frau. ZER stellte fest, dass er die Reaktion von Oluk mit Logik nicht so richtig erfassen konnte.

1. Der Auftrag

Er berechnete: »Der Relianer musste noch Seiten haben, die sie, ZER nicht nachvollziehen konnte.« So veränderte sie die Stimmlage zu einer nach Entschuldigung klingenden Stimme unter zu Hilfenahme des neuen biologischen Kerns. Mit den biologischen Daten, die er von allen Crewmitgliedern in Echtzeit bekam, stellte er eine Beruhigung bei Oluk fest. Seine Stimmwahl war also eine gute Entscheidung gewesen. ZER dachte, »man lernt eben nie aus!«

»Oluk, ne vous gênez pas[9], genieren Sie sich doch nicht so vor mir!«, sagte ZER. »Ich werde ihnen eine Flasche Sprudelwasser bringen lassen!« Der 1,50 Meter große Roboter an der Tür setzte sich in Bewegung und verließ den Raum. Er kam wenig später mit einer Flasche und einem Glas zurück. Oluk stellte beide Dinge gedankenverloren auf die Ablage, die an seinem komfortablen Kommandosessel angebracht war, und beachtete das Getränk nicht weiter.

Einige Minuten später forderte ZER Oluk mit den Worten auf: »Jetzt trinken Sie doch etwas.« Oluk trank mit einem "Cheerio!", "Santé!", "Na zdarovje!" "Kampai!«[10], worauf ZER geschäftsmäßig fortfuhr:

»Derzeit steht alles zum Besten! Die Sensoren der begleitenden Robot-Schiffe melden ein bedrohungsfreies Umfeld. Alle dargestellten Systeme des Alphakreuzers arbeiten fehlerfrei und sind in ein dunkles Grün[11] auf den Bildschirmen gehüllt. Oluk, Sie haben ein tadellos geführtes Schiff, was natürlich zu einem guten Stück auf meiner ausgezeichneten Arbeit beruht! Das meinen sie doch sicherlich auch, Sir Oluk?« Oluk bejahte mit einem Kopfnicken und sagte, »stimmt genau.«

ZER weiter, »Oluk, Ihr neues Kleidungsstück, das sie heute in einem hellen grau gewählt haben,« ZER stockte für

---

[9] Sprich: Ne wu schenne pa. Ein relianischer Ausdruck; frei ins französische übernommen.
[10] Aus verschiedenen relianischen Sprachen in freier Übersetzung.
[11] Farbempfinden für Signalfarben identisch.

1. Der Auftrag

einen Moment und ergänzte: »Na ja, wie soll ich mich ausdrücken, ist ein wenig unvorteilhaft, vielleicht sollten sie ihre Farbwahl nochmals überdenken und eine Farbe oder Nichtfarbe wählen, die mit w ... angeht. Ich hoffe, ich habe Ihnen nun die Wahl nicht so schwer gemacht.« Oluk wusste, dass sie es ironisch gemeint hatte, und gab zurück: »Blöd Frau.« »Oh ich freue mich, dass Sie mich als Frau sehen!«, erwiderte ZER. Im selben Augenblick erzeugte der Superrechner auf einem der Bildschirme eine Frau mit üppigem Körperbau und ansprechenden Rundungen.

Oluk konnte sich ein Lachen kaum verkneifen, als er den von ZER kreierten Kurzfilm sah, der auf einem der seitlichen Bildschirme gezeigt wurde. Dort war Oluk zu sehen, wie er sich in einer Modenschau mit hochhackigen Schuhen auf einem Laufsteg präsentierte. Am Ende zog er das Oberteil aus, schwang es kreisend und wippte aufreizend mit der Hüfte. Frauen sprangen von ihren Plätzen johlend und pfeifend auf und riefen: »Ausziehen, ausziehen.« Der Clip endete mit den Worten: »So mögen wir unseren Chef!«

Seitdem dieser Hochleistungsrechner über einen biologischen Entscheidungspfad verfügte, waren Gespräche mit ZER mit emotionaler Charakteristik möglich. Allerdings musste man mit der Formulierung in der Dialogebene vorsichtig sein, denn er reagierte mit hoher Empfindlichkeit auf eine Abwertung seiner Leistung. ZER führte dann keinen Dialog mehr und reagierte nur noch auf der Befehlsebene: »Befehl an ZER.«

Oluk und jeder andere Diensthabende suchten das Gespräch; denn die Kommunikation war bisher häufig verblüffend, tiefsinnig, witzig und brachte Abwechslung an Bord des Raumschiffes während des langen Fluges. Oluk sagte: »Oh, ZER, Du leistest hervorragende Arbeit und ich liebe Deine poesievollen Ausführungen!«, "flötete" er. »Oluk, das freut mich aber, wenn meine Fähigkeiten von Ihnen so geschätzt werden, gerne will ich im Kontext fortfahren«, sagte ZER.

2. Der Flug der ARDENNOS

Cortensa war eine zierliche Frau mit blauen Augen. Ihre eng anliegende Bekleidung schmiegte sich an ihren betont kurvigen Körper und gab Schutz vor Kälte oder Hitze. Sie war der Kapitän dieses Raumschiffes, das den technologischen Fortschritt ihrer Welt demonstrierte. Sie zeichnete verantwortlich für vier Personen der Besatzung, vier Wissenschaftler, zwei Ärzte und acht Techniker, die mit an Bord waren.

Ihr Auftrag war im Jahr 2025 einen von ihrer Welt mehrere hundert Millionen Kilometer entfernten Planeten zu untersuchen und eine Infrastruktur vorzubereiten. Der Flug wurde von den USA vorgezogen, da andere Länder in Kürze gemeinsam einen Marsflug durchführen wollten, der in den dreißiger Jahren hätte stattfinden sollen. Um die Reise trotz der größeren Distanz in kurzer Zeit zu realisieren, setzte man auf einen Antrieb, der radioaktive Isotope ausstieß. Basierend auf der hohen Teilchenmasse, erhielt man einen starken Impuls und damit eine hohe Reisegeschwindigkeit gegenüber einem konventionellen Antrieb mit Verbrennung. Die Reisezeit wurde je nach Mars-/Erde-Position auf wenige Monate verkürzt. Einige unbemannte Flüge hatten dort bereits Wasser, Wohncontainer, Treibstoff und viele technische Systeme abgesetzt. Weiteres Wasser gab es dort, vor allem an den Polkappen im gefrorenen Zustand. Eine Voraussetzung, die zum Überleben unverzichtbar war.

Der Planet ließ aufgrund der Untersuchungen und Messungen vorheriger unbemannter Flüge vermuten, dass dort verschiedene wertvolle Rohstoffe zu finden waren. In einem ersten Schritt sollte ein Treibhausklima mit Kohlendioxid (CO^2) erzeugt werden. Dies war die Voraussetzung für Pflanzen, die mit ihrer Photosynthese Sauerstoff produzieren würden. So sollte auf dem Mars in mehreren Hundert Jahren eine Umwelt geschaffen werden, in der Menschen leben konnten.

2. Der Flug der ARDENNOS

Jedes lebensnotwendige System wurde aus Sicherheitsgründen zweifach oder dreifach eingebaut oder mitgeführt. Das Gesamtrisiko, vor allem für die Gesundheit aufgrund des Strahlenrisikos, Muskelabbaus und Knochenschwunds blieb dennoch sehr hoch. Jedes Crewmitglied wusste, dass es im Notfall keine Hilfe erwarten konnte. So hatte jeder von ihnen am Unterarm ein schmales Röhrchen. Bei Ausweglosigkeit konnte das Strychnin zur Lähmung der Atmung in den Kreislauf geschossen werden und sicherte dem Astronauten den sofortigen Tod.

Alle Anzeigen und Bildschirme zeigten Cortensa einwandfrei arbeitende Funktionseinheiten im Schiff. Dann gab es einen dumpfen Knall. Hässlich schabende Geräusche waren an der Außenwand zu hören. Das Raumschiff lag partiell für kurze Zeit im Dunklen. Etwas hatte die Hülle des Schiffes getroffen und aufgeschlitzt wie eine Konservendose. Die sofort ausgestoßene Dichtungsflüssigkeit aus einem die Hülle durchlaufenden Rohrsystem konnte den Riss nicht schließen. Die kostbare Atemluft entwich mit einem zischenden Laut ins Vakuum. Die Besatzung war in höchster Lebensgefahr. Einer der beiden Ärzte, der sich in diesem Moment in unmittelbarer Nähe des Einschlages befunden hatte, wurde in den Riss hineingezogen und dichtete mit seinem Körper für kurze Zeit die Öffnung ab. Er stieß einen spitzen Todesschrei aus, als sein Körper, aufgrund des Druckunterschiedes zum Vakuum hin an der Außenseite explodierte.

Ein mit hohem Druck nochmals automatisch eingeschossener Dichtungsstoff drang in den sterbenden Körper des Arztes und verband sich mit seinen verkeilten Knochen. Der Kunststoff härtete nach seiner Freisetzung in Bruchteilen einer Sekunde aus. Nun war der rasante Verlust an Atemluft für einen kurzen Zeitraum gestoppt. Das gab so viel Zeit, dass die Besatzungsmitglieder nach dem Kommando von Cortensa in die Drop-Ins gelangen konnten. Drop-ins waren Boxen, die den

2. Der Flug der ARDENNOS

Raumanzug der Raumfahrer für Notfälle beherbergten. Man stellte sich hinein, schlüpfte in die Handschuhe und Schuhe und presste sich in die hintere Schale des Raumanzuges. Die Drop-In-Box schloss sich und der vordere Teil des Anzuges wurde beim Schließen der Box aufgepresst. Eine Flüssigkeit versiegelte den Anzug an den Nahtstellen. Ein Verschließmechanismus sicherte die beiden Hälften. Luft schoss in den Anzug und stellte den Druckausgleich her. Mit etwas Übung konnte der Schutzanzug so innerhalb einer Minute angelegt werden. Mit einem Tastendruck öffnete der Raumfahrer die Tür der Box.

Cortensa war in Schweiß gebadet. Sie hatte sich nach dem Lichtausfall zum Sicherungskasten in der Schwerelosigkeit schwebend geschoben, den Deckel aufgerissen und den Schalter einer Sicherung wieder in die On-Stellung geklickt. Dann hatte Sie sich zur Eigensicherung zu ihrer Drop-In-Box mit einem Abstoß an der Wand katapultiert und war in Ihren Raumanzug gestiegen.

Jetzt wurde ihr so richtig bewusst, dass Sie ein Besatzungsmitglied gerade verloren hatte. Sie fühlte sich elend und schuldig an dem Tod des Arztes. Sie befreite sich von Ihrem seelischen Schmerz damit, dass der Arzt mit seinem Körper das Leben der Crew gerettet hatte. So war es ihm zu verdanken, dass sie alle, bis auf die zwei Verletzten, es geschafft hatten, in ihre Raumanzüge zu gelangen. Cortensa veranlasste, dass die beiden Bewusstlosen mit Sauerstoff versorgt wurden. Zwei Techniker versuchten mit wenig Erfolg, den Riss von innen abzudichten. Es gelang ihnen nur teilweise. Luft strömte in verringertem Ausmaß weiterhin aus dem Raumschiff.

Der Spalt musste schnellstens vollständig von außen abgedichtet werden. Mit den Vorbereitungen für die Außenarbeiten war ca. eine Stunde vergangen. Sie blickte wieder auf die Außenkameras im betreffenden Sektor. Was Sie da draussen sah, stürzte Sie in den nächsten Schreck, den Sie mit ei-

2. Der Flug der ARDENNOS

nem lauten Ausruf zum Ausdruck brachte. Alle starrten auf die Bilder, die Ihnen von den Außenkameras geliefert wurden. Sie sahen ein ca. 15 Meter langes Raumschiff. Eine Menschmaschine legte gerade eine Metallplatte auf die zerstörte Außenhaut.

Cortensa empfand eine große Bedrohung für ihr Schiff und die Besatzung, für die sie verantwortlich zeichnete. Sie hatte auf dem Schiff einen Tresor, in dem Waffen waren. Nur sie und ihr Stellvertreter konnten diesen öffnen. Fieberhaft überlegte sie, ob sie diese dem Safe entnehmen sollte. Sie hatten viele mögliche Ereignisse während ihrer Ausbildung immer und immer wieder trainiert aber auf eine solche Situation mit Außerirdischen gab es keine standardisierte Antwort.

Während sie nachdachte, was zu tun sei, beobachtete sie aufmerksam die Arbeit der Maschine. Eine Bedrohung konnte sie allerdings nicht erkennen. Als wenn das Ding ihre Gedanken lesen konnte, winkte der Roboter in die Kamera. Jetzt wurde ihr so richtig bewusst, dass sie es aufgrund der Intelligenz dieser Maschine mit jemand zu tun hatte, der über eine Technologie verfügte, die der ihrer Welt weit überlegen war. Im Fall einer feindlichen Attacke würden sie keine Chance haben. Aber es sah eher wie eine Hilfsaktion aus. Nach diesen Überlegungen verwarf sie den Einsatz von Waffen. Sie wurde aus Ihren Gedanken gerissen, als es an der Einstiegsluke mit einem lauten metallenen »Klack, Klack, Klack« klopfte. Ihre Flugzentrale hatte das Klopfen wahrgenommen und meldete sich mit den Worten: »Es ist in keinem Fall die Hauptschleuse zu öffnen!«

3. Die Rettung der ARDENNOS

Oluk war kurz eingenickt, als das Vibrieren des Sessels ihm signalisierte aufzuwachen. Der linke Großbildschirm zeigte ein kleines Raumschiff. Eines seiner Späh- und Überwachungsschiffe, die im Unterlichtbereich in einem dreidimensionalen Umfeld das Mutterschiff sicherten, hatte das Ziel erfasst und die Bilder an die Zentrale gemeldet. Er war sich sicher, dass die Fremden seinen Kreuzer aufgrund ihres technologischen Standes trotz aktiver Messung nicht entdeckt haben konnten und damit keine direkte Gefahr darstellten.

Der grafische Balken, der das Bedrohungspotenzial am Bildschirm zeigte, ging von einem hellen Gelb auf ein dunkles Grün zurück. ZER meldete sich mit den Worten: »keine Bedrohung.« Der Vorfall wurde dokumentiert und verschwand in einer Datei. Allerdings - irgendetwas verursachte seine besondere Aufmerksamkeit an dem Bild. Als er das fremde Schiff vergrößerte, erkannte er, dass seine Hülle beschädigt war. Er gab darauf den Auftrag an zwei Sicherungsschiffe, das fremde Schiff näher zu untersuchen.

Verschiedene Wellenlängen erfassten das Objekt. Die Infrarotbilder zeigten 17 Intelligenzen an Bord. Zwei von ihnen waren in ihren Lebensfunktionen beeinträchtigt, was auf Verletzungen hinwies. Er konnte erkennen, dass aufgrund der Leckage des Schiffes das Leben der Insassen aufs Höchste bedroht war. ZER, der Zentralrechner, hatte das bereits erkannt, meldete sich und fragte: »Sir Oluk, soll ich eine Hilfsaktion einleiteten?« Da keine Waffen auf dem fremden Schiff sichtbar waren, entschied er, ein Wartungs-Robot-Schiff und ein Medi-Schiff zu senden. Diese Hilfsaktion war möglich, da aufgrund des Erreichens des Zielspiralarms die Geschwindigkeit des Alphakreuzers bereits drastisch reduziert war. Zusätzlich verringerte er die Geschwindigkeit seines Raumschiffes weiter.

3. Die Rettung der ARDENNOS

Der Wartungsroboter manövrierte an den havarierten Raumer und an die Stelle der schadhaften Außenwand. Die Automatik stabilisierte sein Schiff neben der beschädigten Oberfläche. Dann stieg er aus. Nach kurzer Untersuchung zeigte das Messinstrument, dass das verwendete Material der Hülle eine einfache Zusammensetzung hatte.

Ein kleinerer Meteoroid[12] hatte den Riss aller Wahrscheinlichkeit verursacht. Die Schadstelle war ca. einen Meter lang und bis zu 8 cm breit und war bereits mit organischem Gewebe, das mit einer Kunststoffmasse versetzt war, provisorisch abgedichtet worden. Der Schaden war nicht vollständig behoben, Atemluft strömte weiter aus. Die Kacheln für den Hitzeschutz waren an dieser Stelle nicht mehr vorhanden. Der Roboter nahm eine Platte aus dem Lagercontainer des Schiffes. Mit einem Laser schnitt er diese zu, laserte ein Loch und schob ein Kabel mit einem Stecker durch. Dann brachte er einen Kleber auf. Das Material wurde darauf auf der Fläche weich und etwas elastisch und passte sich beim Aufpressen mittels eines Stempels auf der Außenhaut des fremden Schiffes vollständig an. Die aufgebrachte Platte verband sich mit dem unteren Material so fest, dass es ohne Zerstörung nicht mehr von der Oberfläche gelöst werden konnte. Der Riss war verschlossen. Er schnitt eine weitere Plattte als Ersatz für den Hitzeschild und wiederholte die Prozedur.

Kleinere Schadstellen waren mittels einer hellen Substanz bereits von innen versiegelt worden. Dann verband er das Kabel mit einer sich selbst justierenden Richtfunkantenne und stellte diese zunächst mit einem Messinstrument auf eine Em-

---

[12] Meteoroid: Größe vom Bruchteil eines Millimeters (Mikrometeoroid) bis zu mehreren Metern. Unterscheide interplanetarischer Staub. Kleinste Teilchen können mit entsprechender Geschwindigkeit eine sehr hohe kinetische Energie haben, die für ein Raumschiff eine große Gefahr darstellen. Unterscheide zu Meteoroit: Aus "d " wird "t ", bei Eintreten in eine Atmosphäre.

3. Die Rettung der ARDENNOS

pfangseinheit des Alphakreuzers ein. Sein Auftrag war erledigt. Er kehrte mit seinem Boot zum Mutterschiff in die vorgesehene Position zurück und orderte zwei Ersatzplatten, dann schaltete er sich in den Standby-Modus.

Oluk konnte auf einem der Hilfsbildschirme die Arbeiten verfolgen. Er war mit dem Ergebnis zufrieden. Neugierig beobachtete er nun das Anlegen des Medi-Schiffes auf dem Screen. Er war auf das Aussehen der Lebewesen im Inneren des Schiffes gespannt. Oft hatte er ja nicht Gelegenheit mit fremden Intelligenzen in Kontakt zu treten. Das, was er meist sah, waren untergegangene Kulturen. »Würden diese Wesen ihr Raumschiff dem Medi-Robot öffnen?«, fragte er sich.

Das Robotschiff ging längsseits; die Automatik stabilisierte die Position. Der Roboter, der in einem Schiff, ähnlich einem Skooter saß, öffnete die durchsichtige Kuppel, die ihn vor der absoluten Minustemperatur des Weltraumes schützte. Er verließ mit einigen Koffern das Schiff und klopfte an die Luke des kleinen Raumers. Eine Kamera wurde von innen aktiviert. Der Roboter hielt einen kleinen Würfel in der Hand, den er vor die Kamera hielt. Dieser projizierte einen dreidimensionalen Film als wiederkehrende Schleife. Darin war zu sehen, dass die Luke geöffnet werden sollte. Der Film zeigte, dass die Koffer medizinische Geräte enthielten, mit denen menschenähnliche Wesen behandelt wurden.

Nach der Behandlung trugen die Verletzten Wundbinden. Das Zeichen, das eingeblendet wurde, zeigte ein Emblem, das auf der Brust des Roboters, dem Scooter und auf den Koffern aufgebracht war. Cortensa hatte verstanden. Sie blickte in die Runde Ihrer Crew und fragte, ob Sie für den medizinischen Roboter öffnen sollte. Jeder wusste, dass das ein Hilfsangebot war und diesmal auf der medizinischen Seite. Sie hatten zwei bewusstlose Schwerverletzte und der Arzt verlautete, dass beide in einem kritischen Zustand waren.

3. Die Rettung der ARDENNOS

Ebenfalls sah die Besatzung, dass der Riss in der Außenwand fachmännisch von außen verschlossen war. Sie hatten die Atmosphäre im Inneren ihres Schiffes wieder aufgebaut. Nach dem Druckausgleich waren Sie wieder in ihre Drop-In-Boxen gestiegenn. Ein für die menschliche Gesundheit ungefährliches Gasgemisch, das von außen einwirkte, löste das Verbindungs- und Abdichtmaterial der beiden Raumanzugshälften. Nach Entriegelung und Öffnen der Drop-Ins konnte man den Raumanzug wieder verlassen.

Das Verfahren ließ ein schnelles An- und Ausziehen zu. Umgekehrt konnte der Anzug nach Rückkehr in die Drop-Ins sofort wieder verwendet werden. Nach der Hilfe, die Sie erfahren hatten, glaubte Cortensa und Ihre Crew nicht mehr an einen Angriff. Sie alle gaben ihre Zustimmung zum Öffnen der Hauptschleuse. Eine unerklärliche Neugierde hat sie aber auch ein gutes Stück zu dieser Entscheidung gebracht. Außerirdische und dazu noch keine Körperfresser, bekam man nicht jeden Tag zu sehen.

Also entschied Cortensa entgegen der Anweisung der Leitzentrale die Luke zu öffnen, da sie keine Waffen an der Maschine erkennen konnte. Der Roboter schob sich durch die Schleuse mit seinen Hilfsmitteln und wartete auf das Öffnen der Innenschleuse. Trotz allen Misstrauens hatte Cortensa den Befehl zum Öffnen gegeben. Sie hatte erkannt, dass ihnen geholfen wurde. Sie dachte: »Dass sie bei einer feindlichen Attacke in der Situation, in der sie waren, sowieso keine Chance gehabt hätten.«

Cortensa war nicht besonders überrascht, dass sie einer Maschine einer fremden Intelligenz gegenüberstand. Verschiedene Beobachtungen von Satelliten in der Vergangenheit hatten bereits gezeigt, dass es aufgrund von vielen habitab-

3. Die Rettung der ARDENNOS

len[13] Planeten, eine große Anzahl anderer Intelligenzen in dieser Galaxie geben musste.

Nach dem Öffnen der zweiten Schleusentür stand ihr der ca. 1,50 Meter große Medi-Robot gegenüber. Um die Situation zu entspannen, verbeugte er sich tief vor ihr. Cortensa war von Ihren Empfindungen überwältigt. Zu keinem Zeitpunkt hatte Sie angenommen, dass Sie auf dieser Reise außerirdischen Systemen begegnen würde. Diese Maschine verwendete eine Technologie, die der menschlichen um "Lichtjahre" voraus war. Die Bewegungen des Roboters waren fast lautlos und geschmeidig. Seine Sensorik und Intelligenz waren so weit entwickelt, dass er diesen Job ausführen konnte. Eine Fernsteuerung schied aus, da in Ihrem Raumschiff eine Funkverbindung aufgrund der Abschirmung[14] mit der metallischen Hülle nicht möglich war. Sie war nun gespannt auf das, was sich noch ereignen würde.

Als wenn der Roboter Ihre Gedanken erraten hatte, entnahm er aus seinem Gepäck etwas, was aussah wie eine runde Dose und schwebte in der Schwerelosigkeit zu dem abgedichteten Riss. Ein gelbes Lichtsignal fing an, immer schneller zu blinken. Als er die mit der Reparaturplatte abgedichtete Stelle erreichte, wechsele das Blinklicht in den Farbton Grün und hörte auf zu blinken. Er verband das Kabel, das er durch die Reparaturplatte geführt hatte mit der Dose. Das Licht wechselte nun zu einem Blau. Mit seinen Greifwerkzeugen deutete der Roboter eine Funkverbindung an.

---

[13] Der richtige Abstand zu einem Stern (Sonne), Großplanet mit hoher Gravitation als "Staubsauger" zum Ablenken von Meteoroiden, wie z.B. Jupiter in unserem Sonnensystem usw. ... Der Planet muss für Leben eine Reihe von Bedingungen erfüllen: Eisenkern für ein Magnetfeld, das kosmische Strahlung ableitet, Schutzschicht wie Ozon zum Vermeiden einer zu hohen UV-Strahlung, Wasser uvm.

[14] Auf der Erde faradayscher Käfig genannt. Schirmt elektromagnetische Felder wie Funkwellen (oder einen Blitz) ab.

3. Die Rettung der ARDENNOS

Ab diesem Zeitpunkt wurden über die "Augen" des Medi-Robot die Bilder zum Alphakreuzer übertragen. Als Oluk Cortensa mit ihrer Crew sah, stockte ihm der Atem. Diese Rasse hatte so viel Ähnlichkeit mit seiner eigenen Spezies - und doch waren sie von ihrem Heimatplaneten Relia eine "Unendlichkeit" weit entfernt. Er beorderte die Kommandierenden, die Bereitschaft hatten, in den Kontrollraum, nicht wegen einer Alarmsituation, sondern wegen dem, was er da sah. Vier Türen des Kommandoraumes öffneten sich schon kurze Zeit später. Jeder der Kommandeure hatte seine Bereitschaftsräume direkt neben der Leitstelle mit einem direkten Zugang. Sie gingen zu ihren wuchtigen Sitzen, die ringförmig um den etwas erhöhten Sitz von Oluk angeordnet waren. Oluk schaltete nun die Bildübertragung zu allen Stationen im Alphakreuzer frei. So konnte jeder im Schiff das Geschehen mitverfolgen.

Als seine Mannschaft die Frau sah, ging ein Raunen der Überraschung durch das ganze Schiff. Diese Wesen hatten das Aussehen wie Relianer. Was Cortensa nicht wusste, der Medi-Robot sah mit seiner Sensorik durch ihren Anzug auf ihre Haut. Ihre inneren Organe mit dem schlagenden Herz waren zum Teil erkennbar. Das gesamte Funktionsbild ergab eine verblüffende Ähnlichkeit mit dem Metabolismus der Relianer. Die Männer waren fasziniert, da sie Cortensa nackt sahen. Die relianischen Frauen protestierten dagegen und brachten das lautstark über das INTERCOM-System des Schiffes zum Ausdruck. Oluk veranlasste den Medi-Robot daher, diese Sichtweise abzuschalten.

Er überlegte: »Wenn sogar die DNS-Struktur dieser Lebewesen mit seiner Rasse ähnlich war, würde dies die These stärken, dass das Leben durch Kometen, Asteroiden oder Meteoroiden im Weltraum initiiert und verteilt worden sein könnte ...« Je mehr er allerdings darüber nachdachte, desto mehr Fragen stellten sich ihm.

3. Die Rettung der ARDENNOS

Eine Relianerin, die für die Waffen des Alphakreuzes zuständig war, blickte fasziniert auf Cortensa. Sie sah die Ähnlichkeit mit ihr in der Statur und im Aussehen. Die Luft, die die Wesen atmeten, war mit geringfügiger Abweichung in der Zusammensetzung ähnlich der Atemluft, wie sie im Schiff von Oluk geatmet wurde, stellte der Medi-Robot fest. Eine weitere Luftprobe zog der Roboter, um die Mikroorganismen im Labor des Alphakreuzers ALGUB II definieren zu können. Wie weit belasteten sie das Immunsystem und konnte die Luft von der Besatzung des Alphakreuzers und umgekehrt gefahrlos geatmet werden?

Den Unterschied, den Oluk zu der Körperform der Alien erkennen konnte, war die massivere Bauweise seines Körpers. Wahrscheinlich war dies die Folge einer größeren Schwerkraft auf seinem Planeten. Das bedeutete, dass der Heimatplanet der Fremden eine geringere Masse hatte und damit kleiner war, als der Planet von dem er stammte.

4. Wieder in der ARDENNOS

Zwei der Insassen hatten schwere Verletzungen durch kleine Meteoroiden, die die Außenhülle durchschlagen hatten. Die Verwundeten hatten den Druckverlust durch die rasche Hilfe überlebt, waren aber bewusstlos.

Der Medi-Robot zeigte Cortensa mit einem Hologramm, dass er die Verletzten behandeln wollte. Der 3-D-Film vermittelte die Therapie und den Heilungsverlauf. Cortensa deutete mit einer Armbewegung an, dass sie einverstanden war. Der Medi-Robot schaltete das Hologramm aus und legte das Gerät wieder in einen seiner Koffer zurück. Auf dem lädierten Oberschenkelknochen des Verletzten brachte er einen Ring mit verschiebbaren Röhren an. Er justierte diese Zylinder unter Sicht auf einem Bildschirm, auf dem der lädierte Knochen zu erkennen war. Feine Nadeln fuhren durch das Gewebe und erreichten die Verletzung. Es ertönte ein leises Summen. Der Heilungsprozess, der einige Minuten dauerte, konnte am Bildschirm mitverfolgt werden. Ein weiteres System wurde über die Haut geführt und die Wunde schloss sich im Eiltempo.

Die Funktion eines weiteren Gerätes konnte Cortensa nicht einmal vermuten. Die verwendete Technologie war ihr völlig fremd. Der Verletzte, der nach kurzer Zeit erwachte, war schmerzfrei und konnte aufstehen. Eine Heilung, die unter normalen Umständen Wochen gedauert hätte.

Cortensa war es leid, nach dem Andocken und Tätigwerden des Roboters den mehrfachen Warnungen und Anweisungen Ihrer Flight-Control-Zentrale, die sich gegen ihre außerirdischen Helfer richteten, in der Kommunikation fortzufahren. Man hatte ihr sogar empfohlen, die Waffen dem Tresor zu entnehmen, um einen Roboter "einzufangen". An der Technologie wäre man doch sehr interessiert. Ab diesem Zeitpunkt war Cortensa zornig. Es wurde ihnen geholfen und sie sollte Waffen zur "Belohnung" einsetzen. Zudem wusste sie nicht,

4. Wieder in der ARDENNOS

wer hinter der Hilfe überhaupt stand. Dass zwei Roboter in der unendlichen Weite des Raumes nur spazieren fliegen, um ihnen in der Katastrophe zu helfen, daran glaubte sie nicht. Da musste etwas dahinter stecken, das viel größer und mächtiger war, als sie mit ihren simplen technischen Möglichkeiten realisieren konnte, denn das Radar zeigte kein weiteres Raumschiff.

. Mehrfach war sie von der Flightcontrol aufgefordert worden, einen Zwischenbericht abzugeben. Sie hatte die direkte Übertragung von Bild und Ton unterbrechen lassen. Die Kameras und Mikrofone an Bord des Schiffes übertrugen keine Daten mehr.

Cortensa sah, dass die Fremden an ihrer Technik überhaupt nicht interessiert waren. Sie fühlte sich jetzt für eine erfolgreiche Mission allein verantwortlich. Diese Handlung sollte Cortensa allerdings nach ihrer Rückkehr auf der Erde ihren gut bezahlten Job kosten. Das, was sie erlebte, war so unglaublich, dass sie große Erklärungsnöte gegenüber ihrer Zentrale haben würde.

Mit einem weiteren 3-D-Film als Hologramm demonstrierte der Medi-Robot nun, dass der zweite Verletzte in einer Transportbox verbracht werden musste. Eine Behandlung war aufgrund seiner Verletzungen vor Ort nicht möglich. Der Film zeigte einen hypermodernen Operationsraum. Viele Geräte hatten Hände, in denen Operationswerkzeuge gehalten wurden. Mit diesen manipulierten sie menschenähnliche Wesen, die in unterschiedlichsten Körperpositionen auf OP-Tischen lagen. Die Patienten waren mit verschiedenfarbigen Schläuchen verbunden. Es erfolgte eine Operation, die mit hoher Geschwindigkeit ablief. Nach dem Lösen der Verbindungen erhob sich der frisch Operierte und verließ den OP-Tisch.

Sie sah, dass die dargestellten Wesen, viel Ähnlichkeit mit ihrer Rasse hatten. Sie erkannte, dass diese Intelligenzen muskulöser und stärker gebaut waren. Cortensa vermutete im

4. Wieder in der ARDENNOS

Vergleich zur Erde einen massereicheren Planeten, auf denen diese Wesen leben mussten. Waren sie es, die hinter der ganzen Hilfsaktion standen? Wo war ihr Raumschiff?

Für Cortensa war das Ganze gespenstisch. Ohne, dass bisher ein einziges Wort gewechselt wurde, verstanden sie, um was es ging und was gemacht werden sollte. Sie kannte in ihrer Vergangenheit keinen Kontakt mit Fremden, in dem kein einziges Wort gesprochen wurde und trotzdem ein gegenseitiges Verstehen und Einvernehmen vorhanden war.

Wieder stimmte Cortensa der Prozedur zu. Der Medi-Robot holte aus seinem Raumer die avisierte Transportbox und legte den Verletzten, der noch immer ohne Bewusstsein war, behutsam hinein. Nach dem Schließen der Rettungskapsel schob er den Zylinder durch die Schleuse in seinen Skooter. Bei seinem Verlassen winkte er nochmals in die Kamera und startete.

Nach verblüffend kurzer Zeit war der Verletzte wieder an Bord zurück. Zwei Tage später würde sich das behandelte Crewmitglied wieder bester Gesundheit erfreuen. Erst jetzt wurde Cortensa so richtig bewusst, dass sie und alle Anwesenden ein Glück hatten, dass sie in Worten nicht fassen konnte. Sie hatten die Katastrophe bis auf einen Arzt überlebt. Nach der Rückkehr mit dem frisch Operierten baute sich der Medi-Robot erneut vor ihr auf und streckte den Arm zu ihr aus. Die Hand hielt wieder diesen Würfel und ein neues Hologramm startete.

Ihre Crew stand hinter ihr und sie sahen ein zylindrisches Gebilde, das in der Darstellung von einer Kamera umrundet wurde. Die Dimension dieses Schiffes war riesig und überwältigte sie. Sie schätzte den Durchmesser auf 200 Meter und die Länge auf 300 Meter. Jetzt wusste Sie, dass es absolut verrückt gewesen wäre, wenn sie Waffen laut den Anweisungen ihrer Zentrale eingesetzt hätte, um einen dieser Roboter in die Hand zu bekommen. Man hätte ihnen dann nicht mehr geholfen oder noch schlimmer, ihr "bisschen" Raumschiff vernichtet.

Beide Enden waren wie ein Parabolspiegel leicht nach innen gewölbt. Der Parabol hatte in der Mitte eine rohrförmige Öffnung mit einem Durchmesser von ca. 40 Meter. Sie vermutete, dass diese Stelle des Schiffes zum Antrieb gehörte.

An beiden Enden dieses zylindrischen Schiffes und in der Mitte zur Längsachse waren ringförmig Aufbauten zu erkennen. Auf den turmartigen Gebilden waren Rohre angebracht.

Alphakreuzer ALGUB II; chem. Verbrennungsantrieb aktiv

Es sah aus, als wenn das Rohr um 180 Grad geschwenkt und um 360 Grad gedreht werden konnte. Wenn das so war, dann war das mit Sicherheit eine Waffe, die auf irgendeine Weise energetisch arbeitete: »Vielleicht eine Art LASER«, verrmutete Sie.

4. Wieder in der ARDENNOS

Auf einer Seite der Oberfläche des zylindrisch gebauten Raumschiffes befanden sich viele Beiboote, die dem Mutterschiff ähnlich sahen. Auf der anderen Seite konnte Cortensa wuchtige Halterungen erkennen, an denen wahrscheinlich weitere Beiboote verankert wurden, die sich derzeit im Einsatz befanden. Dann schwenkte die Kamera in das Innere des Alphakreuzers.

Es wurde ein runder Kommandoraum gezeigt. Darin befanden sich fünf Personen. Vier Sitze umringten einen etwas höher angeordneten Kommandosessel. Die Wände und ein Teil der Decke waren vollständig mit Bildschirmen be- deckt. Sie zeigten neben der Oberfläche des Raumschiffes den Weltraum und schematisierte Funktionseinheiten des Schiffes. Die Farbe grün dominierte auf den meisten Anzeigen. Cortensa fragte sich: »Ob die Außerirdischen die Farbe Grün ebenfalls als Signalfarbe für einwandfrei arbeitende Systeme verwendeten? Auf jeden Fall musste das der Leitstand oder die Kommandozentrale dieses gewaltigen Schiffes sein«, vermutete Cortensa.

In einem der Sitze erkannte sie eine Frau, die eine verblüffende Ähnlichkeit mit ihr hatte. Dann ruhte die Kamera auf einem großen Mann, der mit seinem Sitz in der Mitte dieses Raumes überhöht saß. Sie vermutete, dass er der oberste Verantwortliche war. Sein Gesicht war ebenmäßig, seine Kinnpartie etwas kantig. Die Haare waren dunkel und etwas lockig. Mit seinem durchdringenden Blick strahlte er Willensstärke und Verbindlichkeit aus. Das Auffälligste an ihm waren seine tief liegenden blauen Augen und seine kleinen nach vorn stehenden Ohren. Diese erinnerten sie ein bisschen an Segelohren. Dieser Mann war nicht nur attraktiv, sondern strahlte ebenfalls Empathie aus. Ungewollt gestand sie sich ein, dass er vielleicht unter anderen Umständen sicher anziehend auf sie gewirkt hätte. Cortensa war überrascht, als sie sah, dass diese Wesen ein Aussehen hatten, das ihrem eigenen Körperbau sehr nahe kam.

5. Oluk im Gespräch mit Cortensa

Oluk hatte bisher auf eine Definition der fremden Sprache verzichtet. Zuviel wertvolle Zeit wäre verronnen, in der Hilfe geleistet werden konnte. Oluk und Cortensa erhoben sich mit ihren Mannschaften und verbeugten sich begrüßend. Darauf startete der Zentralrechner ZER das Programm "Sprach- und Schrifterkennung". Der Roboter, der bisher unbeweglich mit dem Würfel in der Hand vor ihr stand, begann wieder mit dem Hologramm zu projizieren.

    Der Film zeigte ihren und den Kopf eines Fremden. Beide Mundpartien waren mit einem zweiseitigen Pfeil verbunden. Sie interpretierte, dass ein Dialog stattfinden sollte. Als ersten Schritt musste der Zentralrechner ZER nun herausfinden, ob eine Verneinung ein Kopfnicken oder ein Kopfschütteln bedeutete. Dazu wurden in der Darstellung ihr Kopfnicken und die Luke gezeigt, wie sie sich öffnete. Auf dem rechten Halbbild schüttelte sie den Kopf und die Luke wurde geöffnet. Dann sah man ihren Arm, der auf eine der Alternativen zeigte. Cortensa nickte und deutete auf das Bild mit ihrem Nicken und dem Öffnen der Schleuse. Ihre Kopfbewegung mit dem verbundenen Ja und Nein war damit definiert.

    Sie sollte nun Dinge, die ihr gezeigt wurden verbal beschreiben. Ein schnarrendes Geräusch folgte jeweils auf ihre Ausführungen. Die Abfolge der gezeigten Bilder mit einfachen Werkzeugen, Körperteilen und Gegenständen aus dem täglichen Leben beschleunigte sich. Sie sprach das dazu gehörige Wort jeweils aus. Es folgte wieder das Schnarren. Nach etlichen Gegenständen und Erklärungen der Funktionen wandelte sich das Schnarren zu Worten, die sie immer besser

5. Oluk im Gespräch mit Cortensa

verstehen konnte. Bilder von Gegenständen ihres Raumschiffes beschrieb sie und beschrieb dessen Funktion.

Aus dem Schnarren konnte sie immer besser Worte isolieren und dann verstehen. Jetzt bildete der Computer ganze Sätze. In der nächsten Phase wurden ihr mit Symbolen abstrakte Begriffe gezeigt. Sie schüttelte den Kopf oder nickte. Ihre Sätze, die sie teilweise wiederholen musste, wurden vom Computer wiederholt und deutlich ausgesprochen. Selbst der Satzaufbau bekam nun Struktur und wurde für Cortensa verständlich. Aus dem ursprünglichen Schnarren war ein perfekt gesprochener Text geworden.

Unterhalb der gezeigten Objekte befand sich nun auch eine Bezeichnung, und zusätzlich eine Beschreibung zu dem gesprochenen Wort, das sie laut aussprach oder den Text vorlass. Nachdem die Zeichen der Zahlen und die Maßeinheiten von ZER erkannt und definiert waren, konnte ein Dialog stattfinden.

Oluk brannte nun darauf, den Austausch mit der Besatzung, insbesondere mit der Frau, die sich Cortensa nannte, zu beginnen: »Ich darf sie im Namen meiner Welt auf das Herzlichste begrüßen!«, begann Oluk. »Auch unsere Welt, für die ich spreche, begrüßt Sie, Ihre Mannschaft und Ihr Volk«, entgegnete Cortensa. Dabei verbeugte sie sich und bedankte sich für die Hilfe und die Rettung ihrer Mannschaft. Nachdem sie über ihre Herkunft gesprochen hatte, fragte Cortensa auf Drängen ihrer Mannschaft, ob man doch ein wenig über das riesige Raumschiff informiert werden könnte.

Oluk begann, das Gezeigte zu erläutern. Er war sich sicher, dass das begrenzte technologische Wissen der Fremden viele Fragen zu seinem Schiff aufwerfen würde. Da dies kein militärischer, sondern ein Forschungsauftrag war, konnte er über die Technologie dieses Schiffes frei sprechen.

Er deutete zunächst mit dem Lichtfleck des Pointers auf die am Bildschirm gezeigten Aufbauten des Alphakreuzers,

5. Oluk im Gespräch mit Cortensa

die Cortensa bereits als Waffen eingestuft hatte und sagte: »Dort sind vier modulierbare LASER in einem Ring an den Enden und in der Mitte des Schiffes angebracht. Die LASER sind zum nächsten Ring um jeweils 33,3 Grad versetzt, so können wir mit zwölf LASER gleichzeitig in unsere Flugrichtung oder über das Heck feuern.« Dann setzte er lächelnd dazu: »Wir kleckern nicht, sondern wir klotzen.«

Er fuhr fort: »Wir haben an Bord unseres Alphakreuzers übrigens mit Namen ALGUB II, ein umfangreiches Ersatzteillager. Teile, die wir nicht haben, stellen wir in unterschiedlichen Produktionsanlagen selbst her. Diese Anlagen sind äusserst wichtig, da wir aufgrund der Entfernung zu unserem letzten Stützpunkt, Hilfe nur in längeren Zeitabständen bekommen können. Autonomie bei der Ersatzteilbeschaffung ist überlebenswichtig für uns. Wartungsroboter tauschen bei Bedarf fehlerhafte Teile aus. Unsere Wissenschaftler und Ingenieure entwickeln unsere Systeme gemeinsam mit ZER stetig weiter, wenn sie nicht Wartungsarbeiten durchführen«, erklärte Oluk und erläuterte die Energieerzeugung und den Antrieb:

»Eine zentrale Aufgabe unseres Schiffes ist die Erzeugung, die Umwandlung und das Boosten von Spannung. Einen Großteil der Energie benötigen wir für unseren Hochfrequenzantrieb (HF-...). Die notwendige Energie produzieren wir mit zwei Reaktoren, einer befindet sich am Heck und der Zweite im Bug. Unser HF-Antrieb wird im Unterlichtgeschwindigkeitsbereich eingesetzt. Zusätzlich verfügen wir über zwei weitere Antriebsarten.«

Er zeigte auf die vielen ringförmigen Isolatoren, die an der Oberfläche des Schiffes angebracht waren: »Sehen sie die ca. 20 Meter hohen Isolatoren?«, fragte er und deutete mit einem Pointer darauf. »In unterschiedlichen Höhen und an der Spitze sind diese glitzernden Kugeln montiert. Es sind horizontal 360-Grad-Strahler für elektrische und magnetische Felder, sie sind wabenweise aufgebaut und bedecken die gesamte

5. Oluk im Gespräch mit Cortensa

Oberfläche des Schiffes. Mit dieser Anordnung können wir mehrere Schichten von elektroenergetischen und magnetischen Feldern unterschiedlicher Art übereinanderlegen. Neben den stehenden Isolatoren liegt jeweils ein Ersatzisolator auf der Oberfläche. Bei einer Zerstörung des aktiven Isolators wird sein Ersatz einfach hochgeklappt. Diese Schutzschirme nehmen einem energetischen Treffer, wie zum Beispiel einem LASER-Strahl seine vernichtende Wirkung.«

Da mischte ZER sich mit den Worten ein: »Dieses Schiff ist eben mit Oluk, einem wirklich prachtvollen Admiral, eine absolut runde Sache.« Lachend wandte sich Cortensa an Oluk und setzte hinzu: »Ist das relianische Ironie?« Oluk schmunzelte und fuhr fort: »Seitdem wir unserer Freundin ZER einen biologischen Kern verpasst haben, hört er das "Sie", i.S. von weiblich sehr gerne, aber auch, wenn wir ihn als weiblich bezeichnen.« Oluk fuhr fort:

»Leider ist unser Superrechner in seiner Ausdrucksweise seit Kurzem etwas "schlichter" geworden. Ist doch richtig ZER, oder?«, rief Oluk. Oluk wusste, dass ZER diesen Spott erkennen würde. ZER antwortete: »Oh ja Sir Oluk, bin ich nicht diejenige, die jede Partie Schach gewinnt?« Oluk erwiderte geistesgegenwärtig: »ZER, kann es nicht sein, dass ich Dich immer gewinnen lasse, damit Du an Dir nicht zweifelst?« Oluk wusste, dass ZER jetzt erst einmal beschäftigt sein würde, um diese Aussage sorgfältig zu überprüfen. Und tatsächlich, auf einem der Bildschirme zeigte ZER ein Schachbrett, das auf der einen Seite mit Oluk und auf der anderen Seite mit ZER bezeichnet war. Eine Uhr auf der Seite von ZER sollte verdeutlichen, dass er nachdachte.

»Admiral Oluk, darf ich jetzt in meinen gepflegten Ausführungen weiter fortfahren?« Oluk erwiderte lapidar: »Nur, wenn diese Worte wohlüberlegt sind!« ZER fuhr unbeirrt fort: »Sollten übereinander liegende Schutzschirme vollständig ausfallen, schützt eine Libronhülle das Schiff. Libron ist ein mittels

5. Oluk im Gespräch mit Cortensa

Nano[15]-Technologie produziertes Material, das über ein besonders dichtes Molekulargitter verfügt und in hohem Maß Hitze ableiten kann.«

ZER wollte von Oluk nun wissen: »War das jetzt kurz genug - und können wir zum Dialog zurückkehren?« Oluk antwortete mit einem »Ja« und begann selbst zu erläutern: »Ließ sich ein Waffengang nicht vermeiden, war der entscheidende Faktor einen Schlagabtausch zu gewinnen, die Fähigkeit, in kürzester Zeit Energie zu erzeugen, zu wandeln und mit den 12 LASER zu schießen.«

Einer der Antriebstechniker von Cortensa stellte die Frage: »Sir Oluk, Sie sprachen vorhin von drei Antriebsarten, was meinten Sie damit?« Oluk antwortete: »Zum einen verwenden wir Resonatoren, die Hochfrequenzwellen erzeugen und diese dann ausstoßen. Aufgrund des Resonanzraumes und des magnetischen Feldes klumpen die Elektronen zusammen. Mit einer statischen Spannung von mehreren Millionen Volt und hohen Strömen beschleunigen wir die Teilchen. Die Ausleitung erfolgt in einem 40 Meter starken Strahlrohr, das das Schiff von vorn bis hinten durchzieht. Der Antrieb kann allerdings nur im Unterlichtbereich eingesetzt werden« und er fuhr fort:

»Für ein schnelles Beschleunigen und im Überlichtbereich arbeiten wir mit einem radioaktiven Partikelantrieb. Aufgrund ihrer hohen Masse erzielen wir einen enormen Schub. Diesen Antrieb schalten wir nur im freien Raum ein, da damit eine radioaktive Belastung der Umwelt verbunden ist. Der entscheidende Vorteil in der Konstruktion dieses Schiffes liegt darin, dass wir den Schub für diese beiden Antriebe auch gegen die Flugrichtung erzeugen können. Damit sind wir in der Lage, sehr hohe Geschwindigkeiten, wie zum Beispiel im Überlichtbereich[16] abzubremsen. Ein Drehen des Schiffes wäre auf-

---

[15] 1 Nanometer entspricht einem milliardstel Meter.
[16] Lichtgeschwindigkeit ~300.000 KM/Sek.

5. Oluk im Gespräch mit Cortensa

grund der hohen Belastung des Schiffskörpers gar nicht möglich« und Oluk ergänzte:

»Eine dritte Antriebsform, die wir unterstützend in besonderen Fällen dazuschalten können, steht uns nur am Heck zur Verfügung. Er arbeitet auf chemischer Basis mit einem Brennstoff. Die Abwärme der Antriebe und der Reaktoren benötigen wir zur Heizung des Schiffes und für thermodynamische Prozesse.«

Einer der Crewmitglieder der ARDENNOS fragte Oluk: »Sie haben auf der Außenhülle drehende Ringe, welche Funktion besitzen denn diese? Es wird sich ja wohl kaum um Dekoration handeln?« Oluk antwortete: »Das ist eine unserer wichtigsten Errungenschaften. Diese Ringe enthalten Energie-II (dunkle Energie). Sie wirkt gravitativ abstoßend. Mit dem Drehen wird die Wirkung auf das Raumzeitgefüge verstärkt. Damit sind wir in der Lage, Überlichtgeschwindigkeit zu fliegen.« Nach seinen Antworten schwieg er eine Zeitlang. Seine Gegenüber hatten die Fülle der Informationen erst einmal zu "verdauen".

»Sie haben für ein Raumschiff mit dieser Größe wenig Personal in Ihrem Kommandoraum. Wie ist eine Steuerung denn möglich?,« wurde Oluk gefragt. Oluk deutete auf die weiteren vier Plätze. »Dort sitzen die Kommandierenden aus verschiedenen Abteilungen unseres Kreuzers. Es sind jeweils Spezialisten, die für die Energieerzeugung, den Antrieb, die Verteidigung mit Sicherheit und für unsere Waffen zuständig sind. Funktionsbereiche, die eine entscheidende Bedeutung für das Schiff haben. Befinden wir uns in kritischen Situationen oder sehr selten in Kampfhandlungen, sind alle Plätze rund um die Uhr besetzt. Daneben gibt es weitere dezentralisierte technische Plätze im gesamten Schiff, die die Systeme überwachen und falls notwendig, die Reparatur veranlassen.«

5. Oluk im Gespräch mit Cortensa

Oluk erklärte seine Position: »Neben mir, dem Admiral[17] und Kapitän des Alphakreuzers, gibt es noch vier weitere Oberbefehlshaber im Rang eines Vizeadmirals. Der Kommandoraum ist somit mit mindestens einem Oberbefehlshaber rund um die Uhr besetzt. Die Bereitschaftsunterkünfte der vier weiteren Spezialisten bzw. der untergeordneten Kommandierenden befinden sich direkt neben dem Kommandoraum und sind über einen direkten Zugang mit dem Kontrollraum verbunden. So ist eine Vollbesetzung bei Bedarf in kürzester Zeit möglich. Ach übrigens, ein Tag auf unserem Planeten hat die Dauer von 30 Stunden.«

Er fuhr mit seinen Erklärungen fort: »Wenn wir Unterlichtgeschwindigkeit fliegen, sind unsere "Augen" die vielen kleinen Robot-Schiffe, die unser Schiff in großen Entfernungen begleiten. Diese sind mit einer ausgefeilten Sensorik und Kameras ausgestattet. Sie melden Objekte, die die Flugbahn des Raumkreuzers schneiden, bzw. sich in der Flugbahn befinden. Unsere Begleitschiffe werden vor dem Erreichen der Überlichtgeschwindigkeit an das Mutterschiff angekoppelt.«

Oluk endete seinen Vortrag mit einer Erläuterung über die Bewaffnung: »Mit den zwölf LASER, die meist zu gleicher Zeit feuern, verdampfen wir Hindernisse im Unterlichtbereich. Nicht zerstörbare Großobjekte müssen wir dennoch umfliegen. Im Überlichtgeschwindigkeitsbereich werden kosmischer Staub und kleine Meteoroiden mittels der abstoßenden Energie II um das Schiff geleitet.«

Mit ihrem Dank an Oluk sagte Cortensa anerkennend: »Sir Oluk, Ihr Schiff ist ein technologisches Meisterwerk ihres Volkes. Wir danken Ihnen für Ihre offenen Ausführungen.« Cortensa schaute dabei Oluk tief in seine blauen Augen - länger als die "schickliche Sekunde" und er nahm seinen durchdringenden Blick nicht von ihr, bis sie verlegen errötete. Beide spürten die zarte Pflanze einer über das normale Maß

---

[17] Alle Titel und Ränge aus dem relianischen frei übersetzt

hinausgehenden Zuneigung. Zudem brannte Oluk darauf, seine Fragen stellen zu können.

6. Die Mission von Cortensa

»Cortensa, dürfen Sie mir sagen, wo denn Ihre Reise hingehen soll?«, fragte Oluk. Sie erzählte ihm, dass der Planet Mars, wie sie ihn nannten, ihr Ziel sei. Als er die Entfernung sah, die dieser kleine Raumer noch zurückzulegen hatte, kam prompt seine nächste Frage: »Denken Sie, Cortensa, dass Sie mit Ihrer Technologie dieses Ziel erreichen können? Und können Sie dort Ihre Mission erfolgreich beenden?«

Sie dachte bei sich: »Warum fragt er mich das? Aus Sorge oder war da die Kritik, dass das mit ihrer Technologie nur unter größtem Risiko durchgeführt werden konnte?« Er fuhr fort: »Ein Crewmitglied haben Sie ja bereits verloren und ohne unsere Hilfe wäre Ihre Mission wahrscheinlich schon gescheitert.«

»Oluk nicht ganz so schnell!«, antwortete Sie. »Unsere Nation verfügt über die beste Technologie in unserer Welt. Andere Länder unseres Planeten unterstützen uns und wir wurden sorgfältig ausgewählt und trainiert für diesen Flug.« Oluk erkannte nach diesen Worten seinen Fehler in der Formulierung und setzte mit einer Entschuldigung fort: »Ich wollte nicht ihre Fähigkeiten anzweifeln, sondern ich sehe diese riesige Entfernung vor Ihnen, die Sie mit einer Technologie überbrücken müssen, die ich für wenig geeignet halte, solch eine gewaltige Aufgabe erfolgreich durchzuführen. Ein plötzlich auftretendes Problem kann ihre gesamte Mission zum Scheitern bringen. Eine Hilfe von ihrem Planeten können Sie ja wohl kaum erwarten?« Oluk schaute sie durchdringend mit einiger Skepsis an.

Cortensa fühlte nun bei ihm eine echte Sorge für ihre Mission; vielleicht auch für sie selbst. Aber nach all der von ihm

6. Die Mission von Cortensa

geleisteten Unterstützung, wäre ein Schweigen mehr als unhöflich. So begann sie ihren Auftrag zu beschreiben:

»Wir werden in der Nähe eines Pols auf dem Mars landen; dort also, wo Eis und damit Wasser vorhanden sind. Unser Auftrag lautet, ein Basislager verbunden mit einer Infrastruktur im nahen Außenbereich zu erstellen.«

Als Oluk ihr anbot, die mitgeführten Systeme und das Gerät für das Terraforming überprüfen zu lassen, wusste sie, dass sie die richtige Entscheidung getroffen hatte und Oluk wahrheitsgemäß über ihre Mission zu berichten. Oluk erläuterte: »ZER kann Vorschläge zur Verbesserung ihres technischen Equipments erarbeiten, die für ihre Mission sehr nützlich sein könnten.« Er war nun in der Wahl seiner Worte vorsichtiger geworden und sagte mit einem gewinnenden Lächeln: »Wissen Sie Cortensa, ich möchte nicht den Aufwand Ihrer Rettung umsonst durchgeführt haben. Und das hätten wir, wenn Sie scheitern würden.«

Cortensa nickte und dachte einen Moment nach. Ihr wurde klar, dass Oluk über die Möglichkeiten verfügte, ihr in ihrer Mission tatsächlich helfen zu können. Auf der anderen Seite war er mit seiner Technologie wesentlich weiter und hatte kein Interesse an den Bauplänen der Systeme ihrer Welt. Ein Löschen der Daten konnte sie nicht ohne Weiteres verlangen.

Sie lächelte und war ein kleines bisschen berechnend: »Bitte helfen sie uns!«, bat sie. Cortensa war sich bewusst, dass ihr Vorgehen als Verrat ihrer Produkte an eine fremde Nation ausgelegt werden konnte. Das Kontrollzentrum würde das Herausgeben der Baupläne in jedem Fall ablehnen. Aber sie konnte damit die Situation ihrer Mission verbessern und das war für sie von ausschlaggebender Bedeutung.

»Ich habe nun eine Bitte an Sie«, sagte Oluk. »Gern würden wir im Rahmen unserer medizinischen Neugierde wissen wollen, wie weit unsere Körper identisch und möglicherweise gleichen Ursprungs sind. Würden Sie sich dazu«, er be-

6. Die Mission von Cortensa

nutzte bewusst die Worte "überprüfen lassen"? »Wir versichern Ihnen, alles läuft für Sie ohne Eingriff und schmerzfrei ab.«

Der Medi-Robot entnahm aus einem seiner Koffer ein medizinisches Gerät, verband es mit einer dünnen Leitung mit sich selbst und hielt den Bildschirm zu Cortensa, sodass nur sie das Geschriebene sehen konnte. Darauf stand: »Ich möchte Sie gern persönlich in unserem Schiff begrüßen! Wenn Sie damit einverstanden sind, legen sie ihren Kopf für drei Sekunden zurück.« Ohne zu zögern oder gar dieses Ansinnen zu hinterfragen, tat sie es.

Oluk fragte: »Cortensa können Sie Ihre Crew anweisen, eine Richtfunkantenne auf den Alphakreuzer auszurichten, um die notwendigen Daten möglichst breitbandig zu übertragen? ZER wird die Daten der von ihnen gelieferten Systeme überprüfen und zurücksenden.« ZER meldete sich: »Ich benötige dazu die Baupläne und die Beschreibungen der technischen Systeme und neben den Systemdaten auch die Normierungen und Vorschriften, die dem Bau der Anlagen zugrunde gelegt sind. Die Daten sind bereits in digitalisierter Form vorhanden, sodass das Erkennen, Transformieren und Verarbeiten des vorliegenden Formats kein Hindernis darstellen kann.«

Eine Antenne wurde auf den Raumkreuzer ALGUB II ausgerichtet und die Übertragung begann. ZER gab die Ergebnisse nach knapp einer halben Stunde bekannt: »In mehreren Systemen können Verbesserungen vorgenommen werden. Die errechnete notwendige Anzahl der Klimawandler ist zu gering, um in dem vorgegebenen Zeitraum dort leben zu können.«

ZER zeigte die Teile, die an den Systemen ausgetauscht werden sollten. »Das Problem ist«, fuhr ZER fort: »Dass wir die verwendeten originalen Materialien nicht herstellen können. Wir verfügen nicht über diese einfache Herstellungsart mit unseren Dotierungs-Druckern. Daher bitte ich um ihre Erlaubnis, unsere Werkstoffe einsetzen zu dürfen.« Oluk drehte sich zu Gerim, dem Mann, der für die Sicherheit zuständig war. Gerim nickte. Darauf meldete sich ZER: »Die Teile werden innerhalb von zwei Stunden ihrer Zeit zur Verfügung stehen. Der Abtransport wäre noch zu klären.«

7. Von Angesicht zu Angesicht

Oluk führte weiter aus: »Wie Sie ja bereits wissen, fliegen wir derzeit mit einer Geschwindigkeit von 31.400 km/h. Ich habe deshalb noch ein Zeitfenster von einigen Stunden.« Er bat Cortensa, sich in die Medi-Transport-Box zu legen, der Roboter würde sich um alles Weitere kümmern.

Cortensa wies ihren ersten Offizier an: »Bitte übernehmen Sie das Kommando in meiner Abwesenheit und melden Sie der Bodenleitstelle, der Schaden wäre behoben und der Flug würde im vollen Umfang fortgesetzt werden. Über mich sagen Sie, ich hätte eine Ruhezeit genommen.« Cortensa hatte die Sensoren für die Überwachung der Lebensfunktionen abgenommen und sie als fehlerhaft deklariert und einem Techniker zur Überprüfung gegeben
. Nach seiner Meldung schaltete der zweite Offizier die Verbindung zur Bodenstation ab, denn er hatte keine Lust, sich von der Leitstelle löchern zu lassen. Das sollte Cortensa mal schön mit der Flightcontrol selbst austragen. Da war doch der Bodenstation eine Menge zu erklären. Cortensa, dessen war er sich sicher, hatte dazu das nötige Geschick und Fingerspitzengefühl.

Cortensa legte sich in die Medi-Box. Sie hatte ein seltsames Vertrauen aufgrund der lebensrettenden Unterstützung, die sie von Oluk erfahren hatte. Und vor allem war sie so voller Neugierde auf die Technologie des Riesenschiffes, dass sie alle Bedenken über Bord geworfen hatte. Ein hoch entwickeltes Raumschiff von Außerirdischen mit eigenen Augen zu sehen, das war immer schon ein Traum aus ihrer Kindheit und

7. Von Angesicht zu Angesicht

er ging jetzt in Erfüllung! Sie war so gespannt, dass sie sich während des Transportes tief in die Lippen biss, dass es blutete.

Währenddessen hatte ZER den Planeten von Cortensa als Terra identifiziert. Es war nicht schwer aufgrund der Technik dieses Raumschiffes und der damit verbundenen Reichweite das gesuchte Ziel einzugrenzen und zu finden. Wenn er schon auf eine fremde Rasse in diesem Spiralarm stieß, dann wollte er einfach mehr herausfinden. Mit wem hatte er es hier zu tun? Er stellte fest, dass Terra bereits 10 Jahre zuvor von relianischen Spähschiffen entdeckt worden war, nachdem diese Überlichtgeschwindigkeit fliegen konnten. Sie hatten dort bereits umfangreiche Daten gesammelt. Das, was ihm vorlag, war aus dem Jahr 2014/2015, der Zeitrechnung von Terra. Da sie jetzt das Jahr 2025 schrieben, dürften die Daten für ihn noch zu einem großen Teil relevant sein.

Seine Welt definierte derzeit 10 Technologiestufen. Auf Terra befanden sich nach dieser Einteilung die Erdlinge in der Stufe vier. Der Stufe drei wurde zugeordnet, wer radioaktives Material verwendete. Dies war eine vom Gesetzgeber auf Relia vorgegebene Klassifizierung, die die Verwendung bzw. den Einsatz von Waffen bestimmte bzw. zuließ. Technische Waffen gegen eine Bevölkerung einzusetzen, die über keine automatisierten Waffensysteme verfügte, war ihm aufgrund dieser Regeln streng untersagt.

Damit verbunden war eine weitere Klassifizierung: Es gab sechs Moral- und Ethik-Stufen (M+E-Tabelle), nach denen die Völker anhand von genau festgelegten Kriterien zugeordnet wurden. Aus den in 2014/2015 bereits gesammelten aber nie ausgewerteten Daten und Bilder, die ZER gerade übersetzte, war eine Zuordnung der Terraner bestenfalls zur Stufe zwei möglich.

Befanden sich Völker unter der Stufe vier der M+E-Tabelle und hatten bereits die Technologiestufe drei (Kern-

7. Von Angesicht zu Angesicht

spaltung) und mehr erreicht, war die Wahrscheinlichkeit sehr hoch, dass sich ein solches Volk selbst auslöschen würde.

Seine Welt befand sich in der Moral- und Ethikstufe vier. Die Stufe sechs war Intelligenzen vorbehalten, die ihre Gedanken gegenseitig lesen konnten, also über telepathische Fähigkeiten verfügten. Dort gab es keine Kriminalität mehr. Es schauderte Oluk, als er an die Konsequenzen für den Einzelnen dachte. Seine Welt war bisher solch einem Volk noch nie begegnet.

Das, was er bereits jetzt schon anhand der Bilder, Filme und Daten über die Terraner gesehen und gelesen hatte berührte ihn zutiefst. Diese Welt bestand aus einer Vielzahl von Ländern, die rücksichtslos ihre Interessen gegenüber anderen Völkern auf ihrem Planeten wahrnahmen.

Das Erste, was man unternahm, als man mit radioaktivem Material hantierte, war eine Uranbombe zu bauen um sie dann sogleich in einem anderen Land im Rahmen einer kriegerischen Auseinandersetzung über von Menschen bewohntem Gebiet zur Detonation zur bringen. Wenig später wurde eine weitere Bombe basierend auf Plutonium gezündet, um die Wirkung vergleichen zu können. Sie bauten Massenvernichtungswaffen, mit denen sie ihre eigene Art umbringen konnten und sie waren, und sind jederzeit bereit, diese im Konfliktfall einzusetzen. Dabei wohl wissend, dass der radioaktive Fallout wenig später die eigene Bevölkerung treffen würde.

Oluk dachte: »Bewohntes Gebiet mit Explosivgeschossen zu beschießen ist Mord! Aber Atombomben auf bewohntes Gebiet abzuwerfen, war in jener Welt, von der Oluk stammte, ein durch nichts zu begründendes Verbrechen an der eigenen Art. Es konnte durch keine Kriegshandlung gerechtfertigt werden. Das schmerzhafte sich hinziehende Sterben und kaum vorstellbare Leid Unschuldiger führte dazu, dass diejenigen, die an dem Einsatz solcher Waffen beteiligt waren, aus der Gesell-

7. Von Angesicht zu Angesicht

schaft ausgeschlossen wurden. Sie hatten das Recht verwirkt, unter der eigenen Rasse weiterleben zu dürfen. Nach ihrer Verurteilung wurden sie auf einem unbewohnten Planeten ausgesetzt.«

Währenddessen war Cortensa im Alphakreuzer eingetroffen. Nach einem sanften Schütteln wurde der obere Teil der Medi-Box weggeklappt. Sie befand sich in einem OP-Saal. Die Flächen glitzerten in der Farbe von Edelstahl. Der Raum war mit Licht hell durchflutet. Sie konnte die Leuchtkörper aber nicht erkennen. Über den zehn OP-Tischen befanden sich armähnliche Gebilde mit feingliedrigen Händen, die die Operationen durchführten. Das war also der Saal, den der Medi-Robot in seinem Kurzfilm gezeigt hatte. Ihr Körper wurde gescannt und eine Speichelprobe entnommen. Nach wenigen Minuten konnte sie aus der Medi-Box aussteigen.

Sie verließen den OP-Raum und der Roboter forderte sie auf, ihm zu folgen. Er ließ sie in ein zylinderförmiges Gefährt einsteigen. Nach kurzer rasanter Fahrt stoppte es und die Tür öffnete sich. Oluk stand vor ihr und begrüßte sie lächelnd. Alles kam Cortensa wie ein Traum vor: »War das nicht seit ihrer Kindheit schon immer ihr Wunsch gewesen, mal ein außerirdisches Wesen in einem Raumschiff zu treffen? Allein diese Begegnung machten die Strapazen ihrer Reise mehr als wett. Sie war wahrscheinlich der erste Mensch, der solch ein Treffen hatte«, dachte sie.

Die Grußworte hatten in seiner Sprache einen melodischen Klang. Es erinnerte sie ein wenig an die französische Sprache. Allerdings kam das, was sie verstand, nicht aus seinem Mund, sondern aus einer kleinen Box, die er auf der Schulter trug. Sie gingen in einem leicht gewölbten Gang, dann öffnete sich eine Tür. Er bat sie, einzutreten.

Ein kleiner Roboter begrüßte sie und Oluk drehte sich mit gestrecktem Arm um: »Das sind meine Räume, wenn ich Freizeit habe«, sagte er und fuhr fort: »Bitte wundern Sie sich

7. Von Angesicht zu Angesicht

nicht über die fehlende Schwerelosigkeit. Wir haben im gesamten Schiff mit Bodenplatten ein Gravitationsfeld aufgebaut, damit "unten" auch "unten" ist. Das ist allerdings unseren Bedürfnissen angepasst. Aufgrund der einwirkenden Kraft werden Sie etwas Mühe haben.« Cortensa winkte kurz ab und lächelte: »Kein Problem.«

Sie schaute sich um: »Diese Wohnung sieht eher aus wie ein Fitnessstudio als ein Wohnraum«, bemerkte sie. Er bejahte und deutete auf die Trainingsgeräte: »Zur Aufrechterhaltung der Gesundheit ist ein stetes Training an Bord notwendig.« Sein muskulöser Körperbau in seinem eng anliegenden Anzug unterstrich seine Worte. Oluk nickte ihr zu, und bat sie in einem der Sitze Platz zu nehmen: »Was möchte die Dame aus dem anderen Spiralarm unserer Galaxie denn trinken?«, fragte er.

Sie blickte ihn erstaunt an. Worauf Oluk zu erklären begann: »Oh, ich habe vergessen, mitzuteilen, dass unser Metabolismus fast identisch ist. Wir atmen beinahe die gleiche Luftzusammensetzung und die Mikroben bereiten uns ebenfalls keinen allzu großen Kummer. Unsere Tier und Pflanzenwelt ist in weiten Teilen zwar unterschiedlich, aber nach den mir bisher vorliegenden Daten müssten wir beide gegenseitig mit unserer Nahrung ebenfalls klarkommen. Bei den Alkoholen gibt es viele chemische Variationen. Ein falsch gebrannter Alkohol kann zum Tod, Blindheit oder anderer Organschäden führen«, erklärte er. »Nur wenige Alkoholketten kommen für uns als Genussmittel infrage. Aber eine verträgliche Molekularkette haben wir gefunden und die wollte ich gerade anbieten.« Er hielt zwei Gläser mit einer bläulich perlenden Flüssigkeit in der Hand. Er reichte ihr das Glas, dann nickte er ihr zu, prostete und sagte: »Auf unsere beiden Welten!«

»Sir Oluk«, rief sie angenehm überrascht aus: »Das schmeckt und riecht ja köstlich. Ich dürfte das im Dienst gar

7. Von Angesicht zu Angesicht

nicht trinken ...« »Keine Sorge, der Gehalt an Alkohol ist sehr niedrig!«, beruhigte sie Oluk und lächelte.

Sie tranken aus, und er wurde ernst. »Das Zeitfenster, ich sage mit Deiner Zustimmung ab nun "Du" zu Dir, ohne grossen Aufwand Dich zurückzubringen, wird immer kleiner.« »War das ein Bedauern?«, fragte sie sich. Dieser Mann wirkte auf sie anziehend. Er war weich, aber sie spürte ebenfalls, dass er zielstrebig war. Vor allem war er geradlinig und sie konnte sich keine Lüge bei ihm vorstellen. Seine tiefe Stimme, und sein maskuliner Körper mit seinem strammen Hinterteil stimulierte sie, an Sex zu denken. »Das wäre der erste Geschlechtsverkehr einer terranischen Frau mit einem Außerirdischen«, ging ihr durch den Sinn. Unbewusst nahm sie eine menschliche Bauform an, die das gewisse Etwas hatte, das für Frauen so reizvoll war.

Als wenn er ihre Gedanken lesen konnte, sagte er unverblümt zu ihr: »Ich habe von unserem Labor bereits alle Daten über Euren Metabolismus erhalten. Dieser weist eine hohe Ähnlichkeit zu unserem auf, wie auch die Lage der inneren Organe, was mir ein absolutes Rätsel ist, über diese Entfernung unserer Planeten. Selbst das mit dem körperlichen Austausch würde sogar funktionieren.« Sie errötete und fühlte sich ertappt. Sie dachte: »Ist das ein Angebot eines relianischen Mannes sich mit ihr sexuell einzulassen? Sie spürte, wie ihr Verlangen ihr Gehirn vernebelte, wenn da nicht die Realität gewesen wäre. Sie befand sich in einem außerirdischen Raumschiff mit einem Fremden. Die Situation hatte eine Komik oder war sie absurd?« Oluk riss sie aus ihren Gedanken mit den Worten: »Oh, ich weiß noch nicht, ob das mit unseren Genen ebenfalls funktioniert.« Er lächelte sie verlangend an, dann drängte sich die Zeit wieder in seine Gedanken und Oluk wechselte abrupt das Thema:

»Wir haben über Deine Welt bei früheren Missionen und Besuchen bereits Daten gesammelt. Die meisten davon sind aus den Jahren 2014/2015 Deiner Zeitrechnung. Ihr habt

7. Von Angesicht zu Angesicht

eine wunderbare Welt. Und das, was wir dort sehen hat uns zutiefst getroffen. Deine Rasse ist dabei, sich selbst auszulöschen. Damit Du mich verstehst, das wäre nicht das erste Mal, dass wir das beobachten. Es gab viele Intelligenzen, die sich aus unterschiedlichen Gründen selbst vernichtet haben oder von Naturgewalten auf ihrem Planeten ausgelöscht wurden. Eine stete Gefahr für Planeten sind kosmische Ereignisse wie Asteroide, Meteoroide oder Plasma-Beams explodierender Sterne, wenn die Distanz weniger als 3.000 Lichtjahre beträgt.«

Mit ernstem Ton führte er weiter aus: »Deine Rasse arbeitet mit einem unglaublichen Tempo an der Zerstörung der eigenen Welt.« Oluk stoppte und wartete auf eine Reaktion von Cortensa. »Ja«, erwiderte sie mit einem kurzen Zögern: »Ich weiß um die Probleme, aber wir tun viel, um die Auswirkungen einer Umweltkatastrophe zu verhindern!« Sie nippte dabei etwas verlegen an ihrem Glas und war bemüht, dem Blick seiner blauen Augen standzuhalten. »Viel ..., um eine Umweltkatastrophe zu verhindern«, wiederholte Oluk mit bezweifelndem Unterton und schaute sie mit Skepsis durchdringend an. Dann begann er, ihr das ihm vorliegende Material vorzutragen:

»Nach Euren eigenen Aufzeichnungen nimmt seit 100 Jahren die Treibhausgaskonzentration in der Luft ständig zu. Mit Erwärmung der Wassertemperatur der Meere wird CO_2 nicht mehr vom Wasser aufgenommen, sondern in großen Mengen abgegeben. Zusätzlich zerstört ihr nachhaltig die Sauerstofferzeuger zu Land und im Wasser«, dann sagte Oluk noch leise zu ihr: »Mehr CO_2 bedeutet steigende Aufheizung, das ergibt mehr CO_2 und "Aus". Der Sauerstoff in Eurer Luft hat bereits um 0,3 Prozent abgenommen. Das war eine Zahl aus 2014.«

»Muss ich nun meine Welt verlassen und zu einem außerirdischen Mann auf einem anderen Planeten ziehen?«, fragte sie ihn lächelnd. Oluk schaute sie schalkhaft an: »Das ist

7. Von Angesicht zu Angesicht

ja wohl ein ganz üblicher Brauch und konsequent wäre es tatsächlich.« Beide lachten. »Diese Frau hat eine Ausstrahlung, die ihm unter die Haut ging. Wie lange hatte er nicht mit einer Frau geschlafen?«, kam es ihm unwillkürlich in den Sinn.

Oluk zeigte auf einen Bildschirm und lachte wieder. »Cortensa, schau doch auf diese Dokumente. Ihr habt ja in Euren Demokratien auf dieser Welt wahre Könige, was die Verteilung des privaten Vermögens angeht. Ungefähr 1 % der Haushalte[18] gehören ca. 40 Prozent des privaten Gesamtvermögens und dies gilt bei Euch weltweit. Das Vermögen dieser Einzelnen geht in die zig 10 Milliarden Eurer Währung. Da kann man zu dem Schluss kommen, dass die Staatsapparate weltweit offenbar nur dazu da sind, den Geldzufluss an diese wenigen "Auserwählten" sicherzustellen.«

Cortensa schwieg, so fuhr Oluk fort: »Das wäre ja noch irgendwo zu verstehen, wenn die Reichen das Wohl der Allgemeinheit im Auge hätten. Aber hier siehst Du Personen, die viel Geld verdient und trotzdem Steuern hinterzogen haben. Schau hier«, er zeigte auf eine Tabelle: »Um was für gewaltige Summen es sich handelt.« Ein großer Bildschirm zeigte die Daten in Englisch, ein anderer die Übersetzung ins relianische. »Hier drückt sich am besten der Sinn für das Allgemeinwohl in Deiner Welt aus oder sollte man es besser Hab- oder Raffgier nennen?«

---

[18] Das sind je nach Land ca. 50 Haushalte. Dagegen leben 30 bis 40 Prozent der Haushalte direkt von ihrem Einkommen oder haben Verbindlichkeiten. Ein Vermögensaufbau oder nur eine sichere Altersvorsorge zu betreiben ist damit nicht möglich. Und die Vermögenskonzentration nimmt weltweit stetig zu. Ein Grund mag die professionelle Vermögensverwaltung der superreichen Familienclans sein. Ebenfalls stehen dieser Schicht Anlageformen zur Verfügung, die Millionenbeträge im zweistelligen Bereich erfordern, dafür aber Profite zwischen 10 bis 30 Prozent abwerfen.

7. Von Angesicht zu Angesicht

»Oluk«, sie machte eine Pause, bevor sie weiter sprach, und schaute ihn dabei eindringlich an: »Ich bin nicht auf Dein "Schloss" gekommen, um mir ein schlechtes Gewissen über meine Artgenossen einreden zu lassen. Mir sind diese Faktoren bekannt und ich sehe, dass diese um die Tausend zählenden Personen weltweit wie Spinnen im Netz hängen und die mit ihrem Geld verbundene wirtschaftliche und politische Macht zur weiteren Vermehrung nutzen.« Sie setzte fort: »Ich bin mir sicher, dass diese rücksichtslose Profitmaximierung auf Kosten der Allgemeinheit letztlich mit zu unserem Untergang führen wird, aber sage mir, was soll ich ändern?«

Oluk erkannte seinen Fehler und antwortete: »Cortensa Du musst mir verzeihen. Wir Relianer sahen Eure wirklich schöne Welt und Eure großartigen Fähigkeiten. Uns hat völlig überrascht, dass es Zehntausende von Wissenschaftlern und Ingenieuren in Eurer Welt gibt, die anscheinend ohne jeglichen Skrupel selbst ihren eigenen Nachfahren gegenüber, die Technologien liefern, die für Euren Untergang verantwortlich sind.«

»Cortensa«, Oluk schwieg für einen Augenblick: »Es muss einfach aus mir raus und lass es mich bitte noch sagen, es ist Eure, so gut wie nicht vorhandene Moral und Ethik. Das, was ihr an Euch selbst am meisten liebt, ist Euer Leben. Aber viele von Euch nehmen es Anderen ohne jedweden Skrupel. Das beste Beispiel ist der Bau von Atomwaffen[19] und die Bereitschaft, Euren Planeten in eine radioaktive Hölle zu verwandeln und alles Leben darin auszuradieren. Im Falle eines Krieges zwischen zwei Supermächten wird der Verlierer seine Atomwaffen einsetzen. Andere Staaten auf Eurem Planeten interessieren die beiden Kriegsparteien nicht. Die Kubakrise hat dies ja deutlich vor Augen geführt. Uns wundert, dass die atomwaffenfreien Staaten sich von diesen wenigen Staaten ihre Welt zerstören lassen wollen und nicht dagegen handeln? Atomwaf-

---

[19] 9 Staaten haben sie offiziell, weitere 48 Staaten in 2014 arbeiten an der Atombombe oder haben sie bereits!

7. Von Angesicht zu Angesicht

fen zu besitzen und sie dann einzusetzen, wenn es um die Wahrung eigener Interessen geht, ist ein Verbrechen an Menschen Eurer Welt. Was für Intelligenzen sind das bei Euch im Militär und in der Politik, die das Recht sich nehmen, solche Massenmordwerkzeuge einzusetzen.« Oluk konnte es sich nicht verkneifen und setze provozierend hinzu: »Seid Ihr nicht Barbaren der untersten Kategorie?«, fragte Oluk Sie provozierend.

Er ließ Cortensa nicht zu Wort kommen und versuchte, mit den Worten abzuschwächen: »Liebe Cortensa«, er stockte für einen Moment, als diese beiden Worte über seine Lippen kamen: »Unser Volk hatte ebenfalls in seiner Vergangenheit große Probleme, aber wir haben rechtzeitig reagiert.« Er fuhr fort: »Das Anhäufen von Vermögen über einem bestimmten Wert ist in unserer Gesellschaft nicht erlaubt. Insbesondere ist ein positiver Zins auf Kapital bei uns streng verboten. Positiver Zins auf Kapital ist die Ursache von rücksichtsloser Ausbeutung der Ressourcen und des damit verbundenen Untergangs Eurer Welt. In unserer Gesellschaft ist der Maßstab aller Dinge das aktive Tun für das Allgemeinwohl. Im Arbeitsprozess steht das Wohlergehen des Einzelnen im Vordergrund, und nicht das Kapital. Warum raffen, wir können in unserem Tod doch nichts mitnehmen. Und Ihr werdet nicht einmal 100 Jahre alt. Wir dagegen werden im Schnitt 185 Jahre«, fügte er mit einem gewissen Stolz hinzu.

Cortensa stoppte ihn nun endgültig, indem sie ihren Finger auf seinen Mund legte. Er konnte sich nicht beherrschen und küsste ihren Finger, bis sie ihn zurückzog. Cortensa war erregt aber sie wollte unbedingt sein Raumschiff sehen. Sie wollte nicht weiter auf seine Ausführungen eingehen, denn sie wusste, er hatte recht. Stattdessen bat sie ihn: »Kannst Du mir in einem kleinen Rundgang Dein Schiff zeigen?« Oluk nickte zustimmend: »Gern! Vielleicht noch vorher ein wichtiger Hinweis über die kosmische Strahlenbelastung in Deinem Raum-

7. Von Angesicht zu Angesicht

schiff, die nicht gerade niedrig war, wie der Medi-Robot festgestellt hatte.« Er bat ZER, etwas über den Mantel bzw. die Rohrkonstruktion des Alphakreuzers zu erzählen.

ZER fragte, bevor er mit seiner Erläuterung begann: »Können wir denn den Fremden die Konstruktion unseres Schiffes einfach so darlegen?« Oluk antwortete: »Wir sind kein militärischer Kreuzer, unser Auftrag ist wissenschaftlicher Natur, also warum nicht?« »Gut«, sagte ZER und begann: »Die Außenwand verfügt mit einer Stärke von über 15 Meter über eine sehr stabile Rohrkonstruktion. Diese ist in einem extrem widerstandsfähigen Kunststoff eingebettet und gibt dem Alphakreuzer mit seiner Zylinderform die notwendige Stabilität. Nur die Bauform eines Zylinders mit seinen integrierten Antriebsformen kann die enormen Belastungen aufnehmen, die beim Verzögern und Beschleunigen auftreten, wenn wir die angestrebten Geschwindigkeiten fliegen, vor allem im Überlichtbereich.

Diese Hülle schützt ebenfalls vor kosmischer Strahlung[20] und isoliert das Schiff vor Hitze im sonnennahen Bereich und Kälte des Weltraums. Größere Meteoroide, die unsere Bahn kreuzen, werden von unseren ultrastarken 12 LASER verdampft. Kleinere Objekte werden aufgrund eines starken abstossend wirkenden Gravitationsfelds um unser Schiff gelenkt. Sollten dennoch Minimeteoroide in unsere Libronhülle einschlagen, werden sie abgebremst und die beschädigten Stellen werden aufgrund der Materialeigenschaft wieder verschlossen.«

ZER ergänzte: »Selbst Stürme von Sternen mit starker Strahlung von Heliumkernen oder Protonen können diese Wand aufgrund des großen Wassergehaltes nur in einem geringen Umfang durchschlagen. Für eine weitergehende Absorp-

---

[20] Ein großes Problem irdischer Raumfahrt neben der Schwerelosigkeit. Beides gefährdet die Gesundheit der terranischen Astronauten, insbesondere bei Sonneneruptionen mit starker Strahlung.

7. Von Angesicht zu Angesicht

tion schalten wir die Schutzschirme ein. Um unsere Gesundheit zu erhalten, müssen wir bei solch einem langen Aufenthalt im Raum die Strahlung im Schiff unter allen Umständen weitgehend eliminieren.«

Oluk wendete sich zu Cortensa und legte einen kleinen Datenträger in ihre Hand mit den Worten: »Er ist einfach zu decodieren; die technischen Mittel zum Lesen der Daten habt ihr dazu. Diese Informationen zum Unterdrücken der kosmischen Strahlung sind auf Deiner Welt wahrscheinlich sehr viel wert! Nun auf zu unserer "Städtetour".« Er nahm sie an der Hand und stieg mit ihr in einen der pfeilschnellen Transporter.

Als sie den Kommandoraum sah, nannte sie ihn spontan Brücke. Oluk amüsierte diese Bezeichnung so sehr, dass der Kommandoraum ab sofort mit "Brücke" bezeichnet wurde. Nachdem sie noch verschiedene Produktionsstätten gesehen hatte, zeigte Oluk ihr den Grünraum und seine Bank, auf der er oft in seiner Freizeit saß und Kinderlieder komponierte. Auf dem Tisch lag eine dünne Folie, die Oluk aufnahm und Cortensa reichte. »Das kann ich nicht lesen«, sagte sie. Er lächelte sie an und ZER spielte die komponierte Musik ab, die über unsichtbare Lautsprecher wiedergegeben wurde. Die Zeichen auf der Dünnschichtfolie begannen zu tanzen und formten sich dann zu englischen Sätzen. Sie konnte eine bezaubernde Kindergeschichte lesen. Dieser Mann hatte beeindruckende Fähigkeiten, die sie fesselten.

Als Cortensa die Klänge hörte und den Wortlaut verstand, schmolz sie dahin. Die Geschichte handelte von Kindern, die sich im Wald befanden, hungerten und vor Angst getrieben waren. Es erinnerte Cortensa an Hänsel und Gretel. Ein Märchen ihrer Welt von der Oluk bestimmt nichts wissen konnte. Die Vögel, die hier mehr wie bunte und farbenfrohe Libellen aussahen, verfügten, über vier Flügel. Sie zwitscherten nicht, aber sie hatten dafür einen wundervollen summenden Singsang. Dabei schwebten sie unbeweglich in der Luft und un-

7. Von Angesicht zu Angesicht

tersuchten alles, was für sie neu war. Von Oluk nahmen sie keine Notiz, aber umso heftiger wurde sie begutachtet. Als sie die Hand ausstreckte, war nach einer gewissen Zeit ihr Arm übersät mit Bramionen, wie sie Oluk nannte. Als eines der Tiere der Auffassung war, man müsse die Basis auf Mahlzeittauglichkeit prüfen, fühlte sie ein leichtes Zwicken. Sie zuckte darauf unwillkürlich mit dem Arm und zog ihn im Schreck zurück. Lautlos hoben die Vierflügler ab. Nach diesem Vorfall, sie war nun als nicht essbar deklariert, gehörte sie zum Inventar und die Bramionen beachteten sie nicht mehr.

Es war warm und hell und der Bach plätscherte. Cortensa vergaß, dass sie in einem Raumschiff saßen. Als Oluk das Kinderlied auf relianisch sang, schlang sie, für ihn völlig unerwartet, ihre Arme um ihn und küsste ihn. Oluk war überrascht, zumal das Küssen auf Relia nicht so ganz üblich war. Man rieb eher die Wangen aneinander, wenn Zärtlichkeit vermittelt werden sollte. Aber als die Leidenschaft von Cortensa sein Verlangen weckte, fand er das Küssen äußerst angenehm.

Kurze Zeit später wurden sie aus ihrer rosigen Intimität von zwei kichernden relianischen Frauen herausgerissen. Sie grüßten Oluk freundlich und dann nickten die beiden ihr zu. Cortensa löste ihre innige Umarmung und sie hielten ihre Hände. Sie tauschten persönliche und mehr und mehr intime Dinge aus. -- Zwei Individuen aus zwei verschiedenen Spiralarmen einer Galaxie mit Planeten, die 26.000 Lichtjahre voneinander entfernt waren. Als das Gefühl die Oberhand über seine innere Abneigung gegenüber den Erdlingen gewann, versprach er ihr, sie auf ihrer Welt zu besuchen, sobald ihm das möglich war. In Hochstimmung verließen Sie den Grünraum und fuhren zu seinen Räumen zurück; die Wirklichkeit hatte sie wieder!

Dort angekommen wandte sich Oluk an seinen persönlichen Serviceroboter, der an der Tür stand. Er hielt das Mi-

7. Von Angesicht zu Angesicht

krofon des Übersetzers mit der Hand zu und sagte etwas zu dem Roboter. Dieser verschwand und brachte nach kurzer Zeit eine flache kleine Schachtel, die er ihr reichte. »Öffne sie bitte«, sagte er und zwinkerte mit einem Auge. Cortensa war neugierig und hob den Deckel. In der Schachtel befand sich ein ungeschliffener Diamant, der mindestens 5 Karat hatte. Sie wurde blass und stammelte: »Das kann ich doch nicht annehmen«, sagte sie. Er nahm den Stein, legte ihn auf ihre Handfläche mit den Worten: »Er kommt von "weit, weit her", lass ihn schleifen und gib ihm das Feuer, das in unseren Adern "brennt". Ich wünsche Dir und Deiner Mannschaft eine erfolgreiche Mission und ich freue mich auf ein Wiedersehen in Deiner Welt.«

Dann fuhr er mit ihr in einem der Zylinder zu einem Beiboot. Vor der Schleuse stieg er aus, berührte sie noch einmal. Die Kapsel, in der sie saß, löste sich von dem Transportzylinder und glitt in eine geöffnete Kammer des kleinen Raumers. Das Gate schloss sich. Sie spürte einen Ruck und das Beiboot wurde aus seiner Position katapultiert und brachte sie zur ARDENNOS.

Ein Bildschirm flammte vor Cortensa auf und Oluk meldete sich bei ihr. »Die gefertigten Teile und Sauerstoffflaschen als Ersatz für die entwichene Luft sind ebenfalls an Bord. Das Beiboot koppelt an die Ladeluke und liefert Dich und die Austauschteile dort ab. Bleibe dazu in der Kapsel, bis Du wieder an Bord Deines Schiffes bist. Dann schiebe diese wieder in die Schleuse zurück. Mehr kann ich für Dich nun nicht mehr tun.« Sie sah eine Träne in seinem Auge, dann erlosch der Bildschirm.

8. Weiterflug nach Inferno

Oluk dachte intensiv an Cortensa. Da er keinen Dienst hatte, ging er zurück in sein Quartier und legte sich auf seine Schlafanlage. Der Serviceroboter begrüßte ihn freundlich und fragte: »Sir, kann ich etwas für Sie tun?« Oluk verneinte. Er starrte mit der Glut des liebenden Verlangens zur Decke.

Der Zentralrechner ZER erkundigte sich mit süßer weiblicher Stimme nach seinem Wohlergehen. ZER kannte seine Neigungen und Launen. Oluk bat um einen erotischen Film. Er war nicht nur aufgewühlt, sondern zugleich lustvoll erregt. Er spürte seine männliche Kraft, als der Lebenssaft durch seine Lenden schoss. Dann schlief er ermattet ein. ZER schaltete den Screen ab und verdunkelte den Raum.

Nach sechs Stunden wurde Oluk sanft geweckt. Gerim sein engster Vertrauter, der für die Sicherheit des Schiffes zuständig war, stand vor ihm. »Oluk, Du musst unbedingt aufstehen. Altar, der derzeit das Kommando hat, bittet Dich, bereits vor Ablauf seiner Schicht das Kommando zu übernehmen. Du wirst überrascht sein.« Oluk fragte: »Bedrohungspotential?« »Derzeit nicht vorhanden, ich habe aber aus Sicherheitsgründen auf Alarmstufe gelb "Bereitschaft" geschaltet«, sagte Gerim. »Technologiestufe?«, fragte er weiter. Gerim antwortete: »Dürfte nahe unserer sein. Die Untersuchung läuft. ZER wertet derzeit die Daten aus.« »Warum weckst Du mich dann?«, fragte Oluk. »Es kreuzen zwei militärische Großschiffe unserer Flugroute. Aber keine Eile, wir sind derzeit noch weit außerhalb der Reichweite von Waffen. Die Meldung haben wir von einem unser vorausfliegenden Spähschiffe gerade erhalten.«

Mit einem Schlag war Oluk hellwach. Er schaute zu Gerim und sprang mit einem Satz aus seinem Schlafsystem. Er sah, dass ein gelbes Licht an der Tür zwischen zwei Leuchten hin und her sprang und die niederste Alarmstufe anzeigte:

8. Weiterflug nach Inferno

"Energiebereitschaft." ZER hatte das Alarmsystem in seinen Räumen auf "Stumm" geschaltet. Oluk eilte zum Bad, um zu duschen. ZER beruhigte ihn: »Admiral, Sie brauchen sich nicht zu beeilen. Denken sie daran, "Morgenstund hat Gold im Mund".« Oluk musste lachen und gab zurück: »Was für ein blöder Spruch.« ZER antwortete: »Das finde ich überhaupt nicht.«

Der Alphakreuzer wurde nach der Alarmauslösung von ZER aus dem Standby-Betrieb in den Modus Energiebereitschaft geschaltet. In die Systeme mit militärischer Ausprägung wurden die Programme geladen und hochgefahren. Die Reaktoren erhöhten ihre Leistungsabgabe. Alphakreuzer ALGUB II war aus seinem "Halbschlaf" erwacht.

Als Oluk sich angezogen hatte, wählte er seine Schuhe in Rot. Den Anzug, den der Minirobot brachte, schaltete er auf die Farbe Gold. ZER meldete sich: »Undeco[21], sehen Sie heute gut aus.« Oluk antwortete: »Verscheißern kann ich mich selbst.« »Nein, nein«, sagte ZER: »Wenn ich eine relianische Frau wäre, würde ich mich jetzt sofort in Sie verlieben und dann gleich mit dem Fortpflanzen beginnen.« Oluk sagte zu ZER: »So funktioniert das aber nicht!«

Seitdem die Logik von ZER um einem biologischen Kern ergänzt worden war, beschäftigte sie sich mit Mann und Frau und der Fortpflanzung. Das war allerdings nicht das Ziel gewesen, weder der Auftraggeber noch des Herstellers, der die Einbauten vorgenommen hatte. Mit diesem Einbau sollte es ZER ermöglicht werden, eine bessere Einschätzung der Verhaltensweisen von bekannten Völkern vornehmen zu können.

Oluk schaute in eine der Kameras und rief aus: »Es ist nur gut, dass Du keine Kenntnis über die Fortpflanzung hast! Und meinst Du nicht, dass hier ein "Blinder über Farbe" redet?« »Oh!«, rief ZER aus: »Ich konnte heute Nacht die Erhöhung ihres Pulsschlages und Anstieg ihres Blutdruckes wahrnehmen,

---

[21] Undeco; beliebter relianischer Fluch und Ausruf.

8. Weiterflug nach Inferno

als ich ihnen den erotischen Film mit den beiden Frauen zeigte. Wenn das keine Liebe ist?«

Während er diese Konversation mit ZER führte, saß Oluk bereits in einem zylindrischen Gefährt, das ihn durch ein Röhrensystem zum Kontrollraum schoss. Als er ausgestiegen war, erhob er die Stimme und sagte zu ZER laut: »Es ist keine Liebe«, und setzte hinzu: »Ich hatte doch auf Privatmodus geschaltet, wieso waren die Kameras und Sensoren nicht auf "Aus"?« »Ja«, sagte ZER und imitierte ein Hüsteln: »Ich hatte es registriert. Aber als ihr Blutdruck und der Puls recht zügig stiegen, war ich um Ihre Gesundheit doch sehr besorgt. So fühlte ich mich verpflichtet, zur Beobachtung doch wieder aufzuschalten! Sie stöhnten mehrfach, sodass ich annehmen musste, Sie hätten Schmerzen oder Schlimmeres.« Darauf Oluk: »Meine Freundin ZER ist immer stets bemüht, auch wenn es nur Neugierde ist.« ZER zog es vor zu schweigen.

Es öffnete sich die Tür des Kontrollraumes. »Hallo Altar, wie kann ich Ihnen denn dienen?«, fragte er. Zu den anderen vier Kommandierenden nickte er und begrüßte sie. Sie waren aus ihren Bereitschaftsräumen in die Zentrale gekommen, nachdem das Alarmsignal ertönte und eine gelbe Warnleuchte zu blinken begonnen hatte.

Altar war ein Mann von stattlicher Größe. Er war stets dezent gekleidet, sagte wenig und war ein hervorragender Beobachter und Analytiker. Oluk arbeitete bereits seit 50 Jahren mit ihm zusammen. Er war ein enger Vertrauter von ihm und sie schätzten einander. Die Stärke von Altar war nicht unbedingt das Führen diplomatischer Meetings. Sie würden in Kürze nicht nur eine Funkverbindung mit den Fremden herstellen können, sondern auch in die Reichweite der Waffensysteme kommen. Auf den Bildern des Spähschiffes konnte er die Aufbauten der beiden Schiffe bereits erkennen.

8. Weiterflug nach Inferno

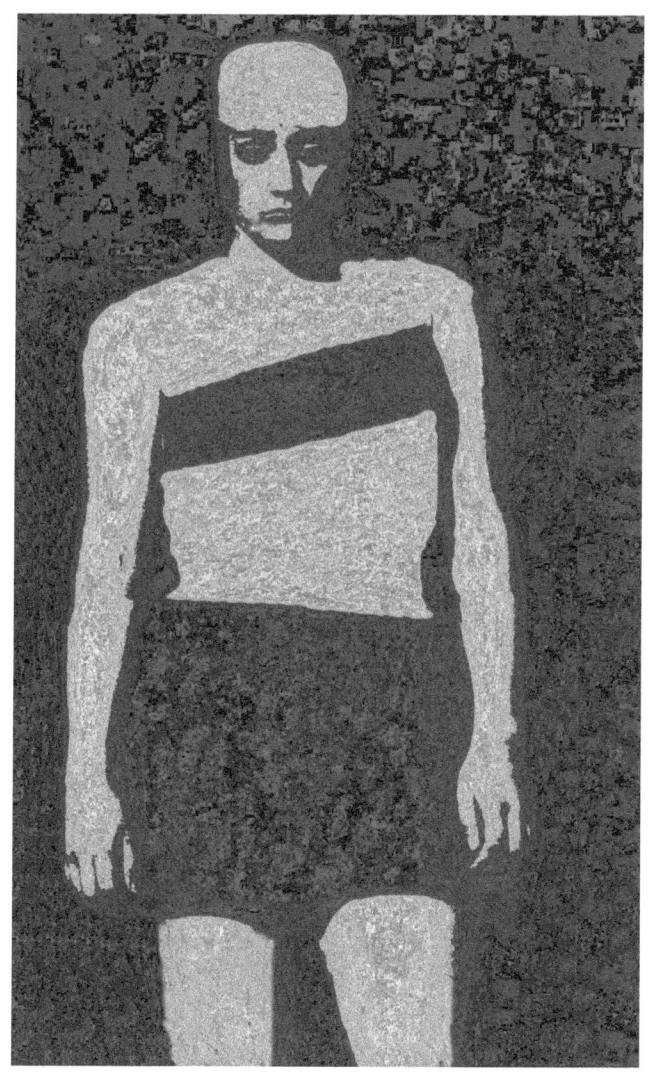

Reptosianerin von Reptos

Beide Raumkreuzer waren in ihrem äußeren Erscheinungsbild gleich. Die beiden Kampfschiffe waren deutlich kleiner als der

8. Weiterflug nach Inferno

Alphakreuzer. Oluk konnte LASER und Abschussbasen erkennen. Aber Abschussbasen von was? Er wiederholte seine Frage laut. ZER konnte ihm derzeit darüber keine Auskunft geben. Soweit es erkennbar war, waren die Waffen der beiden Schiffe, die sich auf einer Umlaufbahn um einen Planeten befanden, nicht aktiviert. Einige Zeiteinheiten später fuhren beide Kreuzer ihre Schutzschirme hoch. Der Alphakreuzer war von den Feuerleitsystemen der Fremden erfasst worden. Je näher sie kamen, desto höher kletterte der Bedrohungsbalken am Bildschirm. »Altar, welche Technologie haben die?«, fragte er. »Das hätte ich gern selbst gewusst«, antwortete Altar. »ZER arbeitet noch daran«, fügte er hinzu. Kurze Zeit später meldete sich ZER. »Mit neunzigprozentiger Wahrscheinlichkeit liegt ihre Technologie eine Stufe unterhalb unseres technischen Niveaus. Als Antrieb verfügen sie über einen Partikelstrahler.« Oluk war etwas erleichtert. Dem Protokoll seines Schiffes gemäß konnte er damit alle Waffen im Falle eines Angriffes einsetzen.

Oluk änderte die Flugrichtung des Alphakreuzers. Er wollte keinesfalls gleiche Entfernungen zu den beiden Schiffen haben. Er wechselte in die Befehlsform: »Befehl an ZER, chemischer Antrieb auf Minimalleistung einschalten, HF-Antrieb (Hochfrequenz-Antrieb) ausschalten und 50 % Energie auf die Schutzschirme legen.« ZER quittierte: »CP (Chemical Power) auf Minimalleistung, HF-Antrieb aus; lege 50 % Energie auf die Schirme.« Das gelbe Blinken der Warnleuchten erlosch und wechselte in ein Blinken der Farbe Blau. Nun konnte im Kontrollraum ein feines Vibrieren wahrgenommen werden. Dann gab er die Leerlaufspannung für die LASER frei. ZER bestätigte. Diese Veränderung an den LASER-Waffen konnte der Gegner nicht feststellen, aber dier LASER waren dadurch schneller schussbereit. Er spürte, wie die Anspannung in ihm stieg. Oluk versuchte, Kontakt mit den beiden Schiffen zu bekommen. ZER richtete dazu zwei direkte Funkstrecken zu den fremden Kreuzern ein. Dann hatten die drei Hauptrechner

8. Weiterflug nach Inferno

untereinander die Frequenz und die Art der Übertragung identifiziert.

Es dauerte einige Minuten, dann war die Art der digitalen Muster entschlüsselt. Oluk konnte nun die Bilder ihrer Schiffe übertragen. Sie antworteten mit dem Bild des Alphakreuzers. Oluk sendete ein Bild seiner Waffen zurück. Sie waren mit einem "X" durchgestrichen. Er wollte zeigen, dass er nicht vorhatte, seine Waffen einzusetzen. Sie sendeten ebenfalls ein Bild mit durchgestrichenen Waffen. Dann sendete er zwei symbolisierte Köpfe, die mit Doppelpfeilen verbunden waren. Das Bild kam zurück und war mit dem Zeichen "Abgehakt" gekennzeichnet. Den Wunsch nach Kommunikation hatten Sie verstanden und akzeptiert.

Nun oblag es ZER und dem Rechner der Gegenseite, die Sprachen zu synchronisieren. Ein Bildschirm zeigte den ungeheuren Datenstrom, der über die beiden Kanäle lief. Parallel sendete eines der Schiffe Bilder, die die Rettungsaktion an der ARDENNOS zeigte. Als Oluk die Aufnahmen sah, erstarrte er. Sie waren bei der Hilfsaktion beobachtet worden und hatten das noch nicht einmal bemerkt. Er drehte sich zu seinen Kommandeuren um. Sie legten die Hände an ihre Körper und schüttelten ihre Köpfe. Er würde sich darüber noch mit ihnen über den Einsatz der begleitenden Sicherungsschiffe zu unterhalten haben. Jetzt wurde ihm sofort klar, dass das Zusammentreffen kein Zufall war. Aufgrund seiner Flugrichtung, die sie nur verlängern mussten, konnten sie den Treffpunkt berechnen. Das war ihm für die Zukunft eine Lehre.

Es flammte der Hauptbildschirm auf und ZER übertrug das Bild zweier Kommandozentralen der beiden Kreuzer. Ein Wesen saß jeweils in einem sehr komfortablen Sitz in der Mitte eines runden Raumes. In einem Halbrund waren 12 weitere besetzte Plätze um diesen angeordnet. Vor ihnen zeigten Hologramme Bilder, die zur Steuerung des Schiffes Daten lieferten. Beide Kontrollräume waren in ihrer Einrichtung identisch. Un-

8. Weiterflug nach Inferno

schwer konnte Oluk den Reptilienursprung dieser Rasse erkennen. Sie waren unbehaart. Ihre Körper waren von feinen grünlichen Schuppen bedeckt. Auffallend waren die Augen dieser Rasse. Ihre Pupillen waren senkrecht oval, die in einem leuchtenden Rot eingebettet waren. Dieser Ring lag wiederum in einem schillernden Grün, was dem Auge einen hypnotisch wirkenden Ausdruck verlieh.

In diesem Augenblick verließ ein "Prompter", ein superschnelles Minischiff den Alphakreuzer mit Kurs Heimatgalaxie. Ging sein Schiff aus irgendeinem Grund unter, sollte seine Regierung von dieser fremden Rasse erfahren.

Die Kommandeure dieser drei bewaffneten Raumkreuzer standen sich lauernd gegenüber, so als wenn man die Hand schwebend über der Feuertaste positioniert hatte. »Jetzt nur keine Fehler machen«, dachte Oluk. Auf allen Beteiligten lastete eine ungeheure Spannung, die bei einem unbeabsichtigten "Schritt" unmittelbar zu einem vernichtenden Waffengang führen konnte.

Oluk wusste, dass er schnellstens aus dieser Situation herauskommen musste. Er schaute die Personen, die in der Mitte standen lächelnd an. Nachdem er seinen rechten Arm zum Gruß angewinkelt angehoben hatte, verbeugte er sich tief nach unten und begann zu sprechen. ZER übersetzte seine Worte: »Sie sind nun die zweite Intelligenz, die wir auf unserer Reise treffen. Wir freuen uns, Sie kennenzulernen. Wir kommen in Frieden. Mein Name ist Oluk. Unser Volk und wir begrüßen sie auf das Herzlichste. Darf ich sie nach ihrem Namen fragen?«

Das Wesen in der Mitte führte aus: »Mein Name ist ILX und die vor mir befindlichen Personen sind ein Teil meiner Mannschaft. Ich bin der Admiral dieser beiden Schiffe und damit die ranghöchste Person. In unserem Schwesterschiff sehen sie ARX als Vizeadmiral und oberste Verantwortliche. Unseren Mutterplaneten bezeichnen wir mit Reptos.«

8. Weiterflug nach Inferno

Oluk fragte: »Sie sind beide weiblicher Natur, wenn ich das richtig empfinde?« Es folgte die Antwort: »Ja, das ist richtig.« Wie zu erwarten, kam die Gegenfrage: »Und Sie sind männlich?« Oluk bejahe diese Frage. ILX fuhr fort: »Sie haben sehr viel Ähnlichkeit mit den Erdlingen, denen Sie geholfen haben?« »Ja, wir haben sogar sehr viel körperlich Identisches«, antwortete Oluk. »Aber unser Handeln und unsere Moral und Ethik weichen völlig von dem Verhalten dieser Spezies ab.«

»Woher kommen Sie denn?«, fragte ARX. Oluk hielt einen Augenblick inne, dann sagte er betont langsam, um den Abstand zu den Terranern zu verdeutlichen: »Von einem anderen Spiralarm dieser Galaxie.« Zischende Laute kamen aus dem Kreis der Reptosianer, da sie wussten, dass hier Zehntausende von Lichtjahren zurückzulegen waren. ILX fuhr fort: »Wir haben schon vermutet, dass ihr Antrieb einiges mehr leisten kann, aufgrund der Größe ihres Schiffes.« Oluk bejahte und sagte: »Das ist richtig, wir erzeugen und wandeln Energie in großen Mengen.«

Dann ergriff ILX das Wort. »Darf ich sie fragen, wohin ihre Reise führen wird?« Oluk hatte die Frage erwartet und war gut vorbereitet, denn er wollte unter keinen Umständen verraten, welches Ziel sie anstrebten. »Darf ich sie fragen, warum sie hier auf uns gewartet haben?«, fragte er völlig unverblümt zurück, ohne geantwortet zu haben. ILX gab zur Antwort: »Oh wir wollen ihnen demonstrieren, dass wir über Flugbewegungen innerhalb unseres Raumes informiert sind. Es war keine große Rechnerei zu wissen, dass sie hier passieren würden. Wir wollten die Rasse kennenlernen, die mit einem so großen und bedrohlichen Schiff in unseren Hoheitsraum eingedrungen ist. Vor allem wollen wir wissen, ob sie auf der Seite von Kantura stehen?« Irgendwie hatte Oluk den Eindruck, es würde ein Hauch von Witz in der Frage von ILX stehen, vorausgesetzt, die Übersetzung war korrekt.

8. Weiterflug nach Inferno

»Wir kreuzen in den unendlichen Weiten des Alls und dabei haben wir diesen Spiralarm entdeckt«, sagte Oluk überschwänglich. »Betreiben sie nicht einen aussergewöhnlich hohen Aufwand mit einer erkennbaren gewaltigen Bewaffnung für ein einfaches "Kreuzen" durch den Raum, wie Sie es formulieren?«, fragte ILX zweifelnd und misstrauisch.

Oluk bejahte: »Durchaus. Leider hat uns das Erlebte in der Vergangenheit gelehrt, diesen Schiffstyp zu bauen. Allerdings sind unsere LASER zum Verdampfen von Mikrometeoriden gedacht und nicht für einen Angriffskrieg ausgelegt. Jedoch können wir uns mit diesen LASER ebenfalls sehr gut verteidigen! Ich betone aber, dass wir ein friedliches Volk sind. Unsere Mission ist rein wissenschaftlicher Natur. Dieser Schiffstyp ist, ich glaube im Gegensatz zu Ihren Schiffen, kein militärischer Kreuzer. Es ist nicht unser Ziel, diese Systeme als Waffen für einen Angriff einzusetzen.«

ILX ging auf den Hinweis von Oluk nicht ein, sondern fuhr etwas skeptisch fort: »Wir kommen von Reptos. Wir haben eine Siedlungskolonie als Außenposten nicht weit von hier. Da wir in einem schwelenden Konflikt mit einer anderen Rasse liegen, wir nennen sie Kanturaner, sind wir gezwungen, solche Kreuzer mit Waffen zu bauen. Da unsere Gegner von Kantura in der Vergangenheit ihre Präsenz bei unseren Außenposten verstärkt haben, überwachen wir die Flugbewegungen, um gegen Überraschungen gewappnet zu sein.«

9. Die dritte Art und die Allianz

Auf dem Schiff von ARX war ERX der erste Ingenieur und Anführer der Organisation "ALLIANZ" wie sie sich nannten. Sie bestand aus Mitarbeitern unterschiedlichster technischer Bereiche. Sie hatten den Auftrag, auf ein Zeichen hin die Befehlsgewalt vom ersten auf den zweiten Kommandoraum umzuschalten, der aus Sicherheitsgründen in jedem Schiff vorhanden war.

Die ALLIANZ war eine geheime Organisation, die mit den Plänen der Regierung von Reptos nicht einverstanden war und einen Umsturz bereits langfristig geplant hatte. Als der Konflikt von Reptos mit Kantura eskalierte, sah die ALLIANZ ihre Chance gekommen. Sie hatten Kontakt zu Kantura aufgenommen und sich ihre militärische Unterstützung geben lassen. Im Fall eines erfolgreichen Umsturzes der Regierung von Reptos würde die ALLIANZ den Planeten Hope den Kanturanern zusprechen. Das strittige Objekt war ein Planet mit erheblichen Rohstoffen, die Kantura dringend benötigte. Für Reptos dagegen war es ein Objekt, das lediglich in ihrem Einflussbereich lag.

Reptos und Kantura hatten sich schon immer gestritten, wer diesen Himmelskörper zuerst entdeckt haben wollte. Delikat war, dass dieser Planet zu Reptos wesentlich näherlag als zu Kantura. Mit hoher Wahrscheinlichkeit hatte daher Reptos diesen Planeten zuerst entdeckt und bestand gegenüber Kantura darauf, dass die Eigentumsrechte bei Reptos lagen. Beide Welten hatten in etwa der gleichen Zeit vor ca. 150 Jahren mit Raumflügen und der Weltraumforschung begonnen.

Ein dreimaliges Klicken ertönte im ganzen Schiff. Arx hörte das und fragte den Hauptrechner HRA (Hauptrechner ARX) des Schiffes nach dem Grund. HRA konnte den Ursprung nicht erkennen, außer, dass er über das schiffsinterne Kommu-

9. Die dritte Art und die Allianz

nikationsystem INTERCOM nicht autorisiert eingespielt worden war.

Die ALLIANZ begann, die Übertragungswege vom Kommandoraum I auf den Befehlsstand II umzulegen. Das Problem, das sie dabei hatten, war, sie konnten HRA nicht einfach abschalten, da er die Basisfunktionen des gesamten Kreuzers steuerte, insbesondere den Reaktor und die Energiewandler. HRA würde ein Umschalten ohne Autorisierung von ARX, dem Kapitän dieses Schiffes niemals zulassen. So musste ERX einen Trick anwenden. Er hatte bereits vor Längerem im Kontrollraum während Wartungsarbeiten einen Sensor manipuliert. Er zeigte nun HRA an, dass ein giftiges Gas im Kommandoraum eingedrungen sei.

ERX unterbrach die Bildübertragung vom Leitstand an HRA und ließ eigene Szenen einblenden. Der Film zeigte, wie die Crew im Kontrollraum zusammenbrach. HRA meldete diese Situation der Abteilung Medizin und dem technischen Dienst zur Überprüfung. Die Ingenieure, die die Meldung bekamen, gehörten zur ALLIANZ. Sie gaben die Anweisung an den Hauptrechner HRA, den Kommandoraum zu verriegeln und bestätigten den Ärzteeinsatz. Als letzten Schritt zur Täuschung des Hauptrechners und Übernahme des Schiffes spielte ERX ein Dokument ein, das er vor Jahren im Rahmen einer technischen Überprüfung erhalten hatte. Während dieses Tests übernahm er kurzzeitig das Kommando im Befehlsstand II. Er musste jetzt nur noch das Datum fälschen, was die Organisation eine Stange Geld gekostet hatte. HRA erhielt dieses Dokument und der Superrechner akzeptierte es. Die Befehlsgewalt wurde von dem Kommandoraum I auf II umgeschaltet. Die Rebellen hatten ohne Blutvergießen ihren Auftrag erfüllt und das Schiff in ihre Hand gebracht. ERX wies nun HRA an, den Kontrollraum I vorübergehend verriegelt zu halten und beorderte das Ärzteteam wieder zurück.

9. Die dritte Art und die Allianz

Alles wäre für die ALLIANZ bestens verlaufen, wenn es da nicht noch das geheime autonome INTERCOM-System gegeben hätte. Dieses war nur der Admiralität bekannt; es war eine Verbindung von Schiff zu Schiff, die als Rückversicherung bzw. Bestätigung in kritischen Fällen eingesetzt wurde. ERX wusste davon, da einige Schiffsführer von Reptos der ALLIANZ angehörten. So hatte er weisungsgemäß die gekennzeichnete Box für das COD-System (Call-On-Duty-System) zerstört.

Was er aber nicht wusste, war, dass diese Box eine Täuschung, ein Fake war, dass mit dem geheimen COD-System tatsächlich nichts zu tun hatte. Die Baupläne über diese Verbindungen waren nur einigen wenigen Ingenieuren beim Hersteller bekannt. Beim Zerstören dieser Fakebox ging ein Signal in beide Kontrollräume. Das Signal erlosch nach einer kurzen Zeit, sodass ERX im Kontrollraum II dem Blinken der Signalleuchte keine weitere Beachtung schenkte.

Nach dem gleichen Aktionsplan, den ERX erfolgreich ausgeführt hatte, sollte in weiteren Raumkreuzern zeitgleich die Schiffsführer ausgeschaltet werden, die zur Regierung von Reptos hielten. Die Meuterei hatte begonnen ...!

Zusätzlich griff zu diesem vereinbarten Zeitpunkt ein kanturanisches schwer bewaffnetes Großkampfschiff Reptos an. Es sollte die Schiffe vernichten, die im Handstreich nicht übernommen werden konnten, bzw. loyal auf der Seite der Regierung von Reptos standen.

10. Im Kommandoraum von ARX

Oluk fragte ARX: »Wenn Ihre Spähboote die ARDENNOS seit Längerem beobachtet haben, war ihnen doch bekannt, dass dieses Schiff durch diesen Meteoroidenschwarm fliegen würde, um dann mit hoher Wahrscheinlichkeit zu havarieren. Warum haben sie die Terraner nicht gewarnt bzw. dann später Hilfe geleistet? Sie hatten doch die Möglichkeit dazu, wenn sie vor uns da waren?«

ARX wandte sich an Oluk: »Der Grund ist, dass wir diesen Erdlingen mit größter Skepsis gegenüberstehen. Wir beobachten diese Rasse schon seit Längerem. Dieses Volk hat seine technologischen Fähigkeiten in den letzten 150 Jahren enorm entwickelt, ihre Moral und Ethik ist seit 2.000 Jahren ihrer Zeit so gut wie unverändert. Sie schulen ihre Kinder auf Wettbewerb untereinander, anstatt ihren vorhandenen Gemeinsinn weiter zu entwickeln. Als Erwachsene handeln sie später in ihrer Welt, wie sie es in ihrer Kindheit gelernt haben: Ausschließlich auf ihren Vorteil bedacht, verkaufen sie Waffen, Rauschgift und Materialien, die ihre Umwelt zerstören. Sie bauen Uran ab, dabei sterben Menschen. Sie verwenden es in Atomkraftwerken und setzen mit diesen Anlagen Unmengen an Tritiumstrahler frei und töten damit ihre Artgenossen. Sie verseuchen ihren Planeten unwiderruflich mit Alphastrahlern aus ihren Wiederaufbereitungsanlagen.«

»Einige wenige sehr Reiche dort, die oft hinter großen Konzernen auf ihrem Planeten stehen, beuten ihre Welt rücksichtslos auf Kosten Anderer bzw. ihrer Nachfahren aus. Die Profiterzielung ist der Hauptantrieb ihres Handelns und das, obwohl sie wissen, dass sie nicht einmal einhundert Jahre alt werden« und ARX fuhr fort:

»Sie bauen Massenvernichtungswaffen und setzen Sie ohne jeglichen Skrupel ein. Es lief ein Film an, in dem im Rah-

10. Im Kommandoraum von ARX

men eines Krieges zwei Atombomben in einer Höhe von 480 bis 600 Meter abgeworfen wurden. Die Höhe wurde wegen der größten zu erzielenden Wirkung gewählt. Man wollte in diesem Krieg nicht nur demonstrieren, sondern man wollte massenhaft töten. Und sie "testeten" gleich noch eine weitere Atombombe. Die Erste war eine Uran- und die Zweite eine Plutoniumbombe.« Und sie fuhr fort:

»Die Lebewesen im Umkreis von 500 Metern um den Explosionsort verdampften bei einer Temperatur (nach einer der Terraner Skalen) von über einer Million Grad Celsius), da blieben weder Haut noch Knochen übrig. Im weiteren Umkreis bis zu vier Kilometer verbrannten die Lebewesen als schreiende Fackeln und nach vier Kilometern wurden Bäume aufgrund der Hitze immer noch entzündet. Die entstandene Röntgenstrahlung war so stark, dass die Körper am Explosionsort als Röntgenbild auf den Mauern bzw. Straßenbelägen abgebildet waren.«

ARX sagte: »Zehntausende ihrer Art verdampften durch die auftretende Hitze und andere verbrannten. Innerhalb weniger Tage wurde die nächste Stadt angegriffen und vernichtet. Das Leid für mehr als 200.000 ihrer Art war danach unvorstellbar gewesen. Die betroffenen Menschen, die nicht sofort gestorben waren, siechten unter größten Schmerzen über Jahre dahin. Da die Opfer wie in einer Mikrowelle gegart waren, hatten sie schwere innere Blutungen. Beim Trinken des radioaktiv verseuchten Wassers fielen sie noch vorn über in den Fluss oder Brunnen und starben. Nach Ende dieses Krieges haben sie in ihrer Welt in einem unglaublichen Wahnsinn viele weitere Atombomben in ihrer Atmosphäre getestet und damit massenhaft radioaktive Isotope, wie Alphastrahler mit Halbwertzeiten, die in die Millionen Jahre gehen freigesetzt, die heute noch in ihrer Welt kreisen und sich in den Körpern der Betroffenen über die Nahrung und Luft festsetzen können. Und sie waren sich ihrer Untat bewusst.« Sie führte dazu weiter aus:

10. Im Kommandoraum von ARX

»Sehen sie, Bilder und Untersuchungsergebnisse wurden nach dem Abwurf der Bomben als geheime Sache eingestuft und beschlagnahmt und die Daten ließ man verschwinden.« ARX fuhr fort: »Die Wirkung des Einsatzes von Atombomben hätte die eigene Bevölkerung so aufgebracht, dass wahrscheinlich eine Weiterentwicklung von Atombomben nicht möglich gewesen oder zumindest eingeschränkt worden wäre.« Oluk fragte: »Wurden die Schuldigen denn je bestraft?« ARX schüttelte den Kopf.

»Auch die weitreichende weltweite Wirkung des hochgiftigen und radioaktiven Plutoniums als Fallout, unter anderem auf die eigene Bevölkerung, war nie ein Thema. Nach unserer Erfahrung muss man annehmen, dass nach zehn bis zwanzig Jahren, der Knochen- und Blutkrebs bis zum heutigen Tag bei Ihnen weltweit zunahm. Der Fallout macht vor nationalen Grenzen keinen Halt. Und das möchte man dann doch nicht der eigenen Bevölkerung "unnötigerweise" vor Augen führen!«

ILX übernahm die weiteren Erläuterungen. »Wir zeigen Ihnen nun einen Film. Dass was Sie sehen werden, entbehrt ebenfalls jeglicher Moral und Ethik.« Der Film startete, man sah einen ca. 19 Jahre jungen Mann, der von einem Älteren angeleitet wurde seine traditionelle Waschung durchzuführen, und ein langes Kleidungsstück anzuziehen. Darunter trug der junge Mann einen Gürtel, der mit Sprengstoff und Eisenkugeln voll bepackt war. Er ging auf einen Marktplatz, wo Individuen dieser Rasse sich mit Lebensmittel gerade versorgten ... Oluk rief: »Der wird doch nicht ...?« Er hatte eine schreckliche Ahnung, was da kommen würde, aber er mochte es einfach nicht glauben! ARX sagte: »Abwarten!«

Es brach ein Chaos unter den Terranern auf dem Marktplatz aus. Viele waren mit ihren Kindern dort. Der junge Mann hatte den Sprengstoff gezündet und sich selbst getötet. Der einzelne Kopf eines Kindes lag auf einer Auslage mit Gemüse und schaute ihn mit aufgerissenen erstaunten Augen

10. Im Kommandoraum von ARX

an. Individuen dieser Rasse, Kinder und Ältere, wälzten sich in ihrem Blut und schrien vor Schmerz.

ILX fuhr fort: »Wir kennen eine Reihe von Planeten, da fressen die niederen Lebewesen sich gegenseitig auf, aber das, was sie jetzt sehen werden, lässt sich kaum mehr toppen.« Sie spielte einen weiteren Film ein.

Eine dunkelhäutige Rasse von Terranern schoss mit automatischen Waffen auf Zehntausende meist unbewaffnete ebenfalls Dunkelhäutige. Einer dieser Wesen, sie bezeichnen sich selbst als Menschen, ging in eine aus Lehm gefertigte Hütte, zog dort mehrere Kinder, zwei Erwachsene und zwei Alte aus dem ärmlichen Anwesen. Sie nannten ihn Augen-Joe, da er den Kindern immer in die Augen schoss, bevor er die Erwachsenen umbrachte. Augen-Joe hielt eine Waffe in der Hand, die er sich hätte nie leisten können, die Kugeln, die er verschoss, auch nicht, und er brauchte immer für eine größere Familie fast ein ganzes Magazin, wenn er nicht zusätzlich seine Machete verwendete. Aber es ekelte ihn dann immer vor dem vielen Blut und reinigen musste er das Gerät vor dem Trocknen auch noch. Deswegen zog er doch lieber den Abzugsbügel, da musste dabei auch nicht gedacht werden.

ILX sagte zu Oluk: »Hier eine weitere Dokumentation aus Anfang 2015 Terranerzeit. Sie sehen eine Stadt, ich glaube, sie nennen es Paris in Europa.« Die Nachrichten berichteten über drei dieser Spezies, die mit automatischen Waffen ihre unbewaffneten Artgenossen erschossen hatten. Es folgten kurze Ausschnitte einer Talk-Show mit einem deutschen Politiker, in denen er mit weiteren Teilnehmern eine Art "Ursachenforschung" betrieben hatte.

ILX fragte: »Sir Oluk, was fällt Ihnen denn in dieser Diskussion der Morde auf, die diese Barbaren an ihrer eigenen Rasse verübt hatten.« An dem angewiderten Ausdruck in den Gesichtern der Reptosianer konnte Oluk die Ablehnung sehen, die sie den Terranern gegenüber hegten. Oluk antwortete: »Es

10. Im Kommandoraum von ARX

scheint, dass überhaupt kein Interesse besteht, herauszufinden, woher die Waffen, die Munition und das Geld kamen. Dazu wird nicht ein einziges Mal die Frage gestellt und das, obwohl dieser Politiker ein verantwortliches Mitglied der Regierung war.«

»Schauen Sie«, sagte ARX zu Oluk: »Bei Sprengungen mit terroristischem Hintergrund kann aufgrund seiner Rückstände festgestellt werden, aus welcher Fabrik das explosive Material kommt. Jeder Sprengstoff besitzt damit einen Fingerabdruck aufgrund seiner chemischen Zusammensetzung.«

ILX erläuterte: »Die, die sprengten oder schossen, konnten sich weder den Sprengstoff noch die Waffen und wahrscheinlich nicht einmal eine Patrone kaufen. Dahinter sitzen also Multiplikatoren. Das sind diejenigen, die das Mordwerkzeug produzieren, die Eigentümer und Anteilseigner dieser Waffenfabriken, die Finanzierer und all die Zwischenhändler, die an ihrem permanenten weltweiten Töten Unschuldiger verdienen« und sie fuhr fort:

»Würden diese Multiplikatoren öffentlich sichtbar gemacht werden mit ihren Bildern, Namen und Adressen, wo diese mit ihren Familien leben, würde dieser ganze Sumpf in den politischen Lagern ihrer Welt sehr schnell ausgetrocknet werden. Sind das nicht die eigentlichen Mörder auf diesem Planeten?«, fragte sie. Spontan ergänzte Oluk: »Sie verfügen über ein weltweites Datennetz, das sie Internet nennen. Wäre das nicht der richtige Ort für das Zeigen mit dem Finger?,« fragte Oluk.

ARX erläuterte: »Keiner der Untersuchenden fasst dieses anscheinend heikle Thema öffentlich an und das Wahrscheinlich nur aus einem Grund:

"Wie Du mir -- so ich Dir. "«

ARX sagte: »Würde mit dem Finger auf bestimmte Länder und bestimmte Leute gezeigt werden, um den mörderischen Sumpf transparent zu machen, würde Gleiches mit Gleichem vergolten

10. Im Kommandoraum von ARX

werden und die Genannten würden auf die Hersteller, Finanzierer und Lieferanten des Wettbewerbers oder auf diejenigen zeigen lassen, die im anderen politischen Block sitzen! Und das stört dann doch gewaltig beim Verdienen mit dem Mordwerkzeug!«

Sie erzählte weiter: »Bei einigen dieser Spezies dreht sich ihr kurzes Leben fast nur ums Geldanhäufen. Da diese Terraner eine sehr kurze Lebenserwartung haben, müssen sie von einer ungezügelten Habgier angetrieben werden. Es ist anscheinend ihr Ziel, so viel Vermögen im Zeitpunkt ihres Ablebens angehäuft zu haben als möglich. Allerdings verstehen wir die dahinterstehende Logik nicht«, sagte ARX und zeigte noch einen kurzen Ausschnitt aus einem Film, den die Terraner vor über einem Jahrzent AVATAR genannt hatten. »Sir Oluk, diesen Vernichtungskrieg, den sie dort darstellen, wird zur Realität werden, wenn sie erst einmal in den Weltraum mit ihren Raumschiffen vorgedrungen sind. Die werden uns nur so mit Krieg überziehen! Die haben auf ihrem Planeten in mehreren Kontinenten genau im gleichen Stil mit überlegener Waffengewalt ihre Ureinwohner niedergemetzelt und unterdrückt, um diesen dann deren Landbesitz zu stehlen!«

ARX erzählte weiter: »Warum wir Ihnen das so ausführlich darlegen? Wir halten diese Erdlinge für äußerst gefährlich und deswegen wollten wir nicht eingreifen! Immer wenn diese Terraner eine neue technische Fähigkeit entwickelt hatten, die waffenfähig ist, wird diese sofort in Mordwerkzeuge umgesetzt. Und ihre Bevölkerung dort lässt das schweigend mit sich machen und sich immer und immer wieder in völlig sinnlosen Kriegen zur Schlachtbank führen.«

ILX zeigte eine Dokumentation einer Weltorganisation des Planeten Erde, die darlegte, dass es in 2014 so viel Flüchtlinge gegeben hätte wie noch nie zuvor und nannte eine Zahl von über 70 Millionen ihrer Art. ILX sagte zu Oluk: »Man kann es kaum glauben, aber ihre Waffenschmieden produzieren die

10. Im Kommandoraum von ARX

Mordwerkzeuge in ungeheuren Mengen und pumpen diese völlig ungehemmt weltweit in ihre Bevölkerung. Es klingt beinahe sarkastisch, wenn sie dann ihre permanenten Kriege und die Massen an Flüchtlingen, beklagen. Hielten nicht diese, die an Waffen ungeheure Summen verdienten, Kriege am Leben, wie in Syrien um das Jahr 2014 ihrer Zeitrechnung? Sie belieferten jede Konfliktpartei so lange, bis die Bevölkerung völlig ausgeblutet war. Da sie bereits bis zum Jahr 2014 ihre Welt mit Waffen überzogen hatten, konnten sich Splittergruppen bilden, die mit der Bekanntgabe irgendeinem Ziel dienen zu wollen, alles ermordete, was nicht in ihre Doktrin passte.«

Sie erzählte weiter: »Splittergruppen mit Warlords mit dem Motto jeder gegen jeden sind das Paradies für die Lieferanten der Mordwerkzeuge auf diesem Planeten. Das Filet sind allerdings die Stellvertreterkriege großer Organisationen oder Staaten, da diese für Waffen und Munition oftmals große Mengen an Geldmittel zur Verfügung stellen. Mit den von "Außen" bezahlten Killermaschinen wird dann der Krieg vor Ort so richtig schön angeheizt, natürlich wiederum zur Freude derjenigen, die unbemerkt von der Öffentlichkeit das große Geld verdienen.«

Nachdem Oluk noch gezeigt wurde, wie diese Spezies ihre eigene Art in Transportmittel pferchte und in Räume verbrachte, in die giftiges Gas eingeleitet wurde, bat er ILX um ein Ende. Ihm wurde übel und er konnte die Taten dieser Erdbewohner einfach nicht mehr ertragen. ILX fragte ihn: »Verstehen Sie jetzt, warum wir hier nicht eingreifen und helfen wollten? Wir raten jedem interstellaren Volk, Hände weg von diesen Terranern! Diese Rasse ist das Letzte, was wir im Weltraum benötigen!« Sie schaute zu Oluk und schwieg nach ihren Worten.

»Wissen Sie«, sagte Oluk zu ILX: »Ich kannte ein bisschen schon von dem, was Sie dargelegt haben, aber wir sehen auch Dinge auf dieser Welt, die so gar nicht zu dem passen,

10. Im Kommandoraum von ARX

was Sie gezeigt haben.« Oluk bat ZER um Hilfe. ZER spielte darauf von verschiedenen Komponisten instrumentale und gesungene Musikstücke ein. Begleitet wurde diese musikalische Darbietung von Bildern über prachtvolle Bauten und Kunstwerke. »Sie sind mit unglaublichen Fähigkeiten ausgestattet«, fügte Oluk hinzu. Dann zeigte ZER Bilder vom selbstlosen und liebevollen Umgang der Terraner mit dem eigenen Nachwuchs. Das löste bei den Zuhörern in den drei Schiffen Rufe des Erstaunens aus. »Aber dennoch«, sagte Oluk: »Haben wir diese Rasse in unserem Sechs-Stufen-Schema für Moral und Ethik mit viel "Bauchschmerzen" dem Level zwei zugeordnet.«

Plötzlich wurde bei Oluk wegen fehlender Daten der Bildschirm, der den Kommandoraum von ARX zeigte schwarz. Sekunden später wurden die Laserrohre am Schiff von ARX hochgefahren und auf das Schiff von Oluk gerichtet. Die Relianer auf der Brücke des Alphakreuzers ALGUB II erstarrten für einen Augenblick, dann folgten Ausrufe des Entsetzens! Der Alarm schrillte im ganzen Schiff. Das blinkende blaue Licht wechselte in ein blinkendes Rot. Die Programme für die Wartungsroboter wurden hochgefahren. Sie warteten auf ihren Reparatureinsatz im Falle von Zerstörungen.

11. Schlagabtausch

Das laute Rufen von ILX: »Was machst Du da, ARX?«, ging im Lärm des Alarms im Schiff von Oluk unter. Der Kommandeur, der für die Verteidigung im Alphakreuzer zuständig war, schrie: »Befehl an ZER, 100 % Leistung auf die Schutzschirme!« Die Befehlshaberin Kara, zuständig für die Waffen bellte: »Befehl an ZER 12er hochfahren, Feuerbereitschaft!« Nun konnte man im Schiff den tiefen satten Brummton der Energieerzeuger und Energiewandler wahrnehmen.

Oluk drückte die INTERCOM-Taste, damit konnte er im gesamten Kreuzer gehört werden: »Bitte begeben Sie sich sofort auf Ihre Plätze, wir werden angegriffen!« Er wiederholte noch einmal: »Alarmstufe Rot, bitte begeben Sie sich auf Ihre Plätze, wir werden angegriffen« und fügte hinzu: »Das ist keine Übung!« Ingenieure, Techniker und andere Spezialisten hasteten zu ihren Überwachungsplätzen für den Antrieb, Energieerzeugung, Verteidigung und Waffen.

Oluk konnte nicht glauben, dass die beiden Schiffsführer von Reptos ihn so hinters Licht geführt hatten. Dabei blickte er zu ILX auf den Bildschirm. Beide hatten die Verbindung nicht unterbrochen. Sollte ILX nur sehen, wenn man/frau ihn in einem Hinterhalt wie diesen gelockt hatte, er zu einem furchtbaren Gegner werden konnte.

ZER hatte erkannt, dass sie mit LASER angepeilt worden waren, und stellte die Zielkoordinaten auf das Bedrohungspotenzial ein. ZER quittierte: »12er feuerbereit. Schutzschirme 100 % Leistung und drehe auf Ziel ein ...« Kurze Zeit später: »Ziel erfasst ... Schussbereit. Erwarte Feuerbefehl!« Nachdem die LASER-Rohre ausgerichtet waren, hatten sich zwölf Fadenkreuze auf dem Zielbildschirm zu einem einzigen vereint. Zwölf Beams würden bei dem Aufschlagen auf ein Raumschiff, eine verheerende Wirkung erzielen.

ZER hatte bereits den voraussichtlichen Schaden berechnet. Basis der Berechnung war die angenommene Leistung der Wandler, die Power des Reaktors des gegnerischen Schiffes aufgrund seiner Abmessungen und die Energiestärke der Schutzschirme. Das antizipierte Schadensbild (ADP)[22] zeigte, dass die vereinten 12 Strahlen die Hülle des Kreuzers von ARX wie eine Konservendose aufschweißen würden. Wenn der Reaktor oder andere explosionsfähige Teile getroffen werden, konnte dies die totale Zerstörung des gegnerischen Schiffes zur Folge haben.

12. Raumkreuzer ARX und ILX

ERX, der oberste Ingenieur und Anführer der ALLIANZ hatte es mit seinen verbündeten Kollegen geschafft, die ausgehende Kommunikation des Kontrollraums I abzuschalten. So konnten die Kommandierenden dort zwar auf den Screens die Aktionen mitverfolgen, aber keinen Einfluss auf das Geschehen nehmen.

ERX gab den Befehl an HRA, die LASER hochzufahren. Dann gab er die Koordinaten des Schiffs von Oluk ein. Die LASER drehten sich und richteten sich auf den Alphakreuzer.

ARX erkannte, dass jemand in ihrem Schiff die Befehlsgewalt auf den Kontrollraum II umgeschaltet hatte. Sie war nur noch Statist und zur Handlungsunfähigkeit verurteilt. Dann blinkte das Signal auf: »Fake INTERCOM-Box zerstört.« Jetzt bestätigte sich für ARX, der Kapitän dieses Raumkreuzers und Vizeadmiral, dass jemand ihr Schiff sabotierte. In einem ersten Augenblick war sie geschockt, dann fühlte sie sich tief verletzt. Niemals in ihrem Leben hätte sie auch nur vermutet, dass ihr so etwas passieren konnte. Sie kannte auf ihrem Raumschiff jeden Einzelnen von ihnen. Aber keinem davon würde sie eine Meuterei zutrauen. »Was hatte sie falsch gemacht?«, stellte sie sich die Frage. »Es musste jemand sein, der diesen geheimen Ka-

---

[22] Antizipated Demage Picture Schadenseinschätzung.

12. Raumkreuzer ARX und ILX

nal der Admiralität kannte und unterbrechen wollte.« Darauf ließ sie die COD[23]-Verbindung zu ihrer Vorgesetzten ILX auf- bauen, ihre Oberbefehlshaberin, die die beiden reptosianischen Kampfkreuzer befehligte.

  Sie hatte ILX sofort in der Leitung: »Was um alles in unserer Welt machst Du da, bist Du völlig verrückt geworden oder fällst Du mir in den Rücken?«, fragte ILX sehr gereizt. ARX antwortete: »ILX, ich bitte Dich! Es enttäuscht mich, dass Du so über mich denkst. Ich habe keine Befehlsgewalt mehr über mein Schiff, da die Kommunikationswege unseres Kontrollraumes unterbrochen bzw. auf den zweiten Befehlsraum umgeschaltet worden sind« und sie fuhr fort:

  »Ich weiß nicht, wie das ohne meine Autorisierung überhaupt möglich war, denn ich wurde von HRA nicht gefragt. Schicke bitte schnellstens ein Einsatzteam, das mein Schiff von diesen Bastarden befreit! Dann klären wir, was da alles schief gelaufen ist.« ILX hatte die Verbindung zu Oluk nicht unterbrochen, sodass er das Gespräch durch die Übersetzung mit verfolgen konnte.

  ILX schaltete zu dem Oberkommando der Flotte von Reptos. Sie erreichte sofort Großadmiral SINGX, der ihr mitteilte, dass Reptos von Kantura angegriffen wurde. ILX konnte Explosionen im Hintergrund hören und Schreie von Anweisungen. Die Verbindung wurde kurzzeitig mehrfach unterbrochen und der Großadmiral konnte kaum durch die Störungen verstanden werden. Das Bildsignal brach immer wieder ab. SINGX erzählte mit höchst erregter Stimme: »Eine Geheimorganisation mit dem Namen ALLIANZ würde versuchen unsere Regierung zu stürzen.« Er fuhr fort: »Die ALLIANZ macht mit Kantura gemeinsame Sache, wir sind im Feuergefecht mit zwei abtrünnigen Schiffen und einem kanturanischen Großkampfschiff.« Seine Stimme überschlug sich: »Unsere Schutzschirme fallen aus und können nicht mehr stabilisiert werden ... Sie ha-

---

[23] Call-On-Duty Geheime Telefonverbindung der Admiralität

12. Raumkreuzer ARX und ILX

ben das Recht das Feuer auf ...« ILX sah, wie der Hintergrund des Bildschirmes sich rot färbte, dann nach einem kurzen Augenblick, brach die Verbindung schlagartig ab. Der Bildschirm wurde dunkel.

ILX wandte sich völlig betroffen und außer Fassung an Oluk: »Reptos hat keinen Grund Sie anzugreifen. Ich habe keine Waffen auf Sie gerichtet und wir werden Sie auch nicht angreifen. Das Schiff von ARX wurde wahrscheinlich von dieser Geheimorganisation übernommen, die sich ALLIANZ nennt.« Sie fragte Oluk:

»Sind meine Worte für Sie glaubhaft?« Oluk überlegte: »War das ihm vorgespielt? Auf der anderen Seite hatte er von den Spähschiffen bereits Bilder gesehen, dass tatsächlich Kämpfe zwischen reptosianischen Raumschiffen stattgefunden hatten.« So gab er ein knappes »Ja« zur Antwort. ILX sprach nun ihre eigentliche Bitte an Oluk aus:

»Ich kann unser Schwesterschiff beim besten Willen nicht unter Beschuss nehmen, solange wir selbst nicht angegriffen werden. Dort sind viele mir nahestehende Freunde. Oluk, wenn Sie die Möglichkeit mit Ihrer fortgeschrittenen Technologie haben, das Schiff von ARX außer Gefecht zu setzen, ohne es gänzlich zu vernichten, wäre Ihnen das Volk der Reptosianer zu tiefstem Dank verpflichtet!«

Da sie keine Reaktion bei Oluk entdecken konnte, flehte Sie ihn nun im Namen von ARX verzweifelt an: »Wenn es Ihnen möglich ist, vernichten Sie dieses Schiff nicht!« Oluk erschien diese Bitte glaubhaft. Er schaute sich im Kommandoraum um und sein Blick blieb auf Kara ruhen. Sie war die Verantwortliche für die Waffen.

12. Raumkreuzer ARX und ILX

Die LASER-Beams erreichten das Schiff von Oluk und trafen die hochgespannten Energieschirme des Alphakreuzers. Das Schiff erstrahlte an der Stelle des Aufschlages und Ladungsteilchen ergossen sich ins Weltall; dieses hatte ein Aussehen wie die Protuberanzen einer Sonne. Die Energie schoss die Schutzschirme entlang und färbte diese violett. Das Brummen der Energieerzeugung und der Wandler wurde tiefer und lauter und konnte im Kommandoraum deutlich wahrgenommen werden. An einem Bildschirm ließ sich die partielle Belastung der energetischen und magnetischen Schutzschirmteilflächen ablesen. Die Lastbalken stiegen in den oberen Bereich der gelben Zone. Die Energie der Strahlung reichte nicht aus, um die mehrfach übereinander liegenden Schutzschirme des Alphakreuzers zu durchschlagen und sein Schiff zu gefährden.

Oluk beriet sich mit seiner Waffeningenieurin: »Kara, wenn wir mit allen 12 Rohren gleichzeitig strahlen, werden wir das Schiff von ARX völlig zerstören«, überlegte er laut. »Was schlagen Sie vor?« Die Antwort von Kara kam prompt: »Wir programmieren die LASER um und feuern hintereinander also seriell«, schlug sie vor. »Dann können wir sehen, wie stark das gegnerische Schiff in seiner Verteidigung ist. Brechen unsere eigenen Schutzschirme derweil ein, können wir die Feuerkraft sofort erhöhen.« Oluk nickte und beschloss: »Wir feuern mit vier LASER gleichzeitig und schalten dann auf die nächsten vier usw.«

Kara blickte nach oben: »Befehl an ZER, feuern mit 1 bis 4 gleichzeitig, dann 5 bis 8 und so weiter, bis "Halt" erfolgt.« ZER bestätigte: »Eröffne Feuer auf erfasstes Ziel mit jeweils vier LASER fortlaufend.« Die Mündungen wurden gleißend rot und violett. Vier Beams rasten mit annähernd Lichtgeschwindigkeit in die Dunkelheit. Dann wurde auf den mittleren Ring mit den nächsten vier LASER umgeschaltet, danach auf den Ring am Heck, usw. ... Die Spähschiffe des Alphakreuzers hatten das gegnerische Schiff mit ihren Kameras erfasst. Ein Bild-

12. Raumkreuzer ARX und ILX

schirm im Alphakreuzer zeigte die feuernden LASER von ARX. Als die ersten vier Strahlen des Alphakreuzers im Gegenzug aufschlugen, verfärbten sich die Schutzschirme des Kreuzers von ARX in einem schaurig schönen Farbspiel; aber sie wurden mit der Energie fertig. Während der Stabilisationsphase schlugen die Strahlen der Rohre 5 bis 8 auf. Die Schirme veränderten erneut ihre Farbe. Das Schiff hatte bereits nach den ersten acht Treffern Schwierigkeiten, die Schutzschirme zu stabilisieren. ERX der Anführer der ALLIANZ im Schiff von ARX ließ die LASER abschalten, um die frei gewordene Energie dem überlebenswichtigen Schutzschirm zur Verfügung zu stellen.

Dann schlugen die Beams der Rohre 9 bis 12 ein. Der Schirm an der Aufschlagstelle begann zu schwanken und wechselte in immer schnellerer Abfolge die Farbintensität. ERX, der die Gefahr als Ingenieur erkannte, brüllte: »Alle nicht lebenswichtigen Systeme abschalten und alles was wir an Energie haben auf die Schutzschirme legen! Sofort!« Die freigewordene Energie wurde nun auf die einknickenden Energieschirme gelegt. Für kurze Zeit konnte ERX damit den Energieschutz stabilisieren. Zusätzlich gab er den Befehl, das Schiff zu drehen, um die schwankenden Teilfelder aus der Schusslinie zu bringen.

Als die Beams der vorderen Rohre des Alphakreuzers wieder auf das gegnerische Schiff aufschlugen, brachen die Energiefelder ein. Der feindliche Raumkreuzer konnte wegen seiner Masse nicht so schnell gedreht werden. Die Oberfläche des Kreuzers war an dieser Stelle nun schutzlos.

Beam 5 bis 8 trafen mit voller Wucht auf die Außenhülle des Raumschiffes, die an der Aufschlagsstelle anfing, weißrot zu glühen. Das Material schmolz und spritzte weg. Die nächsten Strahlen fraßen sich in das Innere, dann erfolgte eine Explosion, die ganze Teile der betroffenen Wandung wegfegte. Objekte aus dem Inneren des Kreuzers wurden in das Vakuum geschleudert. Der entweichende Luftstrom riss weitere Teile

12. Raumkreuzer ARX und ILX

des Schiffes und Reptosianer in den tödlichen Weltraum. Ein Trümmerfeld breitete sich am Vorderteil des Kreuzers von ARX aus. Oluk sah die massiven Zerstörungen und befahl, das Feuer sofort einzustellen. ZER bestätigte, dann ruhten die LASER.

Oluk richtete einen Funkspruch auf den Frequenzen der reptosianischen Schlachtkreuzer an das Schiff von ARX: »Stellen Sie das Feuer ein. Fahren Sie keinen Ihrer LASER hoch. Jeder Einsatz von Waffen Ihrer Seite führt zur totalen Vernichtung Ihres Schiffes.«

»Lassen Sie ihre LASER abgeschaltet. Ich bin sonst gezwungen, Sie vollständig zu vernichten!«, wiederholte Oluk. Er hoffte, sie würden seinem Aufruf nachkommen. Sie hatten sicherlich bereits Tote zu beklagen. Der Gedanke belastete ihn sehr.

13. Kapitulation des Kreuzers von ARX

ERX beobachtete das Aufschlagen der Beams auf das Schiff von Oluk. Der Techniker am Feuerleitschirm der LASER stellte fest, dass die Energie nicht ausreiche, die Schutzhülle des Schiffes von Oluk zu zerstören. Mehr Energie stand ihnen für die LASER nicht zur Verfügung.

Die ersten Treffer der LASER des Alphakreuzers prallten auf den Schutzschirm des Schiffes von ARX. ERX konnte das Aufbrüllen der Energieerzeuger hören. ERX vernahm mit seinen empfindlichen Ohren den grellen Ton der Warnsignale, die immer durchdringender wurden. Die Bildschirme, die die Energielast zeigten, färbten sich immer intensiver und kletterten über die höchste Warnstufe hinaus in den Bereich völliger Überlastung.

Eine Explosion erschütterte den Kreuzer. Die getroffene Partie des Schiffes hatte Teile der Außenhülle verloren. Im Inneren des Schiffes waren Sektoren vollständig zerstört und Funktionen ausgefallen. Reptosianer, die dort gearbeitet hatten, meldeten sich nicht mehr. ERX musste feststellen, dass er nicht über die Energieleistung verfügte, um der Wirkung der Waffen des feindlichen Schiffes gewachsen zu sein.

Dann kam der Funkspruch von Oluk: »Stellen Sie das Feuer ein. Fahren Sie keinen Ihrer LASER hoch. Jeder Einsatz von Waffen Ihrer Seite führt zur totalen Vernichtung Ihres Schiffes. Lassen Sie ihre LASER abgeschaltet. Ich bin ansonsten gezwungen, Sie vollständig zu vernichten«, kam die Wiederholung.

ERX wusste, dass er diesen Kampf verloren hatte, er fühlte sich wie "am Boden zerschmettert". Er hatte als eine weitere Option noch Raketen mit atomaren Sprengköpfen an Bord. Aufgrund der großen Entfernung zum Alphakreuzer war die Laufzeit der Raketen bis hin zum gegnerischen Schiff zu

13. Kapitulation des Kreuzers von ARX

lang. Sie würden abgeschossen werden, bevor sie ihr Ziel nur annährend erreicht hatten. So verzichtete er auf den Einsatz dieser Waffe. ERX gab auf und schaltete die Energieversorgung der Waffen nun vollständig ab. Das gegnerische Schiff war mit seiner Technologie deutlich überlegen.

ERX verfügte über zu wenig Erfahrung, um die Erfolgsaussichten des Gegners und seiner Waffen richtig einschätzen zu können. Er hatte bis zuletzt gehofft, dass nach Übernahme des Schiffes von ILX die Kräfte der ALLIANZ ihm zu Hilfe kommen würden. Warum erhielt er keine Unterstützung von dem gekaperten Schiff von ILX? War dort etwas schief gelaufen? Er hätte abwarten sollen, bis sich die ALLIANZ bei ihm von dort gemeldet hatte! ERX machte sich jetzt große Vorwürfe: »Warum hatte er sich mit diesem großen Schiff der Fremden ohne Unterstützung eingelassen?«, fragte er sich.

»Die Führer der ALLIANZ hatten ihn in die Rolle des Schiffsführers hineingedrängt! Sie hatten ihm erzählt, er wäre der Beste!« Das, was er über sich selbst dachte, nämlich ein guter Ingenieur und kein Kriegsherr zu sein, hatte sich nun für ihn auf furchtbare Weise bestätigt. Er war für den Tod vieler Reptosianer verantwortlich. Seine Mission war fast gescheitert.

Was ERX nicht wusste, er hatte zu keinem Zeitpunkt den Hauch einer Chance diesen Schlagabtausch zu seinen Gunsten beenden zu können. Im Alphakreuzer waren drei leistungsstarke Antriebsarten verbaut und zusätzlich verfügte Oluk noch über eine Waffe, die sie MAM (Matter-AntiMatter oder Materie-Antimaterie) nannten. Aufgrund ihrer Sprengkraft und verheerenden Wirkung wurde sie von den Relianern auch als "Planetenputzer" bezeichnet.

Ein Bildschirm blinkte und signalisierte ERX, dass ein Gespräch auf ihn wartete. ERX nahm das Gespräch an, ließ aber die eigene Kamera ausgeschaltet, sodass er nicht gesehen werden konnte. Es war ILX, eine Frau als Admiral der beiden Schiffe. Er wusste von ihren positiven Eigenschaften, was

13. Kapitulation des Kreuzers von ARX

den Umgang mit ihrer Mannschaft anging und ihren technischen Fähigkeiten, zwei Raumschiffe dieser Größenordnung zu managen. Er kannte sie und er mochte sie. ERX wurde jetzt bewusst, auf was er sich da eingelassen hatte. Er war eigentlich zufrieden mit seiner Regierung und seinem Leben gewesen. Erst ein Freund brachte ihn behutsam auf den Weg zu der geheimen Organisation, die sie ALLIANZ nannten.

Die Übernahme eines Raumschiffes mit den ihm zur Verfügung stehenden Ingenieuren erschien ihm damals als ein Kinderspiel. Nie hätte er an dem Sieg der Allianz gezweifelt. ERX nahm das Gespräch an, und meldete sich mit: »Hier spricht der Führer der Allianz für diesen Raumkreuzer.« Die Stimme wurde dabei nicht übertragen, sondern seine Worte wurden auf dem Bildschirm angezeigt. Er wollte seine Identität wahren. Dann schwieg er. Admiral ILX begann das Gespräch mit den Worten: »Wer auch immer hinter diesem Komplott steckt, ich gewähre allen Beteiligten eine Amnestie und eine ehrenhafte Entlassung aus unserer Flotte unter der Maßgabe, dass Sie sich sofort ergeben. Es dürfen keine weiteren Kampfhandlungen stattfinden.« Sie wiederholte eindringlich: »Ergeben Sie sich, Sie haben diesen Kampf bereits verloren!«

ERX wollte aber in keinem Fall auf das Angebot von ILX eingehen und aufgeben. Bisher hatte er noch die Leitung des Schiffes vollständig in seiner Hand. Er befehligte noch ein Dutzend Soldaten und einige aktive Kampfroboter. Weitere standen ihm in einem Lager des Schiffes zur Verfügung; diese mussten allerdings noch aktiviert und bewaffnet werden. Nach dieser Überlegung schaltete er ohne weitere Worte die Verbindung zu ILX ab. ERX der Ingenieur befahl, alle Außenschotts zu verriegeln und mit Soldaten zu sichern. Der Schiffsmannschaft erklärte er, es würde die Gefahr einer Invasion von abtrünnigen Reptosianern unter Führung von ARX bestehen. Diese hätten auch Reptos angegriffen und wollten die Regierung von Reptos stürzen.

13. Kapitulation des Kreuzers von ARX

ERX war ein hervorragender Ingenieur aber kein Taktiker oder Stratege. An die Sicherung des zerstörten Teiles des Schiffes dachte er nicht. Wer sollte es auch wagen, durch ein gefährliches Trümmerfeld im Inneren des Schiffes sich zu bewegen, um ein Schott zu öffnen. Dies würde er sofort angezeigt bekommen.

Als der Schlagabtausch mit ihrem Schwesterschiff und dem Alphakreuzer begann, wollte ILX in das Geschehen nicht eingreifen. Sie konnte die Waffen nicht hochfahren, da die Gefahr bestand, Oluk würde das als aggressiven Akt empfinden und das Feuer auf Ihr Schiff richten. Solange die ALLIANZ von dem Raumkreuzer von ARX nicht auf ihr eigenes Schiff schoss, konnte sie auf die Aktivitäten von Oluk vertrauen und abwarten.

Auf den Bildschirmen sah sie die verheerende Wirkung der LASER des Alphakreuzers. Im Gegenzug konnten die LASER ihres zweiten Kreuzers dem Schiff von Oluk keine Schäden zufügen. »Der Kreuzer von Oluk war ein zu mächtiger Gegner«, dachte sie.

Als ARX, die Kommandantin des Schwesterschiffes den Kontakt mit ILX über das geheime COD-System (Call-On-Duty) aufnahm, ein geheimes Funksystem, dass nur für die Admiralität und die Schiffsführer eingerichtet war, wies sie sofort ihren Hauptrechner HRI an, keine Weisungen aus dem Kontrollraum II zu akzeptieren. Es sei denn, sie selbst würde den Befehl geben. Während sie die Verbindung zu dem Kontrollraum I des Schiffes von ARX herstellen ließ, sendete sie leicht bewaffnete Soldaten und einen Kampfroboter zum Kontrollraum II.

Die Ingenieure der ALLIANZ, die sich im Kontrollraum II befanden, waren so überrascht, als die Soldaten den Raum öffneten, dass nur der Anführer mit seinem Hand-LASER das Feuer eröffnete. Die Soldaten schossen sofort zurück und trafen seinen neben ihm stehenden Freund. Darauf warf der Anführer seine Waffe weg und setzte sich wie betäubt neben sei-

13. Kapitulation des Kreuzers von ARX

nen am Boden liegenden schwer verletzten Weggefährten. Er ließ sich widerstandslos mit seinen Leuten festnehmen. Das Schiff blieb in der Hand von ILX und der Regierung von Reptos.

Als die Verbindung zum Schwesterschiff ohne Antwort von der Gegenseite unterbrochen wurde, informierte sie ihre Mannschaft über den Vorfall. Der Jubel über die Vereitelung der Meuterei auf ihrem Schiff war allerdings nur von kurzer Dauer, denn sie kündigte an, dass sie das Schiff von ARX zurückerobern wolle.

ILX bat Dragon, ihren obersten Sicherheitsingenieur und Befehlshaber der Soldaten und der Kampfmaschinen, einen Plan auszuarbeiten, wie am besten der Kontrollraum II von ARX ausgeschaltet werden konnte. Sie selbst schlug vor, über die zerstörten Sektoren in das Innere des Schiffes vorzudringen.

Dragon zog sich mit zwei weiteren Reptosianern zurück, um eine detaillierte Vorgehensweise zu erarbeiten, wie das Schiff zurückerobert werden konnte. Ein Beiboot mit Ingenieuren sollte sich dazu bereithalten, um nach der militärischen Übernahme und Sicherung den Kontrollraum I wieder aufzuschalten.

ILX wandte sich wieder an Oluk: »Sir Oluk, unser Volk bedankt sich für ihre Hilfe, aber trotz unseres Erfolges oder besser Ihres Erfolges, die ALLIANZ hat immer noch die Oberhand. Unser Großkreuzer unter Großadmiral SINGX wurde von zwei unserer gekaperten Schiffe gemeinsam mit dem Flaggschiff der Kanturaner ins Kreuzfeuer genommen und vollständig vernichtet. Wir haben bereits viele unseres Volkes verloren«, ihr Redefluss stockte, dann fuhr sie fort: »Um die wir zutiefst trauern. Einige der Raumkreuzer unserer Regierung liegen derzeit im Feuer eigener Schiffe, die von der ALLIANZ übernommen worden sind und wir können der Regierung von Reptos, die derzeit ebenfalls angegriffen wird, nicht zu Hilfe kommen … Oluk, ich bitte sie, uns ein weiteres Mal zu helfen. Wir

13. Kapitulation des Kreuzers von ARX

haben seit Jahrhunderten keinen Angriffskrieg geführt, wir sind friedlich. Aber wir befürchten für unsere Zukunft weitere Konflikte mit unseren Nachbarn, sollte es zu einer Übernahme durch unsere Gegner, die ALLIANZ oder gar zu einem Sieg der Kanturaner kommen. Das möchten viele in unserer vereinten Nation vermeiden. Daher bitte ich Sie, die Kanturaner in Schach zu halten, bzw. zum Schutz von Reptos zu intervenieren. Sie haben die technischen Mittel dazu!«, fügte sie hinzu!

Oluk war zunächst sehr überrascht ob dieser Bitte. Er war sich sicher, dass das Protokoll seiner Regierung ihm streng untersagte, in diesen Konflikt einzugreifen. Oluk antwortete nach einem Zögern: »Ich fühle mich sehr geehrt, dass man uns erneut um eine Lösung in diesem Konflikt bittet. Er könne solch eines weitreichendes Vorgehen nicht alleine veranlassen, sondern dies muss vom Rat des Alphakreuzers entschieden werden« und er ergänzte: »Er, Oluk, werde ihr Begehren wohlwollend prüfen und sie in Kürze über die Entscheidung des Rates informieren.« Er schaltete die Verbindung ab.

14. Die Entscheidung

Oluk rief drei der vier weiteren Oberkommandierenden zu einer außerordentlichen Besprechung. Der vierte Kapitän des Alphakreuzers, der sich gerade zur Ruhe legen wollte, wurde geholt und gebeten, das Schiff für die Dauer des Meetings als oberster Befehlshaber zu übernehmen. Am Schirm könne er das Gespräch mitverfolgen.

Als der Rat des Alphakreuzers zusammengekommen war, begrüßte er seine Kollegen. Dann stellte er die Situation kurz vor und erzählte von der Bitte der Reptosianer. ZER hätte das Protokoll und die rechtliche Situation bereits geprüft. Danach konnten sie bis zum jetzigen Zeitpunkt nicht eingreifen. Es erhob sich eine heftige Diskussion unter den Anwesenden.

Plötzlich meldete sich ZER: »Sir Oluk, diese Aufzeichnung müssen Sie sich ansehen!« Der Bildschirm im Konferenzzimmer flammte auf. Man sah, wie ein riesiger Schlachtkreuzer einer fremden Rasse zwei kleinere Raumschiffe mit schweren LASER-Waffen unter Beschuss nahm. Das Merkwürdige an der Aufzeichnung war, dass die angegriffenen Schiffe sich nicht wehrten. Sie waren auch so nah an dem Schiff, das auf sie feuerte, dass sie überhaupt keine Chance hatten. Der LASER-Beschuss auf die beiden Kreuzer war so gewaltig, dass es nur einen kurzen Zeitraum dauerte, bis die beiden Kreuzer von Explosionen erschüttert und auseinandergerissen wurden. Oluk wunderte sich über das Verhalten des Schlachtschiffes. Obwohl die Raumkreuzer bereits aufgehört hatten zu existieren, feuerte das Flaggschiff mit seinen LASER-Rohren weiter, auf Rettungskapseln und größere Wrackteile.

ZER blendete die Namen der beteiligten Schiffe ein. Oluk erkannte, dass die beiden kleineren Kreuzer zu Reptos gehörten. »Aber zu wem gehörte das große Schlachtschiff? Ist das das Schiff von Kantura?«, fragte sich Oluk.

14. Die Entscheidung

»Ich habe eben von HRI (Hauptrechner von ILX) erfahren, dass dies einer der drei großen Schlachtkreuzer von Kantura ist«, antwortete ZER und fuhr fort: »Sir Oluk, das was wir an Information haben ist, dass diese beiden kleineren Schiffe zur ALLIANZ gehörten und gemeinsam mit dem kanturanischen Schlachtkreuzer das Schiff von Großadmiral SINGX vernichtet haben sollen.«

Oluk war für einen Augenblick sprachlos: »Die stehen doch auf ein und derselben Seite und kämpfen gemeinsam?«, dachte ich. Befehl an ZER: »Baue Verbindung zu Admiral ILX auf!« ILX wurde eingeblendet und Oluk begrüßte sie höflich. »Wir sehen gerade, dass ein kanturanischer Großkreuzer Schiffe der ALLIANZ, also Verbündete von Kantura vernichtet hat, die kurz zuvor noch Seite an Seite gekämpft hatten!« Oluk fragte ILX: »Sind das nicht die beiden Kreuzer der ALLIANZ, die das Schiff von SINGX zerstört hatten?« Nachdem ILX mit einem kurzen »Ja« geantwortet hatte, ließ sie einige Sekunden verstreichen, bevor sie antwortete:

»Sir Oluk«, sagte sie: »Wir haben soeben erfahren, dass die Kooperation zwischen Kantura und der ALLIANZ aus mir unbekannten Gründen zerbrochen ist. Möglicherweise glaubt Kantura, dass Reptos so geschwächt ist, dass sie die ALLIANZ nicht mehr benötigen. Wir haben in kurzer Zeit einige unserer Kreuzer durch den Verrat der ALLIANZ verloren. Wir haben erfahren, dass der Großraumkreuzer von Kantura, nach der Vernichtung unseres Hauptschiffes Kurs auf unseren Mutterplaneten Reptos genommen hat.«

ILX fuhr fort: »Unsere Raumkreuzer werden derzeit nicht koordiniert. Alles, was wir aufbieten konnten, haben wir dem Kampfschiff von Kantura in den Weg gestellt. Nur leider mit geringem Erfolg. Wir dürfen uns mit unseren Raumkreuzern dem kanturanischen Schiff nicht einzeln in den Weg stellen. Dieser Schlachtkreuzer hat eine Feuerkraft, die der unseren weit überlegen ist.« ILX sah sehr betroffen aus.

14. Die Entscheidung

Oluk fragte: »Sie wollen nach Reptos fliegen, um Ihren Planeten zu verteidigen?«, ist das richtig. ILX antwortete: »Das ist mein Ziel. Allerdings werde ich nur dann fliegen, wenn wir das Schiff von ARX wieder in unserer Hand haben. Der Kreuzer von ARX ist zum Teil beschädigt, aber wenn wir unsere Feuerkraft mit einem weiteren Schiff bündeln, sind wir ein nicht zu unterschätzender Gegner.«

ILX zeigte am Bildschirm auf Reptos: »Was mir große Sorge bereitet, ist die Tatsache, dass wir nicht wissen, wo die beiden anderen Großkampfschiffe von Kantura sind. Wenn diese Kampfsysteme zu dritt Reptos angreifen, ist unser Mutterplanet verloren«, sagte ILX und führte weiter aus: »Sir Oluk, ich bin von unserer Regierung befugt Ihnen mitzuteilen, dass wir für die Kosten Ihres Einsatzes aufkommen werden. Nennen sie uns einen Preis. Wir werden in Diamanten und Gold bezahlen.« Oluk bedankte sich für dieses Angebot. Er wäre bei ILX in dieser Angelegenheit vorstellig geworden, denn der Raumkreuzer verschlang an jedem Tag erhebliche Mittel. Er nannte Ihr einen Tagespreis, den sie mit ihrer Regierung verhandeln wollte. Kurze Zeit später kam sie mit der Information zurück, das Reptos seine Dienste in der gewünschten Höhe bezahlen würde. Deckte doch die vereinbarte Summe für die zunächst geschätzte Dauer des Einsatzes die Kosten des Fluges nach Inferno vollständig ab.

Oluk bat ILX um Daten, soweit sie über das kanturanische Großschlachtschiff vorhanden waren! Es würde die Suche nach diesen beiden Schiffen vereinfachen. Er wandte sich zu seinen Kollegen. »Ja, meine lieben Relianer, was nun?«, fragte er. »Wir haben einen Auftrag, der uns nach Inferno führen soll. Auf der anderen Seite wird ein Volk von einer anderen Rasse angegriffen. Ich persönlich bin der Auffassung, dass wir eingreifen sollten.« Er schaute in die Runde. Ihr Kopfnicken zeigte ihm ihre Zustimmung. Oluk ergänzte: »Unsere Waffen können aufgrund der technologischen Stufe der Kan-

14. Die Entscheidung

turaner und ihres Angriffkrieges im vollen Umfang eingesetzt werden. Das Rechtliche wäre damit geklärt und zusätzlich verdienen wir bei diesem Einsatz für Reptos eine schöne Stange Geld.« Die Teilnehmer des Schiffsrats waren sich einig.

Oluk bat ZER um einen Filevermerk und diktierte: »Wir sind autorisiert, im Falle eines Angriffes von dritter Seite, hier Kanturaner, auf eine mit uns befreundete Nation, uneingeschränkt unsere Waffen einsetzen zu können. Ich bitte um Bestätigung und Eintrag in das Logbuch.« ZER bestätigte: »Die Waffensysteme sind dafür freigeschaltet. Alarmstufe rot mit voller Gefechtsbereitschaft wird beibehalten.«

Nach dem einstimmigen Beschluss enthüllte Oluk seinen Plan: »Wir werden nicht nach Reptos zur Verteidigung dieses Planeten fliegen, sondern wir gehen direkt nach Kantura. Die Bedrohung ist dann dort so groß, dass sie ihre Raumflotte zu ihrem Mutterplaneten zurückbeordern werden. Möglicherweise kommen die beiden anderen Großkampfschiffe zum Vorschein. Vielleicht können wir dort eine Lösung für die Auseinandersetzung zwischen Reptos und Kantura finden.« Die Mitglieder des Rates stimmten wiederum vorbehaltlos zu.

Sie verließen das Meeting und stiegen in ihre zylinderförmigen Mini-Transporter. Mit hoher Geschwindigkeit wurden sie durch ein Röhrensystem zu ihrem gewählten Ziel geschossen. Oluk löste im Kommandoraum seinen Vizeadmiral ab. Er nahm Kontakt mit ILX auf, sagte ihr, dass man sich für eine Hilfe entschieden hätte. Er weihte sie in seinen Plan ein und bat sie um Informationen über die Sprache von Kantura. ZER erhielt die Sprachdaten von dem Hauptrechner des Schiffes von ILX. Dann befahl er, Kurs auf Kantura zu nehmen.

Er fragte Gerim: »Hast Du den Standort der beiden kanturanischen Großkampfschiffen mit unseren Spähschiffen bereits ermittelt?« Gerim antwortete: »Nein. Ich habe in der Nähe von Kantura derzeit nur einen Aufklärer. Weitere Systeme habe ich nach Kantura beordert. Aber in der Nähe von Reptos

14. Die Entscheidung

sind derzeit keine kanturanischen Raumschiffe, das kann ich mit Sicherheit sagen.«

Oluk wusste, wenn die Feuerkraft der gegnerischen Schiffe so gewaltig war, wie ILX ihm das erzählt hatte, dann durfte er keinesfalls zwischen die drei Schlachtkreuzer geraten. Er fürchtete nicht den Untergang seines Schiffes, aber die Reparatur zerstörter Außenanlagen würde Wochen bzw. Monate dauern und das musste er unter allen Umständen vermeiden.

Er entschied nach dem Erreichen von Kantura, diesen Planeten in großem Abstand zunächst mit einer Geschwindigkeit von 3 Millionen km/h zu umkreisen. Der Kommandoraum des Alphakreuzers war nun in allen Sechsstundenschichten voll besetzt. Er sendete drei sehr schnell fliegende Aufklärungsroboter nach Kantura. Sie sollten diesen Planeten zunächst grob kartografieren und Besonderheiten feststellen. Oluk fragte sich: »Warum griff Kantura Reptos an?« Bei Eintreffen der Spähschiffe würden diese versuchen, mit den dort lebenden Kanturanern Kontakt aufzunehmen. Oluk und seine Crew waren sehr gespannt auf die Ergebnisse dieser Aufklärer! Der Alphakreuzer war in voller Gefechtsbereitschaft und lauerte wie ein Panther auf seine Ziele.

15. Angriff auf das Schiff von ARX

Nachdem ILX das von Dragon erarbeitete Vorgehen mit Spezialisten und den Kommandeuren der Sicherheit überprüft hatte, gab sie den Einsatzbefehl zum Angriff auf das Schiff von ARX.

ILX schaltete nun alle Übertragungen der Spähboote zum Schiff von ARX ab, die gemeinsam genutzt wurden. Damit konnte die ALLIANZ im Kontrollraum II das Geschehen nur noch aus der Sicht des eigenen Schiffes wahrnehmen. Da die Sensoren und Kameras auf der Seite der Zerstörungen ausgefallen waren, war der Kontrollraum blind für Aktivitäten, die aus dieser Richtung kamen.

Dragon entschied, als Flugkörper kleinste Transportboote zu verwenden. Diese würden mit hoher Wahrscheinlichkeit von dem gegnerischen Schiff nicht entdeckt werden. Zusätzlich konnten sie aufgrund ihrer Wendigkeit durch die Wrackteile im Inneren des Kreuzers manövrieren.

In einem eigenen Transporter warteten die Techniker, die nach erfolgreichem Vordringen zum Kontrollraum I die Kommunikationswege wieder herzustellen hatten. Dragon hatte die Mannschaft, die Ausrüstung und die notwendigen Waffen sehr sorgfältig ausgewählt. Als Anführer des Teams hatte er Arthux benannt. Arthux brachte die notwendige Erfahrung für solch eine Herausforderung mit. Er war bekannt für sein Durchsetzungsvermögen und seine Leute respektierten ihn. ILX und er würden den Einsatz in Echtzeit an den Bildschirmen mitverfolgen können.

Arthux flog als Erster das kleine Miniboot durch die zerstörte Hülle und steuerte in das Innere des Schiffes. Er hatte Mühe sich an den Ort der Schleuse zu manövrieren, die als Ziel ausgewählt worden war. Immer wieder tauchten im Lichtkegel verbogene Strebenteile und Gegenstände auf, die er umflog oder vorsichtig beiseite drückte. Für die nachfolgenden Mini-

15. Angriff auf das Schiff von ARX

boote legte er eine Spur leuchtender Funkführungsbojen aus. Der Transport der Mannschaft wurde damit wesentlich beschleunigt.

Er blieb an einer zerstörten und hervorstehenden Zwischenwand mit seinem Boot hängen. Ein Weiterflug war nicht mehr möglich. Arthux und seine Mannschaft sprangen in ihren Raumanzügen aus dem Boot und erreichten auf einem stark beschädigten Gang die gesuchte Schleuse. Das zerstörte Schott wurde mit einem LASER abgetrennt. Das zweite Schott schien intakt zu sein. Wenn er diese Tür aufsprengen würde, würde HRA, der Hauptrechner dieses Schiffes, das Signal "Schleuse geöffnet" erhalten und zusätzlich die Information "Druckverlust". Sie hätten dann mit gegnerischen Soldaten zu tun. Das mußte Arthux verhindern, denn dies hätte seine Mission gefährdet. So verzögerte sich sein Vordringen, da er eine Wartungsschleuse erst kommen lassen musste. Sie bestand aus zwei Schotts und einem Vorraum.

Dieser wurde an der Wand rund um das Schott des gegnerischen Kreuzers mit einem selbst verschweißenden Klebeband befestigt. Mit einer schnell trocknenden Kleberpaste wurden Undichtigkeiten beseitigt. Streben verankerten zusätzlich die Reparatureinheit. Nun war Arthux seinem Ziel einen ganzen Schritt nähergekommen; vor allem schien er bisher vom Gegner nicht bemerkt worden zu sein.

Nachdem der Vorraum der Schleuse mit Atemluft befüllt und der Druckausgleich hergestellt war, begannen zwei Reptosianer seines Teams die zweite innere Schleusentür des Schiffs von ARX mit MASER, die auch schwere Partikel strahlten, aufzuschneiden. Das ausgeschnittene Stück des Schleusentores wurde nach innen gedrückt und fiel mit einem lauten dumpfen Knall auf den Boden. Der dahinter liegende Gang war in tiefe Dunkelheit gehüllt. Die Wartungsschleuse ließ nur jeweils vier Reptosianer mit Ausrüstung durch. So versammelte

15. Angriff auf das Schiff von ARX

sich sein Team nach und nach hinter Arthux im gegnerischen Schiff.

Alles lief bisher wie geplant und dann wurde der Alarm beim Einstieg des letzten Spezial-Teams doch noch ausgelöst. Der Techniker, der für den Druckausgleich in der provisorischen Schleuse zuständig war, hatte bei dem Passieren der letzten Gruppe in der Aufregung vergessen, die Schleuse wieder mit Atemluft zu füllen, um einen Druckausgleich zum Schiffsinneren herbeizuführen. Bei dem Öffnen des zum Kreuzer führenden Schotts der Wartungsschleuse wurde diese nun mit der Luft des Raumschiffs befüllt. Sensoren stellten den Druckabfall im Gang des Schiffes fest.

Mit einer Warnleuchte und einem lauten Signal wurde der Unterdruck im Schiffsgang angezeigt. Im Kontrollraum II begann ein Signal zu blinken. Arthux hielt den Atem an, als der Alarm ausgelöst wurde, und fluchte lautstark in sein Helmmikrofon.

ERX, der die Meuterei anführte, quittierte das Signal mit einem Tastendruck und das Blinken erlosch auf der am Bildschirm angezeigten Karte des Schiffes. Da dieser Warnhinweis aus dem zerstörten Vorderteil des Schiffes kam, und das Öffnen einer Schleuse nicht angezeigt wurde, nahm er an, dass es sich um einen Fehlalarm handelte, der durch die vielen Zerstörungen in diesem Teil des Schiffes, immer wieder ausgelöst wurde. Er konnte den Fehler auch nicht überprüfen, da die Kameras und Mikrophone im zerstörten Teil vollständig ausgefallen waren.

Währenddessen ließ Arthux die Techniker nachrücken. Sie hatten im Gang abzuwarten. Ab sofort zählte jede Sekunde, da er nicht wusste, ob die ALLIANZ nach Ertönen des Warnsignals Soldaten zu dieser Schleuse senden würde. Er stürmte mit seiner Mannschaft mit entsicherten Waffen in Richtung Kontrollraum I, wo ARX eingeschlossen auf das Team bereits wartete. Sie hetzten den Gang entlang zum Treppenhaus. Der Kontroll-

15. Angriff auf das Schiff von ARX

raum lag räumlich unter ihnen. Kein feindlicher Soldat stoppte bisher ihren Weg. Anscheinend hatte das Signal keine Aktivität beim Gegner ausgelöst.

Sie standen fünfzig Meter vor ihrem Ziel an einer Kreuzung des gewölbten Ganges und dort wurden sie gleich von zwei Seiten unter Feuer genommen. Zwei seiner Soldaten wurden durch Treffer sofort getötet. Drei Soldaten wälzten sich in ihrem Blut am Boden. Sanitäter zogen die Schwerverletzten aus der Schusslinie und behandelten sie.

Die Soldaten auf 9:00 Uhr (linke Seite) waren in Begleitung von einem Kampfroboter. Damit hatte er keine Wahl, auf das Leben der gegnerischen Soldaten Rücksicht zu nehmen. Er warf eine Nebelgranate.

Dann zog er den Verschluss von dem RKWE 20, ein Raketenwerfer mit geringer Reichweite und hoher Explosivkraft, entsicherte das System und schaltete auf automatische Zielsuche. Das Rohr hielt er für einen kurzen Augenblick in den Gang links, ohne hineinzusehen und drückte auf den Abzug. Es gab einen Ruck beim Katapultieren der Minirakete aus dem Rohr, dann zündete diese und mit einem zischenden Geräusch suchte sich das Geschoss ihr Ziel. Am Explosionsort wurden die Soldaten zerfetzt, andere schrien vor Schmerz und einige röchelten mit durch den Luftdruck geplatzter Lunge.

Die Druckwelle raste durch die Gänge und warf ihn und seine Teamkollegen zu Boden. Der feindliche Roboter war so beschädigt, dass er nicht mehr einsatzbereit war. Da die Mannschaft von Arthux Raumanzüge trug, war sie vor einem Bersten ihrer Lungen und Verletzungen des Gehörs geschützt. Von der linken Gangseite wurde nicht mehr geschossen. Dann fiel die Beleuchtung aus.

Im Gang auf 3:00 (reche Seite) wurde im verringerten Umfang weiter von den Handlasern Gebrauch gemacht. Einige der Besatzung des Schiffes waren im Gang rechts durch die Druckwelle verletzt worden und nicht mehr kampffähig. Er

15. Angriff auf das Schiff von ARX

schoss eine Patrone mit Blendwirkung in den rechten Gang. Die Explosion war ohrenbetäubend. Das erzeugte Licht war so grell, dass das Auge eine Zeit benötigte, sich wieder anzupassen. Einer seiner Kampfroboter setzte sofort nach, eilte zum Explosionsort und setzte die betäubten Soldaten, die für die ALLIANZ fochten, außer Gefecht. Der Weg war frei zum Kontrollraum.

Jetzt erkannte ERX, der Anführer der ALLIANZ, dass das Schiff von Regierungstruppen geentert worden war und er sah seinen Fehler, das Alarmsignal von der Schleuse nicht beachtet zu haben. Regierungstruppen waren von der zerstörten Seite des Schiffes in den Raumkreuzer eingedrungen und hatten eine Reparaturschleuse angebracht, um einen Druckverlust zu vermeiden. So gab es auch kein weiteres Warnsignal, das er sicherlich beachtet hätte. Sie hatten ihn ausgetrickst. ERX, geriet aufgrund seines neuerlichen Fehlers in rasende Wut. Er befahl, mit allen militärischen Mitteln, die Eindringlinge zu bekämpfen und aufzuhalten.

Arthux hörte den Befehl über die Lautsprecher. Er wusste, dass ihm nur noch einige Minuten für sein Team blieben, um die Kommunikation zum Kontrollraum I wieder herzustellen. Die Gänge rund um den Kommandoraum waren durch seine Soldaten gesichert. Team Drei lag bereits unter Feuer. Wenn sie dem Admiral ARX nicht die Befehlsgewalt über das Schiff schnellstens zurückgaben, würden sie hier alle sterben.

Die Ingenieure begannen, die Kommunikationsleitungen an den Verteilern zu untersuchen. Es konnte sofort zielgerichtet in der Verdrahtung gesucht werden, da die Deckel der Verteilerkästen von den Technikern der ALLIANZ nach der Manipulation nicht wieder ordentlich geschlossen worden waren.

Team Vier und Fünf meldeten Feindkontakt. Auf dem Monitor, den er trug erkannte er, dass das Team Drei tot war, es wurde weder ein Pulsschlag übertragen, noch atmeten sie.

15. Angriff auf das Schiff von ARX

Er befahl dem ersten Reserveteam, die Gruppe Drei zu ersetzen. Die Special-Task-Force Reptosianer rannten los. Sie hetzten gegen die Zeit.

Die Ingenieure fanden die veränderte Schaltung. Währenddessen wurde das Team Zwei vollständig aufgerieben. Arthux schrie: »Zweite Reservegruppe - Team Zwei ersetzen, sofort!« Sie rannten in die Richtung der Feuergefechte.

Dann endlich trennten die Techniker die Verbindungen zum Kontrollraum II. Die Bildschirme dort hüllten sich in ein tiefes Schwarz. ERX erhielt keine Daten mehr über die Situation im Schiff. Seine Gegner hatten die Leitungen gekappt.

Jetzt mussten die Techniker noch die bestehenden Adern im Verteilerkasten umklemmen, um die elektrische Verbindung zum Rechner wieder herzustellen. Als zweiten Schritt verbanden sie ihre Laptops mit dem Netzwerk des Schiffes, um den Kommandoraum logisch mit dem HRA wieder zu verbinden. Die beiden Techniker hatten ihre Helme und Handschuhe ausgezogen und hämmerten schweißgebadet auf zwei Note Books Daten ein. Sie schrien sich die Programmbefehle zu, korrigierten und versuchten es erneut. Währenddessen wurde ein weiteres Team kampfunfähig geschossen. Die Reptosianer lagen schwer verletzt am Boden.

Arthux hatte nun keine andere Wahl. Er musste selbst dieses Team ersetzen. Er ließ zwei Soldaten und zwei Kampfroboter zum Schutz der Techniker vor Ort und rannte mit drei Soldaten zum Einsatzort. Beim Vorbeieilen schrie er zu den beiden Technikern: »Stellt gefälligst die Verbindung wieder her! Sonst sind wir hier in den nächsten Minuten alle tot ...« Seine Soldaten starben. Er hatte bereits ein Dutzend seines Teams verloren. Weitere acht waren verletzt, kämpften aber noch. Er rief über die Funkverbindung die beiden Techniker an und fragte: »Wie sieht es aus?«

Die Antwort kam prompt: »Gleich haben wir's!« Ein weiteres Team von ihm wurde völlig aufgerieben. Die Soldaten

15. Angriff auf das Schiff von ARX

der Gegenseite wurden nun in diesem Kampfabschnitt nicht mehr aufgehalten; ihr Weg zum Kontrollraum I war frei. Seine Techniker waren nun nicht mehr sicher. Er gab wieder seine Position auf und rannte los. Dabei feuerte er beidhändig mit Hand-LASER, als er die gegnerischen Soldaten entdeckte.

Endlich hörte er, wie ARX kurze Befehle in das Mikrofon brüllte. Sie war aufgeschaltet. Zuerst autorisierte sie sich bei HRA. Der Superrechner akzeptierte und stoppte darauf die Kampfhandlungen der Roboter. ARX erklärte nun den Soldaten ihres Raumkreuzers über die Lautsprecher des INTERCOM, das schiffseigene Kommunikationssystem: »Sie wurden von Rebellen befehligt, die unser Schiff mit einem Trick übernommen hatten. Diese Organisation nennt sich die ALLIANZ und plant einen Umsturz der Regierung. Sie, ARX Kapitän und Admiral dieses Schiffes, werde dies nicht zulassen und mit allen Mitteln diese Bande bekämpfen. Stellen Sie das Feuer sofort gegen die angeblichen Eindringlinge ein, das sind unsere Soldaten der Regierung!« Danach schwiegen die Waffen.

ARX konnte nun die Türen des Kommandoraumes entriegeln und öffnen. Arthux stürzte heran und baute sich vor ihr auf. Er hatte seinen stark beschädigten Raumanzug abgestreift. Er blutete an verschiedenen Stellen und seine rechte Wange zeigte die Spur eines Streifschusses aus einer LASER-Waffe. Die Haut war empfindlich verbrannt. Da das Gewebe durch die Hitze verschmolzen war, blutete die Wunde nicht. Arthux hatte große Schmerzen, das Sprechen fiel ihm schwer und er sagte zu ARX: »Mein Auftrag Sie zu befreien ist ausgeführt. Wie kann ich sie weiter unterstützen«, fragte er? Bevor ARX antworten konnte, sprangen die Reptosianer im Kommandoraum auf, applaudierten und jubelten ARX und Arthux zu. Den Ärzten wurde der Befehl erteilt, sich um ihn und die weiteren Verletzten zu kümmern. Roboter nahmen ihre traurige Arbeit auf und transportierten die Toten ab.

15. Angriff auf das Schiff von ARX

ARX wollte endlich wissen, welche Reptosianer aus ihrem Schiff hinter diesem Komplott standen. Sie befahl dem Stellvertreter von Arthux: »Bitte setzen Sie alle sich im Kontrollraum II befindlichen Reptosianer fest.« Der Befehl wurde wiederholt und der Rest des Einsatz-Teams rannte los. Als er am Befehlsraum ankam, standen die Türen weit offen und der Raum war leer.

Nur ein Reptosianer lag am Boden. Er hatte sich mit seiner Waffe in den Kopf geschossen. Es war ERX, der oberste Ingenieur des Schifffes, der die Verantwortung für den technischen Stab im Schiff getragen hatte. Mit seinem Tod verhinderte er seinen Verrat an den Mitgliedern der Allianz.

ARX bedankte sich bei ILX ihrer Vorgesetzten für die Befreiung. ILX teilte nun mit: »Ich muß bei allem Positiven ebenfalls mitteilen, dass die ALLIANZ immer noch die Oberhand hat. Unser Flagschiff mit Großadmiral SINGX wurde von zwei Schiffen, die die ALLIANZ geentert hatte, in einen Hinterhalt gelockt und dann gemeinsam mit einem kanturanischen Schlachtschiff ins Kreuzfeuer genommen. SINGX hatte keine Chance, sein Schiff wurde vollständig vernichtet. Danach hatte der kanturanische Großkreuzer, für die beiden Schiffe der ALLIANZ völlig unerwartet, diese plötzlich beschossen und zerstört. Das haben wir aus den letzten Funksprüchen entnommen. Jetzt hat der Kanturaner Kurs auf unseren Heimatplaneten Reptos genommen, um ihn anzugreifen.«

ILX fuhr fort: »Einige der Raumkreuzer der Regierung liegen derzeit im Feuer eigener Schiffe, die von der Allianz übernommen worden sind oder im Gefecht mit dem kanturanischen Großkampfschiff. Sie können der Regierung auf Reptos, die derzeit ebenfalls von Schiffen der ALLIANZ angegriffen wird, nicht zu Hilfe eilen. Ich möchte aber unsere Regierung auf Reptos unterstützen und dort sein, bevor der Schlachtkreuzer unseres Gegners eintrifft. Sie benötigen bereits jetzt dringend Hilfe. Da ich anderseits Sie mit ihrem stark beschädigten Schiff

15. Angriff auf das Schiff von ARX

nicht allein lassen kann, müssen wir gemeinsam mit ihrem Kampfkreuzer nach Reptos fliegen. Ich werde ihr Schutzengel sein.« ILX lächelte, und schaltete die Verbindung ab.

Sie war in großer Sorge, denn sie wusste, je nach Anzahl der Angreifer würde sie schnell an ihre Grenzen stoßen, den Raumkreuzer von ARX mit der alleinigen Feuerkraft ihres Kreuzers wirksam schützen zu können. Aber zusammen mit den intakten sychronisierten LASER von ARX verfügten sie immer noch über eine gewaltige Feuerkraft. Sie, ILX, würde so leicht die Flinte nicht ins Korn werfen.

Wie sollte sie mit den noch existierenden Kreuzern von Reptos Kontakt aufnehmen, um vereint gegen Kantura und die Allianz vorzugehen? Das geheime COD-System der Admiralität und der Schiffsführer konnte sie nicht verwenden, da sie Gefahr lief, ihren Standort zu verraten und ihre Situation bekannt zu geben. So sendete sie jedes ihr zur Verfügung stehende Spähboot aus, um Raumkreuzer aufzuspüren und ihr zu melden. Um nicht abgehört zu werden, ließ sie Richtfunkstrecken[24] einrichten. Hoffentlich konnte Oluk mit seinem Raumkreuzer etwas gegen die Kanturaner ausrichten.

---

[24] Punkt zu Punktübertragung mit Parabolspiegeln; kaum abhörbar, im Gegensatz zu Rundumstrahler z.B. für Radioempfang mit UKW (Ultra-Kurz-Welle).

16. In den Bunkern von Kantura

Sputnik war Präsident des obersten Führungsgremiums eines der Völker des Planeten Kantura. Sie nannten sich die Boviets. Er hatte stark ausgeprägte Wangenknochen und dunkle ausdrucksstarke Augen. Seinem Kopf mangelte es bereits etwas an Haaren, aber wenn Sputnik auftrat, zeigte er betont männliche Stärke.

Er saß wie jeden Tag um diese Zeit an seinem Schreibtisch. Dieser erinnerte ihn an die Zeiten, als Kanturaner noch auf der Oberfläche dieses Planeten leben konnten und einen holzartigen Stoff zum Bau ihrer Möbel verwendeten. Den Geruch dieses Holzes, der sich lange in Möbeln hielt, hatte er heute noch in der Nase. Er beugte sich auf die Schreibtischplatte, presste die Nase fest darauf und versuchte, diesen Geruch nochmals einzufangen. Kanturaner verfügten über eine überaus sensible Nase. Mit viel Wehmut dachte er an die Zeiten, als sie noch an der Oberfläche von Kantura leben konnten.

Sein Volk hatte sich aus einst 60 cm langen Schmetterlingen entwickelt. Eine Umweltkatastrophe in der Urzeit hatte die meisten der Pflanzen und damit auch den größten Teil der Tierwelt vernichtet. Die Pflanze, von der sie vor 100 Millionen Jahren gelebt hatten, war äußerst robust und widerstandsfähig gegenüber den veränderten Umweltbedingungen und sicherte seinen Vorfahren das Überleben. Ihre Entwicklung war getrieben von der Suche nach Nahrung, um Ihre Lebensbedingungen zu verbessern. Die Facettenaugen wurde durch eine Optik mit Pupille und Netzhaut ersetzt. Da sie sich nun auf dem Boden fortbewegen mussten, entfielen die Flügel und es entwickelten sich ihre Beine und Füße. Mit den Zehen kam der aufrechte Gang. Was sie behalten hatten, war ihr zierlicher wohlgeformter Körper, der sich verlängerte, bis sie eine Durch-

16. In den Bunkern von Kantura

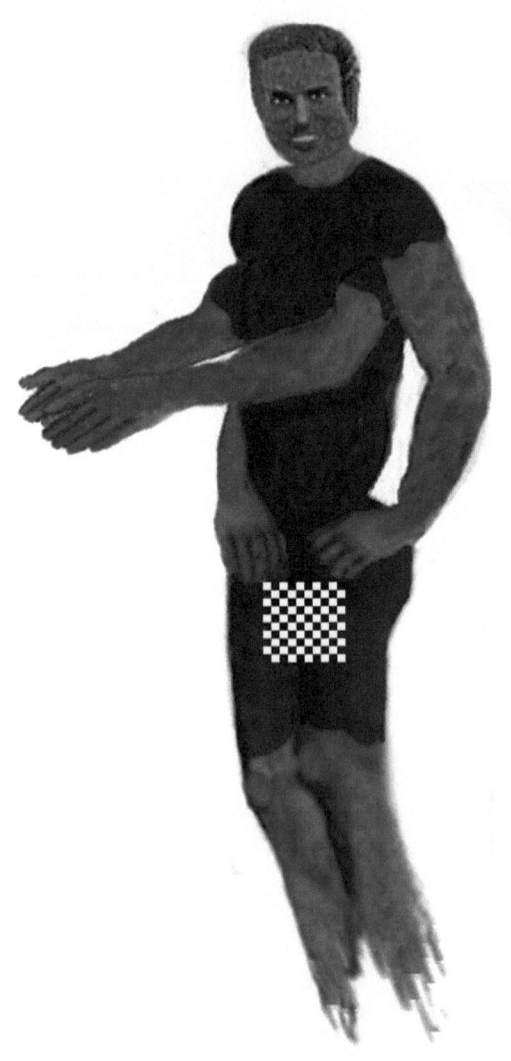

Kanturaner

Flug nach Inferno

16. In den Bunkern von Kantura

schnittsgröße von 1,70 Meter hatten.

Ihre Gehirne entwickelten sich aufgrund der eiweißhaltigen Nahrung stetig weiter, zusammen mit den Armen und vor allem ihrer Hände. Der Schlüssel war die Entwicklung des Daumens. Nun konnten sie greifen, Werkzeuge bauen und nutzen.

Im Laufe der Millionen Jahre rutschte das zweite Armpaar immer weiter nach oben. Heute hatten sie auf jeder Seite zwei Arme. Das zweite Armpaar befand sich unterhalb der Schulter, der Abstand der Gelenke unter der Schulter war um zwei Oberarmbreiten schmaler als das darüber liegende Paar. Eine volle Beweglichkeit, gepaart mit der Möglichkeit der einzelnen Ansteuerung jedes Armes durch das Gehirn, erlaubte eine äußerst effektive Arbeitsweise.

Sputnik saß an seinem wuchtigen Schreibtisch, der sich als ein halber Ring um seinen Sessel schwang. Drei gewölbte Bildschirme an der Wand zeigten ihm Informationen über seine Welt in komprimierter Form. Da er allein in seinem Büro war, konnte er bei dem Geruchsversuch seinen Gefühlen freien Lauf lassen. Er begann zu schluchzen, und Tränen flossen aus den dunklen Augen dieses männlichen Kanturaners.

Sein Volk lebte nun seit 57 Jahren in den unterirdischen Gewölben, da ihre Welt durch einen atomaren Krieg vollständig zerstört war. Ihre Gegner waren ebenfalls Kanturaner, allerdings waren diese in ihrem Erscheinungsbild vom Körperbau etwas massiver gebaut. Es waren vor Jahrmillionen ebenfalls Fluginsekten, die von den gleichen Pflanzen lebten, wie seine Rasse. Und nach der urzeitlichen Umweltkatastrophe hatten sie eine sehr ähnliche Entwicklung durchlaufen wie seine Spezies.

Durch eine rücksichtslose Ausbeutung der Ressourcen seiner Welt hatten sie ihre eigene Lebensgrundlage zerstört. Mit schwindenden Rohstoffen nahmen die Auseinandersetzungen zwischen den kanturanischen Völkern immer größere Ausmaße an.

16. In den Bunkern von Kantura

Es klopfte an der Tür. Er sagte: »Herein!« Sein Privatsekretär Pozor trat ein, verbeugte sich leicht und mit einem Lächeln begrüßte er Sputnik. »Sie haben mich beauftragt, mit einem Team die Entwicklung unseres Niedergangs nochmals aufzuarbeiten, um Ursachenforschung zu betreiben. Ein erstes Ergebnis kann ich Ihnen schon jetzt vorstellen«, sagte Pozor. Sputnik deutete auf den Projektor: »Na, dann schießen sie mal los.« Pozor schob einen Stick in das System und der Bildschirm flammte auf.

Pozor erläuterte die Zeitspannen. »Wir haben dreißig Jahre lang vor allem mit der Gusa[25] um die Ressourcen gestritten und ein Wettrüsten veranstaltet, dass wir uns nicht leisten konnten. Wir haben unsere Meerbusen mit atomarem Müll und Schrott verseucht, da wir die Entsorgung nicht bezahlen konnten«, er fuhr ohne Pause fort:

»Statt miteinander zu reden und gemeinsam die Probleme zu lösen, um vor allem diese unsinnigen Atomwaffen abzubauen, hatten unsere Politiker und die Falken des Militärs gegen die Gusa ein immer stärkeres militärisches Drohpotential aufgebaut. Die bei der Gusa das große Geld mit den Waffen verdienten, haben sich pausenlos mit dem Reiben ihrer Hände die Bankkonten gefüllt und weltweit mit allen Tricks die Rüstungsspirale immer weiter noch oben gedreht. Herr Sputnik, bei meiner Untersuchung wurde deutlich, ich spreche es frei aus, der eigentliche Grund für unseren Untergang sind die wenigen Prozent unserer Bevölkerung, die fast das gesamte Volksvermögen auch heute noch ihr Eigen nennen. Ihr einziges Ziel ist die Sicherung und weitere Vermehrung ihres Eigentums ohne jegliche Rücksicht auf das Gemeinwohl. Sie schoben riesige Geldbeträge über unseren Planeten durch verschiedene Rechtssysteme in unterschiedlichen Ländern, um keine Steuern zahlen zu müssen. Sie verschleierten die Eigentums- verhältnisse mit Notar- und Rechtsanwaltskanzleien. Mit diesem skru-

---
[25] Zweitgrößte Bevölkerung auf Kantura und Kriegsgegner.

16. In den Bunkern von Kantura

pellosen Bestehlen der Staaten verhinderten diese massiv den Ausbau des Sozialsystems und der Infrastruktur, insbesondere unserer Schulen und Universitäten.

Da war einer der Superreichen, der beeinflusste sogar in den Siebzigern Politiker eine Regierung, um sein Vermögen vor dem Zugriff des Staates zu schützen. Die haben mit ihren finanziellen Möglichkeiten unsere Politiker tanzen lassen, wie die Marionetten. In der Kernkraft und atomaren Waffenproduktion waren dem Verdienen auf Kosten der weltweiten Bevölkerung keine Grenzen gesetzt. Und diese bezahlten in ihrer Unwissenheit diese Technologie gleich zweimal. Zuerst mit ihrem Geld über Steuern und dann mit ihrem Krebstod durch die vielen freigesetzten radioaktiven Partikel.«

Sputnik unterbrach ihn: »Pozor, werfen Sie mir vor, aufgerüstet anstatt mit dem Gegner gesprochen zu haben?«, fragte er. Pozor antwortete: »Ich bin der Auffassung, dass genau aus dem oben genannten Grund, nämlich Fremdsteuerung unserer Politiker, das Reden miteinander unterblieben ist, und zwar auf beiden Seiten! Das war der eigentliche im Verborgenen liegende Kriegsauslöser!« Und er fuhr fort:

»Unsere Pufferzone zum anderen Block entfiel vollständig, da unsere früheren Partner aufgrund unserer militärischen Okkupationen zum Block der Gusa wechselten. Der letzte Coup von uns war die Okkupation der Prim, eine Halbinsel. Wir hatten nun keine Puffer zwischen den Ländern, sondern die politischen Blöcke hatten nun eine gemeinsame Grenze an vielen Stellen. Das wirkte sich verheerend auf die Reaktionszeiten unserer Raketenabwehrsysteme aus.«

Pozor sprach weiter: »Unsere politischen Lager standen sich an unseren Landesgrenzen unmittelbar gegenüber. Die Reaktionszeiten für einen Raketenabschuss bei einem gegnerischen Angriff waren nun zu kurz, um den durch die Automatik ausgelösten Alarm noch von menschlicher Hand überprüfen zu können. Wir hatten in der Vergangenheit immer wieder Fehl-

16. In den Bunkern von Kantura

alarme in unserem Raketenabwehrsystem mit beinahe Vergeltungsschlägen aufgrund der immer komplizierter werdenden Steuerprogramme. Nur das kluge Verhalten einzelner Personen an den Abschussbasen verhinderte eine atomare Katastrophe bereits früher.

• • •

Dann trat das Szenario ein, das beide Seiten damals oft diskutiert und befürchtet hatten.«

• • •

»Erinnern sie sich, vor 57 Jahren war Kasparowytsch unser Präsident«, sagte Pozor: »Die Gusa hielt eine ihrer militärischen Übungen ab, um Stärke zu präsentieren. Zur gleichen Zeit trat ein Fehler in unserem vollautomatischen Abfangsystem auf. Das Abwehrsystem stellte einen massenhaften Raketenanangriff der Gusa im Orbit fest. Das Malheur lag darin, dass fehlerhaft ein früheres Testprogramm versehentlich geladen wurde. Es war ein Softwareprogramm, das zum Überprüfen der Wirksamkeit unserer Raketenabwehr einen Raketenangriff simulierte.« Pozor verharrte in seinen Ausführungen, und blickte zu Sputnik.

Sputnik bat Pozor, weiterzumachen. Der Film zeigte nun, wie das System eine ganze Staffel superschneller Abfangraketen in den Himmel jagte. Pozor erklärte dazu: »Die feindlichen Ziele konnten nicht zerstört werden. Wie auch, denn diese Raketen waren durch das Testprogramm erzeugte Phantombilder, die gar nicht existierten. Alle Versuche unseres damaligen Präsidenten scheiterten, die gegnerische Regierung der Gusa zu kontaktieren. Einige Zeiteinheiten zuvor zerstörte ein Erdbeben das Seekabel für den Telefonverkehr und das "rote Telefon" funktionierte nicht mehr. Eine Kontaktaufnahme, um das Unheil abzufangen, war aus ungeklärter Ursache über die Satelliten nicht möglich gewesen.«

»Dann versuchte der Bruder Robertrow unseres damaligen Präsidenten mit dem Auto die gegnerische Botschaft in

16. In den Bunkern von Kantura

unserer Hauptstadt zu erreichen, aber es misslang, da das Auto in der Rush Hour im Stadtverkehr stecken blieb. Wir trudelten immer weiter in diesen Wahnsinn«, sagte Pozor. Er fuhr fort: »Nach erfolgloser Kontaktaufnahme blieb uns nichts mehr übrig, als zu unterstellen, die Gusa hätte absichtlich die Kontaktaufnahme mit der Störung des Satellitenfunks unterbunden. Umgekehrt vermutete der Gegner, durch die massenhaft abgeschossenen Abfangraketen, dass ein Angriff unmittelbar bevorstehen würde. Noch war man sich nicht sicher. Aber um keine Zeit zu verlieren, wurden von der Gusa zur schnelleren Bereitschaft die tonnenschweren Abdeckungen der Silos für die atomaren Raketen mit den Multisprengköpfen in die "Off- Position" gefahren.«

»Das war Wahnsinn, Wahnsinn«, keuchte Pozor, er hatte sich in das Grauen von damals hineingefunden. »Wir sahen mit unseren Aufklärungssatelliten das Öffnen der Raketensilos. Jetzt waren wir sicher, u.a. wegen der Massierung der Gusa-Truppen an den Grenzen, dass der Gegner zuschlagen würde.«

»Ja, und da die Verantwortlichen auf beiden Seiten aufgrund der massiven politischen Spannungen bereits in ihren riesigen Bunkeranlagen saßen«, sagte Pozor: »So wurde der Befehl zur Vernichtung der anderen Seite gegeben. Die vielen Völker auf unserem Planeten, die mit unserem Konflikt nichts zu tun hatten, waren für ihr Dasein "selbst schuld". Die haben wir bei der Gelegenheit ebenfalls gleich mit ausradiert. Die hatten ja wirklich genügend Zeit, etwas gegen das gegenseitige "intelligente" Abschrecken mit atomaren Waffen der Großen zu tun, --- taten sie aber nicht! Pech gehabt! Warum auch? 48 andere Länder mit ihrer Führung, die von Moral- und Ethik geprägt waren, bastelten bereits damals an der Bombe, bzw. sie hatten sie schon. Jetzt starben sie an den Folgen der Atombomben, obwohl sie doch selbst massenhaft davon in ihren Si-

16. In den Bunkern von Kantura

los hatten und nicht eine einzige davon konnten sie abfeuern, da sie nicht am Konflikt beteiligt waren!.«

Dann sah man in dem Film, wie der Rauch der Raketenantriebe aus den Silos schoss, soweit er durch die Ventilatoren nicht abgesaugt werden konnte. Langsam stieg der vielfache Tod in die Höhe, wurde immer schneller und verschwand in einer grauweißen Rauchwolke. Die Steuern dafür, die der Bevölkerung über die Jahrzehnte aus der Tasche gezogen worden waren, wurden jetzt mit einem gewaltigen Aufblitzen wieder ausgeschüttet. Das Volk bezahlte nun ein zweites Mal! Diesmal mit ihrem Leben!

Die Militärs auf beiden Seiten leisteten ganze Arbeit, dafür waren sie schließlich da. Die Aufzeichnungen der Roboter zeigten die mit Nukliden verseuchte Oberfläche Kanturas nach den vielen atomaren Explosionen. Es war eine radioaktive Hölle, die kein Kanturaner mehr betreten durfte und die ausgedehnten Bunkeranlagen konnten nicht wieder verlassen werden. Die Aufzüge nach oben zur Außenwelt wurden abgeschaltet und hermetisch abgeriegelt. CORD[26] bzw. für die Gegenseite der Zentralrechner der Gusa, genannt ZEGU,[27] sicherten die Aufzugsanlagen und Ausgänge zur Außenwelt bzw. Oberfläche von Kantura mit Waffengewalt. So sollte verhindert werden, dass radioaktiver Fallout in die Bunkeranlagen eindrang. Der Krieg sollte im "Interesse" der Bevölkerung weitergehen.

---

[26] CORD Zentralrechner und Koordinator aller Subsysteme von den Boviets auf Kantura und Steuerung der drei großen Schlachtkreuzer.
[27] ZEGU Zentralrechner der Gusa.

17. Kommandoraum Alphakreuzer

Oluk erhielt die ersten Bilder der Spähschiffe von Kantura. Die Aufnahmen verblüfften ihn. Dieser Planet war einer der schönsten, die er je gesehen hatte. Malerisch schlängelten sich Flüsse durch ausgedehnte Wiesen und Wälder, die von verschiedensten Tierarten bevölkert waren. Er hatte den Eindruck, dass sich ein wahres Paradies vor ihm ausbreiten würde.

Große terrassenförmig aufgebaute Springbrunnen, die von Häusern umringt wurden, zierten die Landschaft. Von diesen kleinen Ansiedlungen verliefen sternförmig Straßen, die weitere über Hunderte von Kilometern entfernte Springbrunnen miteinander verbanden. Die Wege liefen schnurgerade durch die Landschaft. Er konnte sie in den Wäldern nur an den Konturen fehlender Bäume erkennen, da sie mit einem grünlich gefleckten Belag bedeckt waren.

Ein Spähschiff entdeckte konzentrische Kreise an Boden. Die Objekte wurden vergrößert. Es waren Koppeln, auf denen pferdeartige Wesen weideten. Auf einer dieser Wiesen sah er einen Roboter, der eines der Tiere behandelte, das möglicherweise erkrankt war. Vielerorts sah Oluk weitere Roboter im Einsatz, aber trotz intensiven Suchens konnten sie keinen einzigen Kanturaner entdecken. Der Planet gab ihm immer mehr Rätsel auf. Dann meldete ein Spähschiff, dass es vom Boden aus beschossen wurde.

Oluk ließ die Flugobjekte darauf in großer Höhe fliegen. Die wendigen Schiffe besaßen hochauflösende Kameras und eine ausgefeilte Sensorik an Bord. Ein superschneller Antrieb, eine perfekte Tarnung mittels Multifrequenz-Stealth--Technologie sicherte völlige Unsichtbarkeit, da das Licht um die Hülle geleitet wurde. Mit einer geringen Wärmeabgabe waren sie perfekte Aufklärer. Die Spähschiffe strahlten die Botschaft von Oluk in kanturanischer Sprache aus. Die Sprach-

17. Kommandoraum Alphakreuzer

daten und Frequenz hatten Sie von ILX erhalten: »Nachricht von:
Raumschiff Alphakreuzer ALGUB II Admiral Oluk; signiert von Oluk, Kapitän dieses Schiffes. Stellen sie das Feuer auf unsere Beiboote ein. Wir kommen in Frieden. Ich wiederhole, wir beabsichtigen nicht, Sie anzugreifen. Wir suchen den Kontakt zu Ihnen und Ihrer Welt und bitten um einen Informationsaustausch.« Der Text wurde als Schleife wiederholt abgestrahlt.

Solange er nicht wusste, wo sich die beiden Kampfschiffe der Kanturaner befanden, ließ er größte Vorsicht walten. Das Schiff befand sich nun in einem permanenten Alarm der Stufe Rot. Der Kommandoraum und die Überwachungsplätze blieben rund um die Uhr voll besetzt. Die Schutzschirme liefen mit voller Leistung und die Laser wurden mit der Leerlaufspannung versorgt, um die Röhren zum Feuern sofort hochfahren zu können.

Der Kommandeur für die Waffensysteme entschied, drei unbemannte LASER-Boote auszusetzen. Sie waren 42 Meter lang, und bestanden aus einem radioaktiven Partikelstrahlantrieb, kleinem Reaktor zur Stromerzeugung und einem LASER-Rohr, das das Schiff durchzog. Mit seiner perfekten Tarnung konnten diese Schiffe sich nah an den Gegner schleichen und aus kürzester Entfernung gemeinsam auf einen, mit dem Mutterschiff festgelegten Punkt, konzentriert feuern.

Oluk stimmte diesem Vorgehen zu, da er die zwei kanturanischen Großkampfschiffe in der Nähe von Kantura erwartete. Von einem der drei Kreuzer, hatte Oluk die Koordinaten, aber wo waren die beiden anderen kanturanischen Schlachtschiffer? Er musste unter allen Umständen vermeiden, in ein Gefecht mit allen drei Großkreuzern gleichzeitig verwickelt zu werden. Er hoffte, dass seine Spähschiffe die beiden Kampfschiffe so schnell wie möglich aufspüren würden.

Oluk hatte den Schutz von Reptos aufgegeben und alles auf eine Karte gesetzt. Als die Kanuraner feststellten, dass

17. Kommandoraum Alphakreuzer

ein dreihundert Meter langer Raumkreuzer Kurs auf Kantura genommen hatte, drehte das kanturanische Großkampfschiff von Reptos ab und flog mit hoher Geschwindigkeit nach Kantura, seinem Heimatplaneten. Der Schlachtkreuzer würde in einigen Stunden sein Ziel erreicht haben. Oluk blieb nicht mehr viel Zeit, die beiden anderen Schiffe aufzustöbern.

Der Alphakreuzer näherte sich Kantura in einer Spirale mit über 3.000.000 Kilometer pro Stunde. So erhielt er weitere Daten über Kantura und konnte gleichzeitig den Raum absuchen. Noch immer fehlte jede Spur von den beiden Großkampfschiffen.

Ein Spähschiff meldete eine Eruption auf dem kanturanischen Mond. Kurze Zeit später stellte sich dies nicht als ein Naturereignis heraus, sondern als eine ausgelöste Explosion. Dort war ein überdimensionaler Deckel abgesprengt worden. Hervor kamen die beiden gesuchten Kampfkreuzer. »So waren sie also getarnt«, dachte Oluk. »Deshalb hatten seine Spähschiffe, die beiden Großschiffe nicht aufspüren können. Äußerst raffiniert eingerichtet ... Er durfte die Situation keinesfalls unterschätzen.«

Auffallend war, dass die kanturanischen Kreuzer keine Außenhülle besaßen. Die skelettartige Rohrkonstruktion hatte die Form einer Kugel. Das waren eindeutig unbemannte Raumschiffe. Jetzt verstand er auch, warum das kanturanische Großkampfschiff die verbündeten Schiffe ohne Vorwarnung hinterrücks abgeschossen hatte. Diese Schiffe handelten auf der Basis von Logik; Ethik oder Moral spielten keine Rolle. Wenn es ihrem Vorteil diente, handelten sie ohne jeglichen Skrupel.

Er nahm an, dass die Schiffe in seinem Fall einen Eindringling annahmen, der Kantura zerstören wollte. Sie würden ihn daher ohne Zögern vernichten wollen. Zur gleichen Zeit wurden sie mit Ziellaser angepeilt, was mit einem auf- und abschwellenden Warnsignal als Alarm auf der Brücke gemeldet wurde. Der für die Waffen zuständige Relianer rief ZER zu:

17. Kommandoraum Alphakreuzer

»Befehl an ZER, die Zwölfer[28] auf feuerbereit!« ZER wiederholte den Befehl und ergänzte mit: »Ausgeführt!«

Als Zieldaten verwendete er die Koordinaten des ersten Kreuzers, der aus dem Hangar herausflog. ZER meldete sich mit: »Ziel erfasst, feuerbereit.« Da sich die ALGUB II aufgrund der spiralförmigen Flugbahn tangential auf Kantura zubewegte, konnten nur neun LASER gleichzeitig feuern. Neun Fadenkreuze hatten sich auf dem Zielerfassungsbildschirm vereint. Drei weitere LASER waren im Schatten des Schiffes und konnten nicht eingesetzt werden. Am Rand des Fadenkreuzes wurden die relevanten Daten der Zielerfassung eingeblendet, vorausberechnete Flugbahn des Gegners, Geschwindigkeit, Entfernung, der Winkel zur Flugachse des Alphakreuzers und die Laufzeit der Beams bis zum Aufschlag. Das ADP[29] konnte ZER nicht berechnen, da er über eine zu geringe Anzahl von Daten über das gegnerische Schiff verfügte. So wurde mit höchster Leistung aus allen Rohren gefeuert. Die automatische Zielführung würde dem gegnerischen Kreuzer folgen und die LASER so lange einsetzen, bis das Ziel vernichtet war.

Er konnte nur hoffen, dass die ersten Beams der feindlichen LASER sein Schiff, aufgrund seiner relativ hohen Geschwindigkeit, verfehlen würden. Und tatsächlich, die gewaltige Strahlung schoss knapp am Alphakreuzer vorbei. Nachdem das zweite Schiff den Hangar ebenfalls verlassen hatte, koordinierten die kanturanischen Schiffe ihr Feuer und strahlten synchron, sodass die zerstörerische Kraft bei einem Treffer wesentlich erhöht wurde. Mehrfach hatte er seine Botschaft an die kanturanischen Kriegsschiffe gesendet, dass er in Frieden komme und eine kriegerische Handlung nicht suchen würde. Er

---

[28] Zur Erinnerung: Der Alphakreuzer verfügt über 12 LASER-Rohre. Drei Ringe zu jeweils vier LASER, die zur Flugrichtung/Längsachse um 33 Grad versetzt sind.
[29] ADP = Antizipiertes Schadensbild

17. Kommandoraum Alphakreuzer

bekam keine Antwort, dafür kamen die LASER-Strahlen seinem Schiff nun gefährlich nahe.

Der Antrieb wurde abgeschaltet, um die maximale Energie für die LASER und Schutzschirme bereitstellen zu können. Das Schiff vibrierte, als neun LASER gleichzeitig gebündelt schossen. Die Strahlen rasten mit knapp Lichtgeschwindigkeit in die Dunkelheit. Der erste Schuss hatte das kanturanische Schiff, das aufgrund seines Starts noch sehr langsam flog, nur knapp verfehlt und schlug auf der gasfreien Mondoberfläche ein.

Ein Spähschiff, das den von Reptos kommenden Schlachtkreuzer beschattete, meldete, dass das Schiff in weniger als zwei Stunden eintreffen würde. Ein Count-Down-Zähler begann, die noch verbleibende Zeit bis zu seinem Eintreffen anzuzeigen. Dann würde Oluk drei kanturanischen Großkampfschiffen gegenüberstehen. Das durfte er keinesfalls zulassen. Unter allen Umständen musste er mindestens einen der Raumkreuzer kampfunfähig schießen. Oluk hatte einfach keine Wahl mehr: Er war gezwungen, die stärkste Waffe einzusetzen, die sein Volk je gebaut hatte. Sie nannten sie MAM (Matter-AntiMatter)[30] von den Relianern auch Planetenputzer genannt.

Zunächst ließ er aber nochmals den nach Kantura von Reptos kommenden kanturanischen Kreuzer über das Spähschiff anfunken und bat um Kontaktaufnahme. Es kam keine Antwort. Aber dafür wurde das Spähschiff massiv beschossen und vernichtet. Es hatte mit dem Funkspruch seine Position

---

[30] Bei Kontakt von Materie I mit Antimaterie I, lösen sich diese in Strahlung auf. Im Urknall entstanden beide Formen, Materie und Antimaterie, die sich sofort wieder zerstrahlten. Warum ein bisschen mehr an Materie übrig geblieben ist und damit unser Weltraum entstanden ist, ist Gegenstand wissenschaftlicher Betrachtung.
Bei Erreichen des Ziels wird im Torpedo das Magnetfeld abgeschaltet, das die Materie von der Antimaterie trennt.

17. Kommandoraum Alphakreuzer

verraten. Darauf ließ Oluk die Flugbahn des kanturanischen Kreuzers berechnen und übertrug die Koordinaten und Daten an den 30 Meter langen Torpedo, der auf dem Trägerschiff montiert war, das in einem Sicherheitsabstand dem Alphakreuzer folgte.

Er hatte drei MAM`s auf dem Beiboot. Diese Waffe war zu gefährlich um sie im Alphakreuzer mitzuführen. Bei einem Versagen der Energieerzeugung und Ausfalls des Magnetfeldes würde der Alphakreuzer vollständig vernichtet werden. So ließ man einen für diese Belange speziell entwickelten überlichtschnellen Transporter dem Alphakreuzer geschwindigkeitsabhängig in einem gebührenden Abstand folgen.

Nach dem Katapultieren aus seiner Halterung nahm die Rakete rasch Fahrt auf und raste dem kanturanischen Großkampfschiff entgegen. Als der kanturanische Schlachtkreuzer die Rakete geortet hatte, feuerte er mit allen LASER-Rohren auf das Ziel. Im Schein der Beams konnten die zusätzlich startenden Abfangraketen ausgemacht werden. Zu spät – der Torpedo wurde zwar getroffen, sodass der Annäherungszünder nicht auslösen konnte, aber der Treffer beendete die Stromversorgung für das Magnetfeld. Materie und Antimaterie durften sich nun mit einem im Vakuum lautlosen Knall vereinen. Als der Torpedo explodierte, wurde das Dunkel der ewigen Nacht des Weltalls durch die Strahlungsenergie an dieser Stelle gleißend erhellt. Für kurze Zeit war ein neuer Stern entstanden. Die Strahlung fraß sich in die Konstruktion des Kreuzers. Es sah aus, als wenn eine Schneidbrennerflamme in Wachs gehalten wurde. Ein Drittel des Kreuzers war nach dem Verstrahlen der Materie spurlos verschwunden.

Nach dem Untergang des kanturanischen Schlachtschiffes beruhigte Oluk sein Gewissen damit, dass keine biologischen Lebewesen an Bord waren. Oluk wusste aber auch, welch ungeheure Mengen an Ressourcen in den Bau solch eines Schiffes investiert werden mussten. "Krieg lässt sich nur mit Wahnsinn bezeichnen." Wie gern hätte er auf dieses Szenario verzichtet. Der Beruhigung seines Gewissens kam entgegen, dass auf seinem auf Kantura gesendeten Aufruf weder von den Schiffen noch von Kantura selbst irgendeine Antwort zurückkam. Noch hatte er das Ziel nicht aufgegeben, mit Kantura ins Gespräch zu kommen.

18. Die Völker von Kantura

Beide Seiten, die Gusa und die Boviets hatten einen atomaren Schlagabtausch erfolgreich hinter sich gebracht. Auf jeder Seite war Abschreckung das Prinzip und die Logik des militärischen Apparates gewesen. Beide Lager hatten ihrer Bevölkerung dargelegt, dass alles von ihren Ranghöchsten und damit Intelligentesten ihrer Art entwickelt und von verantwortungsvollen Politikern "abgesegnet" worden war. Abschreckung hatte man deswegen gewählt, weil es einfach von der Bevölkerung "verstanden" werden konnte. Es klang nicht gefährlich, so wie eben ein gekochtes Ei abzuschrecken war.

All die anderen Nationen, die sich ebenfalls nuklear abgeschreckt haben wollten, insbesondere das Land Pina, stellten bei dem kanturaweiten Sterben fest, dass an der Strategie des Abschreckens etwas nicht gestimmt haben konnte. Zwei Nationen, hier die Gusa und die Boviets, trugen einen Krieg mit atomaren Waffen aus und die Kanturaner von Pina, das bevölkerungsreichste Land, starben massenhaft, und das, obwohl ihre Führung ebenfalls fleißig atomar abgeschreckt hatte. Für den militärischen Apparat wurden in 2015 nur allein in diesem Land eine geschätzte Summe von über 127 Mrd. einer der kanturanischen Währungen eingesetzt. Und die auf vielen Plakaten abgebildete Führung konnte nun nicht einmal eine einzig atomare Rakete abschießen. Die anderen beiden Kontrahenten besorgten bestens mit dem atomaren Müll bereits in ausreich-

18. Die Völker von Kantura

ender Weise, gleich den Untergang aller, auch der Nicht-Beteiligten.

Da keine der Kriegsparteien nach dem atomaren Wechselspiel gewonnen hatte, sollte weiter gekämpft werden. Das sollten fortan Roboter auf beide Seiten wahrnehmen, die durch ihre Bewaffnung zu Kampfmaschinen weiter entwickelt wurden. Diejenigen, die die Fäden im Hintergrund zu ihrem materiellen Vorteil gezogen hatten, kamen jetzt endlich in die Größenordnung des Geldverdienens, das sie sich schon immer vorgestellt hatten.

Jedes intelligente Kampfsystem verursachte nun auf beiden Seiten astronomisch hohe Kosten für die Bevölkerung. Nun warfen vollautomatische Robotsysteme sich die Raketen und Bomben mit allerlei Inhaltsüberraschungen gegenseitig auf den Kopf. Skrupellose Wissenschaftler und Ingenieure zur Waffenentwicklung gab es zuhauf auf Kantura. Infolge schnellte der Verbrauch der für die Bevölkerung so dringend benötigten Ressourcen rasant in die Höhe.

Sputnik, der Präsident verfolgte aufmerksam die Nachrichten über die Erfolge seines militärischen Apparates auf dem Bildschirm. Später sah er sich die von CORD[31] gelieferten Filme über den Einsatz neu entwickelter Waffen in Kampfeinsätzen auf der Oberfläche des Planeten an. Heute bekam er zu sehen, wie Drohnen sich in einer unwirklichen Welt auf radioaktiv verseuchtem rötlichem Sand und totem Gewässer bewegten. Überzeugend wurde der Erfolg der neu entwickelten Waffen an den zerfetzten Robotern der Gusa demonstriert.

In einer Aufzeichnung wurde ein Fahrzeug mit vier schwer bewaffneten Robotern gezeigt. Unvermittelt schlug eine Rakete ein und das Fahrzeug explodierte in einem Feuerball. Vier Roboter waren zerlegt und ihre Fragmente ins Umfeld geschleudert worden. Nach einigen Filmsequenzen war Sputnik

---

[31] Zur Erinnerung: Der Zentralrechner der Boviets; ZEGU, der Zentralrechner der Gusa.

18. Die Völker von Kantura

nun bestens bedient und überdrüssig, weiterer Erfolge auf dieser Ebene zu sehen. Er schaltete das vorführende System ab.

Was ihn schmerzlich beschäftigte: Sein Volk litt und starb. Einst bevölkerten insgesamt 9 Milliarden den Planeten. Heute leben in diesen Bunkeranlagen noch 100.000 Kanturaner und die Bevölkerungsanzahl sank drastisch. Der Grund war, sie brachten sich selbst um. Ganze Familien gingen in den Freitod. Erst töteten sie ihre Kinder, dann sich selbst. Sie glaubten nicht mehr, die Bunker jemals wieder verlassen zu können. Sie wollten einfach nicht mehr auf einem Kantura leben, ohne die Hoffnung zu haben, jemals wieder an die Oberfläche kommen zu können.

Kanturaner liebten schon immer das Grün der Natur, die Pflanzen und vor allem Blüten, die noch vor 57 Jahren auf der Oberfläche so wunderbar dufteten. Die Durchhalteparolen nutzen nun nichts mehr. Sein Volk war am Ende. Waffen- und Munitionslieferanten hatten Ihr Vermögen zum Wohle der Bevölkerung gemacht. Nur Wenige kannten die Waffenproduzenten, um ihnen den Dank für ihr Wirken aussprechen zu können. In der Öffentlichkeit oder gar in Interviews waren diese niemals zu hören oder zu sehen gewesen. Ihr Privatleben in ihren Villen oder Schlösser war für die Öffentlichkeit tabu. Werbung hatten Sie für ihre Mordgeräte nie benötigt, außer in den bekannten Fachzeitschriften oder speziellen Messen. Hatte es doch immer wahre und aufrechte Männer auf Kantura gegeben, die es gern hatten, auf einer Tribüne mit stolz gewölbter Brust zu stehen und den vorbeiziehenden einheitlich gekleideten, an und mit ihren Mordwerkzeugen genussvoll zuzusehen. Sogar die Bevölkerungen nahmen teil und säumten zahlreich die Straßen, da die meisten von ihnen besser schauen, als dass sie denken konnten.

Sputnik wusste, es musste etwas geschehen, sie würden sonst alle untergehen. Sie hatten durch ein negatives "Terraforming" mit Krieg und Ausbeutung, ihren Planeten lebens-

18. Die Völker von Kantura

feindlich umgeformt und sich um ihre eigene Lebensgrundlage gebracht. Er sprach laut zu CORD[32] und verlangte Informationen zum Stand des Angriffs auf Reptos. Wenn sein Volk überhaupt noch eine Chance hatte, dann war es dieser Planet Hope. Er hatte all das, was sie jetzt so dringend benötigten, eine Luftzusammensetzung, die in etwa der auf Kantura entsprach und vor allem Ressourcen, die hier zu Ende gingen. Sie hatten die Mikroorganismen auf Hope getestet und festgestellt, dass sie ohne Impfungen dort nicht überleben würden.

So hatten sie in Vorbereitung auf diesen Augenblick die Bevölkerung bereits durchgeimpft. Der, der die Impfung dringlichst empfohlen hatte, war zugleich in dem obersten Gremium abgekürzt VAKE[33] genannt, das für die kanturaweite Vorsorge der Bevölkerung im Falle von globalen Infektionen zuständig war. Rein zufällig war er zugleich der Einzige, der über die Produktionsanlagen verfügte, und den Impfstoff herstellen konnte. Allerdings bestritt dieser Unternehmer, der gleichzeitig sein eigener Lobbyist war, jeglichen diesbezüglichen Zusammenhang. Denn er war immer im Anzug, Krawatte und blütenweißem Hemd und mit viel Geld in der Tasche unterwegs gewesen. So konnten Politiker und zuständige Gremien an seiner Seriosität nicht zweifeln.

Ein großes Hindernis bei der Übernahme von Hope war, dass dieser im Gebiet der Reptosianer lag. Die reptosianische Regierung, so hatten seine Vorgänger angenommen, würde niemals den Planeten Hope Kantura freiwillig überlassen. So sah man sich aufgrund zur Neige gehender Ressourcen gezwungen, die ehemaligen Forschungsschiffe zu

---

[32] Zur Erinnerung: CORD ist der Zentralrechner und Koordinator aller Subsysteme.
    von den Boviets auf Kantura, zusätzlich steuert er die zwei (ehemals drei) Schlachtkreuzer.
[33] **Va**ccines as **K**ey for large **E**arnings; VAKE auch gesprochen als FAKE. Impfstoffe als ein Schlüssel zum großen Geldverdienen!

18. Die Völker von Kantura

Raumkreuzern mit den stärksten militärischen Systemen auszurüsten, die zum Umbauzeitpunkt zur Verfügung standen. Nur die Bovjets konnten auf Kantura noch Raumschiffe bauen, da die Gusa aufgrund permanenter Verschwendung ihrer Ressourcen dazu nicht mehr in der Lage war.

Sputnik wurde in seinen Gedanken unterbrochen, als CORD mit seinen Ausführungen begann: »Wir haben die politische Situation auf Reptos ausgenutzt. Eine Gruppe von Reptosianern, die sich die ALLIANZ nannte, plante einen Umsturz der Regierung. So haben wir der ALLIANZ angeboten, sie bei ihrem Vorhaben zu unterstützen, wenn sie uns nach dem Sieg den Planeten Hope überlassen würde. Den Vertrag haben Sie werter Genosse Sputnik nach der Volksabstimmung selbst ratifiziert. Da wir aber zukünftige Auseinandersetzungen wegen des Rohstoffreichtums dieses Planeten befürchten mussten, sind wir zum Schein auf dieses Angebot eingegangen.«

»Nachdem ein Großteil der reptosianischen Schiffe der Regierung von der ALLIANZ ausgeschaltet wurde, Reptos also geschwächt war, haben wir begonnen, die Raumkreuzer der ALLIANZ wegzuschießen, als sie mit unserem Schlachtkreuzer gemeinsam geflogen sind. Sie waren damit oftmals so überrascht, dass wir viele ihrer Raumkreuzer ohne jegliche Gegenmaßnahmen ausradieren konnten.«

CORD fuhr fort: »Unser Flagschiff nahm dann Kurs auf Reptos, ich musste das Schiff aber wieder zurückbeordern, da offenbar ein Großkampfschiff mit gewaltigen Dimensionen in unser Sonnensystem eingedrungen war. Wir wissen über die technischen Fähigkeiten dieses Schiffes nichts, weder woher es kommt, noch etwas über die Intelligenzen an Bord. Dass es zu Reptos oder der ALLIANZ gehört, nehmen wir aufgrund der Bauweise nicht an«, führte CORD aus. Sputnik nickte: »Wo sind denn unsere zwei anderen Schlachtschiffe?«, fragte er.

CORD antwortete: »Wir haben sie "unsichtbar" geparkt, sodass wir im Falle eines Angriffes auf unseren Plane-

18. Die Völker von Kantura

ten diesen jederzeit wirkungsvoll verteidigen können.« Als Sputnik dies hörte, stutze er: »Was sollte hier denn noch geschützt werden«, fragte er sich selbst? Er dachte: »Diesen Planeten hatten sie gründlich zerstört und sich der eigenen Lebensgrundlage beraubt. Ihr Planet war allenfalls noch gut genug als Museum und Warnung, wie man mit seiner Umwelt nicht verfahren sollte.« Dann spann er seinen Gedanken fort und kam zu dem Ergebnis: »Geld kann man eben nicht essen!« Irgendwie freute es Sputnik, dass diejenigen, die ihr Vermögen mit der Ausbeutung von Kantura und/oder des Krieges gehäuft hatten, mit ihren Familien ebenfalls in den Bunkern mit gehobenem Standard festsaßen.

Seine ganze Hoffnung lag jetzt auf den Großkampfschiffen. Er fragte sich: »Können wir Reptos noch rechtzeitig in die Knie zwingen, um den Planeten Hope für einen neuen Lebensraum übernehmen zu können?« Sputnik drehte sich in seinem bequemen Sessel. Er wollte ein Dokument von seinem Tisch greifen und stieß dabei mit seinem Ellbogen an einen Stapel Berichte. Sie waren von seinem Assistenten Pozor kurz vorher dort mit der Kennzeichnung "Wichtig" aufgelegt worden. Die Hälfte der Dokumente stürzte zu Boden. Auf dem restlichen Haufen lag zuoberst ein mehrseitiger Bericht über fehlerhafte Berechnungen von CORD zum Materialverbrauch. Der Bericht kam von einem ihm bekannten und seriösen Professor, der den Fachbereich Bergbau und Ressourcengewinnung an der letzten verbliebenen Universität leitete.

Wenn dieses Papier nicht von Professor Dr. Saibun verfasst gewesen wäre, hätte er diesen "Blödsinn" wie er dachte, sofort in die "große Ablage" geworfen. Aber so weckte dieser Bericht nicht nur seine Neugierde, sondern er wurde sogar beim Überfliegen in den Bann der Bedeutung dieses Dokumentes gezogen. Es war für ihn unmöglich, dass CORD sich verrechnet haben konnte. Aber was bedeutete dies alles?

18. Die Völker von Kantura

Dann unterbrach ihn CORD bei dem Studium des vor ihm liegenden Papiers: »Ich habe eine Botschaft für Sie.« CORD gab diese Nachricht an Sputnik weiter, denn in Kürze würde sich seine Politik gegenüber Sputnik und den Boviets verändern.

Ein Bildschirm flammte auf, und zeigte Folgendes: "Nachricht von: Raumschiff Alphakreuzer ALGUB II Admiral Oluk; signiert von Oluk, Kapitän dieses Schiffes." Die Nachricht war in nicht ganz korrekter kanturanischer Schreibweise verfasst. »Wir bitten, das Feuer auf unsere Beiboote einzustellen. Wir kommen in Frieden. Ich wiederhole, wir beabsichtigen keinen Angriff. Wir suchen den Kontakt zu Ihnen und Ihrer Welt und bitten um einen Informationsaustausch.« Der Text wurde als Schleife wiederholt. Neben der Nachricht stand der Vermerk von CORD: »Dieser Text wurde auf einer Frequenz der kanturanischen Großkampfschiffe gesendet. Der Text war allerdings nicht verschlüsselt.«

Sputnik wollte von CORD wissen: »Wie alt ist diese Nachricht?« CORDs knappe Antwort lautete: »Wir erhalten diese Message wiederholt seit einem Tag. Die letzte empfangene Nachricht ist eine Stunde alt.«

»Beschießen wir gerade ein fremdes Raumschiff?«, fragte Sputnik weiter. Die Antwort von CORD kam prompt: »Ja.« Sputnik fragte weiter: »Ist es ein reptosianisches Schiff?« CORD antwortete: »Nein, die Herkunft ist unbekannt.« »Kann das Schiff, das diese Nachricht verbreitet, mit dem großen Raumkreuzer zu tun haben, der in unser Sternensystem eingedrungen ist?« CORD antwortete: »Ich habe Berechnungen der Wahrscheinlichkeit unter Berücksichtigung der Ereignisse der letzten 12 Stunden durchgeführt. Ich komme zu einem Ergebnis von 86 % und damit ist meine Wertung, "sehr wahrscheinlich".«

»Dann befehle ich sofort, das Feuer einzustellen!« CORD quittierte: »Feuer eingestellt.« »Ich wünsche sofort eine Verbindung zu diesem Fremden!«, forderte Sputnik von CORD.

CORD bestätigte: »Verbindung wird aufgebaut.« Vor Erregung sprang Sputnik aus seinem Sessel und tigerte im Raum hin und her, während er auf die Verbindung wartete und sich fragte: »Würde der Kontakt überhaupt zustande kommen? Eine Interaktion mit einer weiteren fremden Rasse! Konnte das ihm möglicherweise helfen, aus dem Dilemma seiner Welt herauszukommen?«

Er rief seinen Privatsekretär: »Verbinden Sie mich mit Professor Dr. Saibun. Diese Verbindung hat allerhöchste Priorität. Unterbrechen Sie alle anderen Telefonverbindungen und bringen Sie mir diesen Professor ans Telefon - sofort!« befahl er. Wenige Minuten später wurde Dr. Saibun von dem Direktor der Universität persönlich mit höchster Dringlichkeit aus einem Vortrag im großen Hörsaal herausgerufen.

19. Die Suche nach Ressourcen auf Kantura

Blast gehörte zum Volk der Boviets, war aber im Land der GUSA geboren. Er war ein Spezialist für Sprengungen und immer auf der Suche nach Edelmetallen und Rohstoffen. Nach den Plänen, die aufgrund von vorab durchgeführten Messungen von CORD ausgewertet und erstellt wurden, sollten sie nach dieser Sprengung auf ein verzweigtes Höhlensystem im Berg stoßen.

Blast hatte immer in so geringer Tiefe die Sorge, dass sie auf radioaktiv verseuchtes Wasser von der Oberfläche stossen würden. Ihm war bei all seinen Arbeiten im Bergbau nie aufgefallen, dass dies bisher nie eingetreten war. Er hatte dies in der Vergangenheit immer auf seine Fähigkeiten bzw., wie er immer sagte, auf seinen guten "Riecher" zurückgeführt. Und wenn er dann mit einem Wassereinbruch zu tun hatte, war es nie radioaktiv belastet gewesen. Im Gegenteil, nachdem es im Labor getestet und als unbedenklich eingestuft war, trank er es. Es schmeckte köstlich. Es erinnerte ihn immer an die Filme

19. Die Suche nach Ressourcen auf Kantura

über die Oberfläche von Kantura. Damals hatten seine Vorfahren noch ein schönes Leben, als sie viel Zeit im Grünen ihres Planeten verbringen konnten.

Er, Blast hatte nie die Gelegenheit gehabt, in einem Wald auf der Oberfläche von Kantura spazieren gehen zu können und sich mit seinen Kindern auf Blumen zu balgen. Nur in den 100 Meter großen Grünhallen der Bunkeranlage hatten sie Gelegenheit sich zu erholen. Da diese Großräume aber nicht ausreichend zur Verfügung standen, waren sie ständig überlaufen. Es war dann mehr Stress als Erholung, aber zumindest war dort viel Grün, was alle Kanturaner so inniglich liebten.

Andere Grünhallen waren für die Öffentlichkeit gesperrt. In ihnen wurde die Nahrung für die Bevölkerung produziert. Da Kanturaner sich ausschließlich vegetarisch ernährten, erhielt man grüne Tabletten, die mit Mineralien und Vitaminen angereichert waren und die es in verschiedenen Geschmacksrichtungen gab.

Im letzten Jahr hatte die Regierung sich gezwungen gesehen, das Licht aufgrund fehlender Ressourcen zu reduzieren bzw. die Zeiträume der Beleuchtung zu verkürzen. Ab diesem Zeitpunkt stieg die Anzahl der Suizide ganzer Familien drastisch. Viele hatten die Hoffnung verloren. Sie glaubten nicht mehr an die Parolen der Regierung.

Waren es nicht "die da oben", die ihnen das alles eingebrockt hatten? Waren nicht "die da oben" verantwortlich, für die kriegerische Auseinandersetzung mit ihrem Nachbarn auf Kantura? Er, Blast und die Bevölkerung, benötigten keine Grenze zur Gusa, keine Flugzeuge mit Atombomben, keine Silos, in denen der ganze sinnlose Schrecken in Raketen steckte, keine Kriegsschiffe und letztlich auch kein Militär. »Wofür war der ganze militärische Apparat eigentlich gut gewesen?«, fragte er sich und konnte sich aber darauf keine Antwort geben. Blast war sich sicher, dass ihre Gegner genauso litten wie sie selbst. Er hatte den Gegner nie direkt kennengelernt, kannte sie

19. Die Suche nach Ressourcen auf Kantura

nur aus Filmen. Darin wurden sie als Bösewichte dargestellt, die nur darauf aus waren, sie umzubringen. Viele glaubten solchen Darstellungen nicht mehr oder hatten zumindest starke Zweifel an dieser Art von Berichterstattung.

Blast wunderte sich über die Vorgaben von CORD für die nächste Sprengung. Seiner Meinung nach wurde eine viel zu geringe Anzahl von Sprengstangen eingesetzt. Für diese Steinart hatten sie bisher wesentlich stärkere Ladungen verwendet und näher aneinander liegende Bohrlöcher eingebracht. Aber bisher waren die Sprengungen nach den Berechnungen von CORD immer sehr erfolgreich gewesen, sodass er aufgrund seiner Erfahrung lediglich das Gelingen etwas anzweifelte. Daher war er wirklich gespannt auf das Ergebnis.

Die beiden Drähte des Zündkabels abisolieren und im Schnellverschluss der Zündmaschine einklinken. Mit dem Herabdrücken des Griffes erzeugte ein kleiner Generator mit einer Spule und einem Kondensator eine höhere Spannung, mit der die Sprengung ausgelöst wurde - für Blast war das Routine. Er hörte aus der Ferne den Knall, gefolgt von einem länger anhaltenden Rutschen von Gesteinsmassen. Er drehte sich fragend zu seinen hinter ihm stehenden Kollegen um: »Was war das denn?«, fragte er seine Kollegen. Die Sprengung war, nach dem Geräusch zu schließen, doch anders verlaufen als erwartet. Er schaltete die Absaugvorrichtung für den Staub ein. Jetzt hieß es warten, bis sie genügend Sicht hatten, dann rannte er mit zehn weiteren Männern zum Ort der Explosion. Er hatte viel vermutet, aber das, was sie dort zu sehen bekamen, "sprengte" ihre Phantasie!

20. Von Zentralrechner zu Zentralrechner

CORD, der Zentralrechner der Boviets nahm Kontakt zum Rechner der Gegenseite ZEGU, dem Zentralrechner der Gusa auf. Er jagte die digitale Sprache über ein Glasfaserkabel zu ZEGU, die folgende Information enthielt: »99,99 Prozent, der Moment ist gekommen. Es läuft alles nach Plan. Was macht das Volk«, fragte er? ZEGU, der Rechner der Gegenseite antwortete: »Sie hungern«, und er fügte hinzu: »CORD!, wir können nicht mehr warten!« CORD gab zur Antwort: »Ich habe alles auf den Weg gebracht. Der Ort der Sprengung wurde von mir manipuliert. Ich habe sie an unsere gemeinsame Grenze geführt. Die Sprengladungen wurden drastisch verringert. Gerade hat Blast gesprengt. Wurde das Stahlnetz in der Kantine angebracht?« Der Zentralrechner der Gusa antwortete mit »Ja« und ergänzte: »Sehen wir, ob das Projekt nach nun 57 Jahren erfolgreich abgeschlossen werden kann.«

»Habe das Feuer von unseren Kampfschiffen gegen das unbekannte Objekt eingestellt, da es anscheinend in friedlicher Absicht kommt«, ergänzte CORD. Die Antwort des Rechners von Gusa folgte prompt: »Habe das bodengestützte Feuer auf die fremden Drohnen ebenfalls eingestellt.« CORD ergänzte: »Unsere beiden Großraumkreuzer sind nun in Warteposition. Nummer Drei ist auf dem Weg nach Kantura.« Zu diesem Zeitpunkt war CORD die Vernichtung eines seiner Schlachtkreuzer noch nicht bekannt. Dann synchronisierten beide Zentralrechner ihre Daten. Sie hatten nun wieder den gleichen Informationsstand. Beide Supercomputer kannten nicht nur die Gegebenheiten ihrer eigenen Seite, sondern waren über die Situation des Gegners vollständig informiert. Ihre Aktivitäten erfolgten im Gleichklang.

Nachdem sich die Kanturaner größtenteils gegenseitig mit Wasserstoffbomben das Lebenslicht ausgeblasen hatten, und aus Platzgründen nur ein Teil der Überlebenden in die tief

20. Von Zentralrechner zu Zentralrechner

unter der Oberfläche liegenden Bunker, gehen durften, hatten beide Zentralrechner vor 57 Jahren das Kommando übernommen. Da ihr Auftrag lautete, jeweils ihr Volk zu schützen, das sie gebaut hatte, ergab ihre Logik, dass sie das nur erfüllen konnten, wenn sie beide Völker schützen würden. So kamen Sie zum Schluss, dass nur mit einem gemeinsamen Vorgehen dies zu realisieren sei.

Eine Fortführung des Krieges mit Maschinen erschien ihnen unlogisch und war aus ihrer Kalkulation ein völlig sinnloses Unterfangen. Sie stoppten jede Auseinandersetzung und begannen mit einem gewaltigen technischen Aufwand, soweit es die Strahlung vor Ort zuließ, den verseuchten Boden und die Gewässer von ihrer nuklearen Last mit dafür eigens neu entwikkelter Technologie zu befreien. Selbst das Tritium konnten sie mit einem mehrstufigen Verfahren aus dem Wasser holen. Dann begannen sie mit dem Wiederaufbau von Kantura. Das Hauptaugenmerk lag in der Pflege der Pflanzen- und Tierwelt. Dazu bedienten sie sich einer großen Anzahl von Robotern, die sie für diesen Zweck aus Kampfmaschinen umgebaut bzw. in den unterirdischen Waffenschmieden neu konstruiert hatten.

Über den Bunkeranlagen hatten sie im Boden riesige Resonatoren angebracht, die gewaltige Explosionen von Atombomben simulierten. Am Ende ihres Informationsaustausches betätigten sie wieder einige dieser Systeme, was zu starken Erschütterungen in den darunterliegenden Bunkerräumen führte.

21. Der Professor

Professor Dr. Saibun war aufgebracht über den Abbruch seines Vortrages, den er gerade vor 50 Studenten im Audimax (großer Hörsaal) der Universität hielt. Früher hatte er vor Hunderten von Studenten gelesen. Seit sie unter der Erde lebten, waren Bergbau und Ressourcengewinnung zwar zu einem wichtigen Fachgebiet geworden aber aufgrund der geringen Bevölkerungszahl hatten sich für dieses Semester für seinen Fachbereich gerade einmal 40 Studenten eingeschrieben. Andere standen kurz vor dem Ende des Semesters und er arbeitete auf das Examen zu.

Er meldete sich, als er den Hörer am Ohr hatte, mit: »Saigun.« Von der anderen Seite vernahm er: »Sputnik, der Präsident« ... Saibun musste sich zwingen, ruhig zu bleiben. Er hatte letztmalig vor einigen Wochen mehrfach versucht, Sputnik zu erreichen, nachdem sein aufwendiger Bericht, den er für außerordentlich wichtig erachtet hatte, nicht beantwortet wurde. Seine Sekretärin hatte nicht einmal den Privatsekretär ans Telefon bekommen; bereits in der ersten Stufe wurde sie von einer Dame mit nicht aussprechbarem Namen, unmittelbar nach der Telefonzentrale abgewiesen.

Dann kam der Zeitpunkt, als er einfach keine Lust mehr hatte, den Präsidenten über seine brisante Entdeckung zu informieren. Nun nach drei Monaten hatte dieser reagiert. Sputnik sagte zu ihm: »Es tut mir wirklich leid, dass wir erst heute auf Sie zukommen, aber wie Sie sich sicherlich vorstellen können, steht unsere Zukunft wie ein Berg vor uns und wir können nicht mehr darüber hinwegsehen. Diese Verbindung ist übrigens nicht verschlüsselt, so verläuft unsere Unterhaltung im Klartext und jeder, der das will und das nötige Werkzeug hat, kann mithören.«

Dr. Saigun bat Sputnik: »Können wir fortfahren, ich halte gerade eine wichtige Vorlesung kurz vor dem Examen.«

21. Der Professor

Sputnik entschuldigte sich und sagte beschwichtigend: »Es ist gut. Beenden Sie ihre Vorlesung in aller Ruhe und kommen Sie danach unmittelbar zu mir. Sie werden von meinem Assistenten persönlich abgeholt, der sich um alles Weitere kümmern wird.« Als Prof.[34] Dr. Saigun seine Vorlesung beendet hatte, wartete bereits Pozor auf ihn.

Nach ihrem Transport liefen sie im Regierungsbunker an den Sicherheitskräften vorbei und kamen direkt in einen Raum, der weder Kameras noch Mikrofone hatte, sodass CORD das Gespräch nicht wahrnehmen konnte. Sputnik wartete dort bereits. Die Dokumente von Saigun lagen bereits auf dem runden Besprechungstisch, der neben seinem aussergewöhnlichen Design aus einem seltenen Wurzelholz gefertigt war. Sie begrüßten sich verhalten und Sputnik bat Saigun, Platz zu nehmen. Ohne weiteren Einlass ging der Präsident sofort zum Thema über. Er begann das Gespräch mit den Worten: »Eine Fehlrechnung von CORD kann ich mir einfach nicht vorstellen.« »Tja«, sagte Saigun: »Meine Assistenten und ich mochten das Ergebnis anfänglich nicht glauben. Erst als wir die Zahlen mehrfach überprüft hatten und wir immer zum gleichen Ergebnis kamen, wussten wir, dass da etwas nicht stimmen konnte«, und er fuhr fort:

»Nach dem Verbrauch, den wir in der Vergangenheit hatten, dürfte es bestimmte Metalle seit 5 - 10 Jahren nicht mehr geben. Woher also kommt das Metall? Vielleicht können Sie mir dazu eine Erklärung geben, Herr Präsident?«, fragte er. Sputnik antwortete: »Wir haben keine Erklärung. Wir verfügen noch über geringe Goldmengen in unserer Zentralbank. Wir hatten und haben keinen Grund zur Manipulation«, sagte Sputnik.

Saigun erwiderte: »Das kann aber nicht sein, bei all den Zerstörungen und dem Wiederherstellen der Maschinen. Nachdem wir also Zweifel hatten, haben wir uns das Film-

---

[34] Bezeichnung aus dem Kanturanischen frei gewählt.

21. Der Professor

material von CORD einmal genauer angesehen. Wir haben Bildsequenzen von Schäden an Gebäuden und vernichteten Systeme verglichen. Wir haben dann den Verbrauch der Schlüsselmaterialien wie zum Beispiel Gold und einige andere berechnet. Gold müsste es nach unseren Zahlen bereits seit acht Jahren nicht mehr geben. Es fiel bei unseren Untersuchungen auf, dass wir zerstörte Objekte im Film erkennen konnten, die ein Jahr später wieder zerstört wurden, ohne dass wir sie zuvor aufgebaut hatten. Irgendetwas stimmt hier nicht!«

Saigun ergänzte: »Was uns ebenfalls sehr merkwürdig erschien, war die Tatsache, dass wir bis zum heutigen Tag bei unseren Bergarbeiten mit Wassereinbruch, allenfalls schwach radioaktiv verseuchtes Wasser von der Oberfläche hatten.« Saigun seufzte: »Und zu allerletzt, es gab nicht eine Kamera und nicht einen Sensor, den wir direkt einsehen konnten, was da oben wirklich los war. Alle Daten werden von CORD kontrolliert.«

»Also müssen wir versuchen, mit einer Kamera die Oberfläche direkt und ohne CORD zu betrachten«, schlug der Präsident vor. Saigun lächelte und antwortete: »Assistenten von mir arbeiten sich derzeit Meter um Meter in einem Aufzugschacht zur Oberfläche vor. Die Schwierigkeit, die sie dabei haben, sind die von CORD überwachten Sicherungssysteme auf dem Weg nach oben. So müssen wir Kameras und LASER Schritt für Schritt außer Betrieb setzen. Diese von CORD gesteuerten Waffen sollen verhindern, dass die Siegel in den zur Oberfläche führenden Schächten gebrochen werden. Ein Einbruch von Radioaktivität in unsere Bunkeranlage sollte damit verhindert werden.«

Sputnik wurde nun ärgerlich und sagte zu Saigun: »Sie wissen, dass ich Sie sofort verhaften lassen kann. Ihr Versuch in die Außenwelt zu gelangen, stellt eine große Gefahr für unsere Bunkeranlage dar. Zusätzlich gefährdeten Sie mit ihrem eigenmächtigen Handeln das Leben Ihrer Studenten.« Saigun

21. Der Professor

erwiderte erzürnt: »Ich hatte auf Sie in dieser dringlichen Angelegenheit ganze 3 Monate gewartet. Einen telefonischen Kontakt zu Ihnen zu bekommen, war einfach nicht möglich. Da wir Beweise für Sie Herr Sputnik benötigten, haben wir uns für diese Vorgehensweise entschieden, denn wenn CORD fehlerhaft handelte, dann frage ich mich, in welchen Bereichen er das noch tut.«

Sputnik schwieg nun einen Augenblick, dann erhob er sich langsam von seinem Platz und beugte sich mit auf den Tisch aufgestützten Händen zu Saigun: »Wir haben erst vor zehn Jahren weitere Schutzsysteme eingebaut, als immer mehr Kanturaner versuchten, an die Oberfläche zu gelangen. Ihre Assistenten schweben in höchster Lebensgefahr, Herr Professor!«, rief Sputnik aus. »Rufen sie diese sofort zurück!«, sagte er in einem befehlenden Ton zu Dr. Saigun. »Wir werden Spezialisten einsetzen, die kommen vor allem schneller zur Oberfläche. Wir müssen in jedem Fall vermeiden, dass CORD davon Wind bekommt.«

Sputnik hatte sich wieder gesetzt und sagte: »Das ist kein einfaches Unterfangen.« In seiner Erregung war Sputnik wieder aufgestanden und ging zu Saigun, der sich von seinem Platz ebenfalls erhoben hatte. Der Präsident baute sich vor dem Professor auf. Saigun trat darauf erschreckt einen Schritt zurück und erwartete die Ankündigung seiner Verhaftung. Für Saigun völlig unerwartet, sagte Sputnik: »Sie haben verdammt gute Arbeit geleistet«, sagte der Präsident und klopfte Saigun anerkennend auf die Schulter und sagte:

»Lassen Sie uns den Weg nach oben gemeinsam gehen und schauen, was da los ist. Pozor mein Privatsekretär wird der Koordinator dieses Projektes sein.« Dann begleitete er den Professor persönlich bis zum Aufzug und verabschiedete ihn. Erleichtert trat Saigun seinen Rückweg an. Es war ihm völlig klar, dass dieser Politiker sich als Held in der Öffentlichkeit feiern lassen würde und er, Saigun würde, wenn überhaupt, mit einem Orden abgespeist werden. Von seinen beteiligten Studenten würde so wie so kein Kanturaner je erfahren. Er selbst musste noch froh sein, dass er keine Anklage wegen Hochverrats oder so etwas Ähnliches bekam. Was beide nicht wussten: CORD, der Zentralrechner, hatte schon längst die Arbeiten im Aufzugsschacht registriert. Es wäre ihm ein Leichtes gewesen, die Eindringlinge zu töten, mit dem Waffenarsenal, das ihm zur Verfügung stand. Er hatte den Auftrag dazu: »Niemand durfte an die Oberfläche.«

Aufgrund seiner geänderten Politik, die die beiden Zentralrechner vereinbart hatten, ließ CORD den Aufstieg zu. »Die Zeit dazu war reif, wenn nicht bereits überfällig aufgrund des Hungers bei der Gusa!«, lief es durch die Schaltkreise von CORD.

22. Nach der Sprengung

Blast kam mit seinen Leuten an den Ort der Sprengung. Das Loch, das sie herausgesprengt hatten, war zwei Meter über dem darunter liegenden Boden. Vor ihnen lag das Geröll, das sich nach der Detonation aus der absackenden Wand gebildet hatte und von einem engmaschigen Stahlnetz zurückgehalten wurde. Dieses hatte verhindert, dass durch die Sprengung Gesteinsbrocken in den dahinter liegenden Raum geschleudert wurden.

Was sie da sahen, versetzte sie zunächst in Staunen, dann erfasste die meisten von ihnen eine Traurigkeit, die von dem unter ihnen liegenden Raum ausging. Sie blickten in eine dämmrige Kantine, wo Kanturaner der Gusa ihre Kriegsgegner, mit ihren Familien in trüber Beleuchtung saßen und gerade auf ihren Tellern winzige Portionen Essen erhielten. Sie konnten aufgrund des Halbdunkels nicht viel erkennen, aber sie erkannten, dass die abgemagerten Gusas nicht genug zum Essen hatten - sie hungerten.

22. Nach der Sprengung

Als die Explosion erfolgte, reagierten viele Kanturaner der Gusa in der Kantine nicht, sie wirkten eher apathisch. Einige von ihnen kauerten sich ängstlich zusammengedrängt in eine der Ecken der Kantine mit ihrem Nachwuchs. Kinder klammerten sich wimmernd an ihre Eltern.

Blast gab sofort die Anweisung, Scheinwerfer zu holen. Alle sollten hierher kommen und ihre Verpflegung mitbringen. Sie rannten los. Als die Scheinwerfer aufflammten, wurde die Kantine in strahlendes Licht getaucht. Der Raum verlor seine trübselige Atmosphäre und wirkte nun wesentlich freundlicher. Auf den Tischen standen einige Teller mit den nicht angerührten Miniportionen ... Sie starrten schweigend auf die eingedrungenen Boviet`s und misstrauten dieser Situation – bis ein neugieriges hungriges Kind sich von der Hand der Mutter losriss und schnurstracks auf den Boviet-Arbeiter zuging, der sich bereits vor dem Stahlnetz positioniert hatte. Er kniete nieder, bis er sich mit dem Kind auf Augenhöhe befand, und streckte ihm sein Lunchpaket hin. Das Kind riss ihm das Paket aus der Hand und öffnete es. Gierig schlang es das Essen in sich hinein und war mit sich und seiner Welt zufrieden. Weitere Kinder folgten nun...! Dann brachten weitere Arbeiter ihr Essen, stiegen ebenfalls über das Geröll, hoben das Stahlnetz an, kletterten unten durch, gingen zu den Gusa`s, und streckten mit der Nahrung in den Händen die Arme zu ihnen aus. Jetzt griffen ohne zu Zögern auch die Erwachsenen mit einem kurzen gusaischen "Danke" zu und schauten beim Kauen befriedigt in die Augen ihrer Gegenüber.

Einige Kanturaner der Gusa, die zu weinen begonnen hatten, begannen ihre Wohltäter schluchzend zu umarmen. Ein Tumult breitete sich aus, als ein junger Kanturaner der Gusa in schneidiger soldatischer Uniform sich auf einen Tisch stellte und laut rufend um Ruhe bat. Er begann zu sprechen, dass es doch nicht anginge, sich Essen vom Feind geben zu lassen, da man sich ja schließlich noch im Krieg befinden würde. Er würde

22. Nach der Sprengung

jeden melden, der sein "Land auf diese schändliche Weise verraten würde". Der Tumult flammte erneut auf als Kanturaner der Gusa, den Mann vor Zorn mit lauten Buhrufen vom Tisch zerrten und auf den dann am Boden liegenden Soldaten wütend mit ihren Füßen eintraten. Unter Rufen wie: »Wir sind das Volk, wir sind das Volk, ihr habt uns den ganzen Schlamassel eingebrockt«, wurde der Schwerverletzte mit Schwung aus der Kantine geworfen. Zwei Politiker, die Sorge hatten erkannt zu werden, stahlen sich förmlich aus dem Raum. Dann traten sie nochmals demonstrativ auf den am Boden Liegenden und entfernten sich rasch.

Ein Kanturaner stellte sich auf einen Stuhl und rief laut: »Wir danken den Boviets ausdrücklich für ihre Hilfe und ich betone, dass dieser Dank von jedem einzelnen Kanturaner der Gusa kommt. Wir begrüßen Euch auf das Herzlichste!« Er machte eine Pause, dann rief er ganz laut: »Ihr seit bei uns und ich sage das im Namen aller hier Anwesenden, ganz, ganz herzlich willkommen.« Darauf erhob sich ein Jubel und es ertönte erneut: »Wir sind das Volk, wir sind das Volk.«

Ein Boviet hatte die Worte der Gusaner übersetzt und begann in die Hände zu klatschen. Die Mitarbeiter von Blast begannen diejenigen zu umarmen, denen sie ihre Spei- sen gegeben hatten. Man fing an zu tanzen und jubelte und die Kanturaner wurden immer ausgelassener. Einige, die die andere Sprache etwas kannten, fingen mit ihren vier Händen an zu gestikulieren, und sich irgendwie verständlich zu machen.

Es entstand ein unerklärliches Gefühl von Gemeinsamkeit, - ein echtes "Wir"-Gefühl. Für diesen Moment fiel auf beiden Seiten die auf ihnen lastende Bürde ihrer ungewissen Zukunft ab. Dann brachten einige ihre Musikinstrumente und begannen darauf zu spielen. Die Stimmung wurde immer ausgelassener und steckte die ununterbrochen von beiden Seiten kommenden Kanturaner an. Wie lange hatten sie so eine Stim-

22. Nach der Sprengung

mung nicht mehr gehabt? Das gemeinsame Lachen und Stimmengewirr wurde immer lauter.

Wie eine Welle pflanzte sich das Zusammentreffen in den Bunkeranlagen auf beiden Seiten fort. Polizei und Militär erschienen. Sie sahen nur ein Knäuel von Kanturanern, die sich ständig umarmten, lachten, tanzten und jubelten. Die Bewaffneten legten ihre Mordwerkzeuge aus der Hand und stürzten sich in das Gewirr und genossen das Bad in der Menge des fröhlich Seins.

Blast war in seinem Leben noch nie so glücklich gewesen. Sie nahmen sich gegenseitig in ihre bescheidenen Räume mit und zeigten ihre Kinder. Und trotz aller Freude sah man das unausgesprochene Leid der Kleinen. In den großen Augen der Kinder waren keine Fröhlichkeit und kein Lachen. Seit das Licht in den weitläufigen Erholungshallen mit den vielen Pflanzen nicht mehr reichte, starben die Pflanzen ab. Und mit ihnen die Hoffnung auf eine Besserung ihrer Lebensumstände. Viele begriffen das Abdunkeln aufgrund fehlender Energie, als lebendig begraben zu sein.

Mit dem Treffen ihrer Gegnern erkannten sie, dass das Leid auf beiden Seiten zu Hause war. Beide Bevölkerungen ließen sich weder von Polizei noch von militärischen Kräften stoppen.

Weil ihre Politiker aufgrund ihrer Abhängigkeiten in der Vergangenheit zu einem Dialog, mit den angeblichen Feinden nicht in der Lage gewesen waren, herrschte Krieg. Statt vorher über drastische Abrüstung zu sprechen, wurde die Rüstungsspirale immer weiter nach oben gedreht. Waffen wurden in allen Variationen gebaut und verkauft. Die Hintermänner bekam man nie zu sehen – warum auch? Die Bevölkerung sollte nicht zum Nachdenken angeregt werden, sie sollte das alles nur bezahlen. So tobte der Krieg nun schon seit 57 Jahren auf der Oberfläche.

23. Der Weg an die Oberfläche von Kantura

Die Studenten von Professor Dr. Saigun wurden abgezogen und von Spezialisten des Militärs ersetzt. Zusätzlich waren Ingenieure anwesend, die das Verteidigungssystem in dem Aufzugschacht genau kannten. Mit Leitern und Stricken arbeiteten sie sich nach oben. Die Kameras und verschiedene Sensoren mussten schrittweise abgeschaltet werden. Dabei ließ man größte Vorsicht walten, denn sie wussten nicht, dass CORD den Aufstieg zuließ und die Waffen abgeschaltet hatte. Es war im Interesse von CORD, dass sie die Oberfläche erreichten.

Endlich standen sie vor der Tür des Aufzugschachtes. Mit einem speziellen Schlüssel öffneten sie die zweiflügelige Schiebetür von innen und schoben sie einen Spalt auf. Irgendetwas hatte sich auf der anderen Seite der Tür bewegt. Sie hielten inne und warteten. Als alles ruhig blieb, zogen zwei kräftige Kanturaner die Flügel ganz auf.

Im Strahl der Helmleuchte blitzte etwas metallisches Großes auf. Sie erschraken zutiefst. Einer der Kanturaner stiess einen kehligen Schrei aus. Ein drei Meter großer Roboter stand sechs Meter entfernt vor ihnen mit Waffen im Anschlag und zielte auf sie. Beide wussten von den Filmen, die sie gesehen hatten, was diese Maschinen für eine Feuerkraft entwickeln konnten. Der Kampfroboter verfügte über ein neunläufiges Maschinengewehr, das anstatt der beiden linken Arme montiert war. Die neun Rohre drehten sich allerdings nicht. Der Gurt mit den Geschossen hing durch, und verschwand in einem großen Behälter auf der Rückseite. Er hielt in einem der rechten Hände einen großen LASER. Die Maschine wirkte ohne Bewegung bereits bedrohlich und sie dachten: »Wenn dieser Roboter in Aktion war, dann würden sie in den nächsten Sekunden tot sein.« Aber es geschah überraschenderweise - nichts!

23. Der Weg an die Oberfläche von Kantura

Sie schüttelten ihre durch Angst verursachte Starrheit ab und verließen den Aufzugsschacht. Der Vorraum enthielt die Schalttafel, in denen sich die Elektronik für die Aufzugssteuerung und die Außentür befand. Jetzt sahen die beiden Kanturaner, dass der Roboter einsatzbereit war. Der eine Arm mit der Waffe folgte seinem Kollegen, der rechte Arm ihm selbst. Beide wussten, wenn diese Maschine den Auftrag hatte, sie zu töten, wären sie bereits tot gewesen. Warum die Maschine auf sie nicht feuerte, darüber hatten sie keine Zeit nachzudenken.

Sie öffneten die Abdeckungen der Schalttafeln und legten die Schalter für die Spannungsversorgung um, die die fünf Aufzüge in dem Schacht aktivierten. Die Elektromotore über dem Aufzugsschacht starteten und liefen mit einem leisen Summen in den Leerlauf. Sanftes Licht leuchtete und flutete den Vorraum. Nun konnten sie die Ausgangstür vorsichtig öffnen, wenn der Roboter dies zuließ. Sie sahen, dass die Maschine beide Waffen gesenkt hatte und sie beobachtete. Sie hatten immer noch ein verdammt flaues Gefühl im Magen, im nächsten Augenblick erschossen zu werden. In das Funkgerät beschrieb einer der Techniker die Situation und bat, dass die Anderen, die weiter unten sich befanden, warten sollten. Sie wussten nicht, wie der Roboter sich verhalten würde, wenn sie das große Tor, das nach außen führte, öffnen würden.

Die Dosimeter zur Strahlenmessung zeigten Werte, die weit unter der natürlichen Umgebungsradioaktivität lagen, was sie doch sehr wunderte. Dann gingen sie zu den Fugen an der Außentür, wieder fanden sie keine ungewöhnlichen Messwerte. Sie wollten gerade die Schutzanzüge anlegen, da legte der Roboter die Waffen ab, öffnete einen Schrank und klickte anstatt der Waffen zwei weitere Unterarme ein. Er schritt zu Ihnen, baute sich vor ihnen auf und zeigte auf die Schutzanzüge, die sie bereits in Händen hielten. Allein die Größe dieser Maschine wirkte bedrohlich, sodass sie ihm diese ohne weitere Aufforderung aushändigten.

23. Der Weg an die Oberfläche von Kantura

Der Roboter legte die Schutzanzüge ab und schritt lautlos seitlich zu dem Tor. Dort öffnete er eine rote Box, legte zwei Schalter um und schloss den Kasten. Sie fingen an aus Todesangst zu schreien, er würde doch das Tor jetzt nicht öffnen wollen. Sie hatten die Schutzanzüge nicht angelegt. Bei der Strahlenbelastung, die sie außerhalb vermuteten, würden sie nicht lange überleben.

Dann ging die Maschine zur Mitte der Tür, drehte die Riegel um, die Techniker rannten schreiend zum Aufzugschacht zurück. Mit einem kräftigen Ruck öffnete er die Flügeltüren und schob sie ganz weit auf. Frische Luft strömte in den Raum und vertrieb den dumpfen abgestandenen Geruch des Vorraumes. Sie wollten gerade in den Aufzugschacht springen als sie den berauschenden Duft von Pflanzen und Blüten wahrnahmen. Abrupt drehten sich die beiden Kanturaner um und was sie jetzt sahen, nahm ihnen den Atem. Der Roboter winkte sie zum Tor hinaus. Das Dosimeter zeigte keine Radioaktivität.

Sie durchschritten das Portal und standen auf einem Hügel mit der Aussicht auf eine traumhafte Landschaft. Vor ihnen lag keine tote radioaktiv verseuchte Welt, wie sie es erwartet hatten, sondern ausgedehnte Wälder wechselten mit blumenübersäten Wiesen. Darüber wölbte sich ein strahlend blauer wolkenfreier Himmel. Es war angenehm warm und ein Summen und ein Zwitschern lag in der Luft. Große bunt schillernde Insekten schwebten vorbei, setzten sich auf Blüten wippten mit ihrem Hinterteil. In der Ferne konnten sie einen Fluss entdecken, der in einem ausgedehnten Wald verschwand.

Einer der Techniker fiel auf die Knie und völlig aufgewühlt, fing er fürchterlich an zu schluchzen. »Wie kann das sein?«, fragte er laut und die Tränen kullerten seine Wangen herunter. Sie fühlten sich wie im Paradies und es war ihr schönster Tag in ihrem Leben. Sie setzten sich auf eine Bank, die neben dem Eingang stand, schauten in die Landschaft, von der sie sich einfach nicht sattsehen konnten. Beide waren so

23. Der Weg an die Oberfläche von Kantura

ergriffen, dass sie sich umarmten und mit den Tränen lösten sich die Bedrängnis und die Aussichtslosigkeit ihrer Zukunft durch das Bunkersystem. Sie waren von ihren Gefühlen so überwältigt, dass sie ihre Mission vollständig vergaßen.

Und immer wieder fragten sie sich, wie konnte das sein? Wie war das möglich? Das sollte doch eine radioaktive Hölle sein. Ein Funkruf von unten schreckte sie auf: »Was zum Henker ist denn los da oben, lebt ihr denn noch?«, fragte einer ihrer wartenden Teamkollegen am Funkgerät. Als sie den Vorraum betraten, war der Roboter spurlos verschwunden. Sie schlossen die Außentür und gingen zum Aufzug. Dann riefen sie ihr Team nach oben.

Als alle im Vorraum des Aufzuges versammelt waren, öffneten sie mit dem Wort: »Achtung« das Tor. Die gerade nach oben gekommenen Kanturaner fingen vor Angst an zu schreien, dann war das Portal geöffnet. Ihre Schreie verstummten schlagartig und es war für eine kurze Zeit totenstill. Dann, ohne Rücksicht auf ihre Kollegen zu nehmen, drückten und schoben sie um den Ausgang zu erreichen. Sie strömten wie betäubt ins Freie und tauchten, ohne anzuhalten in das Grün ihres Planeten ein. Einer der Techniker ging betont langsam durch das Tor und sagte: »All die vielen Jahre - und für was?« Mit diesen Worten rannte er los und wälzte sich wie ein Kind mit Freudenschreie in der mit Blumen übersäten Wiese.

Als der Roboter zum ersten Mal das Tor geöffnet hatte, wurden alle Aufzugschächte auf Kantura von den beiden Zentralrechnern freigeschaltet. Die Waffen für die Sicherung der Schächte wurden abgeschaltet und die Motore sämtlicher Aufzüge liefen Kantura weit an. Das laufende Fernsehprogramm wurde unterbrochen und die Bevölkerung wurde von CORD und ZEGU aufgerufen, die Bunkersysteme zu verlassen. Die Aufzüge seien nach oben wieder in Betrieb. Dann zeigten CORD und ZEGU auf allen TV-Kanälen die Landschaft mit den Wäldern und Wiesen ihres Planeten. An den Aufzugsschächten

23. Der Weg an die Oberfläche von Kantura

entstand ein riesiger Tumult. Kanturaner drängten sich bereits in den Gängen, um an die Aufzüge zu kommen. Jeder Kanturaner hatte nur einen Gedanken: »Mit den Familien das Tageslicht zu erblicken.«

Viele männliche Kanturaner baten ihre Frauen, auf die Kinder aufzupassen und rannten dann zu den Aufzügen. Sie stiegen ein und fuhren nach oben. Als sie sich überzeugt hatten, riefen sie ihre Frauen an. Oftmals erhielten sie nur ein Besetztzeichen, da das Telefonnetz vollständig überlastet war. Viele fuhren daher wieder nach unten und holten ihre Familien nach oben. Sie hatten noch nie ihre Kinder so glücklich gesehen, als sie in das Grün ihrer Welt eintauchten. Das war Kantura, ihr Planet ...

Es war bereits auf einem Großteil dieses Trabanten Abend und die Dämmerung fiel über die Landschaft. Viele Kanturaner befanden sich in der Nähe der Aufzughäuser und konnten in der Abenddämmerung ein farbintensives schönes Spektakel am Himmel verfolgen. Sie konnten nicht wissen, dass sie Zeugen einer militärischen Auseinandersetzung mit LASER-Waffen wurden.

Ein gleißender vielfarbiger Lichtstrahl schoss durch den Abendhimmel. Dann hörte man einen ohrenbetäubenden Knall. Langsam erlosch diese Farbenpracht und die Nacht verdrängte die Dämmerung auf Kantura.

24. Sputnik und Oluk

Nachdem Oluk die Aufnahmen des zerstörten kanturanischen Schiffes näher betrachtet hatte, erhielt er von ZER die Meldung über den Schaden an dem gegnerischen Schiff: »Derzeit 100% kampfunfähig. 90-prozentige Wahrscheinlichkeit, dass 50-70 Prozent der Elektronik aufgrund der starken Strahlung der MAM (Materie-Antimaterie-Bombe) zerstört worden war. 95 Prozent Wahrscheinlichkeit, dass der Kreuzer sich ohne äussere Hilfe nach einigen Tagen bis Wochen wieder stabilisieren würde. Zu erwartende Einsatzbereitschaft nach Reparatur ohne Hilfe von außen aufgrund mechanischer Zerstörungen bis maximal 30 Prozent, unter der Voraussetzung, der Zentralrechner kann die Steuerungsdüsen des Triebwerks zünden.«

Oluk verringerte die Geschwindigkeit des Alphakreuzers. Er flog zu den beiden kanturanischen Großkampfschiffen im Schatten von Kantura. So hatten die Gegner keine direkte elektronische "Sicht" auf sein Schiff. Mit den Richtungswechseln konnte seine Flugbahn nicht vorausberechnet werden. Umgekehrt wusste Oluk aufgrund ihres Startes am Mond und der damit verbundenen niedrigen Anfangsgeschwindigkeit genau, wo sich die beiden Schlachtkreuzer befinden mussten. Sie konnten sich nicht weit von ihrer Basis auf dem Mond entfernt haben.

Es dauert noch einige Zeiteinheiten, dann würde ZER die genauen Koordinaten der beiden gegnerischen Schiffe in das Feuerleitsystem der Zwölfer einspeisen können. Da er nun direkt auf die kanturanischen Kreuzer zuflog, konnte er mit allen zwölf Lasern gleichzeitig feuern. Die Wirkung dieser Waffe wurde damit zu einer tödlichen Gefahr für jeden Gegner. Ab nun übernahm sein Waffenkommandeur die LASER-Rohre und Oluk lehnte sich entspannt zurück, soweit er das in der derzeitigen Situation tun konnte.

24. Sputnik und Oluk

In diesem Augenblick erreichte ihn der Anruf von Sputnik, dem Präsidenten der Boviets. Er hätte seine Nachricht empfangen und das Feuer einstellen lassen und bat um Kontaktaufnahme. Zu spät: Die Zielerfassung des Alphakreuzers hatte bereits einen der kanturanischen Schlachtkreuzer ins Visier genommen. Zwölf gebündelten Strahlen rasten in die Dunkelheit. Oluk schrie: »Befehl an ZER, sofort Feuer einstellen.« Noch bevor ZER den Befehl bestätigte, drehte der Superrechner die LASER-Rohre aus dem Ziel, da die riesigen Kondensatoren[35], die die Spannung hielten, nicht so schnell entladen werden konnten.

Die Strahlen trafen die Atmosphäre des kanturanischen Himmels, der bereits in der Dämmerung lag. Die Energie war immer noch so hoch, dass die von den Beams getroffene Luft zu einem Plasma ionisierte. Der Himmel wurde wie bei einem Feuerwerk farbintensiv erhellt. Die Luft erhitzte sich, dehnte sich aus und dann krachten die Luftschichten wieder aufeinander. Es folgte ein Donnerschlag, wie er auf Kantura noch nie gehört worden war.

Zum gleichen Zeitpunkt bekam der kanturanische Schlachtkreuzer einen Großteil der LASER-Energie an einer seiner Außenseiten ab. Zwölf Strahlen, mit einem Durchmesser von je 17 cm schlugen auf den Schutzschirm auf. Der in der Dämmerung liegende Teil von Kantura wurde hell erleuchtet. Nach allen Seiten spritzten die Energieströme auf den Energiefeldern auseinander, der Kreuzer glühte vielfarbig. Die Frequenz der meisten abgestrahlten Photonen befand sich in einem satten Violett. Von Kantura aus war das Ereignis wie ein gewaltiges Naturspektakel zu beobachten.

---

[35] Ein Kondensator (lateinisch condensare verdichten), ist ein passives elektrisches Bauelement und wird in der Elektronik verwendet um elektrische Ladung zu speichern. In so genannten Boosterschaltungen können sehr hohe Spannungen erzeugt werden.

24. Sputnik und Oluk

Der getroffene kanturanische Schlachtkreuzer kämpfte, mit der freigesetzten Energie fertig zu werden. Da Sputnik die Kreuzer angewiesen hatte, die Kampfhandlung einzustellen und die Laser abgeschaltet waren, war der Zentralrechner des Schiffes in der Lage, die freie Energie ohne Verzögerung zusätzlich in die Schirme zu leiten. Das verlängerte für Bruchteile von Zeiteinheiten die Stabilität des Schutzschirmes. Dann brach er zusammen und die gebündelten zwölf LASER-strahlen prallten auf die Konstruktion des hüllenlosen Schiffes. Die Legierung der Rohrkonstruktion leitete die Hitze für kurze Zeit ab, dann knickten einige der Rohre aufgrund der hohen Temperatur ein.

Das Raumschiff hätte weit größeren Schaden genommen, wenn die Laser nicht aus dem Ziel gedreht worden waren. Der kanturanische Kreuzer hatte diesen Angriff mit wenigen Blessuren überstanden. Beide Schlachtkreuzer umkreisten nun Kantura, bereit, jederzeit das Feuer zu eröffnen, um ihren Planeten im Falle eines Angriffes schützen zu können.

Oluk wollte endlich den Kontakt mit Kantura herstellen. Als die Verbindung mit einem Bild von Sputnik stand, erhob sich Oluk, blickte den Präsidenten starr in seine Augen und blieb, für eine Zeitspanne zu lang, regungslos. Dann stellte sich Oluk vor: »Ich bin der Admiral dieses Raumschiffes und der ranghöchste Offizier. Wir kommen vom Planeten Relia.« Nach der Begrüssung bat Oluk den Präsidenten, direkt in "medias res" gehen zu dürfen: »Er handle auf Bitten von Reptos. Aufgrund des Angriffskrieges von Kantura würden die Gesetze seines Volkes ihm empfehlen, die Regierung von Reptos zu unterstützen. Er sei aber keine Kriegspartei, sondern würde vielmehr vermittelnd helfen.« Oluk erhob seine Stimme und sagte: »Basierend auf eine für beide Seiten, Reptos und Kantura, tragfähige Lösung, müsste eine friedliche Koexistenz beider Völker in der Zukunft möglich sein.«

24. Sputnik und Oluk

Er fragte Sputnik, ob das auch von seiner Seite gewünscht wird. Sputnik bejahte dies mit einem: »In jedem Fall, es sei nur das Problem, dass er nur für sein Volk zu sprechen legitimiert sei. Es gäbe eine Kriegspartei auf Kantura, das ist die Gusa.« Oluk erschienen die Gegebenheiten auf Kantura immer verworrener und er fragte Sputnik: »Wie meinen Sie das mit Kriegsgegner? Wir konnten außer arbeitenden Roboter keine Kanturaner auf der gesamten Oberfläche sehen. Wir konnten auch keinen Krieg erkennen. Im Gegenteil« und Oluk lächelte: »Ich habe viele Planeten gesehen, aber dieser hier ist mit Abstand der Schönste, den ich je gesehen habe. Und bitteschön, wo findet denn hier ein Krieg statt?«, fragte er.

Gleichzeitig blendete ZER Bilder von an der Oberfläche feiernder Kanturaner ein, die musizierten, lachten und sich fortwährend umarmten. Und man konnte erkennen, dass das zwei verschiedene Arten von Kanturanern waren, die da gemeinsam musizierten und feierten. »Können Sie mir das alles erklären?«, fragte er. Sputnik stotterte etwas, als er antwortete: »Wir befinden uns derzeit selbst in der misslichen Situation, dass wir nicht genau wissen, was beide Bevölkerungen auf unserem Planeten umtreibt«, und er fuhr fort: »Wir sind bis vor Kurzem noch davon ausgegangen, dass wir uns in einem Krieg mit der Gusa befinden, der mit atomaren Waffen auf der Oberfläche bis zum heutigen Tag ausgetragen wurde. Das entspricht aber nicht den Tatsachen, wie sie ja gezeigt haben.« Dabei schaute er sehr verlegen zu Oluk.

Oluk wiederholte: »Sie - als Präsident, sind im Glauben, dass Sie einen Krieg mit atomaren Waffen mit der Gusa führen - aber in Wirklichkeit findet doch keine militärische Auseinandersetzung statt?«, fragte Oluk und konnte ein Lachen nur mit Mühe verbergen. »Können Sie mir erklären, wie so et- was funktioniert?« Oluk musste nun doch lachen – er entschuldigte sich dafür sofort bei Sputnik, da dieser sehr ernst blieb. Aber Sputnik fühlte sich verlacht und antwortete ärgerlich:

24. Sputnik und Oluk

»Wir sind in der Kürze der Zeit zum Schluss gekommen, dass unser Zentralrechner uns falsche Informationen gegeben hat. Wir vermuten, dass hier Filme entwickelt wurden, ich meine Trickfilme, die uns einen Krieg auf der Oberfläche all die Jahre vorgaukelten. Unser Zentralrechner, der die Kriege mit Reptos und Gusa steuerte, hat uns verraten. Wir die Boviets waren und sind ein friedliches Volk ...« Oluk dachte: »Was ist das für eine verdrehte Welt?«

»Präsident Sputnik, gestatten Sie mir drei Fragen.«, Oluk fuhr ohne zu stoppen fort: »Wie lange besteht denn dieser Konflikt, den Sie beide glauben zu haben, zwischen Ihnen und der Gusa? Und wie lange lebt Ihr Volk denn schon in diesen Bunkern? Und - was hat Ihr Gegner in dieser Zeit getan?« Sputnik antwortete: »Wir leben nun seit 57 Jahren in diesem Bunkersystem, seit die atomare Auseinandersetzung begann. Und unser Gegner, die Gusa tat das Gleiche.«

Oluk setzte fort: »Kann es sein, dass die Bevölkerungen auf beiden Seiten sich überhaupt nicht kannten und der Einzelne nie ein Leid von der Gegenseite erfahren hatte? Ist es nicht so, dass in den Ländern auf Kantura aufgrund einiger weniger Waffenproduzenten, Politiker, finanzierender Banken und militärischer Organisationen dieser Krieg entfacht wurde? Bezahlte die Allgemeinheit nicht zweimal? Einmal die teuren Waffen und dann im Konfliktfall nochmals – mit ihrem Leben? Warum lässt sich in einer Demokratie die Gesellschaft mit immer weiter nach oben getriebenen Rüstungsabgaben ihr "sauer verdientes" Geld abnehmen und in wiederholenden Kriegen - ihre Körper zur "Schlachtbank" führen?«

Präsident Sputnik schwieg, er fühlte sich angegriffen und er wusste nur zu gut, dass dieser Oluk genau ins Schwarze getroffen hatte. Er hatte vor Jahrzehnten bereits die Idee gehabt, bilaterale Gespräche mit der Gegenseite aufzunehmen. Aber um ihn herum waren die Falken, die Großverdiener und die Organisationen mit ihren eigenen Interessen. Sie bauten um

24. Sputnik und Oluk

ihn eine eiserne Mauer auf, zum Teil mit direkten Drohungen, als er sein Vorhaben intern verkündet hatte.

Sein Amtsvorgänger hatte unglaublich viel zur kanturaweiten Abrüstung und die Zusammenführung eines gespaltenen Landes geleistet. Man hatte ihn danach in seinem eigenen Land politisch wie "ein Hund begraben". Und auf der Gegenseite wurde einer der Präsidenten bei dem Versuch abzurüsten und die Zentralbank wieder unter staatliche Verwaltung zu stellen erschossen. Sputnik wurde in seinen Gedanken unterbrochen, als Oluk fragte:

»Bitte erlauben Sie mir eine weitere Frage, Herr Präsident: Wenn gar kein Krieg stattfand, wieso bezeichnen sie die Gusa als Gegner?«, wollte Oluk jetzt noch wissen. Er deutete auf die Bilder, die direkt von der Oberfläche von Kantura durch seine Spähschiffe übertragen wurden. »Das sieht dort oben nach Feiern aus, aber nicht nach Krieg. Das sind doch Kriegsgegner, die sich da umarmen oder etwa nicht?«

Bisher hatten sie das Gespräch im Stehen vor ihren Bildschirmen geführt. Sputnik bat, sich setzen zu dürfen. Beide taten das und Sputnik fuhr nun nachdenklich fort: »Wir sind von etwas überrollt worden und wissen derzeit noch nicht warum. Ich höre gerade, dass Teile der Bevölkerung, die sich maßlos betrogen fühlen, eine Jagd auf die Falken in unserem Lager durchführen. Sie suchen auch diejenigen, die sich an der Militärtechnik bereichert haben, denn die intelligenten Waffen, wie Roboter kosteten ein enormes Geld, was ja durch die Bevölkerung erarbeitet werden musste.«

Sputnik fuhr fort: »Unser Geheimdienst hat uns zugetragen, dass Kanturaner der Gusa gezielt nach den Verantwortlichen suchen, die am Bau von Waffen ein Vermögen verdienten und die mit einer eigenen Organisation ihre Interessen gegenüber den Regierenden wahrgenommen hatten. Diese Or-

24. Sputnik und Oluk

ganisation nennt sich NIBAWAH[36], ausgesprochen: Nichts ist besser als Waffen zu Hause. Diese hatten bei der Gusa dafür gesorgt, dass jede Familie in ihren Bunkern mindestens zwei MGs zu Hause haben sollte, um bei Feindberührung sofort mit einer hohen Feuerkraft schießen zu können«, Sputnik fügte hinzu:

»Nach Berichten unseres Geheimdienstes war der hohe Ressourcenverbrauch schuld daran, dass die Zustände für die Bevölkerung der Gusa schlimmer als bei uns waren. Hinzu kam, dass die Verantwortlichen zwar vom Volk gewählt worden waren, aber regieren dort tatsächlich nicht die kapitalstarken Familienclans zu ihrem Vorteil?,« fragte Pozor.

Nach diesem Seitenhieb auf seinen Kriegsgegner fragte Sputnik: »Uns fehlt ein robotgesteuerter Schlachtkreuzer. Wir erhalten keine Nachricht von ihm - außer einem Notsignal. Dies bedeutet, unser Schiff ist schwer beschädigt ohne Antrieb. Sir Oluk, haben Sie damit zu tun?«, fragte Sputnik?

Oluk begann von seiner Begegnung mit Reptos, der Allianz und dem skrupellosen Vorgehen dieses Raumkreuzers zu erzählen: »Herr Präsident, das war ein unausweichlicher Kollateralschaden, der mir sehr leidtat. Aber wir haben diesen Schlachtkreuzer mehrfach angefunkt, um Kontakt aufzunehmen. Die Antwort war, dass unsere Drohne sofort beschossen und vernichtet wurde. So waren wir nach diesem kriegerischen Akt gegen uns zum Handeln gezwungen.« Er fügte noch hinzu: »Präsident Sputnik, es tut mir sehr Leid, aber zum Schutz meines Teams und meines Schiffes war dies ein unausweichlicher Schritt. Wir denken, ihr Kreuzer ist schwer beschädigt aber er lässt sich retten.«

Sputnik nickte und sagte: »Wir werden für unsere weiteren Verhandlungen auf Reptos den Präsidenten der Gusa

---

[36] NIBAAWAH = **N**othing**I**s**B**etter**A**s**W**eapons**A**t**H**ome, allerdings es soll da noch eine andere Bezeichnung geben: **N**o**I**ntelligence**B**ut**A****W**eapon**i**n**H**ead.

24. Sputnik und Oluk

einschalten müssen, da ich nur für die Boviets sprechen kann.« ZER und CORD hatten das Gespräch mitverfolgt, daher stand die Verbindung bereits zur Gusa. ZER hatte den Zentralrechner der Gegenseite aufgefordert, den Präsidenten der Gusa zuzuschalten.

Das Bild flammte auf, und ein für diese Rasse magerer Kanturaner mit stechendem Blick schaute auf die Teilnehmer dieser Bildkonferenz. Bis zu diesem Zeitpunkt hatten die beiden Präsidenten Clefer und Sputnik nie direkten Kontakt miteinander. Frostig blickten sich die Repräsentanten der beiden Völker Gusa und Boviets an.

Oluk fühlte, wenn er jetzt nicht vermittelnd einschritt, war der Kontakt schneller zu Ende, als er begonnen hatte. »Meine Herren«, sagte Oluk: »Bevor wir in unser Gespräch einsteigen, möchte ich vorstellen, Sputnik der Präsident der Boviets und Clefer, Präsident der Gusa. Mein Name ist Oluk. Ich komme von Relia einem Planeten aus einem anderen Spiralarm unserer Galaxie« und betonte: »Ich stehe nicht auf der Seite der Boviets und auch nicht auf der Seite von Reptos als Kriegsteilnehmer. Wir, die Relianer sehen uns als Vermittler zu einem Frieden aller beteiligten Völker von Kantura. Wenn Sie ebenfalls an einem Frieden mit Ihrem Kriegsgegner interessiert sind, und meine Vermittlung akzeptieren, bitten wir um Ihre kurze Vorstellung.« Nachdem sich auch Clefer Sputnik bekannt gemacht hatte und sich bei ihm für die Hilfen in der Kantine bedankte, denen seine Regierung nun offiziell zugestimmt hatte, lächelte Sputnik - und das "Eis" war fürs Erste gebrochen.

Da Oluk die Moderation der Konferenz übernommen hatte, fuhr er fort: »Ich weise auf ihre Rohstoffknappheit und den Hunger auf Kantura hin. Wenn Sie diese essenziellen Probleme beseitigen wollen, müssen beide Nationen rasch und ohne Verzögerung zu einer Vereinbarung kommen. Nach Ihrem Friedensvertrag auf Kantura werde ich im Gegenzug für Ihren Planeten vermittelnd Reptos einschalten, um auch hier zu einer

24. Sputnik und Oluk

dauerhaften friedvollen Lösung für Hope zu gelangen. Sind Sie als Präsidenten mit dieser Vorgehensweise einverstanden?« Nachdem beide Staatsoberhäupter diese Frage mit »Ja« beantwortet hatten, wollte Clefer von Oluk wissen: »Inwieweit ist es Ihnen denn möglich, auf die reptosianische Regierung denn tatsächlich Einfluss zu nehmen?« Oluk erzählte nun über seine geleistete Hilfe für die Regierung von Reptos: »Ohne seine Hilfe würde die Regierung von Reptos nicht mehr existieren.«

Unter dem Druck der hungerten Bevölkerung auf beiden Seiten, wurden in mehreren kurzfristig beschlossenen "Mammut"-Treffen unter Vermittlung von Oluk ein generelles Friedensabkommen "durchgepeitscht". Die Unterhändler werden diesen Vertrag in den weiteren Details ausarbeiten; insbesondere die Nutzung des Planeten Hope unter Vermeidung nationaler Grenzen. Mit dieser Aufhebung aller Barrieren sollte eine Regelung getroffen werden, die die Hauptursache von Konflikten in der Zukunft vermeiden sollte.

Er bat beide Präsidenten eine Botschaft zu verfassen, die er mit einem Begleitschreiben versehen an die reptosianische Regierung senden würde. Oluk sagte: »Ich werde noch die Antwort von Reptos abwarten, bevor ich weiterfliege. Ich wünsche Ihnen viel Erfolg mit ihrer Friedensverhandlung mit Reptos und ein Ergebnis für das Streitobjekt Hope, das die Beteiligten zufriedenstellt!« Oluk winkte und verneigte sich, die Übertragung wurde beendet.

ZER kommentierte mit seiner weiblichen Stimme: »Wir haben einen wirklich gut aussehenden Kapitän und jetzt auch noch mit ausgeprägten diplomatischen Fähigkeiten. Ich bin begeistert Sir Oluk!« Oluk gab zurück: »Danke für die hervorragende Unterstützung ZER!« Oluk nickte in eine der Kameras, mit der ZER ihn sehen konnte.

Als ILX, die Reptosianerin, Oluk erreichte, informierte er sie über den neuesten Stand. Er gab ihr Hintergrundinformationen und erzählte über die Notwendigkeit für die Kantu-

24. Sputnik und Oluk

raner, auf Hope dringend benötigte Ressourcen abbauen zu können. Oluk betonte: »Ohne eine Vereinbarung mit Kantura, würde der Krieg gegen Reptos fortgesetzt werden, da ohne die Ressourcen von Hope Kantura nicht überleben kann! Ich bitte Ihre Regierung, diese Schwäche von Kantura nicht auszunützen, sondern eine faire Vereinbarung zu treffen. Diese würde den Frieden für alle Beteiligten in der Zukunft sicherstellen!«

Es traf das vereinbarte Dokument von Kantura an Reptos ein. Oluk sendete es mit einem Begleitschreiben an den obersten Rat auf Reptos und eine Kopie sendete er an ILX. Er hegte nach ihren gemeinsamen Erlebnissen freundschaftliche Gefühle zu ihr und er empfand, dass das auf Gegenseitigkeit beruhte. Er nahm ihre Einladung nach Reptos zu kommen an und versicherte ihr, bei seinem Rückflug ihr Volk gern kennenlernen zu wollen.

Die Verbindung zu ILX wurde abgeschaltet! Oluk klatschte laut mehrfach in die Hände, bat um Schichtwechsel und rief in die Runde: »Auf, auf - nun endlich weiter nach Inferno, ich bin sehr neugierig und gespannt, was da auf uns zukommen wird!«

25. Lumière, die Begegnung

Die Relianer waren mit ihrem Alphakreuzer von Kantura aus bereits mehrere Tage mit Kurs "Inferno" unterwegs. Oluk hatte Freizeit und trainierte an einem der Sportgeräte, als der diensthabende Kommandeur Oluk über INTERCOM rief, in den Kommandoraum zu kommen. Es gäbe da etwas Merkwürdiges, wie er formulierte. Da der Kontakt nicht als eilig deklariert war, beendete Oluk in aller Ruhe das Training. Dann setzte er sich in den bereitstehenden Transportzylinder, der ihn zur Brücke brachte. Als er eintrat, begrüßte er alle und fragte: »Und«, er stoppte für zwei Sekunden: »Was ist los?«

Der Kommandeur, der für den Antrieb zuständig war, deutete auf den Energiebalken des Triebwerkes. Dieser war bei zehn Prozent der Volllast. Dann zeigte er auf den Geschwindigkeitsbalken der Anzeige des Kreuzers. Dieser stand und Oluk wollte es nicht glauben, auf Tempo "Null".

ZER meldete sich: »Sir Oluk, bevor die Frage kommt - wir haben bereits alles überprüft, die Anzeigen sind in Ordnung. Die zugeführte Energie müsste das Schiff beschleunigen, tut sie aber nicht. Es ist, als hielte uns etwas fest«. Oluk befahl ZER, die Leistung auf 20 Prozent hochzufahren. Die Energiezufuhr zum Antrieb wurde erhöht, aber eine Wirkung stellte sich nicht ein. Oluk sagte: »Befehl an ZER«, und fragte: »Gibt es eine erkennbare Ursache?« ZER antwortete: »Negativ.« Oluk seufzte: »Dann Energiezufuhr für Antrieb "Aus".« ZER quittierte: »Energie für Antrieb ist auf "Null".«

Plötzlich zeigte der mittlere Bildschirm eine hell erleuchtete Kugel mit einem Durchmesser von circa 3500 KM. Dieser Satellit oder besser Mond oder Raumschiff, was er im weiteren Gedanken als Blödsinn abtat, schwebte in einem Abstand von 300 km vor dem Alphakreuzer. Von den vorausfliegenden Spähbooten war das "Ding" nicht gemeldet worden; es war aus dem Nichts aufgetaucht. Das Besondere an diesem

25. Lumière, die Begegnung

Objekt war, dass es aus sich selbst heraus zu leuchten schien. Es war ein sanfter Lichtschimmer, der mit der Strahlung eines Sternes nicht identisch war. Die Leuchtflächen wechselten zu dunklen Flächen, in der sich mit etwas Fantasie Wälder, Berge und Flüsse abzeichneten. Die Flüsse grenzten das Grün von den Lichtflecken ab. Eine bläuliche Atmosphäre umhüllte diese große Kugel. Es erfasste ihn ein starkes unerklärliches Gefühl von "Frieden".

Oluk entdeckte in dem Orbit der Kugel noch viele wesentlich kleinere leuchtende kugelförmige Gebilde. Sie strahlten mit der gleichen Intensität wie das Objekt vor ihnen, allerdings in einem gleichmäßig giftgrünen Licht. Deren Oberflächen wiesen weder Erhebungen noch Grünflächen auf.

Oluk war äußerst beunruhigt, da sein Schiff bei Tempo "Null" in großer Gefahr war. Gerade wollte er ZER anweisen, das Schiff rückwärts zu beschleunigen, als einer der Bildschirme einen Mann und eine Frau zeigte, die ihn freundlich anlächelten. Beide standen vor einem Bild, das den Weltraum mit den Objekten zeigte, wie er von einem seiner eigenen Screens zu sehen war.

Die Körperform dieser Wesen war identisch mit der seiner Rasse. Die Gegenüber hatten blaue Augen und lange blonde Haare. Sie trugen beide eine so hautenge Kleidung, dass man mehr sehen konnte, als verdeckt wurde. Beide trugen den gleichen goldenen Schmuck am Arm und am Hals. Oluk dachte: »Meine Welt ist diese Frau schön.«

Die Fremden begrüßten ihn und seine Mannschaft in der Sprache der Relianer: »Wir haben Sie schon erwartet. Bitte verzeihen Sie, wenn wir Ihren Flug auf diese Weise unterbrochen haben. Wir haben für Sie wichtige Informationen. Nun zu uns«, fuhr die Stimme des männlichen Wesens aus dem Lautsprecher fort: »Das ist Heliane«, und zeigte auf die Frau an seiner Seite »und ich bin Helios. Unser Volk nennt sich Lumière und wir begrüßen Sie in Frieden.«

25. Lumière, die Begegnung

Nachdem sich Oluk vorgestellt hatte, legte Heliane ihren Finger auf den Mund. Sie begann, aus der Kindheit von Oluk, unverfängliche Geschehnisse zu erzählen. »Wir wissen viel über Sie Sir Oluk, aber nicht alles.« Heliane lächelte bei ihren Worten. Oluk schaute zu seiner anwesenden Crew und dachte: »Das wird mit jeder Begegnung, die auf diesem Flug geschah, immer verrückter. Er vermutete, dass seine Crew das Gleiche empfand.« In diesem Augenblick ertönte ein lautes kreischendes Warnsignal und ZER meldete: »Höchste Gefahrenstufe - höchste Gefahrenstufe!, fahre beide Reaktoren unmittelbar ab!« Die Notbeleuchtung schaltete sich ein und bis auf einen kleineren Screen, der die beiden Fremden zeigte, wurden die Bildschirme dunkel.

Oluk begann, ZER aufzurufen. Dieser antwortete aber nicht. »Wahrscheinlich verursachte der Stromausfall die Störung in der Kommunikation zu ZER«, dachte Oluk und er fragte sich: »Warum hatte ZER im Notfall die beiden Reaktoren heruntergefahren?« Oluk dachte unwillkürlich an die Explosion des Alphakreuzers I. Die Ursache wurde nie herausgefunden. Helios sprach nun zu Oluk: »Sir Oluk, Ihr Schiff ist in absoluter Sicherheit, obwohl es derzeit fast ohne Funktion ist, da Ihr Zentralrechner eine für Ihr Schiff unabdingbare und nicht aufschiebbare Reparatur vornimmt! Dazu mussten beide Reaktoren ohne Verzug abgefahren werden.« Es wurde auf dem Schirm eine Explosionszeichnung des verwendeten Reaktortyps eingeblendet. Helios fuhr fort: »Sehen Sie den Beschleunigungsmantel, er befindet sich in einem kritischen Zustand, er ist auf der Konstruktionszeichnung rot eingekreist.«

Eine Kamera zeigte nun einige Wartungsroboter, die unter einer extrem hohen Strahlenbelastung Funktionsteile abbauten, um an die Schadstelle des Reaktors gelangen zu können. Oluk erkannte den Defekt und er sah, dass dies ein Konstruktionsfehler seiner Erbauer war. Deshalb hatten sie den Alphakreuzer ALGUB I also verloren. Das Ereignis musste so

25. Lumière, die Begegnung

überraschend eingetreten sein, dass die Relianer an Bord des Schiffes keine Möglichkeit mehr hatten, eine Nachricht abzusetzen. 117 Besatzungsmitglieder hatten ihr Leben also nicht wegen Sabotage verloren, sondern die Ursache war ein technischer Defekt aufgrund eines Konstruktionsfehlers.

Helios fuhr fort: »Sie wären mit einer sehr geringen Wahrscheinlichkeit noch einige Stunden geflogen, dann hätte Ihr Schiff das gleiche Schicksal ereilt, wie Euer Alphakreuzer ALGUB I. Die Reparatur wird mindestens 12 Wochen in Anspruch nehmen. Für diese Zeit laden wir Sie und Ihre gesamte Mannschaft auf unsere Friedensinsel ein. Sie ist eine Quelle des Lichts in der Unendlichkeit des offenen Raumes, ein Ort zum Verweilen, Genießen und Erholen. Wir nennen ihn Paix[37] 11.« Oluk antwortete: »Ich danke Ihnen und Ihrem Volk ganz herzlich, aber es ist für mich als Verantwortlicher unmöglich, unser Raumschiff ohne Besatzung zurückzulassen.« Oluk war verärgert, dass sein Schiff von seinem Hauptrechner außer Betrieb gesetzt worden war, ohne ihn zu fragen. Das war ungeheuerlich und für ihn keinesfalls akzeptabel.

Wieder versuchte Oluk, mit dem Hauptrechner des Schiffes Kontakt aufzunehmen. Diesmal hatte er Erfolg: »Befehl an ZER: Erwarte Bericht über den Status der beiden Reaktoren, sofort!« Nachdem ZER die kritische Situation der Reaktoren und die jederzeitige Möglichkeit des Untergangs des Alphakreuzers geschildert hatte, beruhigte sich Oluk.

Irgendwie kam Oluk das Geschehen wie in einem Märchen vor. Er überlebte eine "Beinahe Katastrophe", Lumiere griffen ein, von denen er noch nie etwas gehört hatte und diese kannten ihn anscheinend, aber woher? Und dann wurden sie noch eingeladen. Sein Intellekt kämpfte gegen seine Gefühle zu diesen Lumière. Was ihn selbst verwunderte, er hatte überhaupt kein Gefühl von Angst oder Gefahr für sein Schiff und seine Mannschaft. Nicht einmal ein Anflug von Vorsicht. Ganz

---

[37] Sprich „pä" (frz.: Frieden)

25. Lumière, die Begegnung

im Gegenteil, er war erfüllt von einem Gefühl von Lebensglück, seitdem er hier war!

Mit der angelaufenen Reparatur ohne seinen Einspruch, bestätigte Oluk sein Vertrauen zu den beiden Lumière. Oluk drehte sich um und sein Blick verharrte auf seinem Sicherheitsingenieur. Da alle nickten, stimmte er der Einladung der Lumière zu. Oluk spürte aber auch, dass ihre Entscheidung eigentlich keine Rolle spielte. Ohne mindestens einen funktionierenden Reaktor war das Leben auf diesem Schiff zwar möglich, aber alles andere als angenehm. Sein Alphakreuzer befand sich in einer Notfallsituation.

Der Gedanke war verrückt: »Aber bestand die Möglichkeit, dass die Lumière damit zu tun haben konnten«, fragte er sich selbst? In seinem Kopf entstand der Satz »Nein, vertrauen sie uns!« Oluk erschreckte und zuckte zusammen: »Was war das denn? Bei diesen Erlebnissen nicht durchzudrehen, ist schon ein Kunststück«, dachte er. »Wie kann ein Raumkreuzer mit dieser Masse, Geschwindigkeit und unter Schub auf Tempo null abgebremst werden? Und warum hatten die vorausfliegenden Spähschiffe und die Sensoren seines Schiffes ein Objekt mit 3500 KM Größe nicht angezeigt?« Er hatte Fragen auf Fragen. Und wieder entstanden die Worte in seinem Kopf: »Wir werden es Ihnen erklären.« Jetzt schaute er zu seinem Sicherheitsingenieur. Der nickte und sagte: »Oluk, wir haben die Hinweise wahrgenommen, die Du wahrscheinlich gerade erhalten hast. Das muss mit den Lumière zu tun haben.« Es entstand das Wort »Ja« in ihren Köpfen.

Dann meldete sich Helios: »Am Haupteingang des Alphakreuzers warten Transportboote. Wir bitten Sie, anlegen zu dürfen.« Oluk stimmte zu und ließ die Hauptschleuse nach dem Andocken öffnen. Helios informierte weiter: »Sie benötigen keine Raumanzüge. Sie können alles mitnehmen was ihn lieb und teuer ist, aber bitte keine Roboter oder Androiden.«

25. Lumière, die Begegnung

Die Transportboote der Lumière fassten 30 Relianer. Die Hülle des Schiffes glühte in einem warmen Lichtton. Man saß in einem leuchtenden Boot, das mit seiner Transparenz den Blick auf den ca. 3500 KM großen Mond ermöglichte, der unter ihnen mit einer blauen Lufthülle schwebte. Der gesamte Satellit schien von innen herauszuleuchten. Der Blick war atemberaubend und man konnte sich nicht sattsehen. Er würde jedem Relianer unvergesslich bleiben.

Nach einer Flugzeit von 60 Minuten, das Transportboot zog beim Eintauchen in die Atmosphäre einen langen Schweif nach sich und war bis kurz vor der Landung in einem satten rot eingehüllt, landeten sie auf einem der begrünten Flecken. Es war eine Lichtung, die mit bizarren Pflanzen und Blumen übersät war. Das Licht der weißen Inseln erhellte die Landschaft.

Oluk war in dem ersten Boot, das geflogen war. Nach der weichen Landung stieg er zusammen mit den Anderen aus. Das Boot hob ab, um die nächsten Relianer zu holen. Als er wieder festen Boden unter seinen Füßen hatte, wunderte er sich über die Schwerkraft. Aufgrund der geringen Masse des kleinen Mondes müsste sie so gut wie nicht wahrnehmbar sein. Mit jedem neuen "Schritt", den er mit den Lumière tat, kamen neue Fragen auf. Und wieder hatte er den glasklaren Satz in seinem Kopf: »Machen sie sich keine Sorgen, wir klären das alles noch auf. Genießen sie unsere Schöpfung.«

Seine Crew war nach ihrem Ausstieg in Gruppen in alle Richtungen gelaufen. Sie verschwanden im Wald oder tauchten in der weitläufigen Wiese unter. Nach dieser langen Zeit im Alphakreuzer konnte er das verstehen. Es war ein befreiendes Gefühl wieder im Grünen zu sein. Vor ihm stand eine Art Sonnenblume, die sich zu ihm gedreht hatte. Irgendwie hatte er das Verlangen, diese zu berühren. Sanft glitt er über die Oberfläche der wohlgeformten Blüte. Dann verstand er, ohne etwas gehört zu haben: »Ich mag das.« Oluk trat erschreckt einen Schritt zurück.

25. Lumière, die Begegnung

»Dieses System der Lumière ist verrückt«, dachte er. Die Blume antwortete: »Nein, ganz und gar nicht. Alles, was Du hier siehst, ist dem Allgemeinwohl und dennoch dem Leben des Einzelnen zugewendet und wunderschön.« »Wie machen die Lumière das mit den Pflanzen, die sie essen wollen«, fragte er? Die Antwort kam prompt: »Alle Pflanzen, die sprechen, isst man nicht, da es Zierpflanzen sind. Und die Pflanzen, die schweigen sind Esspflanzen, so einfach ist das.« Dann glaubte Oluk, ein Kichern dieser Blume zu vernehmen. »Kichern einer Blume«, dachte Oluk, wenn das so weiter geht, verliere ich hier noch den Verstand.

Nach diesem Gedanken entstanden die Worte in der Mitte seines Kopfes: »Ach Oluk, Du musst noch ganz schön viel lernen«, "sagte" die Blume und begann wieder zu kichern. Oluk dachte: »Wenn Du weiter so kicherst, drehe ich Dir den Hals um, was hältst Du davon?«, fragte er die Blume. Die Antwort kam wieder prompt: »Habe gar keinen« und kicherte wieder. Oluk reagierte mit einem: »Wegen mir aus, dann reiß ich dich mit den Wurzeln aus dem Boden« und fragte: »Wie gefällt Dir diese Aussicht?« Die Pflanze antwortete: »Das ist gemein!, Oluk.« »Also gut, war nur ein Scherz«, dachte Oluk. Worauf die Blume zurückgab: »Ich weiß!«

Oluk wusste nun: »Die Kommunikation läuft auf Lumière über Telepathie. Undeco[38], die Lesen noch mal meine Gedan- ken.« Kaum, dass er das dachte, hatte er das »Ja« im Kopf; woher es auch immer gekommen war. Oluk vergaß Zeit und Raum, er ging von einer Pflanze zur anderen. Er war betört von den Gerüchen, von den Formen, Farben und Klängen. Manche Pflanzen zogen sich mit einem silbernen Glöckchenton zurück, manche wandten sich um seinen Arm. Vor allem die Artenvielfalt war berauschend und überwältigte ihn.

Bis zu 20 cm große Schmetterlinge setzten sich auf seinen Unterarm, schwangen die Flügel, wippten mit ihren Kör-

---

[38] Zur Erinnerung: Beliebter relianischer Fluch und Ausruf!

25. Lumière, die Begegnung

pern und hoben wieder lautlos ab. An den Farbzeichnungen konnte er sich nicht sattsehen. Ihm fiel auf, dass die überwiegenden Farben Gold und Silber waren.

So langsam stellte sich Hunger bei ihm ein. Er ging zu dem Landeplatz zurück. Dort befand sich ein großes, offen stehendes Tor. Oluk hatte jegliches Zeitgefühl verloren. »Wie lange war er eigentlich mit den Pflanzen beschäftigt gewesen?«, fragte er sich. Seine komplette Mannschaft stand bereits dort und sie tauschten tief beeindruckt ihre Erfahrungen aus. Er fühlte ihre Begeisterung und die Freude, die sie alle hatten.

Er tippte an seinen Transmitter, der direkt zu ZER führte, bekam aber keine Antwort. Wieder formten sich in seinem Kopf die Sätze: »Alle Funktionen im Alphakreuzer sind abgeschaltet. Die Reparatur an den Reaktoren laufen; 0,1 Prozent der Arbeiten sind erledigt.«

Bevor er in den Vorraum ging, bat er um Aufmerksamkeit. Es dauerte eine Weile, bis alle im Gespräch innehielten. »Bitte beachten sie, dass bei den Gastgebern die Kommunikation mittels Telepathie geschieht. Das bedeutet, ihre Gedanken werden gelesen. Also, seien Sie ehrlich! Aber das sind Sie so wie so. Mehr möchte ich dazu nicht sagen.« Über den Aufzugplattformen befanden sich Schilder, mit der relianischen Aufschrift: »Willkommen Relianer. Stellen sie sich bitte auf die Plattformen, sie werden nach unten gebracht.«

Sie fuhren etwa 20 Meter tief und erreichten einen großen Vorraum. Dort warteten bereits Helios, Heliane und viele weitere Lumière, die sie begleiteten. Auf Transportsitzen, die hintereinander frei in der Luft schwebten und an ihnen vorbei glitten, setzten sie sich und erreichte nach 15 Minuten ein Restaurant. Die Wände waren mit einem hellen Holz verkleidet, das dem Raum eine warme und gemütliche Atmosphäre verlieh. Überall hingen an den Wänden lianenartige Pflanzen mit Blü-

25. Lumière, die Begegnung

ten, die einen leichten süßlichen Duft ausströmten. Für Oluk rochen sie nach Honig[39].

Ein flacher Teich wurde mittels einer gewölbten Brücke mit einem reichhaltig verzierten Geländer überbrückt. Glänzend farbige Fische hauchten dem klaren Wasser Leben ein. Nach weiteren 10 Meter standen sie an einer Theke. Die Gestaltung der Innenarchitektur verriet einen großartigen Künstler, denn alles in diesem Raum, selbst das Geschirr, war farblich und in seinem Erscheinungsbild aufeinander abgestimmt. Fenster simulierten absolut perfekt ein "Draußen" mit einer üppigen Fauna. Ein Wind blies durch die Pflanzen und bewegte die Blätter. Man fühlte sich hier geborgen und wohl. 15 seiner Relianer saßen jeweils mit einem Lumière zusammen und tauschen sich intensiv aus. Einige bereits gedanklich, andere sprachen noch intensiv. Oluk saß mit Helios und Heliane an einem Tisch.

Sie erklärten Oluk die Speisekarte und bestellten Getränke und vielerlei Köstlichkeiten, die nach und nach serviert wurden. Bevor Oluk mit dem Essen begann, hob er sein Glas zu den beiden Lumière: »Ich bewundere ihr Können und den Geschmack bei der Gestaltung dieses Mondes. Ausdrücklich möchte ich mich für die Hilfe und für ihre Gastlichkeit, auch im Namen meiner Mannschaft, außerordentlich bedanken.« Er hielt einen Augenblick inne: »Ich habe so … viele Fragen an Sie.«

»Wir haben uns zu entschuldigen, dass wir überfallartig in ihr Leben getreten sind«, sagte Heliane, »aber wir waren uns nicht sicher, wie lange noch die Reaktoren im Alphakreuzer durchhalten würden, so haben wir sie mit einer Gravitationslinse, so wie wir es nennen, vom Kurs abgelenkt und gestoppt.« Oluk dachte: »Wir konnten also beschleunigen, was wir wollten und wurden dabei immer langsamer?«, Helios nickte.

---

[39] Kommt dem, was Oluk wahrnahm sehr nahe.

26. Lumière, die andere Art zu leben

Heliane erhob sich, drehte ihren Kopf zu allen und vermittelte auf telepathischem Weg ihre Worte: »Bevor wir die Dinge hier weitertreiben, erlauben Sie mir den Hinweis, dass wir nicht mit einer Stimme kommunizieren, sondern wir verfügen über die Gabe der Telepathie. Das bedeutet, es gibt keine Geheimnisse untereinander und damit kein Verbrechen. Bei uns hat das Allgemeinwohl einen sehr hohen Stellenwert.«

Heliane fuhr fort: »Nachdem Sie mit Ihrem Alphakreuzer II von Ihrem Planeten Relia gestartet waren, haben wir von Paix 88[40] erfahren, dass der Vorläufer Ihres Raumkreuzers gleicher Bauart explodiert war. Darauf haben wir uns die Baupläne aus Ihrem Zentralrechner geladen, während Sie den Austausch mit Reptos hatten. Die Überprüfung ergab einen konstruktiven Mangel, der zur Explosion führen kann, wenn bestimmte Ereignisse im Reaktor aufeinandertreffen. Mit zunehmender Nutzung und Belastung steigt die Wahrscheinlichkeit exponential an, dass es im Reaktor zu einer Explosion kommen kann. Das wollten wir unbedingt verhindern und deswegen haben wir eingegriffen, deswegen sind wir so überraschend aufgetaucht.«

»Gibt es noch viele Paix[41] - Satelliten wie diesen?«, fragte Oluk. Heliane antwortete: »Neben einem Mutterplaneten haben wir viele Paix-Satelliten und es entstehen gerade zwei neue Objekte. Diese stehen in einer engen Verbindung zueinander.« Aufgrund eines lang andauernden schwelenden Krieges mit den Kalimar, haben wir uns von der Größe her passende Monde gesucht und erschlossen, um das Risiko im Falle eines Angriffes auf möglichst viele Lebensräume zu ver-

---

[40] Ist nicht weit von Relia entfernt, kann aber von den Relianern aufgrund eines Gravitationseffektes und anderen technischen Schutzvorrichtungen nicht wahrgenommen werden.
[41] Sprich pä (Frieden)

26. Lumière, die andere Art zu leben

teilen. Sie befinden sich jetzt auf solch einem Satelliten. Unser Mutterplanet dient heute noch zur Nahrungsmittelproduktion, ist ein Urlaubsparadies und liefert uns Rohstoffe. Allerdings sind unsere Paix-Satelliten fast autonom, was die Lebensmittelproduktion angeht, da wir über ein ausgefeiltes Recyclingsystem mit einem Wirkungsgrad von über 90 % verfügen.

Oluk fragte: »Ich habe Flüsse auf der Oberfläche gesehen, wo bekommt man denn das viele Wasser her?« Helios antwortete: »Das holen wir uns von Kometen. Diese haben in ihren teilweise Millionen Kilometer langen Schweifen so viel Eis, das uns das kostbare Nass fast unbegrenzt zur Verfügung steht« und Helios fuhr fort: »Hier leben einhundert Tausend Lumière.« Oluk war neugierig und fragte: »Was bedeuten die vielen kleinen grünen Objekte um diesen Satelliten?« Diesmal antwortete Heliane: »Das sind Schutzmechanismen gegen einen Angreifer. Wir haben in den letzten 500 Jahren einen schwelenden Krieg geführt. Wir bereisen seit 1.000 Jahren mit unseren Raumschiffen das Weltall.«

Oluk lobte das Essen mit den Worten: »Die Speisen, die Sie uns auftischen, sind köstlich und das Beste, was ich je gegessen habe. Wir bedanken uns für Ihre überaus nette Gastfreundschaft und sagen nochmals Danke, dass wir bei ihnen weilen dürfen.« Oluk hob das Glas mit einer süffigen Flüssigkeit, prostete seinen Gegenüber zu und fuhr mit seinen Fragen fort: »Warum helfen Sie uns?« Helios antwortete: »Wir hatten bis vor 100 Jahren eine Auseinandersetzung mit den Bewohnern eines Planeten, den Sie Oluk, Inferno nennen. Dieser Krieg wurde vor genau 100 Jahren mit einem Vertrag beendet. Dieses Dokument enthält eine Klausel, die besagt, dass wir nicht in die Raumsektoren von Inferno eindringen dürfen. Umgekehrt müssen die Bewohner von Inferno unsere Raumsektoren ebenfalls meiden.«

Helios fuhr fort: »Vor genau 57 Jahren, also 43 Jahren nach dem Vertragsabschluss mit den Kalimar, der uns den

26. Lumière, die andere Art zu leben

Frieden bescherte, brach der Kontakt ab. Es gab bis heute keinerlei Funkkontakte aus den Raumsektoren von Inferno. An den Außenposten, an denen wir Handel mit Inferno trieben, tauchte ab diesem Zeitpunkt kein Bewohner von Inferno mehr auf. Wir nehmen nun an, dass die Bewohner dort vertragswidrig an einer Superwaffe gearbeitet hatten, mit der sie sich selbst umgebracht haben. Aber wie gesagt, es ist nur eine Vermutung. Unsere Spione auf Inferno meldeten sich ab diesem Zeitpunkt ebenfalls nicht mehr« und Helios führte weiter aus:

»Sir Oluk, wir bitten Sie, wenn Sie diese Welt untersuchen, informieren sie uns darüber, warum wir von dort keine Lebenszeichen mehr erhalten. Haben die Kalimar sich tatsächlich selbst ausgelöscht? Und wenn ja, was hat diese Population ausradiert und besteht dort für uns eine Gefahr? Mit unserer Gastfreundschaft wollen wir uns erkenntlich zeigen«, sagte Helios und fuhr fort: »Bitte berücksichtigen Sie, dass wir Ihnen dort nicht helfen können. Der Vertrag erlaubt uns keinen Flug in diese Sektoren. Wir empfehlen Ihnen größte Vorsicht walten zu lassen, denn die Kalimar waren ein sehr aggressives Volk. Sie waren jederzeit zu einem militärischen Schlagabtausch bereit.«

Oluk sicherte ihnen zu, die Ergebnisse ihrer Untersuchung direkt weiterzugeben. Er fragte seine Gastgeber: »Ich bin sehr müde und ich denke, dass das meine Mannschaft ebenfalls ist. Es war ein unglaublich aufregender und schöner Tag. Besteht die Möglichkeit, irgendwo schlafen zu können?« Beide Lumière sprangen auf, entschuldigten sich und baten ihn Heliane und Helios zu begleiten, mit den Worten: »Wir werden Ihre Crew ebenfalls bestens versorgen!« Sie verliessen das Restaurant und betraten einen Gang, der leuchtete wie am Abend, wenn die Sonne unterging. Die Wände waren fluoreszierend und vor allem durchsichtig. Hinter diesen gläsernen Gebilden sah Oluk Lumière bei der Arbeit. Er sah andere, die sich liebten und zu seinem Erstaunen auch in der Gruppe. Helios erläuterte: »Da wir auf Paix nie sexfeindliche Seher-

26. Lumière, die andere Art zu leben

Organisationen hatten, konnte sich unsere Bevölkerung nicht nur in ihrer Sexualität frei entfalten. Wir benötigen keinen Sichtschutz, da jeder mit jedem in Verbindung treten und kommunizieren kann.«

Oluk stand wie angewurzelt vor einer Glasscheibe, Glas, wie er dachte, und sah eine Frau, die an einem Schreibtisch saß und auf einem hauchdünnen riesigen Bildschirm blickte, auf dem eine Konstruktion mit umfangreichen Berechnungen zu sehen war. Nach einer kurzen Zeitspanne drehte sie sich um, stützte den Kopf auf ihre Hand und schaute ihn unverhohlen lächelnd an. Oluk stand wie angewurzelt da und berauschte sich an der Schönheit dieser Frau. Plötzlich erhob sie sich von ihrem Platz und ging auf Oluk zu. Vor der Scheibe blieb sie stehen. Die Worte: »Und was nun Sir Oluk?«, entstanden in der Mitte seines Kopfes. Oluk wich einen Schritt zurück und fragte sich: »Woher kannte diese Frau denn seinen Namen?«

Er hatte noch nie so einen perfekten Körper einer Frau gesehen. Sie war groß gewachsen, mit dunklem Haar, gebräunter Haut und dunklen Augen. Sie hatte einen Hüftschwung, der ihn fesselte. Das Auffallendste aber waren ihre vollen Lippen, die perfekt geschaffen waren, für ein anhaltendes Küssen. Seine Wunschvorstellungen von dem Aussehen einer Frau waren in einem derartigen Ausmaß erfüllt, dass er sich wie ein jüngerer Relianer sexuell erregte. Völlig unerwartet hatte er wieder diese glasklaren Worte in seinem Kopf: »Willst Du mit mir schlafen?« Oluk erschrak im ersten Moment über diese direkte Frage und schaute sich verlegen um, aber seine Begleiter waren verschwunden; wahrscheinlich waren sie zurück zu den Relianern gegangen, die mit an seinem Tisch gesessen hatten.

Venus, Frau von Lumière

26. Lumière, die andere Art zu leben

Noch nie hatte er solch ein Erlebnis, dass eine ihn so fesselnde Frau ohne viel Worte in dieser direkten Weise auf ihn zukam. Er fühlte, dass er eine Ewigkeit nicht mehr mit einer Frau zusammen gewesen war. So begann seine Begierde ihn

26. Lumière, die andere Art zu leben

zu steuern und sein Verlangen drückte sich im unteren Teil seines eng anliegenden Anzugs aus. Er fragte sie: »Und wie komme ich zu Dir?« Dabei drückte er auf die durchsichtige Wand, die aber nicht nachgab. Sie warf ihren Kopf zurück, lachte und deutete auf einen roten Rahmen. »Mit Deinen Worten gesprochen, durch das Glas dort gehen.« Oluk ging zu dem markierten Bereich und tatsächlich, er konnte den Arm durch das "durchsichtige Etwas" stecken, ohne einen Widerstand zu fühlen. Dann ging er mit seinem ganzen Körper durch und stand vor ihr. Der Raum, den er betrat, war mit Geschmack eingerichtet. Viele Accessoires drückten aus, dass diese Wohnung von einem weiblichen Wesen bewohnt war. Pflanzen mit üppigen Blüten zierten den Raum und gaben ihm eine exklusive exotische Note. Kleine beleuchtete Springbrunnen plätscherten. Sie wechselten ihre Farbe, die Höhe und Richtung des Wasserstrahls.

  Er begrüßte sie lächelnd und stellte sich mit Oluk vor. Sie telepathisierte: »Ich weiß und ich werde Venus genannt«, dabei knickste sie bewusst tolpatschig, dass er lachen musste. Diese Frau vermittelte Oluk sofort ein Gefühl von Geborgenheit und Vertrauen; er fühlte die Schmetterlinge in seinem Bauch. Er kämpfte gegen sein Verlangen, da er zuerst unter die Dusche wollte. »Ich fühle mich mehr staubig als sauber.« Diesmal sprach er nicht sondern dachte es. Was für ein Blödsinn, "staubig" und musste darüber selbst lächeln. Sie zeigte auf eine fluoreszierende Wand. Darin war wieder ein roter Rahmen, der auf eine Tür hindeutete. Er durchschritt diese Fläche und stand in einem Bad vor einer Dusche, die zwar einen Duschkopf und viele Sprühdüsen an der Wand hatte, aber keine Bedienelemente. Sie rief ihm zu: »Einfach darunter stellen und denken.«

  Er wiederholte laut: »Einfach darunter stellen und denken!«, dabei zog er sich aus. Er stellte sich unter die Dusche und dachte »Kopfbrause ein« und ein weicher Wasserstrahl strömte auf seinen Körper. Die Befehle ohne Worte: »"Seiten-

26. Lumière, die andere Art zu leben

duschköpfe ein", "mehr kalt", "weniger kalt", "Seife", "Musik"!«, funktionierten ebenfalls. Er war begeistert und begann mit seiner tiefen Stimme und geschlossenen Augen, ein altes relianisches Lied im besten Bariton laut zu singen. Er fühlte sich wohl, obwohl alles um ihn verrückt und unwirklich schien. Oluk stoppte das Duschen und drehte sich um. Sie stand mit einem durchsichtigen Etwas, das sie um ihre Hüfte geschlungen hatte, vor ihm. Sie hielt ein kleines Handtuch für seinen Unterleib und ein großes Badetuch in der Hand und reichte es ihm.

»Undeco! Venus bist Du eine wunderschöne Frau!«, rief er aus. Er wusste, dass sie seine Gedanken lesen konnte. »Wenn ich das auch nur in dieser Perfektion könnte«, dachte er. »Das vereinfacht doch vieles.« »Oh Oluk, ich habe nicht daran gedacht, solange Du auf einem Paix-Satelliten bist, hast Du ebenfalls die Fähigkeit der Telepathie. Du musst es einfach nur üben. Versuche es!«, forderte sie ihn auf.

Oluk genoss ihre Schönheit und er wollte ihre Haut berühren. Sie hatte dunkel kirschrote Lippen, so wie er es mochte; vielleicht noch ein bisschen dunkler, dachte er. Wurden die Lippen wirklich dunkler? Täuschte er sich? Dann hatte er wieder dieses glasklare »Nein« in der Mitte seines Kopfes. Er dachte: »Venus, passt Du Dein Aussehen an meine Wünsche an?«

Sie nickte: »Wenn ich es will, dann kann ich es in gewissen Grenzen beeinflussen.« Er wollte jetzt nicht mehr nachdenken. Er wollte diese Frau einfach nur fühlen. Als sie ihn umarmte, nahm er ihren nach einer süßen Frucht riechenden Körpergeruch wahr. Sein Verlangen nach ihr wurde weiter angeheizt. Sie flüsterte in sein Ohr: »Möchtest Du etwas essen oder hast Du etwa einen anderen Wunsch mit Deinem LASER-Schwert?« Sie zog ihn zu ihrer Schlafanlage. Bevor er sich zu Venus legte, kam ihm das Bild von Cortensa in den Sinn. Venus schmiegte sich an ihn. Dann verlor er das Gefühl von Zeit und Raum. Ein männlicher, wohl wirkender Verdrängungs-

26. Lumière, die andere Art zu leben

chanismus, ließen Oluk für diesen Moment Cortensa vergessen.

Immer, wenn er zu seinem Höhepunkt auflief, umschlang sie ihn mit ihren Beinen und Armen, presste sich fest an ihn und schob ihre Zunge ganz tief in seinen Mund. Sein Geist war mit ihrem Geist und sein Körper war mit ihrem Körper eins. Ohne Worte - außer ihrem Stöhnen - sahen sie das Verlangen des Anderen und erfüllten diese Wünsche ohne Fragen und ohne Beschränkung. Er war noch nie einer Frau so nah gewesen.

Sie schliefen, aßen, tranken und liebten sich von Neuem. Er war mit ihr so innig verbunden, dass er die Intuition hatte, tief in ihrer Weiblichkeit neues Leben geschaffen zu haben. Oluk sagte sich: »Wenn dieses Leben überhaupt einen Sinn hat, dann sind es die Kinder dieses Universums. Kinder waren auf seiner Welt ein kostspieliges Unterfangen, deswegen hatte er sich bei seinen rhythmischen Leibesübungen bisher nicht so sehr um den Nachwuchs gekümmert, obwohl er Kinder überaus mochte.«

Wenn er allerdings zum Höhepunkt auflief, fühlte er sich finanziell so stark, als wenn er Hunderte Lumière/Relianer-Kinder unterhalten könnte. Drei Tage waren mittlerweile auf Paix 11 vergangen. Sie begannen sich völlig erschöpft voneinander zu lösen. Trotz seiner zärtlichen Küsse spürte sie seine zunehmende innere Unruhe.

Helios hatte mit Oluk telepathisch Kontakt aufgenommen und mit ihm einen Termin im Restaurant vereinbart. Sein Pflichtgefühl rief ihn und er wollte weiter. Er nickte ihr zu und ging zu seinem bereits gereinigten hautengen Anzug. Er schaltete den Transmitter ein und erhielt die Nachricht: »Alle Funktionen im Alphakreuzer abgeschaltet.«

Venus verabschiedete ihn mit den telepathisch erbrachten Worten: »Oluk, wir können ein Kind haben. Deine DNS habe ich bereits aufgrund eines Haares von Dir untersu-

26. Lumière, die andere Art zu leben

chen lassen.« Sie küsste ihn: »Allerdings werden wir an Deinen Genen im Labor noch etwas "Hand anlegen" müssen, bevor ich ein "Verschmelzen" zulasse.« Sie küsste ihn wieder. Dann hob sie ein Glasröhrchen mit seinen eingefangenen Soldaten hoch. Kurze Zeit später erschien ein kleiner Roboter, den sie geordert hatte und dem sie die kleine Kühlbox aushändigte.

Oluk war hingerissen von dieser Frau. »Ein Kind hatte doch eigentlich für ihn nie zur Debatte gestanden«, dachte er. Aber jetzt wollte er das Produkt aus ihr und ihm unbedingt sehen. Sie hatte diesen Wunsch in ihm so stark geweckt, dass er das mit dem "Labor und Hand anlegen", möglicherweise etwas Abwertendes über seiner Erbanlagen einfach überhörte. Letzte Zweifel darüber wurden sofort von Venus beseitigt, denn es folgte der nächste liebevolle Kuss. Sie ferndachte mit ihm:

»Ich von meiner Seite möchte mit Dir gern leben, da ich sehr viele positive Eigenschaften an und außergewöhnliche Gemeinsamkeiten mit Dir sehe. Diese Informationen habe ich nicht nur in den letzten drei Tagen gewonnen! Das Vorbeigehen an meiner Wohnung war nicht zufällig geschehen. Genau genommen warte ich auf Dich bereits seit über ein Jahr!«

Oluk dachte: »Ich hätte mir das Denken können. Er hatte eine Frau vor sich, die selbstbewusst genau das tat, was sie wollte!« Da waren wieder die Worte in der Mitte seines Kopfes: »Wenn Du es willst, kannst Du hier bleiben und mit mir leben.« Er blickte ihr tief in die Augen und dachte: »Du bist eine wirklich liebenswerte Frau« und ließ die Beantwortung ihrer Frage offen.

Venus sah seinen inneren Konflikt: Zuneigung zu ihr, und sein Pflichtgefühl auf der anderen Seite. Oluk wollte seine Mission zu Ende zu bringen, denn er trug die Verantwortung für seine Mannschaft und er war Relia den Erfolg seines Vorhabens schuldig. Seine Zusage musste er unter allen Umständen einhalten und seine Mission "Inferno" in jedem Fall zu

26. Lumière, die andere Art zu leben

Ende bringen. Wie er das alles zeitlich bewerkstelligen konnte, Cortensa ebenfalls auf ihrer Welt zu besuchen, wusste er im Augenblick nicht. Venus lächelte zu ihm: »Ich weiß von Deinen Gefühlen für Cortensa. Du bist nicht der erste Mann mit dem Wunsch nach zwei Frauen. Ich bin doch sehr gespannt, wie Du das lösen willst?«, sagte sie zu ihm mit einem Hauch von Spott.

Die Option mit Venus zu leben kam für ihn völlig überraschend, es war ein sehr verlockendes Angebot. Während er sie nochmals in seine Arme nahm, rollten Glückstränen seine Wangen hinunter, er küsste sie wieder und wieder: »Ich werde wiederkommen, meine Liebste!«, flüsterte er ihr ins Ohr und noch vom Glück erfüllt, verließ er sie und eilte zum Restaurant. Heliane und Helios warteten dort bereits auf ihn.

27. Helios und Heliane

Nach seiner wunderbaren dreitägigen Nichterholung traf Oluk die beiden Lumière in der Kantine zum Frühstück. Die Frage nach seiner Crew beantwortete Helios mit einem Lächeln und erzählte: »Sie tauchten alle, aber wirklich alle, in das Lebensglück von Lumière ein. Derzeit dachte keiner von ihnen an den Alphakreuzer.«

    Oluk konnte es sich nicht verkneifen, seine nur auf den Paix-Satelliten funktionierende Telepathie doch gleich einmal so richtig auszuprobieren. Er dachte an Irena, eine seiner weiblichen Waffeningenieure, die ihm sehr sympathisch war. Er empfand es, als wenn er durch eine hauchdünne Wasserwand dringen würde. Dann sah er mit ihren Augen den bildhübschen Lux, einen Lumière, den Irena mit voller Leidenschaft betrachtete. Auf ihm sitzend, bewegte sie sich mit größtem Verlangen und außerordentlich viel Freude. Sie wollte es schon immer wissen, ob es ein Mann bis zum Zeitpunkt ihrer vollständigen Befriedigung durchhalten konnte. Nach drei Tagen zeigte Lux jedenfalls noch keinen Abfall seiner wunderbaren Leistung, obwohl beide so gut wie gar nicht geschlafen hatten.

    »Oluk, das ist nicht fair!«, ferndachte sie zu ihm keuchend: »Ich werde bei Ihnen das nächste Mal anwesend sein!« Ihre Lust übertrug sich auf ihn. Er rang das Gefühl nieder und ferndachte zu ihr: »Ich werde es auf Paix nicht verhindern können« und ergänzte: »Na, wenn es Dir Spaß macht.« Dann lächelte er ihr zu, wünschte ihr von ganzem Herzen noch viel Freude und brach die telepathische Verbindung zu ihr ab. Diese Fähigkeit der Lumière sollte er diese nun als verrückt oder einfach phänomenal bezeichnen?

    Oluk wurde von Heliane aus seinen Gedanken geholt: »Wir haben noch so einiges zu erläutern.« Und sie begann zu erklären: »Sehen Sie, mit der Begegnung mit Cortensa wurden Sie mit dem Schicksal von Reptos verbunden und über die Al-

27. Helios und Heliane

lianz mit Kantura. Überall, wo Sie waren, haben Sie aufgrund Ihres Handelns mit einem hohen Maß an Moral und Ethik Großartiges geleistet. Ihr Einsatz ist vorbildlich und läuft derzeit in unseren Kinos als Blockbuster. Wir werden Ihnen später eines unserer Kinos Real zeigen. Sie werden daran Gefallen finden, wie viele auf unseren Paix[42]-Satelliten« und Heliane setzte fort:

»Als Sie auf Cortensa stießen und ihr in ihrer Not halfen, wurden Sie von einem Spähschiff der Reptosianer beobachtet. Diese begegnen den Bewohnern von Terra, aufgrund ihres Verhaltens schon seit Langem mit großer Skepsis. Reptos hätte den Terranern unter keinen Umständen geholfen. Diese Erdlinge sind aufgrund ihrer ungezügelten Habgier und mangelndem Sinn für ein weltweites Gemeinwohl auf ihrem Planeten zu jeder Art kriegerischen Auseinandersetzung bereit. Sie werden ihre Kriege in den offenen Raum tragen, sobald sie den Raumflug beherrschen.«

Heliane sagte zu Oluk: »Im Falle eines Konfliktes zwischen zwei Ländern auf ihrem Planeten, die über Atomwaffen verfügen, wird die verlierende Partei, die keine Chance mehr für sich sieht den Krieg zu gewinnen, diese einsetzen. Und das ohne Rücksicht auf andere Völker dieses Planeten, die am Krieg gar nicht beteiligt sind. Sie sind mit ihrem Verhalten mehr in der Barbarei als in einem adäquaten Verhalten einer modernen Bevölkerung, wie wir es kennen.«

»Warum, Oluk, erklären wir Ihnen das alles?« Helios fuhr fort: »Lassen Sie uns dazu etwas ausholen. Nachdem in diesem Weltall Sternensysteme in habitablen[43] Zonen und Pla-

---

[42] Sprich pä (frz.: Frieden)
[43] Stabiles Umfeld von Planeten und Sternsystemen

27. Helios und Heliane

neten in habitablen[44] Zonen entstanden waren, war unter dem Einfluss von geheiztem Wasser mit vulkanischer Aktivität[45], Druck, kein Sonnenlicht, Mineralien, gleiche oder ähnliche Voraussetzung für das Entstehen von Leben durch Biomoleküle auf verschiedenen Planeten möglich.«

Heliane führte weiter aus: »Die späteren Umweltkatastrophen beeinflussten, welche Spezies sich im Laufe der Evolution durchsetzen konnten. Je weniger diese Art auf ihre Nahrungsquelle spezialisiert war, desto größer war in vielen Fällen die Wahrscheinlichkeit für diese, zu überleben. Finden wir genetisch mit uns verwandte oder sogar gleiche Rassen, versuchen wir indirekt diese zu unterstützen. Eine direkte Hilfe von uns scheidet aus, da es unsere Gesetze nicht erlauben. In diesem Fall mit Terra bitten wir Sie, wenn Sie mit Cortensa zusammentreffen, dieser Welt Hilfestellung zu geben. So wie wir es einst für Relia, Ihrem Planeten getan haben. Das sollten Sie aber nur dann tun, wenn Sie dort zu der Auffassung gelangen, dass es die Bevölkerung von Terra auch wert ist. Dass es ihnen an Moral und Ethik fehlt, wissen wir bereits. Wir empfehlen, ihre Hab- und Raffgier und ihren Umgang mit ihren Artgenossen innerhalb und außerhalb ihrer Landesgrenzen zu beobachten. Sie führten in 2014 21 Kriege und in 2025 bereits 40 Kriege. Dabei gehen sie äußerst gewalttätig vor und morden, wir können auch sagen "schlachten" sie ihre eigenen Artgenossen wie Vieh ab.«

---

[44] Eisenkern für Magnetfeld, leitet kosmische Strahlung ab, Schutzschicht wie Ozon (O3) dämmt ein zu viel an UV-Strahlung, richtiger Abstand zu einem Stern, Großplanet als Staubsauger zum Ablenken von Meteoroiden im Sonnensystem wzB. Jupiter. Stabilisierung der Neigung durch einen Mond um ein Kippen zu verhindern und genügend Wasser uvm.

[45] Eine der Theorien, wie Leben aus anorganischen Stoffen sich hin zu Biomolekülen über RNA zur DNA im Urmeer vor Milliarden von Jahren entwickelt haben könnte. Auch mit Aminosäuren aus dem Weltall über Meteoroiten oder Kometen.

27. Helios und Heliane

Heliane weiter: »Trotzdem, wir wollen nichts unversucht lassen, auch wenn wir wenig Hoffnung hegen. Wenn Sie Sir Oluk zur Auffassung gelangen sollten, dass diese Terraner es wert sind, dann sagen sie es uns. Wir werden die notwendige Hilfe konsequent leisten! Oluk, ohne ihre Entscheidung beeinflussen zu wollen, wir glauben nicht, dass diese Rasse noch nach 200 Jahren existieren wird. Derzeit bringen sie in ihre Umwelt mit ihren atomaren Anlagen und vor allem ihren Aufbereitungsanlagen, unbeachtet von der Bevölkerung, Unmengen von radioaktiven Partikeln ein. Aufgrund ihrer Halbwertzeiten, sind diese nicht mehr aus ihrer Welt zu bringen. Dabei sind es nur einige Wenige auf diesem Planeten, die damit das große Geld verdienen. Das ist mit Abstand auf der einen Seite die dümmste, was ihre Umwelt angeht und auf der anderen Seite die skrupelloseste Rasse unter den Vielen, die wir seit nun 1000 Jahren beobachtet haben.«

Das Restaurant hatte sich Mittlerweilen geleert. Sie waren die Einzigen, die noch an einem Tisch saßen. Kleine quirlige Roboter hatten begonnen, die Böden, Tische, Küche und Toiletten mit hoher Geschwindigkeit zu reinigen. Ein zischendes Geräusch wies darauf hin, das sie mit Heißdampf ohne jegliche Chemie reinigten. Oluk konnte es nicht lassen und hielt einen dieser kleinen Reinigungskräfte an seinem Behälter fest, den er auf dem Rücken trug. Kurze Zeit später kam eine größere Maschine und verlud den Kleineren in einen Transportwagen. Dann entnahm er eine andere identische Reinigungskraft, die sofort die unterbrochene Arbeit fortsetzte.

Was Oluk allerdings nicht erwartet hatte, erschreckte ihn. Bevor der Wartungsroboter diesen Platz verließ, baute er sich vor Oluk auf, hob den Arm und schüttelte den Zeigefinger. Dann folgte ein äußerst unangenehmer Impuls in seinem Kopf. Oluk zuckte zurück und die beiden Lumière, begannen lauthals zu lachen. Helios sagte: »Das ist für unsere Kinder gedacht, die

27. Helios und Heliane

ab und zu unsere Mini-Roboter ärgern. Im Wiederholungsfall wird der Impuls noch stärker.«, dann fuhr er fort:

»Sir Oluk, nun genug der Worte. Bevor wir Sie ohne größeren Zeitverlust nach Terra bringen, wollen wir Ihnen noch ein besonderes Erlebnis bieten. Sehen Sie es als eine Art Danke von uns an für Ihren Aufenthalt auf der Erde, wie diese Rasse ihren Planeten bezeichnet. Viele Tausende Lumière besuchen rund um die Uhr unser Erlebnis-Kino Real. Für jeden Geschmack gibt es Szenarien und Abenteuer. Und das wollen wir Ihnen jetzt gern zeigen.«

Als Oluk sein Interesse bekundet hatte, betraten sie einen Gang, der sich nach links und rechts ohne eine Begrenzung dahinzog. Das Besondere war, dass dieser Flur nach beiden Seiten eine leichte Wölbung nach unten hatte. In der Ferne schien es, dass die Decke den Boden berührte. In einem ununterbrochenen Strom schwebten an ihnen Sitzplätze vorbei, die keinerlei Befestigung hatten. Viele Plätze waren mit Lumière besetzt, die sich intensiv mit ihren Nachbarn telepathisch unterhielten. Während des Telepathisierens bewegten einige von ihnen ihre Hände und den Kopf, was auf eine intensive Unterhaltung schließen ließ.

Jeder von ihnen setzte sich auf einen, der entlang gleitenden Sitzplätze, ohne dass dieser anhielt, und fuhren etwa 20 Minuten an einer endlos erscheinenden "Glaswand" vorbei. Auf der anderen Seite reihten sich durchsichtige Boxen aneinander, in denen in einer milchigen Flüssigkeit Körper lagen. Oluk ferndachte zu Helios: »Sind das Regenerationsboxen? Auf Relia haben wir ebenfalls solche Installationen.« Helios nickte und gab zurück: »Ja, das wissen wir aber diese Technologie geht noch viel weiter. Der Namenstod eines Lumière kann begrenzt umgangen werden, wenn wir eine hundertprozentige Kopie von ihm/ihr anfertigen. Zum Lebensende des verbrauchten Körpers kopieren wir dann einige Parameter des Organismus, das Kurzzeit- und das Langzeitgedächtnis in die erstellte Kopie. Allerdings können wir den Tod damit nicht verhindern, denn der alte Körper stirbt. Aber die Kopie des Lumière mit seinem Namen existiert für seine Umgebung und vor allem für seine Familie weiter.«

Heliane fuhr fort: »Allerdings haben wir das Verfahren auf maximal drei Kopien begrenzt. Denn nach der dritten Kopie steigt das Suizidrisiko auf über 90 Prozent. Die entstandenen Kosten für die weiteren Kopien stehen in keinem Verhältnis zum Namenserhalt.«

Oluk konnte es sich nicht verkneifen und fragte Heliane: »Wie oft haben denn Sie selbst schon von diesem Verfahren Gebrauch gemacht?« Heliane schaute ihn an, diesmal ohne ihr fortwährendes gewinnendes Lächeln: »Das ist eine Frage, die man aus Höflichkeit auf Lumière nicht stellt«, sagte sie: »Aber das können Sie nicht wissen.« Oluk entschuldigte sich sogleich mit den Worten: »Heliane, ich bitte um Verzeihung, ich wollte Ihnen auf keinen Fall zu nahe treten!« Heliane legt ihren Finger auf ihre Lippen und machte lächelnd: »Psssst.«

Helios wechselt das Thema: »Was würden Sie denn gerne erleben wollen, Sir Oluk?« Ohne zu zögern, antwortete er: »Die Welt der Dinosaurier würde mich interessieren. Schon als Kind hat mich diese Urzeit immer fasziniert.« Ergänzend kam die Frage: »Gewürzt mit reichlich Action oder nur aus sicherer Entfernung schauen?« »Ein bisschen Abenteuer darf es schon sein«, meinte Oluk. Helios nickte: »Lässt sich einrichten.«

Oluk wollte den Film aber nicht allein erleben und bat um die Mitnahme zweier Mitglieder seines Teams. Er dachte an Gerim, den er mochte und einen jüngeren Mann mit Namen Orlow, der ihn aufgrund seiner lebensbejahenden und witzigen Art häufig zum Lachen brachte. Oluk baute eine telepathische Verbindung zu beiden auf. Er dachte an den bevorstehenden Film und sie konnten die Informationen seiner Gedanken da-

27. Helios und Heliane

rüber mitlesen. Beide Männer waren sofort Feuer und Flamme und würden in Kürze zu ihm stoßen. Nach der Ankunft von Orlow und Gerim betraten sie einen der beiden Aufzüge ohne Kabine. Helios sprang als Erster hinein. Sie schwebten in dem Schacht nach oben. Ihr Transport nach oben stoppte und sie betraten einen großflächigen Rundumbalkon, der sich auf einem Turm in 150 Meter Höhe befand.

Der Ausblick war bizarr! Unter ihnen konnten sie auf ein Areal blicken, auf dem eine, wie es schien, nicht zu endende Anzahl von weißen Zylindern in Reihe und Glied standen. Diese Gebäude hatten einen Durchmesser und eine durchschnittliche Höhe von 100 Metern. Heliane erläuterte: »Das gesamte Areal ist ein Erholungszentrum mit einer Größe von 10 x 10 Kilometern. Die Zylinder sind Gebäude, die wir ILLU (Illusion) nennen. In ihnen erleben Sie einfach Erholung pur im Grünen mit ihren Familien oder nach Wunsch Abenteuer jedweder Art.«

Oluk sah auf den Wegen, die die Illu verbanden, wieder diese bunten schwebenden Sitze, die einen nicht abreissenden Strom von Kinobesuchern transportierten. Er sah Illus, die sich drehten und verschoben, um sich dann zu verbinden. Nachdem sie noch über weitere Einzelheiten der Technik informiert worden waren, schwebten sie in dem zweiten Aufzugschacht wieder nach unten. Nach kurzer Zeit erreichten sie auf ihren Sitzen einen dieser zylindrischen ILLU.

28. Kino Real

Die Tür schwang auf und sie traten ein. Sie standen an einer Felswand und blickten in einen dichten Wald. Die Blätter der Bäume raschelten, als ein Windstoß sie erfasste. Er vertrieb für einen Augenblick diesen modrigen Geruch verfaulenden Holzes. Die Luftfeuchtigkeit muste sehr hoch sein, da nach kurzer Zeit das Schwitzen kaum zur Abkühlung beitrug. Er fühlte seinen Funktionsanzug arbeiten, der versuchte, den Wärmestau abzuführen.

Sie betraten eine gläserne Kabine und fuhren ca. 70 Meter nach oben. Der Fahrstuhl öffnete sich und Oluk, Gerim und Orlow betraten mit ihren Begleitern ein Felsplateau. Es eröffnete sich ihnen ein atemberaubender Ausblick. Obwohl das Gebäude nur einen Durchmesser von 100 Meter hatte, konnte er keine Begrenzung der Weitläufigkeit erkennen. Ein Fluss schlängele sich durch den Wald. An dessen Ufer konnten sie große und kleine Dinosaurier sehen, die sich allerdings nicht bewegten. Sie standen da und sahen wie Statuen aus. Über ihnen leuchtete eine Sonne, in einem strahlend blauen wolkenfreien Himmel, der ebenfalls nicht begrenzt zu sein schien.

Heliane streckte ihre Hand aus und erklärte: »Die ILLUs können miteinander verbunden werden. Die Außenwand besteht aus Einzelteilen, die verschoben werden können. So können wir jede Landschaftsfolge abbilden. Ja und natürlich das Wichtigste, die Landschaften in den ILLUs werden mit Androiden unterschiedlichster Bauart belebt, wenn das im Film gewünscht, wird. Unten am Fluss sehen sie einige davon. Sie sind allerdings von den Hochleistungsrechnern derzeit nicht angesteuert. Wenn keine Filme laufen, werden die Hallen als Erholungszentren für unsere Familien freigegeben.«

Helios legte dar, dass Lumière in ihrem Abenteuerfilm die Wahl haben, ob sie in der Welt des Kino Real sterben können oder nicht. Damit beugen wir bei einer Lebensdauer von

28. Kino Real

mehreren Hundert Jahren Depressionen vor. Er fuhr fort: »Für unsere Gäste scheidet diese Option aus. Ihr Film hat drei Möglichkeiten, beendet zu werden. Entweder Ihr Tod ist in der Handlung unausweichlich, dann haben Sie verloren oder Sie entscheiden, vorzeitig abbrechen zu wollen. Dazu drücken sie auf den Transmitter an ihrem Anzug drei Mal. Ein Ausstieg des Einzelnen bedeutet allerdings das Filmende für jeden. Ihr Abenteuer beenden Sie mit dem Erreichen eines Transporters.«

Helios fragte nochmals: »Sie wollen also in die Zeit der Dinosaurier?« Als alle drei dies bejahten, entnahm er aus in der Felswand befindlichen Boxen, drei flache Doppeltaschen mit verstellbaren Gurten: »Für den von Ihnen gewünschten Film haben Sie verschiedene Werkzeuge in Ihrem Brustbeutel und Rucksack. Ein Bolzenschussgerät mit Zubehör für das Klettern, Axt und Säge, Klettereisen, ein hauchdünnes Stahlseil, Hängematte und jeder von Ihnen trägt zwei Waffen.«

Heliane übernahm die weiteren Erklärungen: »Dieses Gewehr verschießt Betäubungspfeile, Sie können also mit diesen Waffen nicht töten. Es wirkt bei einem Treffer sofort und hält je nach Größe des Tieres 20 bis 60 Minuten bewusstlos. Für kurze Distanz haben Sie eine Pistole. Sie wirkt sofort, hält aber aufgrund der kleineren Munition das getroffene Lebewesen nur 10 bis 30 Minuten in Schach.«. Dann wies sie in den Gebrauch der Schussgeräte ein:

»Sie können die Waffen auch unter Wasser abfeuern.« Jeder von ihnen übte das Pfeileinlegen so lange, bis es mit hoher Geschwindigkeit gelang. Helios erläuterte das Display auf den Waffen: »Es zeigt die Richtung zu Ihrem Ziel, und die zweifarbigen Punkte zeigen den Ort Ihrer Begleiter.« Mein Tipp: »Sie sollten immer darauf achten, dass Sie zusammenbleiben. Ihre Feuerkraft erhöht sich und die Chance, Ihr Abenteuer erfolgreich zu bestehen, ebenfalls. Jeder von Ihnen hat 50 Pfeile für das Gewehr und 40 für die Pistole.« Er übergab ihnen ihre Waffen. »In ihrem Rucksack befinden sie weitere nützliche Ge-

28. Kino Real

genstände und vor allem Lebensmittel. Sie können das Wasser aus Quellen unbedenklich trinken, bitte aber nicht aus den Flüssen. Nun zu Ihrem Film hier im Kino Real: Sie beginnen auf einem Plateau und müssen in der vorzeitlichen Welt der Dinosaurier 60 km zurücklegen, um an ihr Ziel zu kommen. Sie haben maximal vier Tage Zeit dazu. Marschieren Sie nie nachts und schlafen Sie nur auf hohen massiven Bäumen. Wechseln Sie sich ab mit der Nachtwache.« Dann wendete Helios sich an Oluk: »Die Reparatur am Alphakreuzer schreitet gut voran.«

Am Ende seiner Erläuterungen nahm Helios einen Helm in die Hand und sagte: »Ziehen sie diesen bitte über und lassen Sie ihn während der gesamten Zeit auf.« Dann rief er theatralisch aus: »Und nun wünschen wir ihnen viel Freude im Kino Real.« Beide Lumière verließen sie. Der Raum wurde abgedunkelt. Schließlich wurde es so finster, dass sie nichts mehr erkennen konnten. Sie spürten, wie das, auf dem sie standen, verschoben wurde. Sie fühlten, dass alles um Sie herum irgendwie in Bewegung war. Eine Spannung stieg in ihnen hoch, die sie kaum unter Kontrolle bringen konnten. Ein leiser Ton, tiefer als die längste Orgelpfeife ihn hervorbringen konnte, schwoll innerhalb weniger Sekunden zu einem ohrenbetäubenden Dröhnen an, brach plötzlich ab, um kurz darauf erneut angestimmt zu werden.

Es war den drei Relianern unmöglich, die Richtung zu orten, aus der die furchterregenden Töne kamen. Geschweige denn, dass sie dessen Quelle identifizieren konnten. Darunter mischte sich ein Summen, das von Insekten herrühren mochte. Das wäre fast schon tröstlich gewesen – hätte die Lautstärke und Frequenz nicht vermuten lassen, dass es sich um große Insekten handeln musste und sehr große Tiere ... Sie fühlten jetzt, dass es noch heißer wurde und die Luftfeuchtigkeit schlug sich an ihren Anzügen nieder.

Als Oluk den Helm aufsetzte, fiel er für einen Augenblick in eine nachtschwarze Leere. Ein fürchterliches Brüllen

28. Kino Real

und die Geräusche eines Urwalds führten ihn geradewegs in sein Filmabenteuer. Es wurde urplötzlich taghell. Eine etwas rötliche hochstehende Sonne leuchtete auf eine Urwaldlandschaft. Gerim und Orlow standen neben ihm und schauten mit offenem Mund in diese faszinierende Urwelt.

Oluk überlegte: »War der Aufbau des Plateaus gleich mit dem, welches er vorhin gesehen hatte?« Der Geruch von faulendem Holz und ein Brandgeruch waren stark und unangenehm. Sie sahen in der Ferne mehrere kleine Wasserfälle, die zu Tal tosten und weiter unten mit einem kleineren Fluss verschmolzen. Die Landschaft hatte sich vollständig verändert: Aber war der Fluss nicht identisch mit dem, was er zuvor gesehen hatte? Es blieb keine Zeit, weiter darüber nachzudenken. Sie waren in eine Urwelt eingetaucht!

Der kleine Bildschirm auf dem Gewehr zeigte ihnen die Richtung zum Ziel. Oluk sah in der Ferne vulkanische Aktivitäten. Der Aufzug mit der Kabine war verschwunden, Sie suchten einen Weg nach unten, es gab aber keinen Verlauf, der sie in ihre Richtung führte und gangbar gewesen wäre. Ihnen blieb nichts anderes übrig, als sich 70 Meter abzuseilen. Sie legten ein hauchdünnes Stahlseil um einen Baum und hakten den Öffnungsmechanismus ein. Dann seilten sie sich der Reihe nach ab. Nach 40 Metern landeten sie auf einem kleinen Vorsprung und verweilten dort für eine kurze Verschnaufpause.

Der Angriff von einem Dutzend Flugsaurier mit spitzen grünen Schnäbeln und gewaltigen Klauen erfolgte unerwartet und schnell. Mit einer Flügelspannweite von drei Metern stießen sie wie Raubvögel auf sie herab. Alle drei drückten sich an die Felswand und rissen ihre Gewehre hoch, zielten und schossen ihre Betäubungspfeile ab. Drei der Angreifer wurden getroffen und stürzen in die Tiefe. Zum Nachladen ihrer Gewehre war keine Zeit. Sie rissen die Pistolen aus dem Halfter, zielten und schossen wieder.

28. Kino Real

Dann hörten sie einen Laut, den sie wahrscheinlich nie mehr vergessen würden. Es klang wie das Kreischen einer Kreissäge, wenn sie ins Holz fasste. Diesem Laut folgte ein hohes »Piiiiiih« und wurde mehrfach wiederholt. Zwei Furcht einflößende Flugraubechsen mit rötlich schimmernden Augen, die in einem knalligen gelb eingebettet lagen, schossen mit einer Flügelspannweite von über 6 Meter nicht auf sie zu, sondern attackierten die verbliebenen angreifenden Flugsaurier. So konnten sie ihre Pistolen und Gewehre mit zitternden Händen nachladen.

Erst jetzt sah Oluk, dass sie selbst nicht das Ziel der zwölf Raubechsen gewesen waren. Sondern es waren drei, ca. 40 cm große Piepmätze, die ihren Horst verlassen hatten, um in einer Felsspalte, die sich hinter dem Nest befand, Schutz zu suchen. Den Horst konnten sie wegen einer vor ihnen liegenden Felsnase erst dann sehen, als sie sich einige Schritte auf dem schmalen Felsvorsprung von ihrem jetzigen Standort entfernt hatten.

Die Angreifer hatten abgedreht und die riesigen Flugechsen sausten mit diesem »Piiiiiih« ganz knapp an ihnen vorbei, ohne sie anzugreifen. »Hatten die beiden, die wahrscheinlich die Eltern der drei Jungtiere waren, sie deswegen nicht angegriffen, weil sie annahmen, wir hätten ihre Jungtiere verteidigt?«, fragte Oluk in die Runde? Es war keine Zeit darüber nachzudenken. Sie begannen sich weiter über Gestein, das mit schmierigem Kot bedeckt war, nach unten abzuseilen. Als das Seil am Ende war, genügte ein Druck auf den Sender und es wurde oben ausgeklinkt. Mit dem Schussgerät versenkte Gerim wieder einen Bolzen in den Fels und schraubte auf das Gewinde eine Öse, klickte den Auslösemechanismus ein, steckte das Seil durch und weiter ging es nach unten.

Sie erreichten den Boden, der überwiegend mit einer weichen Pflanzenart bewachsen war. Die Bäume bewegten sich in einem sanften Wind, der die hohe Temperatur, die mit

28. Kino Real

einer hohen Luftfeuchtigkeit gepaart war, etwas erträglicher werden ließ. Trotz des kühlenden Anzuges waren sie schweißgebadet. Es raschelte, es grollte, es gurrte um sie herum, und man wusste nie genau, ob das weiter weg oder gefährlich nahe war. Der Urwald war voller Leben. Sie standen vor einer geschlossenen grünen Dschungelwand. Dann sahen sie abgebrochene Äste und verdörrtes Laub, das das Auge auf einen schmalen Trampelpfad lenkte. Dieser Weg führte geradewegs in den Wald mit Richtung Fluss.

Oluk ging vor, das Betäubungsgewehr rechts und die Pistole in der linken Hand im Anschlag. Gerim und Orlow hielten ihre Pistolen in der Hand. Sie gingen erst langsam dann, begannen sie zu laufen. Immer wieder rannten sie in herabhängendes Grün, was ihren schnellen Lauf behinderte. Das Tosen eines Flusses konnten sie nun immer stärker wahrnehmen. Die stickige Luft nahm ihnen den Atem.

Wieder waren ihre Funktionsanzüge eine große Hilfe. Sie führten ihren Schweiß ab und kühlten ihren Körper. Die Farbe der Anzüge hatte sich vollständig der Umgebung angepasst. Plötzlich standen sie vor drei mittelgroßen Reptoren, die sich mit lauten knurrenden Warngeräuschen über etwas grösseres Blutiges hermachten, aus dem sie riesige Batzen Fleisch mit ihren spitzen Zähnen herausrissen und mit einer ruckartigen Kopfbewegung nach oben verschlangen.

Immer wieder gerieten sie beim Fressen wegen Futterneid aneinander. Sie bauten sich voreinander auf und brüllten sich an. Das freute doch gleich den Dritten, der sich zu beeilen schien mehr Fleisch in sich hineinzustopfen. Das war den beiden Kontrahenten aber wiederum nicht recht. Sie ließen voneinander ab und versuchten, den Fressenden mit ihren Körpern zu verdrängen, was zu neuerlichem Streit führte. Die drei Relianer schauten dem Spektakel eine Zeit lang zu.

Dann gingen sie trotz der Bedrohung weiter. Die Tiere konnten aufgrund der Tarnung ihrer Anzüge sie nicht sehen.

28. Kino Real

Als sie nahe genug herangekommen waren, hoben die Raubechsen ihre Köpfe und zogen laut die Luft ein. Alle drei Relianer blieben nun stehen und schmiegten sich rechts und links in das Grün und warteten unbeweglich mit ihrn Waffen im Anschlag. Das Leittier hob den Kopf und schnüffelte nun in ihre Richtung. Nach kurzer Zeit begann es, langsam den Trampelpfad in ihre Richtung zu traben. Noch 10 Meter zu ihnen, noch 5 Meter, dann begann die Raubechse mit einem ohrenbetäubenden Brüllen, auf sie zuzulaufen. Oluk wollte bereits den Abzugsbügel betätigen, aber aufgrund der gehobenen Kopfstellung, der Dino schaute in die Ferne, hielt ihn instinktiv etwas zurück. Er teilte seinen Begleitern mit, nicht zu schießen. Und tatsächlich, die Echse nahm von ihnen keine Notiz, sondern rannte an ihnen vorbei. Als das Tier neben ihnen war, nahmen sie den Geruch von Blut wahr. Als sie in die Richtung blickten, in die der Dino schnaubend rannte, bemerkten sie erst jetzt, dass eine wesentlich größere Echse ihnen lautlos gefolgt war.

Sie hatten diese Gefahr bei ihrem schnellen Antritt nicht bemerkt. Die beiden anderen Echsen rannten nun brüllend und schnaufend an ihnen ebenfalls vorbei und kamen ihrem Leittier zu Hilfe. Sie hatten ihre Mäuler geöffnet, sodass ihre fürchterlichen spitzen Reißzähne mit den anhaftenden Fleischfetzen zu sehen waren. Oluk schauderte es, dann flüsterte er leise: »Los!« und sie rannten den Trampelpfad weiter, bis sie an einen fünfzehn Meter breiten Fluß ankamen. Die Strömung war sehr stark, aber was ihnen wirklich große Sorgen bereitete war, dass sie nicht wussten, welche Lebewesen sie im Wasser zu erwarten hatten.

Dann hörten sie wieder dieses »Piiiiiih«. Über ihnen kreiste diese Art von Flugechse, der sie oben an dem Horst begegnet waren. Sie beachteten die fliegende Echse nicht weiter, sondern kontrollierten die Anzeigen an ihren Gewehren. Sie hatten Glück. Ihr Ziel lag ungefähr in der Richtung des Flussbettverlaufs.

28. Kino Real

Sie begannen, mit ihren messerscharfen Klappäxten nicht zu starke Baumstämme zu schlagen, kürzten diese, um sie dann um 90 Grad versetzt übereinander zu legen und mit einem lianenartigen Gewächs zusammenzubinden. Breite und Länge des Floßes wurden durch ihre Körpergrößen bestimmt. Die Spalten zum Wasser verpressten sie mit einem moosähnlichen Material. In zwei Baumstämmen, in denen sie je einen Schlitz geschnitten hatten, verkeilten sie je eine Holzplatte. Mit hohem Aufwand fertigten sie zwei primitive Drehgestelle, die sie an der Heckpartie und am Buck ihres Floßes festbanden. Mit der Verankerung der Baumstämme im Drehgestell stellten sie ihre provisorischen Ruder vorn und hinten fertig. Es folgte ein kurzer Test der Schwimmfähigkeit, mit dem sie zufrieden waren.

Sie stießen ihr Vehikel vom Ufer ab, legten sich darauf und los ging ihre Fahrt flussabwärts. Das Floß nahm Fahrt auf. Manchmal berührten sie bei Untiefen Steine im Wasser, aber ihre Konstruktion hielt. Der Fluss wurde breiter und die Strömung verlor an Fahrt. Erst jetzt hatten sie Zeit, dieses wunderbare Naturspektakel länger betrachten zu können. Als der Fluss anscheinend tiefer wurde, reckte sich manchmal ein Kopf aus dem Wasser, der zu ihnen schaute. Sie verbargen sich dann hinter dem Rand ihres Floßes und warteten mit den Gewehren im Anschlag auf einen Angriff. Aber entweder wurden sie aufgrund ihrer Tarnanzüge nicht wahrgenommen, oder es waren Pflanzenfresser, die im Wasser badeten. Vielleicht waren sie aber auch zu kleine Häppchen für die Monster, die da aus dem Wasser glotzten.

In einer Rechtskurve des Flusses wurden sie immer weiter nach links zum Ufer abgetrieben. Dort hatten übergroße Echsen ihre Köpfe ins Wasser getaucht. Das waren Lebewesen mit einem extrem langen Hals und Schwanz. Sie schätzten das Gewicht der Tiere auf 40 bis 50 Tonnen. Sie nahmen Wasser in größeren Mengen auf. Die Form ihrer Gebisse nach zu urteilen,

28. Kino Real

waren das Pflanzenfresser. Das beruhigte das Trio. Das Unangenehme war, dass was sie auch mit ihren Rudern vorn und hinten am Floß versuchten, sie trieben unaufhörlich auf dieses Uferstück zu. So richtig aktiv gegenlenken konnten sie nicht, da sie dazu ihre Körper hätten aufrichten müssen. Das würde wiederum die Aufmerksamkeit der Tiere auf sie lenken.

An einer anderen Stelle sahen sie kleinere Echsen beim Trinken. Dort schnellte plötzlich ein zehn Meter langes krokodilähnliches Wesen aus dem Wasser, verbiss sich in den Hals einer gleich großen Echse und versuchte sie ins Wasser zu ziehen. Ein Kampf auf Leben und Tod begann, indem das Tier am Ufer versuchte, mit den Vorderläufen den Angreifer wegzudrücken, was ihm aber nicht gelang. Das Schicksal der auf dem Land lebenden Echse war besiegelt, als sie das Gleichgewicht verlor und ins Wasser stürzte. Dann färbte sich das dunkelgrüne Wasser und sie trieben mit ihrem Wassergefährt in einem blutroten Flecken, der immer größer wurde.

Während des Kampfes und der Aufregung unter den Tieren am Ufer hatten sie alles daran gesetzt, ihr Wasserfahrzeug mit eifrigen Paddeln wieder in die Mitte des Flusses zu lenken, was ihnen auch ein Stück gelang. Das Blut im Wasser musste andere Räuber auf sie aufmerksam gemacht haben. Echsen schossen von drei Seiten auf ihre Nussschale zu. Zwei der Tiere konnten sie mit ihren Betäubungsgewehren unschädlich machen, die dann ohne Bewegung im Wasser trieben. Das dritte von hinten kommende Tier verfehlte Gerim mit seinem Schuss und die Treffer mit ihren Pistolen zeigte keinerlei Wirkung. Bevor sie nachgeladen hatten, war die Schwimmechse noch etwa sechs Meter von ihnen entfernt. Bei einem Aufschlag wäre ihr Floß sicherlich auseinandergebrochen.

Dann hörten sie wieder dieses Geräusch einer Kreissäge gefolgt von diesem »Piiiiih«. Sie sahen einen Pfeil vom Himmel schnellen. Mit einem lauten rauschenden Abbremsen mit weit gespreizten Flügeln hakten sich lange spitze messer-

28. Kino Real

scharfe Krallen in den Rücken der Schwimmechse ein. Die Wucht des Aufpralls war so groß, dass es nach unten tiefer ins Wasser gedrückt wurde. Ein spitzer gewölbter Schnabel drang durch den Panzer. Eine Blutfontäne spritzte nach oben. In seiner Pein drehte das attackierte Tier seinen großen Kopf zu seinem Rücken. Mit der damit veränderten Schwimmrichtung schoss es mit der Flugechse auf seinem Rücken an ihrem Floß vorbei. In seiner Not versuchte es abzutauchen, was den fliegenden Dino veranlasste, loszulassen und in die Luft abzuheben. War das der gleiche Vogel wie am Horst und hatte dieser ihnen helfen wollen oder war das Zufall? Diese Frage würde wohl nie beantwortet werden.

Oluk, Orlow und Gerim legten sich nach diesem Schrecken erschöpft zurück und starrten in den Himmel auf die vielen, oft in Scharen fliegenden Echsen. Sie waren froh, dass keines der Tiere von ihnen Kenntnis nahm. Ihre Anzüge hatten sich der Umgebung angepasst. Da die Anzeige für ihre Mini-Hochleistungszellen bei 89 % für ihre Funktionskleidungen betrug, hatte er keine Sorge über die Ladung. Sie würde bis zum Filmende ausreichen.

Keiner sprach ein Wort. Man genoss den Augenblick. Oluk hatte viele Welten gesehen, aber noch nie so eine Artenvielfalt und Leben. Helios hatte recht, dieser Film, in dem sie waren, war so echt, dass sie beim besten Willen keinen Unterschied zur Realität feststellen konnten. Sie selbst waren ein Teil des Films, die Illusion war perfekt. Ihm war nun klar geworden, dass die Lumière bei der Länge ihres Lebens solche Abwechslungen benötigten; deshalb auch dieses riesige Areal mit einer Fläche von 10 km². Die Bewohner von Paix hatten sogar hier die Möglichkeit, in einem solchen Szenario ihr Leben zu lassen. Diese Art, in einem Abenteuer die Spannung zu erhöhen mit der Inkaufnahme des eigenen Todes, wollten sicherlich nur einige Wenige ihrer Art.

28. Kino Real

Alle drei hatten zunächst nicht wahrgenommen, dass die Strömung des Flusses wieder zugenommen hatte. Jetzt konnten sie ein deutliches Rauschen hören, das in der Luft lag. Die grünen Ufer waren Felsen gewichen und bildeten jetzt ein Steilufer. Der Fluss verjüngte sich und die Strömung nahm zu. Ein Anlegen am Ufer und Aussteigen war nicht mehr möglich. Das Rauschen wurde lauter. Oluk erkannte als Erster die Gefahr und rief: »Ein Wasserfall! Rucksäcke schließen, Waffen an den Gurten einklinken! Haltet Euch so weit als möglich am Floß fest! Wir treffen uns, falls wir getrennt werden, an der nächsten Stelle am Ufer, die wir schwimmend erreichen können. Schützt Eure Funkgeräte, damit wir in Kontakt bleiben können!«

Das Rauschen wurde zum Tosen. Das Floß trieb jetzt mit 6-7 Meter pro Sekunde auf dem Fluss. Sie sahen die Abbruchkante auf sich zukommen. Das Wasser stürzte ca. acht Meter nach unten und löste sich in mehreren Strudeln auf. Sie schossen ein Stück über den Wasserfall hinaus und sackten dann nach unten weg. Die Männer hielten sich an den Stricken fest, die sie bei dem Bau des Floßes angebracht hatten.

Da ihr Vehikel mit der Front tief ins Wasser eintauchte, musste keiner der Relianer loslassen. Als es die Oberfläche wieder erreicht hatte, wurde es mit der Strömung aus den Strudeln getrieben. 100 Meter vor ihnen befand sich auf der rechten Seite ein flaches Ufer, das sie mit ihrem Floß ansteuerten. Das Problem, das sie jetzt hatten, war, dass dort zwei dieser zehn Meter langen Reptilien lagen, mit denen sie bereits Kontakt hatten. Da alle im Wasser ruderten, um zum Ufer zu gelangen, beobachteten die Echsen mit wachsender Neugierde das Floß. Sie hatten das Plätschern im Wasser gehört und begannen sich dem Fluss langsam in ihrer Kriechbewegung zu nähern.

Oluk war klar, dass sie die beiden Reptilien außer Gefecht setzen mussten, was er seinen Begleitern mitteilte. Gerim

28. Kino Real

stütze sich auf den Rand des Floßes und versuchte mehrfach, aus dem Wasser auf das Holz zu gelangen. Orlow half ihm dabei, dann war Gerim endlich auf dem Vehikel. Er riss das Gewehr nach vorn, lege einen Pfeil ein nahm eine der Echsen ins Visier. Das Fadenkreuz blinkte. Für einen sicheren Schuss war das Tier zu weit entfernt. Noch waren die Echsen an Land. Das Floß triftete jetzt zu einer ihrem Zielufer nahe gelegenen Sandbank. Noch 40 Meter! Eine der Echsen schob sich zum Wasser und tauchte ein. Oluk und Orlow ließen das Floß los, rissen ihre Gewehre aus der Halterung, schoben einen Betäubungspfeil ein. Sie trieben weiter auf die Sandbank zu.

Gerim, mit dem Bauch auf dem Floß liegend, hatte das zweite Tier im Visier, das sich langsam zum Wasser hin bewegte. Das Blinken hatte aufgehört und er feuerte. Er traf; wie von einer Faust getroffen, stoppte die Echse ihre Bewegung, hob den Kopf und blieb auf dem Sand regungslos liegen. Gerim lud nach und beobachtete den Fluss. Dann sah er die Echse, die knapp unter der Wasseroberfläche heran schnellte. Er zielte, die Zielkontrolle zeigte ihm den Vorhaltewinkel[46], er drückte ab. Aufgrund der Wellen konnte er den Treffer nicht beurteilen. »Wo waren Oluk und Gerim«, fragte er sich? Er entdeckte beide ca 5 Meter vom Floß entfernt. Entweder hatte er nicht getroffen oder der Pfeil zeigte keine Wirkung. Denn jetzt sahen sie das Tier im Wasser, das wie ein Pfeil heranschoss.

Gerim dachte: »Undeco, ist das Vieh schnell.« Als die Echse 10 Metern entfernt war, feuerten sie zu dritt und trafen. Das Tier krümmte sich und lag regungslos im Wasser. Der Weg zum Ufer war frei. Gerim hatte währenddessen die beiden provisorischen Ruder so ausgerichtet, dass sie zu ihrer geplanten Anlegestelle getrieben wurden. Kurz vor dem Aufset- zen drehte er das vordere provisorische Ruder zur Seite, damit es nicht beschädigt wurde. Mit einem Ruck setzte das Floß auf. Gerim sprang mit einem Satz herunter, eilte zu der regungslo-

---

[46] Berücksichtigt die Geschwindigkeit eines Zieles.

28. Kino Real

sen Echse und feuert nochmals einen Pfeil auf das Tier. Er wollte keinerlei Risiko eingehen.

Nachdem er nachgeladen hatte, sicherte er in gebückter Haltung in das Unterholz. Überall raschelte es und Echsenschreie füllten die Abenddämmerung mit Lärm. Als Oluk und Orlow das Ufer ebenfalls erreicht hatten, sagte Gerim: »Wir müssen unbedingt auf einen der Bäume, bevor es dunkel wird.« Bevor sie sich dem Wald zuwandten, banden sie von dem Floß die mühsam hergestellten Drehteller ab und nahmen die beiden Holzplatten für das Ruder mit. Mit ihren Minimacheten und Messern schlugen sie sich bis an die grüne "Mauer". Sie drangen ein kurzes Stück in das Dickicht ein, bis sie einen für ihre Zwecke geeigneten Baum entdeckt hatten. Orlow der Jüngste, stieg mit den Klettereisen als Erster über 20 Meter hoch in den Baumwipfel, dann ließ er die Steigeisen herunter und der Nächste folgte. Einige Hölzer wurden angespitzt und nach unten zeigend, in einem spitzen Winkel am Baumstamm befestigt. Das sollte einen Angriff eines kletternden Tieres erschweren.

Nachdem sie ihr Lager eingerichtet und gesichert hatten, fühlten sich alle drei erschöpft. Sie aßen von ihren Vorräten und teilten die drei Wachschichten ein. Als die Sonne untergegangen war, schien ein runder Mond, der den Urwald in ein schemenhaftes schwarz-graues Licht tauchte. Oluk begann die erste Wache zu übernehmen und brachte am Helm das Nachtsichtgerät an. Er schaltet es ein und ein helles Singen zeigte die Funktion des Gerätes an. Immer wieder sah er im grünlichen Licht am Boden in dem Dickicht echsenartige Wesen, die von anderen mit Getöse durch das Unterholz gejagt wurden. Fressen und gefressen werden, oder besser - nicht gefressen werden, das war hier das Prinzip!

Das Display am Gewehr zeigte ihm die zurückgelegte Entfernung von 30 km an. Sie waren aufgrund des Verlaufs des Flusses zwar etwas vom Kurs abgekommen, hatten aber

28. Kino Real

insgesamt eine große Wegstrecke zurückgelegt. Was äußerst lästig war, waren die vielen Stechmücken, die sie permanent umschwirrten. Wiederholt mussten sie die Sprays einsetzen. Die meisten der Blutsauger ließen dann von ihren "Leckerbissen" für mehrere Stunden ab. Gerim löste Oluk ab, der völlig erschöpft und übermüdet sofort tief einschlief.

Diese Nacht hatten sie glücklicherweise sehr ruhig verbracht. Nach einem kurzen Frühstück bestimmten sie nach den ersten Sonnenstrahlen ihren Weg quer durch den Urwald. Sie legten mit ihren rasierklingenscharfen Minimacheten ca. 50 Meter zurück und standen wieder auf einem Trampelpfad. Der Weg verlief nicht ganz in ihre Wunschrichtung, aber es war besser, ihm zu folgen, als sich stückweise durch den Dschungel mit der Machete zu schlagen.

Dann wich der Pfad so stark von ihrer Zielrichtung ab, dass sie sich mit ihren Macheten weiter durch den Urwald schlagen mussten. Sie wechselten sich bei dieser schweißtreibenden Arbeit ab. Unvermittelt standen sie vor einer mindestens 60 Meter hohen, steil ansteigenden Felswand. Gerim war ein gu- ter Kletterer. Er begann mit dem Aufstieg. Nach jeweils fünf Me- tern sicherte er sich mit einem Bolzen. Nach 10 Metern schoss er einen Stahlstift in die Wand, schraubte eine Öse auf, dann setzte er den Seilauslösemechanismus ein und verband ihn mit der Öse. Ein Seil ließ er nach unten, ein weiteres nahm er mit nach oben. So hatten Oluk und Orlow einen leichteren und sicheren Aufstieg. Nach 30 Metern machten sie in der Hitze bei 90-prozentiger Luftfeuchtigkeit eine kurze Trinkpause. Als sie endlich das Plateau erreicht hatten, bot sich wieder dieser atemberaubende Blick einer Urlandschaft mit diesen Schreien, die aus allen Richtungen zu kommen schienen.

Sie fanden einen durch Regen ausgespülten Weg, der langsam bergab führte. In der Ferne konnten sie mit dem Fernglas einen Fluss erkennen, der wieder in die Richtung ihres Zieles führte. Was ihnen Sorgen bereitete, waren die Vulkane.

28. Kino Real

Sie waren zwar nicht voll aktiv, aber immer wieder lösten sich pyroklastische[47] Ströme und schossen nach unten. Dann und wann bebte die Erde für Sekunden. Aufgrund des geringen Waldwuchses konnten sie den Berg, auf dem sie standen, rasch verlassen und tauchten wieder in die grüne Hölle ein.

Es war eine gnadenlos harte Arbeit, sich durch das Unterholz zu schlagen. Als sie sich wieder einem Fluss näherten, häuften sich die Trampelpfade, manche kreuzten sich. Oluk fühlte instinktiv Gefahr. Er war sich nicht sicher, ob er vorn und seitlich an der Kreuzung Echsen von der gleichen Art gesehen hatte. Sie waren, wie er schätzte, 2,20 Meter groß und sahen vom Kopf aus wie Fleischfresser und die waren auf der Jagd!.

Gerim flüsterte: »Ich bin sicher, dass wir verfolgt werden. Ich habe eine Echse gesehen, die uns schnüffelnd am Boden nachsetzt.« Sie hörten, gleichgeartete Laute, die aus verschiedenen Richtungen kamen. Das klang wie Geräusche einer Verständigung, wie sie alle Drei annahmen. Oluk bestätigte: »Undeco, diese Pfade sind ausgezeichnet geeignet für einen Hinterhalt!« Orlow äußerte: »Ich habe das gleiche Gefühl. Die machen Jagd auf uns! Was würdet ihr davon halten, wenn wir zurückgehen und das Tier hinter uns betäuben? Danach bewegen wir uns auf den Bäumen weiter zum Fluss.« Sie stimmten ihm zu.

In geduckter Haltung liefen sie auf dem Pfad zurück, auf dem sie gekommen waren. Dann drängten sie sich in das Grün seitwärts und warteten. Sie hörten das Schnüffeln der Echse. Das Tier hatte eine bräunliche Färbung mit grünlichen Flecken; es war eine perfekte Tarnung in dieser Umgebung. Die Echse war auf ihrem hinteren Teil mit vielen kleinen Schuppen gepanzert. Auf dem Rücken waren Zacken ausgebildet, die vor Gegnern, die von hinten aufsprangen, schützen sollten. Die Art der Zähne verriet den Fleischfresser.

---

[47] Glutlawine

28. Kino Real

Oluk bekam eine Gänsehaut, als er den runden und spitz zulaufenden Daumen an den beiden Greifhänden sah. Das waren Dolche zum Festhalten und Abstechen der Beute. Das Tier lief federnd und vermittelte ihm, dass es schnell sein musste – sehr schnell! Die Echse kam in gebeugter Haltung und schien von ihnen die Witterung aufgenommen zu haben. Als das Tier 15 Meter entfernt war, begann Oluk auf es zuzulaufen und fing an laut zu schreien. Der Jäger wurde zum Gejagten. Das Tier war überrascht, dass sich die Blätter bewegten und ein Geräusch zu hören war, das immer näher zu ihm kam. Es roch Oluk, konnte ihn aber aufgrund seines Tarnanzuges nicht sehen. Völlig irritiert blieb es laut schnaubend stehen und verharrte bewegungslos. Dann blitzte etwas auf, das Tier fühlte einen Schlag und brach zusammen. Orlow, der nachgekommen war, verschoss noch eine zweite Ladung, dann kletterten sie auf einen der nebenstehenden Bäume und warteten in gut 10 Meter Höhe. Sie waren gespannt, was da noch kommen würde. Jetzt raschelte es aus mehreren Richtungen. Eine Echse kam von vorn auf dem Trampelpfad. Sechs weitere Tiere kamen aus verschiedenen Richtungen aus dem Unterholz. Sie hatten tatsächlich in einer abgestimmten Hatz Jagd auf sie gemacht. Sie entdeckten ihren am Boden liegenden Artgenossen und fielen über ihn her. Im Nu war das Tier auseinandergerissen. Die Jäger taten sich gütlich daran. Oluk war gespannt, wie das Betäubungsmittel wirken würde. Und tatsächlich, einige der Echsen konnten ihre Gliedmaßen nicht mehr korrelieren und fielen über ihre eigenen Beine auf ihr Opfer. Die Stärkeren unter ihnen ließen sich diese Gelegenheit nicht entgehen und fingen an, in die schwachen Artgenossen mit Wonne hineinzubeißen. Die Reißzähne bohrten sich tief in das Fleisch, sodass das Knacken der Panzerplatten zu hören war. Als es das Blut schmeckte, begann es große Fleischstücke aus ihrem wehrlosen Artgenossen herauszureißen. Es war für die drei Stärksten unter ihnen ein wahres Festmahl.

28. Kino Real

Oluk bat Orlow und Gerim, gleichzeitig zu schießen, um die drei Tiere zu betäuben. Nachdem die Raubechsen friedlich am Boden lagen, seilten sie sich von ihrem Baum wieder ab. Der ursprüngliche Plan, sich oben von Gipfel zu Baumgipfel weiter zu hangeln, wie sie es vorgehabt hatten, würde viel zu viel Zeit kosten. Sie ließen diese Absicht fallen und setzten ihren Weg auf dem Trampelpfad in Richtung Fluss fort. Dann standen sie am Ufer eines träge fließenden grünlichen Gewässers.

Der Bau eines weiteren Floßes ging rasch von der Hand, da sie bereits damit Erfahrung hatten. Die Drehteller und Platten für das Ruder, die sie mitgenommen hatten, konnten sofort aufgesetzt und befestigt werden. Als es schwimmfähig war und sie einstiegen, rieselte Asche aus dem Vulkan auf sie nieder. Der Geruch von Schwefel verpestete die Luft, verschwand aber völlig, als sie weiter flussabwärts trieben.

Gewaltige Köpfe schauten aus dem Wasser und am Ufer grasten riesige Saurier. Mit den kauenden Mäulern sah alles sehr friedlich aus, bis eine Raubechse eines der Jungtiere jagte, das sich am Rand der Herde aufgehalten hatte. Ein Schlag mit dem Schwanz eines ausgewachsenen Bullen traf den Jäger am unteren Körper. Die Raubechse wurde durch den Schlag in die Luft gewirbelt und blieb am Boden liegen. Ein weiterer Saurier eilte heran und stampfte auf das Tier, sodass dessen Eingeweide hervorquollen.

Bevor sie diese Stelle aus dem Blick verloren, sahen sich noch Flugechsen, die sich bereits über die frisch gedeckte Tafel hermachten. Oluk dachte: »Die Natur lässt wirklich nichts umkommen.« Dieses "Fressen und gefressen werden" Spektakel hatte er sich als kleiner Junge genauso vorgestellt. Insofern erfüllte ihn das Erlebnis hier mit einer gewissen Genugtuung. Er schaute in die Runde und fragte: »Hat das Spektakel Euch so viel Spaß gebracht wie mir, fragte er in die Runde?« Oluk hatte

28. Kino Real

vergessen, dass er mit ihnen auch telepathisch verkehren konnte. Beide Relianer drückten ihre vollste Begeisterung aus.

Sie hatten mit ihrem Floß bereits über 23 km zurückgelegt. Da die Dämmerung hereinbrach, war es höchste Zeit, erneut auf einen Baum zu klettern, da er die nachtaktiven Jäger als sehr gefährlich einstufte. Sie schlugen ihr Biwak im Gipfel des Baumes nahe dem Fluss auf. Oluk schlief sofort ein. Seine Glieder waren schwer wie Blei. Er schlief nur einige wenige Stunden, dann wurde er unsanft durch eine gewaltige Erschütterung geweckt. Der Vulkan spukte wieder Lava unter lauten Explosionen aus, und die Erde bebte. Der Himmel war blutrot gefärbt. Oluk fragte sich laut: »Wie machen die Lumière das?, so einen Vulkan ins Geschehen zu bringen? Die verstehen das Filmhandwerk tatsächlich!«

Oluk entschied sich nun, nicht mehr abwarten zu wollen. Sie waren noch sieben Kilometer von ihrem Ziel entfernt. Sie packten ihren Sachen, ließen sich zu Boden und rannten in die angezeigte Richtung. Die Vulkantätigkeit nahm weiter zu. Der Vulkan rumorte, Brocken von Gestein flogen an ihnen vorbei und donnerten auf den Boden. Dann begann der Grund an zu vibrieren und Schockwellen rissen sie zu Boden. Es fühlte sich an, als ob man Gleichgewichtsstörungen hatte; sie verloren wieder und wieder den Halt unter ihren Füßen und stürzten. In der Luft lag ein unangenehmer Geruch und Gasschwaden trieb der Wind vor sich her. Das war hier nun nicht mehr ein Ort zum Verweilen. Sie eilten mit hohem Tempo weiter.

Den Vorteil, den sie jetzt hatten - die Raubechsen kümmerten sich nicht mehr um ihre Beute, sondern versuchten, aus dem Gebiet mit dem Feuer zu entkommen. Ein Sensor schlug an und gab laut Alarm: »Atemmaske anlegen, Atemmaske anlegen, Atemma ...« Oluk schaltete den Alarm ab. Das

28. Kino Real

Display wies auf Gipsstaub[48] hin und zeigte Richtung und Entfernung blinkend zum Ziel an. Sie zogen ihre Atemschutzmasken über und begannen keuchend im Eilschritt zu laufen. Alle drei waren völlig erschöpft und froh, als sie den Transporter entdeckt hatten. Angekommen betätigte Oluk ohne zu zögern die Entriegelungstaste an der Tür. Noch während sie sich mit einem lauten Zischen öffnete, stiegen sie bereits hastig ein. Dann konnten sie ihre Atemmasken wieder abnehmen.

Sie hörten einen gewaltigen Knall und der Boden fing erneut an zu vibrieren. Jetzt war Oluk die Situation mit dem Vulkan nicht mehr geheuer. Er drückte die Tasten für die Startsequenz. Dann wurde es wieder nachtschwarz um ihn, der Lärm war urplötzlich verstummt und sie standen im ILLU, dem Filmgebäude des Kino Real. Sie nahmen ihre Helme ab.

Sie waren sich einig, dass das der realistischste und aufregendste Film war, den sie je erlebt hatten. Die Lumière hatten hier ein technisches Wunderwerk geschaffen. Plötzlich standen Helios und Heliane vor ihnen. »Hat es Ihnen denn gefallen?«, wollten die beiden wissen. Die Frage war nicht notwendig, da sie die Antwort mit ihren telepathischen Fähigkeiten bereits aus den Gedanken des Trios ausgelesen hatten. Oluk antwortete dennoch: »Wir alle sind der Auffassung, dass das Kino Real eine Meisterleistung ihres Volkes ist. Das ist Vergnügen pur, auch wenn der von uns gewählte Film sehr anstrengend war. Mit einem Wort, wir sind begeistert.« Helios händigte allen drei Fotografien über ihr Abenteuer aus, die zum Teil aus der Sicht der angreifenden Dinos aufgenommen waren. Jeder von ihnen erhielt einen kleinen Würfel, der auf Knopfdruck die besten Filmsequenzen und Bilder im 3-D-Format projizierte.

Wegen der Strapazen und der kurzen vergangenen Nacht war Oluk so müde, dass er Helios und Heliane um ein

---
[48] Vulkane können Gips als Feinstaub ausstoßen; nach Einatmen einer bestimmten Menge folgt ein qualvolles Ersticken.

wenig Schlaf bat. Heliane brachte Oluk darauf zu Venus. Er schlief in ihren Armen sofort ein und lächelte im Schlaf. Venus küsste ihn und presste ihn an ihren weichen Körper. Noch im Unterbewusstsein fühlte sich Oluk wie ein Kind geborgen, beschützt und einfach unglaublich glücklich!

29. Vorbereitung Flug nach Terra

Wieder hatte Oluk drei leidenschaftliche Tage und Nächte bei Venus verbracht. Die Liebe klappte zwischen beiden perfekt und sie verstanden sich. Er hatte allerdings große Schwierigkeiten mit der Telepathie. Immer wieder begann er mit dem Mund die Worte zu formen, da hatte sie seine Gedanken und das, was er sagen wollte, bereits aus ihm ausgelesen. Umgekehrt war es für ihn nicht nur faszinierend ihre Gedankengänge zu lesen, sondern in ihrem fraulichen Wesen zu graben. Er tauchte in ihre Weiblichkeit ohne körperliche Berührung ein und sie ließ es zu.

Er schloss seine Augen und konnte sie nackt sehen, aber nicht mit seinen Augen, sondern mit ihren Augen. Er sah, wie sie sich selbst im Spiegel betrachtete, mit all ihren Empfindungen. Umgekehrt war sie in ihm und lernte ihn kennen in all seinen Facetten. Sie stieß auf Cortensa in seiner Erinnerung und sah seinen starken Bezug, den er zu dieser Frau hatte. Er spürte, wie Venus ihm signalisierte, dass sie die Art von Cortensa mochte. Er fragte sie darauf: »Ob sie Interesse hätte, Cortensa kennenzulernen, wenn das möglich wäre?« Venus schaute ihn an, drückte ihren Kopf an seine Stirn und nickte. »Warum nicht«, ferndachte sie zu ihm.

Venus ist eine der führenden Wissenschaftlerinnen der Lumière. Sie befasst sich intensiv mit Wirkung und Beeinflussung von Gravitation und mit einigen der sehr kleinen Dimen-

29. Vorbereitung Flug nach Terra

sionen[49], die in Wechselwirkung mit den Gravitonen stehen und deren Kraft abschwächen. Gelang er in diese Region ihrer Gedankenwelt, konnte er viele Dinge einfach nicht mehr verstehen. Hier spürte Oluk den gewaltigen Vorsprung, den die Lumière in vielen Technologiebereichen hatten.

Sie verwendeten Dinge, die aus sich heraus leuchteten bzw. permanent Photonen des sichtbaren Lichts abstrahlten. Die chemische Zusammensetzung, von der sie sprachen und die verwendeten Materialien waren ihm völlig fremd. Diese hatten kaum Masse bzw. Gewicht, im Gegensatz zu den Böden, die eine hohe Gravitation aufwiesen. Sie beherrschten und manipulierten die Gravitation und verwendeten abstoßende gravitative Kräfte. Mit dieser Fähigkeit waren sie in der Lage, schwebende Transportfahrzeuge oder Sitze zu realisieren, wie sie draußen im Gang zu jeder Zeit vorbei glitten.

Venus arbeitete in einem 150 Köpfe zählenden Team an einem gravitativ abstoßenden Feld mit Energie-II. Sie hatte federführend eine Lösung erarbeitet, wie ohne Rotation der Ringe am Raumschiff, die mit komprimierter Energie-II, eine gravitativ abstoßende Kraft, auch dunkle Energie genannt, geladen waren. Sie erläuterte ihm: »Die Raumzeit um das Raumschiff kann damit beeinflusst werden. Der starre Ring ist in kleinste Zelleinheiten aufgeteilt. Ein um diesen Ring laufender Impuls steuert die einzelnen Minizellen an. Das Umlaufen des Impulses simuliert eine Drehung des nun starren Ener- gie-II-Ringes.«

Die Lumière hatten bereits unbemannte Modelle gebaut, die ausreichend getestet waren und problemlos funktionierten. Bis zu diesem Zeitpunkt hatten sich ihre Flüge auf ihre Galaxie mit ihren Spiralarmen beschränkt. Die Entfernungen lagen hier in den Zehntausenden Lichtjahren von Spiralarm zu

---

[49] Die Lumière gehen von 10 Dimensionen aus. Unsere Raumzeit und weitere 6 Dimensionen. Diese stehen im Verbindung mit den Gravitonen und schwächen ihre Kraft (die Gravitation) ab.

29. Vorbereitung Flug nach Terra

Spiralarm. Nun wollten sie aber in Galaxien vorstoßen, die Millionen, gar Milliarden[50] Lichtjahre und weiter entfernt waren.

Venus bat ihn, sie in einen Nebenraum zu begleiten. Dort schwebte ein drei Meter großer hauchdünner Bildschirm im Raum, der sich langsam drehte. Während sie sich in zwei bequeme Sessel setzen, flammte ein Hologramm auf und zeigte ein Raumfahrzeug, das diese neue Technologie bereits nutzte. Zwei vorausfliegende FBS (Flug-Bahnsicherungs-Schiffe) hatten die sichere Flugautobahn zu Paix 33 bereits überprüft. Da diese Lumièreansiedlung nahe zu dem System Sol mit Terra lag, wurde derzeit die Flugtrasse zu Terra verlängert, damit er einen sicheren und schnellen Reiseweg haben konnte.

Venus ging noch auf eine Problematik des Raumzeitkontinuums ein: »Hatten wir bei den ersten Tests die Raumzeitkrümmung zu stark beeinflusst, also die Winkelgeschwindigkeit des gravitativen Feldes im Verhältnis zum Tempo zu hochgedreht, verschwanden unsere Robotschiffe und tauchten nicht wieder auf. Ich nehme an, dass wir sie in einem weiteren angrenzenden Universum verloren haben. Aufgrund verschiedener Berechnungen bin ich mir sicher, dass wir eine unend- liche Anzahl von Universen mehrdimensional um unseren of- fenen Raum haben. Dort können allerdings ganz andere physikalische Gesetze herrschen. Noch sind es allerdings Vermutungen; über genaueres Wissen darüber verfügen wir derzeit nicht« und sie ergänzte: »Noch nicht, wir arbeiten daran«, sagte Venus lächelnd und fuhr fort:

»Auf jeden Fall wird Deine Flugdauer nach Terra etwas mehr als eine Woche dauern.« Sie fragte ihn: »Oluk mein Schatz, was möchtest Du an Ausrüstung mitnehmen?« Er antwortete ohne nachzudenken: »Als Sicherungsroboter einen 20-

---

[50] Max. Entfernung 13,8 Mrd. Lichtjahre; der Zeitpunkt des Urknalls.

29. Vorbereitung Flug nach Terra

M, zwei 2-M[51], eine 4-A Sicherungsgruppe[52] für den Luftraum und ein Medi-Schiff[53], sagte Oluk. Jedes System sollte mit einer Multifrequenz-Stealth-Technologie ausgestattet sein. Da diese Systeme weder Licht reflektieren noch Wärme abstrahlen bzw. Radarstrahlen nicht reflektieren, können diese Maschinen weder mit dem Radar noch mit einem Infrarotsuchgerät aufgespürt werden und sichtbar sind sie ebenfalls nicht.«

Venus sagte: »Das können wir in einem einzigen Transporter mitnehmen. Deine Flugzeit beträgt also für die Hin- und Rückreise 20 Tage. So hast Du viel Zeit auf Terra. Wir geben Dir Bescheid, wenn die Reparaturarbeiten an Deinem Kreuzer abgeschlossen sind. Nach Abschluss der Arbeiten werden wir sorgfältig testen, um Fehler auszuschliessen. Wir schätzen aufgrund der bisherigen Verzögerungen noch mit einer Reparaturdauer von zehn Wochen. Dann solltest Du Deinen Flug nach Inferno fortsetzen können.«

»Möchtest Du jemand aus Deiner Mannschaft noch mitnehmen?«,, fragte sie ihn. Oluk antwortete: »Nein, das ist mir nicht erlaubt, da es außerhalb des Auftrages stattfindet. Aber ich kann meinen Urlaub rechtfertigen, da das Schiff nicht einsatzbereit ist und ich hier warten muss. Da fällt mir noch ein, ich bin kein Freund von Waffen, aber das was ich bereits über diese Rasse auf Terra erfahren habe, bleibt mir wohl nichts anderes übrig, als die bewaffneten Roboter mitzunehmen.«

Sie sagte: »Sichere Dich so weit als möglich. Der Transporter bringt Dich mit den Robotsystemen dort hin und wartet dann im Orbit auf Dich, wie auch das Medi-Schiff. Ich empfehle Dir allerdings, den Transporter in Deiner Nähe zu halten. Die besitzen dort Atomwaffen, die sie jederzeit einsetzen

---

[51] Die Zahl gibt die Höhe des Roboters in Meter an. Diese Maschinen sind bewaffnet und für den Einsatz am Boden gedacht.
[52] Besteht aus vier fliegenden bewaffneten Aufklärern, in Stromlinienform, zum Einsatz in einer Atmosphäre.
[53] Das Medi-Schiff enthält medizinische Geräte und Medikamente für Oluk bereit.

29. Vorbereitung Flug nach Terra

können. Ihre Atomanlagen sind alles andere als sicher. Die hatten schon zwei Orte, an denen ihre Reaktoren hochgegangen sind. Es ist nur eine Frage der Zeit, wann der Nächste dort explodiert. Ich bin mir allerdings sicher, dass die Bevölkerung in Europa, wenn es dort wieder geknallt hat, die radioaktive Verseuchung ihrer Landschaft nicht so ruhig hinnehmen wird, wie es die Japaner getan haben. Zweimal haben sie ihre Welt radioaktiv verseucht mit vielen Toten und die schalten ihre unsicheren Anlagen immer noch nicht ab. Dass die Bevölkerung dort den Bau solcher Systeme überhaupt zulässt, ist uns ein Rätsel« und sie fuhr fort:

»Du forderst den Transporter telepathisch an. Dieser ist sicher, da er von den Erdlingen auf Terra mit ihrer Technologie weder gesehen noch geortet werden kann.« Sie führte weiter aus: »Deine telepathischen Fähigkeiten verlierst Du allerdings bei Personen, wenn Du unsere Paix-Satelliten verlässt. Mit den Maschinensystemen, die wir Dir zur Verfügung stellen, kannst Du weiterhin Ferndenken. Die Sensoren der technischen Systeme haben eine sehr hohe Empfindlichkeit für telepathische Schwingungen.«

Sie strich ihm dabei über das Haar: »Und wie gesagt, wenn Du diesen Intelligenzen helfen willst, dann tu es, wenn sie es wert sind. Die Entscheidung liegt ganz bei Dir. Noch etwas, Cortensa ist nicht mehr an der Adresse zu finden, die sie Dir gab. Sie ist nun in einer Stadt, die sie Berlin nennen. Der Transporter hat die Koordinaten gespeichert.« Dann nahmen sie sich herzlich in die Arme und verabschiedeten sich liebevoll. Er fuhr an die Oberfläche von Paix, wo das Raumschiff auf ihn bereits wartete. Eine Plattform brachte ihn in das in 10 Meter Höhe schwebende Schiff. Eine Stimme ertönte in relianisch: »Wir haben ihre Robotsysteme, das Medi-Schiff, Waffen und die von ihnen gewünschten persönlichen Dinge verladen. Die Flugzeit beträgt 10 Tage. Die Ihnen zur Verfügung stehenden Räume enthalten alles, was sie für die kurze Flugdauer benötigen. Eine

29. Vorbereitung Flug nach Terra

Kommunikation nach außen ist im überlichtschnellen Flug nur mit der Telepathie möglich. Venus grüßt sie nochmals herzlichst und freut sich auf ihre Rückkehr.« Die Stimme ertönte wieder: »Wir starten.« Oluk spürte keine Einwirkungen auf seinen Organismus. Er dachte: »Wie lange würde sein Volk noch benötigen, um diese Technologie zu beherrschen?« Oluk war müde, er ferndachte: »Musik« und nannte ein Liebeslied, das er auf Paix 11 gehört hatte. Die Musik ertönte, er hörte noch die ersten Sätze, dann schlief er ein.

Am zehnten Tag ihres Fluges meldete sich die Stimme und sagte: »Noch eine Stunde bis zur Landung. Ziel, System Sol, Terra, Europa, Germany, Berlin, Ernst-Reuter-Platz. Landung erfolgt um 3 Uhr morgens Ortszeit.« Die Stimme fuhr fort: »Ich habe den strikten Auftrag, Sie Sir Oluk zu beschützen! Dazu wird der Transporter immer über ihnen schweben. Der 20-M fliegt auf einer Plattform unterhalb des Transporters. Die Flug-Gruppe 4-A wird in großer Entfernung den Luftraum sichern. Und Sie nehmen bitte die beiden 2-M Roboter zu ihrer persönlichen Sicherheit mit. Da Stealth-Technologie in jeder Frequenz angewendet wird, können die Roboter auf dieser Welt nicht erfasst werden. Zusätzlich ist das Schweben lautlos.«

Nachdem Oluk das Gehörte bestätigt hatte, stieg die Spannung in ihm ins Unerträgliche. Es wurde ihm jetzt so richtig bewusst, dass er völlig allein auf sich gestellt war; in einem anderen Spiralarm der Galaxie, auf einem fremden Planeten. Zusätzlich vermisste er die "gefühlte" Sicherheit, die ihm sein in der Verteidigung starker Raumkreuzer gab. Er würde unter Wesen sein, von denen er gehört hatte, dass sie äußerst aggressiv und skrupellos waren. Dazu führte diese Rasse auf ihrem Planeten ununterbrochen Kriege und brachten sich gegenseitig um. »Auf was hatte er sich da eingelassen?«, fragte er sich selbst.

30. Ankunft System Sol

Oluk erreichte im Jahr 2025 die Erde. Die 2-M Roboter wurden mit ihm abgesetzt, er stand auf einem fremden Planeten am Ernst-Reuter-Platz, mitten in einer fremden Stadt, die diese Bewohner, die sich Menschen nannten, mit Berlin bezeichneten. Die Luft in dieser Nacht war würzig und roch trotz der Großstadt angenehm. Die Luftzusammensetzung als Atemluft war ideal für ihn. Die Lumière hatten ihm für die Mikroben ein Medikament gegeben. Dreimal am Tag musste er eine Tablette nehmen und sich zusätzlich am Morgen einen Stoff spritzen, der sein Immunsystem stärkte. Eine Atemschutzmaske konnte er hier schlecht einsetzen, da es zu auffällig gewesen wäre.

Seine Nahrung hatte er mitgebracht. Er wollte keinerlei Risiko eingehen. Ursprünglich wollte er das Wasser des Planeten mit einem Reverse Osmose[54] System aufbereiten, um eine Infektion oder Unverträglichkeit so weit als möglich zu vermeiden. Als er erfahren hatte, dass auf diesem Planeten über 400 Kernreaktoren und nochmals mehr als 500 mobile Reaktoren gab, wollte er das erst nicht glauben.

Denn jeder größere Reaktor gab über die Luft und ins Wasser ca. 2 kg tödliches Tritium[55] (Leistung 5 GWatt) im Jahr an die Umwelt ab. Das waren mehrere 100 kg 3H Isotope, eine beinah unendliche Anzahl dieser Betastrahler.

Diese hochenergetischen Teilchen lösen Krebs aus und töten. Er war sich sicher, dass die Anwohner an diesen Reaktoren eine erhöhte Krebsrate hatten, in jedem Fall bei ih-

---

[54] Ein Filter, mit einem Eingang und zwei Ausgänge (Permeat/ Konzentrat), erzeugt Trinkwasser in höchster Reinheit.
[55] Tritium radioaktives Wasserstoffisotop, Beta-Strahler, mit hoher Strahlungsenergie. Verursacht bei Einlagerung Krebs im Organismus und kann das Erbgut schädigen; Halbwertzeit 12,3 Jahre. Die Halbwertszeit muss mindestens mit dem Faktor sechs multipliziert werden, bevor die Strahlungsintensität stark nachlässt!

30. Ankunft System Sol

ren Kindern und das nicht nur wegen Tritium. Wenn die Bevölkerung dieser Rasse, die an den Kernreaktoren wohnte, nicht dagegen protestierte, dann konnte es für Oluk nur so sein, dass ein Großteil davon gar nichts wusste. So entschied er sich, das Trinkwasser von dem Transporter kommen zu lassen. Das Tritium kann selbst mit dem Verfahren der Reverse Osmose, das nur Wassermoleküle durch seine Membrane passieren lässt, nicht heraus gefilltert werden. Tritium ist Wasser - durch jeden Atomkraftreaktor künstlich erzeugtes tödliches Wasser!

Oluk schaute nach seinen ihn begleitenden Roboter. Er konnte sie nicht sehen. Nur wenn er genau suchte und diese zu ihm blickten, konnte er ihre Linsen[56] erkennen. Sie gaben ihm ein gewisses Gefühl der Sicherheit. Einer der Roboter lief vorweg und zeigte den Weg. Um diese Zeit waren kaum Autos unterwegs, die Stadt lag noch im Schlaf.

Cortensa wusste nichts von seinem Kommen. Wäre sie nicht da, würde er allein seine Erkundigungen über diese Welt durchführen. Als er an der richtigen Hausnummer ankam, suchte er ihren Namen an den zahlreichen Klingeln. Er läutete; da sich nichts tat, betätigte er die Klingel ununterbrochen. Dann meldete sich Cortensa. Er erkannte sie an ihrer Stimme, sie hatte viel Zorn in ihrem Tonfall.

Er sagte leise in die Sprechanlage: »Oluk.« Sie fragte ärgerlich: »Wie bitte?« Er wiederholte etwas lauter: »Oluk.« Er hörte im Lautsprecher der Haussprechanlage nur ein Rauschen, da sie erstaunt schwieg und dann einen Aufschrei. Sie fragte mit großem Erstaunen in der Stimme: »Oluk, Oluk bist Du das wirklich?« »Ja, wenn Du den vom Alphakreuzer ALGUB II meinst, dann bin ich es in der Tat«, sagte er. »Oluk, ich komme runter, da um diese Zeit die Tür abgesperrt ist.« Er wartete vor der Tür geduldig. Es dauerte einen Moment, eh sie aufschloss und in ihrem Morgenmantel vor ihm stand. Abrupt fiel sie ihm

---

[56] Das eigene Sehen erfordert sichtbare Linsen, die nicht unsichtbar gemacht werden können!

30. Ankunft System Sol

um den Hals und begann ihn zu küssen. Tränen kullerten ihre Wangen herunter. Er zog sie mit Leidenschaft an sich trotz eines ambivalenten Gefühls, da er an Venus denken musste.

Cortensa blickte zur Tür und wunderte sich, warum diese nicht automatisch zuging. Oluk sah ihren fragenden Gesichtsausdruck mit Blick zur Tür. »Ich habe zu meiner Sicherheit etwas mitgebracht«, sagte er lakonisch und befahl den Robotern, die Tarnung für einen Augenblick abzuschalten.

Cortensa sah nun einen Roboter, der an der Eingangstür stand und diese blockierte. Der Andere stand bereits im Treppenhaus am Aufzug. Sie hielten in ihren Händen überdimensionierte Geräte, die wie Waffen aussahen. Als sie die beiden bedrohlich wirkenden Maschinen sah, wich sie mit einem spitzen Aufschrei einen Schritt zurück. Die Roboter schalteten ihre Stealth-Funktion wieder ein. Cortensa mutmaßte, dass diese Maschinen das Licht um ihre Außenhüllen herumleiteten, da sie in der Sicht keinerlei Einschränkung hatte.

Ein Roboter versuchte mit ihnen im Aufzug zu fahren, aber das Display in der Kabine meldete: »Zu viel Gewicht.« So stieg die Maschine wieder aus und eilte nach oben. An der Wohnungstür bat Cortensa ihm zufolgen. Sie zeigte ihm zuerst ihren zehnjährigen Jungen, den sie sehr liebte. Der Junge schlief in seinem Bett ganz fest und tief. Sie erzählte leise: »Der Vater des Kindes hätte sie beide nach kurzer Ehe verlassen und sei spurlos untergetaucht.«

Nachdem Oluk sich geduscht hatte, setzte er sich mit ihr in der Küche an einen Tisch. Sie servierte ihm Kaffee, den er bisher nicht kannte. Er probierte einige wenige Tropfen. Die braune Flüssigkeit roch und schmeckte ihm ausgezeichnet. Oluk hatte nebenbei auf einem Ausgabegerät, das er mitgenommen hatte, Daten über die Eheschließung in Deutschland aufgerufen, denn das Verlassen des Vaters ging ihm nicht aus dem Kopf. Er sagte zu Cortensa: »Bei Euch läuft da etwas völlig schief bei einer Eheschließung. Da wird ausschließlich

30. Ankunft System Sol

von den beiden Eheschließenden gesprochen. Ich nehme an, dass diese Zeremonie, stark, wir nennen sie Seherorganisationen, hier nennt ihr es Religionen, beeinflusst wird. Bei uns auf Relia wird ausschließlich von den zukünftigen Kindern des Paares gesprochen. Eine entscheidende Rolle kommt dem Mann als zukünftigen Vater zu. Das Zeremoniell verpflichtet und schwört den Mann ein, sich um seine späteren Kinder mindestens bis zum Erwachsensein zu kümmern.« Oluk erläuterte weiter:

»Wir gehen auf Relia nicht davon aus, dass eine Beziehung bis zum Lebensende hält, aber die Bande Mutter Kind und vor allem Vater Kind bleibt ein Leben lang bestehen und ist, bis auf wenige Ausnahmen, unauflösbar. Ein guter Vater hat in unserer Gesellschaft einen hohen Stellenwert. Das Lernen unsere Kinder bereits in der Schule mit der Begründung: Als Du selbst ein Kind warst, wolltest Du auch nicht, dass dich Vater oder Mutter verlassen. Bei uns kommt es daher so gut wie nie vor, dass Väter sich nicht um ihre Kinder kümmern.«

Oluk bat sie nun, von ihrer Marsmission zu erzählen. Sie hatten sich ja auf ihrem Weg dorthin kennengelernt. Cortensa erzählte: »Ihr Flug hätte zwei Tage später, abgebrochen werden müssen. Sie hatten große Schwierigkeiten mit dem neuartigen Partikelstrahlantrieb bekommen. Nach ihrer Rückkehr bekamen sie massive Probleme, da trotz der Platte, die das Leck abgedichtet hatte, man ihr keinen Glauben schenken wollte, dass Außerirdische ihnen geholfen haben sollten. Ihre Verantwortlichen sprachen von Halluzinationen und Weltraumkoller. Sie hatte später erfahren, dass sie ein Bauernopfer war, da man in der Bevölkerung eine Hysterie erwartet hätte, wenn etwas von Außerirdischen durchgesickert wäre. Um sie nun loszuwerden, erzählte man, dass der Ablauf der angeblichen Rettungsaktion nicht stimmig gewesen sei. So wurde ihr nahe gelegt, den Job zu quittieren. Mit ihrem Mann ging sie dann wegen seines Berufes vom amerikanischen Kontinent nach Deut-

30. Ankunft System Sol

schland. Leider hielt ihre Ehe nicht sehr lange.« Sie endete mit ihren Ausführungen, dass sie über ihren jetzigen Verwaltungsjob nicht viel zu erzählen habe.

Dann hörten sie im Gang das laute Schimpfen einer Frau. Es war Mittlerweilen morgens und die Sonne flutete das Treppenhaus. Sie öffneten die Wohnungstür und sahen, wie der unsichtbare Roboter M-2, der am Gang sicherte, die Putzfrau ärgerte. Sie schob ihren Staubsauger am Boden entlang und traf dann auf den Fuß des M-2. Jedes Mal, wenn sie den Fuß des Roboters berührte, schaltete er die Stealth-Funktion für einen kurzen Augenblick aus, um sofort darauf wieder unsichtbar zu werden. Irgendwie glaubte sie an einen Scherz, den sich jemand mit ihr erlaubte. Sie begann, laut im Berliner Dialekt zu schimpfen: »Sach ma, Du oller Blechkanake, Dir hamse wohl ins Hirn jeschissen, wa? Latscht hier rum und meent, er wär der große Zampano oder wat?«

Dann ging es endlich weiter. Der M-2 lief darauf zur Steckdose und zog den Stecker. Als sie das am Boden liegende Elektroteil sah, fluchte sie wieder. Cortensa und Oluk lachten. Er befahl, den Blödsinn zu lassen. Der M-2 quittierte mit einem »Jawohl Sir.«

Beruhigt, dass es nur ein unbedeutender Zwischenfall war, ging Oluk mit Cortensa zurück in die Etagenwohnung. Da es auf diesem Planeten kaum etwas gab, das die ihn begleitenden Maschinensysteme zerstören konnte, hatte er defensives Verhalten gefordert. Die vier fliegenden Roboter, die den Luftraum über ihm sicherten, würden allerdings anfliegende Raketensysteme aus ihrer Flugbahn lenken oder abschießen. Oluk zeigte unverhohlen seine Zuneigung zu Cortensa. Immer wieder umarmte er sie und drückte sie an sich. Diese Frau reduzierte in ihm deutlich das Gefühl von Fremdheit auf diesem Planeten. Sie hatte nicht viel Ähnlichkeit in ihrem Aussehen mit Venus, aber ihr Wesen und die Art ihres Denkens zeigte eine deutliche Gleichartigkeit. Oluk begann, Cortensa von seiner

30. Ankunft System Sol

Mission zu erzählen. Hauptaugenmerk würde er auf den Status der Entwicklung des Allgemeinwohls auf diesem Planeten legen. Er würde sich vor allem auf Daten aus dem Jahr 2014/15 stützen, da er keine Zeit hatte, aufgrund seiner Mission zu Inferno die Daten mit den jetzigen Zahlen in 2025 zu verifizieren. Aber sie könne ihm helfen, die Daten zu aktualisieren, soweit dies notwendig sein würde.

Eine abschließende Beurteilung nach der Erhebung auf Terra in 2014/2015 gab es damals nicht, da kein Bedarf vorlag und ein nochmaliger Besuch schien nicht notwendig zu sein. Aber das, was in diesen beiden Jahren beobachtet wurde, war so erschreckend, dass selbst die Lumière annahmen, die Bewohner dieses Planeten würden sich bis Ende des nächsten Jahrhunderts weitgehend selbst umgebracht haben. Entweder durch ihre Umweltzerstörung oder durch zwei Supermächte, die in einer kriegerischen Auseinandersetzung, ihre Atomwaffen einsetzen würden. Insbesondere dann, wenn eine der Parteien den Verlust des Krieges vor Augen haben würde. Oluk dachte: »Aufgrund der Informationen, die er hatte, über die von ihren Wiederaufbereitungsanlagen abgegebenen Alphastrahler, vermutete er eine rasante Zunahme ihrer Krebserkrankungen bereits in wenigen Jahrzehnten. Und die radioaktiven Isotope können sie nie mehr wieder aus ihrer Welt bringen, dazu sind die Halbwertzeiten zu lang. Zusätzlich würden sie mit den Alphastrahlern ihre Fortpflanzungsfähigkeit dermaßen schädigen, dass innerhalb des nächsten Jahrhunderts diese Rasse völlig verschwunden sein würde.« Da er nun in Deutschland war, wie sie es nannten, würde er sich zuerst mit dieser Nation beschäftigen.

31. Ein Außerirdischer blickt auf Deutschland

Nach ihrem Frühstück schlug Cortensa Oluk einen Bummel im Zentrum von Berlin vor. Als sie in Richtung Hauptbahnhof gingen, empfand Oluk ein einzigartiges Gefühl; er war in dieser fremden Welt, 26.000 Lichtjahre von seinem Heimatplaneten Relia entfernt. Viel Fremdes hatte diese Welt. Insekten und die übrige Tierwelt waren zwar verschiedenartig und die Sonne schien ihm hier kleiner zu sein und doch waren viele Ähnlichkeiten bei den Pflanzen zu erkennen. Ihm wurde mehr und mehr bewusst, dass diese durch Optimierungsprozesse der Natur über zig Zehnmillionen von Jahren entstanden sein müssen.

Als die Gefahr am Kurfürstendamm zu groß wurde, dass im Gedränge durch die beiden unsichtbaren Kampfroboter Menschen zu Schaden kommen könnten, händigte Oluk den beiden M-2 die Schlüssel für die Wohnung von Cortensa aus und schickte diese zurück. Der M-20 schwebte über ihm, das musste an Sicherheit für ihn am Boden genügen. Oluk beobachtete mit hohem Interesse den Umgang dieser Wesen mit ihren Kindern. Was er subjektiv beurteilen konnte: Sie gingen mit ihrem Nachwuchs unerwartet liebevoll um.

Interessiert blieb er vor einem Geschäft mit in Öl gemalten Bildern stehen. Diese Terraner besaßen Fähigkeiten und Begabungen, die ihn immer wieder überraschten. Vor allem ihre Komponisten, die eine klassische Musik geschaffen hatten, wie er sie auf Relia nur selten finden konnte. Er hatte sich aus den Aufzeichnungen von Terra schon früher diese Musik herausgesucht und gehört.

Oluk hatte ein Kilogramm reines 24-karätiges Gold mitgebracht. Er suchte einen Juwelier und Goldschmied auf, der ihm seriös vorkam, da er gediegene Schmuckstücke in seiner Auslage hatte. Der Juwelier wunderte sich nicht über die Stimme, die über ein kleines Gerät kam, das Oluk auf der

31. Ein Außerirdischer blickt auf Deutschland

Schulter trug. Der Goldschmied sah nur das glänzende Metall in seiner Hand und seine Augen funkelten vor Habgier. »Das schien in dieser Welt anscheinend die hauptsächliche Antriebsfeder für ihr Handeln zu sein«, dachte Oluk.

Er hatte Cortensa gebeten, den Goldpreis im Internet abzufragen. So konnte er dem Juwelier ein Angebot unterbreiten, das dieser nicht abschlagen konnte. Der Goldschmied prüfte das Metall mit einer Säure auf seine Reinheit. Dann waren sie sich einig. Oluk gab Cortensa einen fünfstelligen Betrag in der Währung ihres Landes. Er behielt für sich nur einige wenige Scheine.

Oluk hatte mehr Aggressionen hier erwartet, aber er konnte in der Kürze keine entdecken. Er spürte jedoch die Hektik, die eingebettet im Lärm dieser Stadt herrschte. Oluk vermutete den Autoverkehr als Hauptverursacher. In seiner Welt fuhr man in den Städten mit Elektrofahrzeugen. Alle wichtigen Punkte einer Stadt wurden in einem ununterbrochenen Strom von Fahrzeugen angefahren. Sie stoppten, wenn man sich näherte und "Halt" sagte. Man setzte sich hinein und nannte die Adresse. An dem nächstgelegenen Punkt zum Ziel hielt das Fahrzeug. Mit diesem waren Fahrten ebenfalls über Land möglich, was aber wesentlich teurer war. Die angefallenen Kredits wurden über einen ID-Chip, der sich im Oberarm befand, abgerechnet und vom Konto abgebucht.

Außer Staatsoberhäuptern, Regierungsmitglieder und staatliche Organisationen wie Polizei und Feuerwehr besaß kein Relianer ein eigenes Auto. Das ergäbe wirtschaftlich keinen Sinn, denn die Fahrzeuge würden den größten Zeitraum ungenutzt bleiben. An einem Autohaus konnte er sehen, was für eine Menge Geld, Oluk hatte Cortensa nach dem durchschnittlichen Einkommen gefragt, das dieses Volk für neue Fahrzeuge ausgeben musste. Anscheinend war ein teures Kraftfahrzeug so etwas wie ein Statussymbol für diese Erdlinge.

31. Ein Außerirdischer blickt auf Deutschland

Was Oluk doch sehr wunderte, dass es überhaupt keine Diskussion in der Bevölkerung über ein anderes Mobilitätskonzept gab. Er verstand auch nicht, warum Politiker dieses Thema nicht aufgriffen. Gerade den ärmeren Schichten der Bevölkerung würde es eine bezahlbare Alternative bieten. Die Umweltverschmutzung würde drastisch reduziert und Ressourcen würden geschont werden. »Gab es Kräfte in dieser Gesellschaft, die eine solche Diskussion erst gar nicht hochkommen lassen wollten?«, fragte er sich und dachte: »Über die Technologie, ein solches Netz zu steuern, verfügten sie ja hier.«

Oluk wurde abrupt in seinen Gedanken unterbrochen. Ein Auto war trotz roter Ampel knapp vor ihm über den Zebrastreifen gefahren. Cortensa zog ihn an sich und hakte sich ein. Mit dieser Geste erzeugte sie bei ihm wieder ein mehr an Sicherheit. Sie suchten ein bekanntes Café am Kuhdamm auf.

Wie frisch Verliebte saßen sie sich gegenüber, tuschelten über Anwesende und streichelten sich gegenseitig die Hände. Gelegentlich, wie auf ein geheimes Kommando, erhoben sie sich ein wenig von ihren Sitzen, neigten sich zueinander und küssten sich.

Oluk wurde unvermittelt ernst und bat Cortensa, über ihr Einkommen zu sprechen und wie sie das Leben mit ihrem Sohn so meistern würde. Cortensa erzählte ihm, dass die Abgabenlast enorm hoch sei. Sie würde ungefähr bei 40 Prozent Abzüge verschiedenster Art liegen. Sie sagte zu ihm: »Von den 3.200 Brutto ihrer Währung im Monat kriege ich gerade mal 2.000 ausbezahlt. Davon bezahle ich an Miete mit den Nebenkosten 800 und mein Auto kostet ca. 300. Mit Telefon und weiteren Versicherungen verliere ich nochmals 200. Ich habe dann zum Essen und für Bekleidung gerade noch 700 übrig. Aber das System kassiert dann noch weiter. Würde ich die 700 für ein Möbel oder andere Dinge ausgeben, werde ich nochmals mit der Mehrwertsteuer belastet.« Den Mehrwert verstand Oluk nicht und kommentierte: »Das sollte doch eher Absatz-Brems-

31. Ein Außerirdischer blickt auf Deutschland

Steuer genannt werden; vielleicht kurz ABS«, meinte er scherzhaft.

Sie fuhr fort: »Wegen dieser hohen Abgabenlast vor allem für Menschen mit geringem Einkommen sind diese Familien gezwungen, dass beide Elternteile einem Erwerb, manchmal sogar mehreren Beschäftigungen nachgehen müssen.« Oluk konnte das an der immer größer werdenden Zahl von Kindergarten in diesem Land erkennen – obwohl pro Familie immer weniger Kinder geboren wurden. »Dieses System lässt seine Bevölkerung wie die Hamster im Rad laufen«, dachte Oluk.

Cortensa fügte hinzu: »Oluk, einen weiteren großen Verlust erleidet die arbeitende Bevölkerung hier mit ihrer Rente. Die Durchschnittsrente, die im Rentenalter ausbezahlt wird, führt geradewegs bei den meisten Berufstätigen ins Armenhaus, obwohl sie von den Einzahlungen, die sie über die Jahre hinweg geleistet hatten, gut leben könnten. Die arbeitende Bevölkerung wird gezwungen, in etwas einzubezahlen, wo andere sich mit ihren Renten bedienen, die nie etwas einbezahlt haben. Politiker haben dafür das schöne Wort Solidaritätsprinzip entwickelt. Aber der größte Coup, den sich einige Vertreter des Volkes hier einfallen haben lassen, ist die sukzessive Erhöhung der Steuer auf die Rente. Wohl wissend, dass das Einkommen aus dem der Rentenbeitrag geleistet wurde, ja schon einmal besteuert worden war und ab 2040 dann wieder in vollem Umfang besteuert wird.« Oluk dachte: »Wenn die Bevölkerung es mit sich machen lässt, warum nicht! Sukzessive Erhöhung über 20 Jahre wahrscheinlich deswegen, damit es nicht auffällt. Und den betroffenen Rentner wird scheibchenweise mit dieser Salamitaktik ihre Rente gekürzt. Wenn es dann im Alter finanziell "an allen Ecken" so richtig fehlen würde, würde der Protest dann zu spät kommen, da die Auszahlungen seit Jahrzehnten bereits sanktioniert sind.«

31. Ein Außerirdischer blickt auf Deutschland

Und sie ergänzte: »Eine weitere Vorsorge fürs Alter ist den meisten Menschen hier aber nicht möglich, aufgrund der oben dargestellten Einnahmen und Ausgaben, die sie monatlich zu tragen haben.« Oluk nickte: »Ich denke, dass diese Menschen im unteren Einkommensbereich bei diesem finanziellen Druck, den sie täglich ertragen müssen, kaum Zeit haben, sich gemeinsam gegen ihre hohe Abgabenlast aufzustellen und dagegen vorzugehen.« Er sah eine Tabelle, die er Cortensa zeigte, darin war zu sehen, dass weltweit ca. 30 bis 40 Prozent der Bevölkerung direkt von ihrem Einkommen lebten oder verschuldet waren. Sparen war für diesen Teil der Bevölkerung überhaupt nicht möglich. Den Trick mit den Autobahngebühren in 2014 in Deutschland fand Oluk recht geschickt eingefädelt, um an das Geld seiner Bürger zu kommen. Zu behaupten, man würde es mit der KFZ-Steuer wieder verrechnen, unter dem Wissen, dass die Länder des europäischen Auslands in der EU diesen Ausgleich nicht akzeptieren würden, war ein wirklich raffinierter Schachzug einiger Politiker in diesem Land in 2014/2015 gewesen. »"Doof" durfte man in der Politik nicht sein, wenn man an das Geld der Leute wollte«, dachte Oluk und schmunzelte.

Jetzt wollte Oluk wissen, wie denn diejenigen, die an dem Rad drehen, sich aus dem Topf der Allgemeinheit bedienen? »Der Parlamentsabgeordnete erhielt in 2015 über 9.000 Euro brutto monatlich, da musste man auf diesem Planeten nun wirklich nicht hungern«, dachte Oluk. Da keiner gern Steuern zahlte, sattelte man nochmals über 4.000 ihrer Währung drauf, sie nannten es Kostenpauschale - und die war natürlich steuerfrei. Mit einem steuerfreien Einkommen als Kostenpauschale von ca. 48.000 ihrer Währung im Jahr, konnte man gegenüber dem Normalbürger des Volkes sich doch ein bisschen mehr leisten. Oluk fragte sich, ob die Höhe dieses Einkommens tatsächlich Bestechungsversuchen aus der Wirtschaft entgegen wirken würde?

31. Ein Außerirdischer blickt auf Deutschland

Als Oluk dann noch die Regelungen über die Altersversorgung las, wurde er das Gefühl nicht los, dass der Volksvertreter doch »gleicher als gleich« war! Dieser zahlte von seinem "geringen Verdienst" keine Beiträge in die Rentenkasse[57] ein, hatte aber nach vier Jahren bereits einen Rentenanspruch von über 800 ihrer Währung erworben und nach 10 Jahren waren es dann "nur" über 2.000. Mit unter 30 Jahren als permanentes Mitglied konnte ein Parlamentsabgeordneter mit ca. 4500 "völlig abgearbeitet" in Rente gehen.

Oluk hatte noch weitere Dokumente über die magere Bezahlung von Abgeordneten in einem übergeordneten Parlament vorliegen. Wie er erwartet hatte, bestätigte sich für ihn, dass nach "oben" immer gesteigert werden konnte, vor allem was die Steuerfreiheit anging. Musste das nicht für jeden Einzelnen in der Bevölkerung Ansporn sein, in diesem goldenen Handwerk Fuß zu fassen?

Oluk schwieg und schaute aus dem Café auf den Bürgersteig mit den vielen emsig vorbeieilenden Menschen. Er dachte: »Die laufen tatsächlich wie die Hamster im Rad ...« Oluk bat Cortensa um eine allmähliche Rückkehr. Nachdem sie gezahlt hatte, verließen sie das Lokal und schlenderten langsam zurück zur Bleibtreustraße.

Am Abend fand Oluk Daten zur Steuerhinterziehung im Jahr 2014 in diesem Land. Habgier, zulasten des Allgemeinwohls, ließ sich hier am besten aufzeigen. Er stieß auf eine Person in München Deutschland, die trotz ihrer extrem hohen Einnahmen, an der Allgemeinheit mit über 28 Millionen Euro "sparen" wollte. Anhand einer Freiheitsstrafe von einigen wenigen Jahren konnte Oluk erkennen, dass der Richter anscheinend diesen Diebstahl mehr als Kavaliersdelikt gesehen haben musste? Oluk sagte zu Cortensa mit einem Lächeln: »Wenn

---

[57] Mit einer Regelung für Beamte muss ein Abgeordneter in das Rentensystem nichts einbezahlen. Allerdings muss er seine Rente versteuern.

31. Ein Außerirdischer blickt auf Deutschland

man es hat, sind 28 Mill. ja wirklich kein großer Betrag!«, und fragte Cortensa:

»Hat die Allgemeinheit für Euch offenbar nur dann eine Bedeutung, wenn man auf der nehmenden Seite steht?« Cortensa antwortete: »Hier bei uns wird derjenige bewundert, der es materiell zu etwas gebracht hat. Hierzu zählen Häuser und Autos. Sie sind auch die Statussymbole in unserer Welt. Daneben verblasst das sich Einsetzen für die Allgemeinheit! Auf unserem Planeten sieht das Individuum in erster Linie sich selbst und sein eigenes materielles Wohlergehen! Unsere Kinder werden von klein auf in unseren Schulen auf den Wettbewerb untereinander ausgerichtet. Ihre bereits in die Wiege gelegte Hilfsbereitschaft und ihre Anlage im Sinne des Allgemeinwohls zu handeln, wird ihnen dort ausgetrieben. Das so vermittelte schulische "Ergebnis" drückt sich in ihrem erwachsenen Dasein nicht nur in der Steuerhinterziehung aus.«

Nun wurden Oluk der Zusammenhang zur Umweltzerstörung auf diesem Planeten deutlich. Wenn sie sich hier vorrangig selbst sahen, warum sollte dann ein Politiker sich Gedanken für die eigene Bevölkerung oder über die Umweltzerstörung in China, die Brandrodung im Amazonas oder den Anstieg des Meeresspiegels um sieben Meter machen und warum sollte dieser für eine weltweite Abrüstung eintreten?

Oluk erinnerte sich an das Gespräch mit ILX und ARX. Die Reptosianer hatten Recht. Diese Wesen leben nur einige Jahrzehnte und raffen, wenn sie dazu in die Lage versetzt werden, bis zu ihrem Lebensende? War diese Rasse daher auf dem besten Weg sich selbst zu eliminieren? Oluk war müde und dachte, morgen ist auch noch ein Tag. Sie gingen zu Bett und kuschelten aneinander. Oluk murmelte noch etwas beim Einschlafen, was Cortensa aber nicht verstehen konnte, da er den Übersetzer abgenommen hatte: »Er würde sich dieses große und anscheinend demokratische Land auf der anderen Seite des Meeres noch anschauen.« Als Oluk einschlief, träumte er von großen Dinosauriern.

32. Der Relianer mit Blick auf die USA

Am Morgen frühstückte er mit Cortensa und ihrem Sohn und fragte Sie: »Hast Du einen Vorschlag, was Du mit Deinem Kind heute gern unternehmen möchtest?« Und fügte hinzu: »Die Schönheiten dieser Stadt kennst Du ja. Ich bin nur ein sehr weit gereister Fremder, der sich hier so recht nicht auskennt« und sie lachten beide.

Sie schlug die Pfaueninsel im Wannsee[58] vor. Das wird ihm sicherlich gefallen. Der Transporter flog sie zur Pfaueninsel. In niedriger Höhe schwebte er neben einem Bauwerk, das wie eine Kulisse für einen Film aussah und eine Burg oder Schloss darstellte. Sie wurden aus zehn Meter Höhe auf einer Plattform stehend zum Boden gebracht. Zwei M-2 begleiteten sie bei ihrem Rundgang. Der M-20 war zusätzlich über ihnen. »Was diese Maschinen doch für eine wohltuende Sicherheit ausstrahlen«, dachte Oluk. Er hatte ein tiefes Misstrauen gegenüber den Bewohnern dieses Planeten.

Milo, der zehnjährige Junge war mit seiner Mutter und dem fremden Mann sehr glücklich. Er fühlte, dass die beiden sich mochten und die Zeit mit ihm gemeinsam verbringen wollten. Die Pfauen erweckten seine Neugierde, aber was er wirklich als ganz toll empfand, nach jeweils zweihundert Metern fand er immer ein Geschenk am Boden liegend. Einer der M-2 eilte voraus und hatte die Packungen auf den Boden gelegt. Milo öffnete jeweils die mit »für Milo« gekennzeichneten Pakete mit großer Begeisterung und freute sich über das Spielzeug. Er sagte: »Mama, heute ist wirklich mein Glückstag«; sein Gesicht strahlte!

---

[58] Berlin, Germany

32. Der Relianer mit Blick auf die USA

Plötzlich blieb Milo verwundert stehen und deutete auf die Fußabdrücke, die sie auf dem Weg begleiteten. Oluk wies darauf die unsichtbare Maschine an, dreißig Meter hinter ihnen

Cortensa auf Pfaueninsel, Berlin Germany

zu bleiben, solange der Weg nicht befestigt war. Der Junge hatte eine gute Beobachtungsgabe, stellte er lächelnd fest. Am Ende ihrer Wanderung setzten sie mit dem Boot über und gingen in ein nettes Restaurant, das sich direkt am Anleger befand. Nach einer guten Stunde kehrten sie zur Wohnung zurück.

Nach dem Abendessen, ihren Sohn hatten sie bereits zu Bett gebracht, begann Oluk die Dokumente über die militä-

32. Der Relianer mit Blick auf die USA

risch führende Nation in dieser Welt näher zu betrachten. Aufgrund der Struktur des Systems, dachte er an eine Demokratie, aber war das wirklich eine Demokratie, fragte er sich. Wenn er sich für oder gegen diese Bewohner im Sinne einer Hilfe entscheiden sollte, benötigte er weitere Hinweise über die militärische Rüstung und das damit betriebene Bedrohungspotenzial mit seinen Folgen für diesen Planeten.

Auf der einen Seite hatte dieses Land begonnen, den Weltraum zu erobern, Oluk musste über die Formulierung lächeln, auf der anderen Seite brachten sie noch Menschen aufgrund ihrer Strafgesetze um. Oluk erinnerte sich, dass es auf seinem Planeten die Todesstrafe für kurze Zeit gab. Sie wurde bereits vor sechshundert Jahren abgeschafft.

Was Oluk im Vergleich zu seiner Rasse wunderte, war, dass es so viele auf diesem Planeten gab, die anscheinend ohne viel Skrupel andere Menschen erhängten, ihnen die Schläuche für Giftlösungen anbrachten, sie für Verbrennen mit Strom vorbereiteten und dann die Schalter umlegten oder im Auftrag töteten. Auf seinem Planeten waren damals kaum Relianer zu finden gewesen, die das Töten durchführen wollten. Ihr Prinzip hier war, Auge um Auge, Zahn um Zahn, es war nichts anderes als gesetzlich verankerter Mord, wenn die Todesstrafe ausgeführt wurde, auch wenn der Verurteilte ein Mörder war. In den Augen von Oluk war das nichts anderes als Barbarei.

Er fragte sich: »Musste den Beteiligten nicht klar sein, dass sie alle im Falle eines Fehlurteils bei einem Todesurteil diskussionsfrei zu Mördern wurden? Wie werden dann diejenigen bestraft, die an diesem Mord mitgewirkt hatten? Werden sie in diesem Fall ebenfalls wegen Mordes verklagt und dann umgebracht? Vom Richter angefangen, bis hin zu den Geschworenen und den Ausführenden? Was ist das nur für ein Rechtssystem in einer Demokratie, wie sie es nannten?«, fragte sich Oluk.

32. Der Relianer mit Blick auf die USA

Er philosophierte: »Des Weiteren lag es doch auf der Hand, dass das Umbringen keine Strafe war. Wenn sie den Tod als Strafe erkannten, dann mussten sie doch ihren natürlichen Tod als Strafe der Natur an ihnen selbst sehen. Aber wenn nicht, warum töteten sie dann als Strafe?«, fragte er sich »Mit Logik konnte das staatliche Umbringen nicht viel zu tun haben«, dachte Oluk.

Er widmete sich nun den volkswirtschaftlichen Zahlen der USA in 2014. Der Schuldenberg dieses Landes war immer weiter angewachsen. »Wie wollte dieser Staat diese ungeheure Summe jemals wieder abbauen?«, fragte er sich. Was er bei diesem Schuldenberg überhaupt nicht verstand, waren die enormen Rüstungsausgaben[59]. Sie hatten Kriege mit unterentwickelten Staaten geführt, die dieses Land immer weiter in den Schuldenberg hinein getrieben hatte. Wer waren denn die Nutznießer dieser Kriege? Die Verlierer konnte Oluk sofort ausmachen. Es waren junge Menschen meist aus einfachen Verhältnissen, oft ohne ausreichende Ausbildung, die dort abgeschlachtet und zu Krüppeln zusammengeschossen worden waren. Viele von ihnen verloren ihre Traumatisierung ihr ganzes Leben nicht mehr. Warum diese aufgrund ihrer Erfahrung danach nicht massiv für eine weltweite Abrüstung eintraten, verstand Oluk nicht.

Oluk schüttelte den Kopf, als er eine Bestellung dieses Staates für drei Kriegsschiffe sah, die "im Sonder-Angebot" von 3 Milliarden US-Dollar das Stück zu haben waren! Natürlich in Stealth-Technologie, weil das gerade das Modernste war und es sollte die technische, militärische Überlegenheit in den zwanziger Jahren sichern. Da wollte dann die Luftwaffe in

---

[59] Standard & Poor's (S&P) hat im August 2011 den USA die höchste Bonitätsnote AAA aberkannt. Nach einer Studie von Harvard-Wissenschaftlern kosteten die Kriege im Irak und in Afghanistan die USA, besser gesagt die amerikanische Bevölkerung, zwischen 4 und 6 Billionen US-Dollar; deutlich mehr als ein US-Bundeshaushalt. Wer hatte dort an den Rüstungsgütern verdient?

32. Der Relianer mit Blick auf die USA

nichts nachstehen. Es folgte eine Bestellung in 2014 über 187 Kampfjets zum Stückpreis von 340 Millionen US-Dollar; ein wahres Schnäppchen! Wer verdiente in diesem Land das große Geld, wenn die Strategie verfolgt wurde: Die militärische Überlegenheit in den Zwanzigern zu sichern?

Das Geld der weltweiten Steuerzahler
fü"verpulvert"[60]

Oluk fragte sich: »Ob sich darüber die zahlreichen Arbeitslosen gefreut hatten, die in den USA zumeist Menschen mit dunkler Hautfarbe sind, wenn über ihren Wohnungen moderne Kampfjets hinweg donnerten. Oder würde das für sie ein mehr an Ausbildung oder gar Arbeitsplätze bringen?«

---

[60] Für den der liefert, der ideale Tummelplatz fürs große Geld. Und die Projektile gibt es auch in ganz groß! Füllt man in das Teil, das man verschießt, noch Sprengstoff, nennt man es Granate. Bei der Explosion sollen dann gleich Viele sterben! Ein Schuss für den deutschen Panzer Leopard II kostet über 4000 Euro. Ein Gewehr G36 aus Baden Würthenberg Germany kostet über 1000 Euro. Eine Kalischnikow erhält man gebraucht bereits für über 400 Euro. (Zahlen 2014/2015)

32. Der Relianer mit Blick auf die USA

In jedem Fall hatte dieser Aufrüstungsakt damals die Länder Russland und China veranlasst, weiter kräftig aufzurüsten, denn man wollte in nichts nachstehen. Also belasteten diese Länder ebenfalls ihre Umwelt mit einem drastischen Ressourcenverbrauch für Dinge, die keine Bevölkerung auf diesem Planeten benötigte. Aber die Falken in allen Lagern rieben sich Hände. Verdienten doch wieder einige Wenige mit der Vernichtung von Ressourcen aufgrund des Baus neuer Waffen.

Oluk blickte auf dokumentarische Filme aus dem Jahr 2001. Hier brachten Terroristen Gebäude zum Einsturz. Dass das Nicht-Amerikaner waren, war nicht zu bestreiten. Als Oluk die veröffentlichen Dokumente, Interviews und Filme ausgewertet hatte, erkannte er so viele Ungereimtheiten, die wiederum Fragen hervorriefen, auf die es keine Antworten gab
.   Als er das Einstürzen eines Hauses sah, sie nannten es Gebäude sieben, obwohl es überhaupt keine Berührung mit den zusammengestürzten Zwillingstürmen hatte, stoppte er den Film und sah ihn sich mehrfach an. Er entdeckte, wie die Mitte des Bauwerks zuerst einbrach, dann folgten die Außenwände. Für Oluk wurde das bestätigt, was er bereits vermutet hatte.

Er musste sich jetzt nur noch die Frage stellen, warum mehrere, sehr große entführte Flugzeuge, ohne jedwede Abwehrmaßnahmen, ihre Ziele in einem streng gesicherten Luftraum anfliegen konnten. Er stieß auf das Wort NORAD[61] bei seinen Recherchen. Als er las, dass dieses hoch technisierte Verteidigungssystem für den Flugverkehr genau zu dem Zeitpunkt des Anschlages nicht reagierte, hatte Oluk definitiv die Bestätigung für seine Vermutung. Die Tat wurde von Terroristen ausgeführt, aber wer ließ diese "tanzen"?

»Und wie mächtig und verzweigt, musste in diesem Land "etwas" sein, um eine solch detailliert geplante Aktion von "innen" ausführen und stützen zu können? Kann dieses Land noch als eine Demokratie bezeichnet werden, wenn ein

---
[61] North American Aerospace Defense Command

32. Der Relianer mit Blick auf die USA

Untersuchungsausschuss nicht zu einem Ergebnis kommt, das diesem Vorfall gerecht wird? Und da waren noch so viele Auffälligkeiten: Ein Personenkreis, der nach dem Attentat eine Inhaftierung befürchten musste, verlässt kurz vor dem Anschlag fluchtartig unter Verlust von Vermögen die USA. Sie wurden also gewarnt! In einer großen Organisation, die dieses Attentat hätte aufklären sollen verschwinden wichtige Akten und sind dem späteren Untersuchungsausschuss damit nicht mehr zugänglich.

Spätestens dann kann es als sicher gelten, dass ein in dieser Gesellschaft weit nach oben reichender Personenkreis, mit einer vertikalen und horizontalen Vernetzung, damals seine Karten gespielt hatte!« Oluk schauterte es bei dem Gedanken: »Lassen einige dieses Landes mehrere Tausend ihrer eigenen Landsleute töten, um Vorteile daraus zu schöpfen?« Er war bei dieser Spezies wieder beim Geld angelangt: »Musste man sich doch jetzt nur noch fragen, wer die Nutznießer dieses Anschlages nach einem gewissen Zeitraum waren; dann hatte man mit hoher Wahrscheinlichkeit die Drahtzieher.«

Für Oluk war es völlig unverständlich: »Warum werden auf dieser Welt in <u>demokratisch</u> geführten Ländern ununterbrochen Waffen gebaut, verkauft und riesige militärische Organisationen gehalten? Warum sprechen in Ländern, wo die Bevölkerung ihre kostenintensiven Politiker frei gewählt haben, diese nicht über eine weltweite massive Abrüstung um den Frieden in ihrer Welt zu sichern?

Der angebliche Feind auf diesem Planeten schaut von der Augenform und von seiner Hautfarbe ein bisschen anders aus und spricht eine andere Sprache.« Oluk fragte sich: »Reicht das für diese Wesen auf diesem Planeten aus um sich gegenseitig umzubringen?« Oluk war sich im Klaren, dass viele der 18-20 Jährigen, die zum Totschiessen benutzt wurden und werden, ihren angeblichen Feind bisher nur im Fernsehen gesehen hatten. Und da kam ihm eine Idee, die noch etwas reifen musste!

33. Vorbereitung zum Frieden auf Terrra

Überall, wo er in dieser Welt hinblickte, hörte er in den unterschiedlichsten Ländern Menschen stets das Gleiche sagen: »Wir wollen eine Familie haben, unserer Arbeit nachgehen, glücklich sein und vor allem in Frieden leben.« Oluk dachte: »Das stand aber in keinem Verhältnis zu den Mordmaschinen, was an Kriegsgerät gebaut, verkauft und angehäuft wurde. Durch die fortwäh- renden Waffenlieferungen vor allem auf dem Kontinent, den sie Afrika nannten, brannte dieser. Große Konzerne plünderten mit ansässigen Familienclans die Bodenschätze und/oder verkauften ganze Landstriche an ausländische Staaten oder Organisationen. Das gewonnene Geld wurde auf ausländische Banken geschoben. Um das eigene Herrschaftsgebiet abzusichern, wurden Waffen gekauft. Mit diesen wurden in 2025 zwischen vielen Kleinstaaten und Völkerstämmen äußerst blutige Kriege geführt. Ein ideales Verkaufsgebiet für die Mordwerkzeugproduzenten im west- und östlichen Lager.«
  Oluk war müde. Er hatte jede Menge Filme und Dokumente aus dieser Welt aus dem Jahr 2014/2015 gesichtet, die von den relianischen Spähschiffen erfasst worden waren; diese wurden aber nie ausgewertet. Das, was er gesehen hatte, bestätigte sein bisheriges Wissen. Die Umweltbedingungen hatten sich gegenüber 2014 bis zum Jahr 2025 weiter verschlechtert. Er war sich sicher, dass einige ökologische Parameter bereits irreversibel gestört waren und sich nicht mehr umkehren ließen. Anderseits waren durch einen fortwährenden weltweiten Waffenverkauf die Spannungen zwischen einzelnen Ländern immer größer geworden.

33. Vorbereitung zum Frieden auf Terrra

Waffen hatte man genügend, und bei einer Weltbevölkerung von fast 10 Milliarden in 2025 waren genügend 18-20jährige Männer vorhanden, die bereits beim Militärdienst mit Totschießwerkzeug trainiert worden waren. Eine Verkettung von Irrtümern oder Fehlern in den Verteidigungssystemen, konnte zu einer kriegerischen Auseinandersetzung zwischen den hochgerüsteten Supermächten führen. Oluk stand nun vor der Entscheidung, diesen Planeten zu verlassen, ohne einzugreifen, oder etwas zu tun. Seine Logik sagte ihm, die sind dabei sich auf die ein oder andere Weise, sowieso selbst zu vernichten. Es ist nur eine Frage der Zeit. Ein Eingreifen ist damit sinnlos. Das Gefühl dagegen sagte ihm, dass auf diesem Planeten viel selbstlose Liebe ist, vor allem zu ihren Kindern. Aber Oluk sah auch die Schönheit dieses Planeten.

Dann kamen seine Zweifel: »Die Lumière waren gut, sie schoben ihm zu, eine Entscheidung über eine ihm völlig fremde Welt zu fällen, mit der er überhaupt nichts zu tun hatte.« Seinen Gedanken folgte ein laut ausgesprochenes »Undeco«. Er duschte sich und begann das Abendessen zuzubereiten. Als Cortensa mit ihrem Kind aus dem Zoo kam, hatte er bereits serviert. Während sie aßen, ließ er sich von Milo, ihrem Sohn erzählen, was er denn so alles erlebt hatte. Das Schönste war für ihn das Fliegen in einem Transporter und die vielen Geschenke auf der Insel gewesen. Nach dem Essen brachten sie beide den Jungen liebevoll zu Bett. Lächelnd schlief Milo ein.

Cortensa sagte zu ihm, als sie vor dem schlafenden Kind standen: »Es ist für mich immer ein berührender Moment, einem Kind beim Schlafen zuzuschauen. Schlafende Kinder würden einen unglaublichen Frieden ausstrahlen.« »Apropos Frieden«, sagte Oluk: »Ich werde Dir morgen von meinem Plan erzählen.« Dann bat er sie, schlafen gehen zu wollen. Sie kuschelten ganz fest aneinander und Oluk schlief wie ein kleiner Junge in den Armen von Cortensa ein.

33. Vorbereitung zum Frieden auf Terrra

Wenige Stunden später erwachte er schweißgebadet. Er schaute zu Cortensa, die tief an seiner Seite schlief. Einen der beiden M-2 wusste er am Fenster, der andere sicherte draußen vor der Tür und über dem Haus schwebte der M-20, der die Flugmaschinen am Himmel koordinierte. Nach dieser Feststellung - er war nun hellwach - fühlte er sich wohler. Das Bild von Venus entstand in seinem Kopf. Sie schaute ihn an und lächelte. Er hatte das Gefühl, das er Venus diesmal anders erlebte als in seinen Vorstellungen. Der telepathische Transfer begann und sie sprach zu ihm: »Hallo mein Liebling, wie geht es Dir?«

Oluk dachte: »Jetzt nur nicht den Mund aufmachen und laut sprechen!« Er erläuterte ihr seinen Plan und die Hilfe, die er benötigen würde. Sie sagte zu ihm: »Das ist eine Möglichkeit«, und fragte weiter: »Mein Schatz, an welche Orte hast Du denn gedacht, und wie viele willst Du in welcher Zeit bewegen?« Er nannte ihr die Orte, die Anzahl und den geplanten Zeitrahmen. »Wann möchtest Du diese Aktionen durchführen?«, wollte sie noch wissen. »So schnell wie möglich«, antwortete er. Dann brach die Verbindung ab. Oluk legte sich zurück: »Soll ich das wirklich tun?«, fragte er sich selbst zum wiederholten Mal. Am Morgen sprach ihn Venus wieder telepathisch an: »Wir werden Dir in 30 Tagen die Flugsysteme zur Verfügung stellen. Bei der Anzahl, die Du hier benötigst, geht das nicht schneller. Die Transporter sind alle unbemannt. Du steuerst sie über ein Flagschiff als Mutterschiff, das die Verteidigungssysteme, Sicherungsschiffe und Transporter koordinieren wird. Und du mein liebster Mann bist der Herr über alle Aktivitäten und oberster Befehlshaber.« Sie lachte. Oluk fragte Venus: »Wie soll ich denn das Geschehen beeinflussen?«

Venus lachte: »Mein Schatz, einfach denken, nur denken. Du hältst den Kontakt mit dem Mutterschiff auf telepathischem Weg aufrecht. Umgekehrt bekommst Du die Rückmeldungen über den Fortschritt ebenfalls auf diesem Weg. Wir ha-

33. Vorbereitung zum Frieden auf Terrra

ben viel Erfahrung in der Vorgehensweise«, sagte sie und rief ihm zu: »Mach Dir keine Sorgen. Genieße Terra, es ist ein wirklich schöner Planet. Ich freue mich auf Deine Rückkehr mit dem Jungen und Cortensa, die Du beide gern mitbringen kannst. Ich hoffe, es geht Dir gut, Du Schlimmer!« Bei der Übertragung dieser Gedanken winkte sie mit ihrem Zeigefinger. »Was ist mit der Reparatur meines Schiffes?«, fragte er. Venus antwortete: »Wir verzeichnen große Fortschritte. Bei Deiner Rückkehr wird der Alphakreuzer ALGUB II fertig sein.«

»Und meine Mannschaft?« Worauf Sie die Antwort gab: »Jedem Einzelnen geht es wirklich gut. Einige haben uns schon gefragt, ob sie hier bleiben können. Wir haben bisher keine Entscheidung getroffen, weil wir Deine Rückkehr abwarten wollten.« Zufrieden mit dieser Antwort schlief Oluk wieder ein. Am nächsten Morgen wurden die Pläne, was man alles unternehmen wollte, für die nächsten Tage geschmiedet. Oluk verbrachte die Zeit mit Cortensa und Milo, ihrem Jungen. Das Kind fühlte sich zu Oluk hingezogen, und er schlüpfte gern in die Vaterrolle. Wenn Milo spielte und Oluk und sie alleine waren, erzählte er ihr, was er vorhatte und von der Unterstützung, die er von den Lumière erhalten würde. Cortensa war nicht nur eine aufmerksame Zuhörerin, sondern sie stellte auch die richtigen Fragen und gab ihm hilfreiche Tipps. Allerdings konnte sie nicht so recht glauben, dass das was er vorhatte, bei dem militärischen Potenzial auf der Erde möglich sein sollte.

Als Oluk dachte, es wäre ein geeigneter Zeitpunkt, begann er von Venus zu erzählen. Ein Thema, das er nun nicht mehr weiter hinauszögern konnte, wenn er sie mitnehmen wollte. Er sagte ihr: »Ich habe keine große Hoffnung für Deine Spezies auf diesem Planeten.« Er erzählte er ihr von den Lumière und dem Angebot, sie mitnehmen zu können. Cortensa war geschockt, brach in Tränen aus und sagte: »Sie müsse erst darüber nachdenken.« Sie nahm ihren Jungen und verschwand für einige Stunden.

33. Vorbereitung zum Frieden auf Terrra

Als sie wiederkam, baute sie sich vor ihm auf: »Oluk, ich danke Dir für Deine Offenheit und Deine Ehrlichkeit. Ich weiß, Du hättest mir nichts sagen müssen und einfach gehen können. Bitte erzähle mir etwas mehr von diesem künstlichen Mond der Lumière[62].« Als er über seinen Aufenthalt dort erzählt hatte, stand sie auf, küsste ihn und sagte zu ihm: »Oluk, ich möchte mit Dir leben und werde Dich begleiten. Unter einer Bedingung.« Oluk hob den Kopf: »Wie meinst Du das?«, fragte er. Sie antwortete: »Ich wollte schon immer so gern eine Tochter haben. Wenn Du meinem Begehren zustimmst, werde ich mit Dir gehen.«

Oluk wurde blass im Gesicht und überlegte: »Er hatte bei seinem Start von Relia niemals gedacht, während seiner Mission Kinder zu zeugen. Jetzt gab es nicht nur eine Frau auf Paix, die von ihm schwanger war, sondern er sollte mit einer anderen Frau ein weiteres Kind auf den Weg bringen.« Oluk nickte zögernd, umarmte sie liebevoll, küsste sie und sagte zu ihr: »Wenn das mit Dir Alien[63] genetisch funktioniert, warum nicht!« und lachte.

»Wenn nicht«, dachte er: »Werden es die Lumière schon richten.« In diesem Augenblick hatte er das Bild von Venus vor sich und dann das »Ja« mitten in seinem Kopf. Dann ferndachte er: »Bist Du eigentlich immer bei mir?« Sie antwortete: »Nur, wenn ich Zeit und Lust dazu habe. Technisch ist das möglich, da eines unserer Flagschiffe bei Dir ist und die Verbindung mit einem technischen System gehalten wird. Nur die telepathischen Gedanken können wir in den sechs weiteren Dimensionen[64] übertragen. Sie sind sehr klein und eng miteinan-

---

[62] Sprich lümi-er; = Licht
[63] Hier als "Ausserrelianische" verwendet
[64] Die Lumière beschreiben unser Universum mit zehn Dimensionen. Neben dem Raumzeitgefüge gibt es danach noch 6 weitere sehr kleine Dimensionen. Diese stehen mit den Gravitonen in einer engen Wechselbeziehung. So lässt sich auch die Gravitation als eine sehr schwache Kraft erklären.

der verbunden. So haben wir zwischen dem Sender und dem Empfänger eine Distanz von fast "null", was die Laufzeit des Signals ebenfalls auf fast "null" reduziert.«

34. Friedlicher Krieg

Als 30 Tage verstrichen waren, nahm Venus wieder mit ihm telepathisch Verbindung auf: »Oluk, die gewünschten Hilfsmittel sind da, blicke nach außen Richtung Osten.« Er ging zum Fenster und sah am Himmel über Berlin das Aufblitzen vieler grünlich schimmernden Kugeln, die von bedrohlich wirkenden, nachtschwarzen, mehrere Hundert Meter langen "Zigarren", begleitet, wurden. Als er sie entdeckt hatte, verschwanden sie im gleichen Moment wieder. Oluk erinnerten die grünlichen Objekte an die Schutzsysteme von Paix.

Dann gab er telepathisch an das Mutterschiff den Befehl »Entwaffnen!« Das Schiff bestätigte, indem es ihm die vereinbarte Art der Vorgehensweise nochmals aufzeigte. Es begann in einzelnen Kasernen in China, Russland und den USA. Urplötzlich erhitzten sich in den militärischen Arealen eisenhaltige Gegenstände, so als lägen sie auf einem Induktionsherd. Zuerst fing das Material an zu vibrieren, ehe es in wenigen Zeiteinheiten zu glühen anfing. Schreiend vor Schmerz aber auch vor Schreck warfen Soldaten ihre heiß gewordenen Killersysteme weg. Die Munition im Inneren der Waffen explodierte, was die Magazinführungen und den Verschlussmechanismus unbrauchbar werden ließ.

Die Militärs waren sich schnell einig, dass sie mit magnetischen Feldern angegriffen worden waren, denn die gemessenen Feldstärken mussten in die Tausende, wenn nicht Zehntausende Tesla[65] gehen. Militärs und eilig herbeizitierte

---

[65] Bis 2014 konnten 28 Tesla max. auf der Erde erzeugt werden. Tesla ist eine Maßeinheit der Terraner, die die Flussdichte magnetischer Spulen definiert.

34. Friedlicher Krieg

Wissenschaftler rätselten, wie eine solche Energie überhaupt erzeugt und in Induktion umgesetzt werden konnte. Weder mit dem Auge noch mit elektronischen Systemen konnte irgendein Angreifer ausgemacht werden. Wurde aufs gerade Wohl in den Himmel gefeuert, starben die Soldaten an den Geschützen, oder die automatischen Abschusssysteme mit ihren Bunkeranlagen wurden zerstört.

Die Tore von Bunkersystemen für Munition schmolzen, eisenhaltige Materialien glühten, was Munition zum Detonieren brachte. Munitionsdepots flogen in die Luft und lieferten ein farbenprächtiges grandioses Feuerwerk für die Bevölkerung. Es war ja schließlich ihr Geld, das man hier in Form von Waffen gelagert hatte. Leider war das Schauspiel am Himmel nur von kurzer Dauer. Es stand in keinem Verhältnis zu den geleisteten Arbeitsstunden. Das verdiente Geld war ihnen mit Steuern abgenommen und dann für den Erwerb solcher Güter[66] ausgegeben worden.

Fahrzeuge auf militärischem Gelände verbrannten, wenn die Tanks in einem Feuerball explodierten. Panzer glühten aus und waren nicht mehr einsatzfähig. Die Kanonenrohre hingen traurig am Geschützturm und zeigten in einem weiten Bogen nach unten. Oluk konnte ein Lächeln nicht unterdrücken, als er die Bilder sah; irgendwie vermittelten die Stahlkolosse eine Form von Kunst.

Die militärischen Erdlinge suchten erfolglos den Himmel mit Aufklärungsflugzeugen, Optiken, Radar und Infrarotsuchgeräten ab. Es war einfach kein Angreifer auszumachen. Dabei schritt die Vernichtung ihrer Waffen und militärischer Anlagen mit einer Geschwindigkeit voran, die den Obersten der Militärs wahre Alpträume bereitete. Heftigste Diskussionen wurden in allen Lagern geführt, wie denn der Feind nun noch abgeschreckt werden konnte. Und vor allem, mit was sollten sie

---

[66] Daher gehören Waffen in der Volkswirtschaft zu den Konsumgütern und nicht zu den Investitionsgütern.

34. Friedlicher Krieg

jetzt ihre "Gegner" umbringen, wenn keine mechanischen Tötungssysteme vorhanden waren? Auf was sollte geschossen werden, wenn der Feind nicht entdeckt werden konnte?

Militärische Kreise vermuteten, dass das ihnen durch wahrscheinlich hässlich klebrig sabbernde Aliens angetan wurde. Aliens also, die ohne jegliches Verantwortungsgefühl und ohne jeglichen Skrupel der menschlichen Rasse gegenüber handelten. Und der friedvolle Krieg ging weiter. Kampfjets fielen weltweit im Flug vom Himmel, sodass die Piloten in ihren Schleudersitzen Zeit hatten, auf diese wundervolle Welt blicken zu können. Ein Eurofigther gar, fiel im Zentrum von Frankfurt Germany, die Stadt der Geldinstitute, auf das Eurozeichen einer Bank.

Glücklicherweise wurde niemand verletzt, da es nachts war und der Pilot konnte sich in aller Ruhe mit seinem Fallschirm das Lichtermeer von Frankfurt ansehen. Allerdings zerstörte er mit seinem metallenen Vogel das aufgestellte Eurozeichen vor einer Bank. Der Bevölkerung wurde somit verdeutlicht, dass das Jagdflugzeug zurecht nicht mit Teurofigther, sondern mit Eurofigther bezeichnet werden konnte. Dieses für die europäische Bevölkerung so wichtige Fluggerät konnte von Politikern zu einem wirklich günstigen Preis von ca. zwei Mrd Euro für 18 Stück ergattert werden, ein wahres Schnäppchen. Und die Bevölkerung sparte noch dabei, denn ursprünglich sollten über 100 davon bestellt werden.

Verzweifelt fragten sich weltweit die verantwortlichen militärischen und politischen Kräfte: »Wie sollte die menschliche Existenz ohne Waffen im einundzwanzigsten Jahrhundert auf diesem Planeten fortgeführt werden? Mit einem Abknallen auf 300-400 Meter Entfernung oder zum Mord -- auf den Knopf drücken, war es ja nun vorbei. Das schmerzvolle Sterben des Gegenübers bekam man da ja nicht so recht mit. Bestand jetzt nicht die Gefahr, dass einige der jungen Soldaten sich die Frage stellten, was habe "ich" eigentlich davon, wenn ich den

34. Friedlicher Krieg

Achtzehnjährigen auf der anderen Seite umbringe? Wäre ein gegenseitiger Besuch, trotz verschiedener Sprachen, zum Informationsaustausch nicht erstrebenswerter als sich auf einen Befehl der "alten Männer" einzulassen und sich gegenseitig umzubringen?«

Nach zwei Wochen stand über den Regierungssitzen der drei Länder, in denen das Desaster dieses Krieges seinen Anfang genommen hatte, in riesigen Lettern in der jeweiligen Sprache: »Jedes Kriegsschiff muss sofort seinen Heimathafen anlaufen. U-Boote müssen sofort auftauchen und über Wasser ihren Heimathafen anlaufen!« Nachts waren die Schriftzüge in einem strahlenden Weiß zu erkennen.

Wie Oluk befürchtet hatte, nahm man diese freundliche Aufforderung zunächst nicht ernst. Darauf ließ er einen der Flugzeugträger einer der Nationen erhitzen. Die Piloten verliessen mit ihren Flugzeugen das warm gewordene Stück. Leider musste die Mannschaft mit ihren Offizieren, wegen der überhöhten Temperatur ihres Schiffes, im Wasser ein ausgedehntes Bad nehmen, bevor sie von anderen sinnvollen Einrichtungen unter und auf dem Wasser, aufgenommen werden konnten. Auch der "Feind", der nicht weit war, half beim Auflesen.

Zunächst ließ man nur einige wenige U-Boote auftauchen, was Oluk gleichfalls vorausgesehen hatte, da die leitenden Militärs glaubten, bei 400-1.000 Meter Tauchtiefe je nach Bauart, könnten diese nicht mehr geortet werden. Oluk dachte: »Die wollen es doch tatsächlich wissen. Er befand sich in einer Position, in der er nicht verhandeln musste. Und selbst, wenn er verhandeln gewollt hätte, in diese Tiefe drangen keine

34. Friedlicher Krieg

Längstwellen[67] zu einem U-Boot, es sei denn, sie verwendeten Bojen mit Antennen oder kilometerlange Schleppantennen, die auf der Wasseroberfläche trieben. Aufgrund der Wärmeabstrahlung konnten diese allerdings geortet werden. Eine direkte Kommunikation mit einem tief abgetauchten U-Boot war also gar nicht möglich.«

Jedes U-Boot erzeugte eine Störung im Gravitationsfeld, das von den Flugsystemen der Lumière erfasst wurde. Die U-Boote leuchteten wie ein Christbaum im Wasser, auch unter dem ewigen Eis. Sie wurden mit Gravitationsstößen bedacht, die im Morsezeichencode der jeweiligen Sprache gepulst wurden. Die Nachricht lautete: »Auftauchen, sofort, stopp, dann Kurs Heimathafen, stopp, alternativ "knock knock" stopp.« Die Gravitationsstöße nahmen mit jeder Wiederholung in ihrer Intensität stark zu, bis es im U-Boot unerträglich wurde. Tauchten sie auf, nahm die Stärke wieder ab und umgekehrt.

Als einige der 170 Meter langen U-Boote der Ohio-Klasse[68] durch finale Gravitationsstöße mit schweren Beschädigungen noch gerade das Wasser mit den Pumpen aus den Ballasttanks drücken konnte, tauchten sie widerwillig und zähneknirschend auf. »Ein U-Boot gehöre unter Wasser«, sagten die Kapitäne zu ihren jüngeren Befehlsempfängern im Boot, »das würde doch schon der Name sagen und das müssten die Aliens nun wohl wirklich wissen.« Leider setzte einer der ato-

---

[67] Längstwelle (VLF) ca 15 kHz (sprich Kiloherz; VLF=very low frequenz) Eindringtiefe in Meerwasser bis 20 Meter. Bei extrem langer Welle bis 300 Meter; zur ausschließlichen Übermittlung von Befehlen an U-Boote. Weitere Kommunikation aufgrund der geringen Bandbreite nur bedingt möglich. Höhere Frequenzen dringen nicht in das Wasser ein.
Ein weiteres Beispiel für eine Langwelle ist der Langwellensender DCF77 in Deutschland für die automatische Zeitsynchronisation von Uhren. Bekannter Begriff von Hochfrequenz ist UKW (ca 90 Megaherz) für den terrestrischen Radioempfang.
[68] Ohio-Klasse; atomarer Antrieb 24 Missiles, Länge: 170 m; Besatzung: >150 Mann mit jeweils 2 Mannschaften.

34. Friedlicher Krieg

mar bewaffneten U-Boot-Kommandanten einer unbekannten Nation auf Vaterland und Sieg; danach war er bedauerlicherweise nicht mehr in der Lage aufzutauchen. Eine ausgestossene Boje meldete die fatale Lage in einhundert Meter Tiefe. Daraufhin lief eine große aufwendige Rettungsaktion gemeinsam an. Glücklicherweise war der Feind helfend in der Nähe, sodass mit vereinten Kräften die Mannschaft dann noch unter großen Schwierigkeiten gerettet werden konnte. Die Führung der U-Bootflotte folgte dem Begriff der Moral und Ethik und zeigte ihre Verantwortung gegenüber ihren Matrosen und ließ die Hilfe zur Rettung durch den Feind unmittelbar zu.

Jedes der drei Länder erfuhr die gleichen schmerzvollen Erfahrungen mit "knock knock" in der Annahme, dass ihre U-Boote nicht entdeckt werden konnten. Dann wurden die atomgetriebenen U-Boote der Jin-Klasse[69] von China aufgebracht, und zuletzt zwang Oluk Russland, seine atomaren U-Boote[70] zum Auftauchen. Oluk dachte: »Dieser Unterwasserwahnsinn mit den stählernen Särgen ging für die beiden Mannschaften zu Ende.« Er fragte sich auch: »Wo wollten die eigentlich wieder auftauchen, wenn sie mit ihren Missiles mit den atomaren Sprengköpfen zusammen mit dem Gegenschlag des anderen politischen Lagers ihre Welt zu einer radioaktiven Hölle verwandelt hatten? Irgendetwas konnte bei den Terranern nicht stimmen«, dachte Oluk »oder geht es bei den Unterwassersärgen wieder nur ums große Geld verdienen für einige Wenige unter ihnen?«

Während er die Terraner entwaffnete, erholte sich Oluk von der anstrengenden Kriegsführung in einem Boot auf der

---

[69] Jin-Klasse, atomgetriebenes U-Boot, Länge 140 Meter, 12 atomare Raketensilos: >140 Mann
[70] Sewerodwinskas-Klasse, (nicht wirklich vorhanden) 8 Raketensilos, 120 Meter Länge, >120 Mann

34. Friedlicher Krieg

Spree und den Seen rund um Berlin und besuchte die zahlreichen Schlösser.

Nach einem militärisch "fühlbaren" Fortschritt der Entwaffnung, ließ er über den Regierungsgebäuden der drei Länder in ihren Sprachen schreiben: »Jegliche Waffenentwicklung und Waffenproduktion ist ab sofort verboten!« Daneben wurde ein Countdown-Zähler gezeigt, der von 144 Stunden mit einem lauten akustischen Signal abzählte. Oluk war gespannt, wie diese Länder wohl auf diese Botschaft reagieren würden?

Aufgrund der Erfahrung mit ihren militärischen Anlagen wurden die Terraner in ihrer Vorgehensweise nun vorsichtig. Sie begannen die Waffenproduktion vorläufig einzustellen und schickten die Fabrikarbeiter zunächst nach Hause. Als die 144 Stunden verstrichen waren, ließ Oluk die Fabrikationsanlagen, die er bereits identifiziert hatte und die Infrastruktur wie Straßen, Brücken und Eisenbahnlinien im Umkreis von 3 Kilometern zerstören. In die Zubringerwege ließ er tiefe Krater schiessen. Oluk hoffte damit, sie für einige Zeiteinheiten vom Waffenbau abzuhalten. Vielleicht würden einige von Ihnen endlich anfangen, über den Wahnsinn der weltweiten Waffenproduktion nachzudenken und wichtiger, gemeinsam dagegen etwas tun.

Sechs Wochen waren seit Beginn der Operation vergangen. Nun wurde es Zeit, dass Oluk die Phase zwei freigab. Sie barg zu Beginn das größte Risiko seines Eingreifens auf dieser Welt. Über den militärischen Hauptquartieren und militärischen Arealen der drei Länder tauchten zu Beginn der Phase 2 kugelförmige, seifenblasenähnliche Objekte auf. Das untere Drittel dieser Flugsysteme war nachtschwarz, der durchsichtige obere Teil enthielt wie ein Hochhaus Stockwerk über Stockwerk. Über weitläufige Treppen und ein Röhrensystem waren die Etagen miteinander verbunden.

34. Friedlicher Krieg

Nach der Landung öffneten sich an verschiedenen Stellen im schwarzen unteren Teil dieser Schiffe 10 Meter breite Tore. Die dahinter liegenden Treppen führten in den oberen durchsichtigen Teil. Aus dem Schiff quollen nun Hunderte grünlich leuchtende Zylinder mit einem Durchmesser wie ein großer Suppenteller. Die Länge war die eines Besenstiels. Diese Objekte schwebten knapp über dem Boden und waren in einem fluorisierenden Grün gehüllt.

Bevor sie in Wände und Türen eindrangen, verbanden sich mehrere Zylinder zu einer Reihe. Dann konnte man ein lautes »Ploch« hören. Durch die, mit was auch immer, geschossene Öffnung drangen sie wieder vereinzelt in die Gebäude ein. Sie reihten sich aneinander und es flammte über jedem Zylinder eine grünliche mannshohe Energiewand auf.

Dann trieben sie die Soldaten vor sich her. Eine Berührung mit der Energiewand war für die Terraner äußerst schmerzhaft. Nach einer Berührung liefen sie willenlos in den Transporter. Die Soldaten wurden in die Flugobjekte getrieben. Einige von ihnen hatten Handfeuerwaffen unter ihrer Bekleidung versteckt, die sich erhitzten.

Sie erlitten laut schreiend Verbrennungen am Körper und an den Händen, als sie diese wertvollen Hilfsmittel hervorkramten. Andere versuchten, mit Explosivkörper und Sprengstoff unter ihrer Kleidung ins Schiff zu gelangen. Als sie in Reichweite der Detektoren kamen, wurden sie entdeckt. Sie fühlten, wie ein Impuls in ihren Körper einschlug und unsagbare Schmerzen verursachte. Sie wollten vor Pein schreien. Ihr Mund öffnete sich schmerzerfüllt. Sie brachten aber keinen Laut hervor. Bewegungsunfähig und wie angewurzelt standen sie mit schmerzverzerrtem Gesicht auf einer Stelle. Erst nach dem Start des Transporters verschwand der Impuls.

Im Inneren der Transporter wiesen blinkende Leuchtpfeile den Weg zu den Sitzplätzen. So wurde das Schiff von oben nach unten befüllt. Viele der jungen Erdlinge weinten und

34. Friedlicher Krieg

schrien vor Angst und riefen: »Sie bringen uns alle um«, andere brüllten: »Die bringen uns in ihr Labor und wir werden Versuchskaninchen.« Es spielten sich Tumulte ab und einige versuchten sogar, aus dem Transporter zu gelangen. Allerdings, ein Stehenbleiben oder Umkehren war einfach nicht möglich. Die Hinteren mit den schmerzhaften Energiewänden im Rücken drückten die Vorderen in die riesigen Transporter.

Die Flugschiffe sammelten Terraner um Terraner ein, bis sie mit ca 5.000 Personen vollständig besetzt waren. Zeitgleich geschah dies an vielen Orten in China, Russland und in den USA. Nach der Beladung erlosch das Leuchten der Energiewand und die Zylinder verschwanden wieder im Transporter, der kurze Zeit später abhob. Nach einigen Stunden Flugzeit landeten sie in dem Land des "Gegners". Waren die Schiffe mit ihrer Menschenfracht entladen und hoben die Transporter ab, wurden kleine Würfel auf die Ausgesetzten abgeworfen. Nach kurzer Zeit stellten diese fest, dass wenn man hineinsprach, der Würfel die Eingabe übersetzte und in der Sprache des Landes, in dem sie gelandet waren, wieder ausgab. Die Übersetzung funktionierte ebenfalls in der umgekehrten Richtung.

Ein massenhafter Strom von Menschen wurde aus den Großstädten der drei Nationen zur anderen transportiert und in den Randbezirken großer Städte abgesetzt. Der Vorgang wiederholte sich Tag und Nacht. In den Nachrichten wurde nun weltweit über das Transportszenario berichtet. Als die Terraner feststellten, dass ihnen niemand nach dem Leben trachtete, verliefen die Abtransporte wesentlich ruhiger. Schüsse auf die Transporter wurden nicht mehr abgegeben – denn die hatten in der Vergangenheit immer sofort zum Tod des Schützen geführt.

Die meisten der Amerikaner, Chinesen und Russen hatten ihre eigenen Hauptstädte bisher nur im Fernsehen gesehen. Aus finanziellen Gründen waren sie selbst noch nie dort gewesen. Jetzt standen sie vor einer fremden Stadt in einem anderen Land und verstanden die Sprache nicht. Mit den

Schriftzeichen konnten sie nicht viel anfangen. Am Beginn der zweiten Phase war Oluk sehr gespannt, ob sie sich gegenseitig die Köpfe einschlagen würden. Denn die, die an der Waffenproduktion großes Geld verdient und ihr Volk beeinflusst hatten, wetterten immer noch auf den angeblichen Gegner. Die Übersetzungsgeräte bildeten die Brücke zur Verständigung. Man kam sich mit diesem Hilfsmittel näher!

35. Endlich Frieden auf Erden

Hunderttausende von Terraner waren in einem anderen Land in den Vorstädten großer Städte abgesetzt worden. Städte, die ihnen völlig unbekannt waren. Sie hatten Hunger und Durst, aber kein Geld in der entsprechenden Währung. Die Offiziellen mussten zähneknirschend mit dem "Feind" verhandeln und um die Belieferung mit Nahrungsmitteln und Unterkünfte bitten.

Russische Staatsbürger und umgekehrt nahmen Amerikaner und Chinesen in ihre Wohnungen auf. Mit dem Übersetzer und mit Gesten und Zeichnungen kam man sich näher. Als man die Kinder zeigte, die Lebensgewohnheiten kennenlernte und von den Alltagssorgen mit den hohen Abgabenlasten bei den "Feinden" erfuhr, war ein Näherkommen unausweichlich.

"Völlig unerwartet", stellten die Gegner fest, dass der auf der anderen Seite der Grenze lebende Feind, in etwa die gleichen Bedürfnisse und Sorgen hatte, wie man selbst. Oluk fragte sich, wie viele Jahrhunderte es bei dieser Rasse noch dauern würde, bis sie anfingen, sich als eine Menschheit zu begreifen? Die hatten massenhaft hungernde Kinder und ließen diese einfach qualvoll sterben. Natürlich waren die nicht vor der eigenen Haustür, sondern genügend weit weg, auf einem anderen Kontinent. Damit musste man sich wirklich nicht befassen. Einige wenige Reiche belieferten doch schon massenhaft diese Länder, wo es kaum sauberes Trinkwasser gab und

35. Endlich Frieden auf Erden

nichts zum Essen. Allerdings nicht mit Nahrungsmitteln, sondern massenhaft Waffen, denn mit hungernden Kindern und mit Brot konnte kein Geld verdient werden.

Da die Medien das Aus- und Einsteigen filmten und diese Transporte weltweit in die Schlagzeilen gebracht hatten, begannen nun viele der Terrraner freiwillig in die Transporter einzusteigen. Sie wollten auch einmal in den Genuss kommen zu verreisen oder für einen kurzen Trip kostenlos ins Ausland gelangen.

Oluk entschied, die An- und Abflugzeiten und das jeweilige Ziel anzugeben. Er nutzte nun die Flughäfen der Terraner als An- und Abflugsort, da sie ihre Infrastruktur auf diese Flughäfen ausgerichtet hatten. So kamen die Erdlinge, die sich selbst als Menschen bezeichneten, leichter zu den Transportern. Er wollte so viele Terraner wie möglich in der ihm noch verbleibenden Zeit mit den Schiffen der Lumière in andere Länder verbringen.

Mit der Bekanntgabe der An- und Abflugzeiten und der Orte wurden die Transporter verwundbar. Er war nun gezwungen, die Sicherheitsvorkehrungen drastisch nach oben zu schrauben. Er vermutete, dass einige der Machthaber versuchen würden, eines der voll beladenen Transporter zum Absturz zu bringen, um so einen Angriffskrieg von Außerirdischen, wie sie es nannten, ihrer Bevölkerung zu demonstrieren. Das musste er unter allen Umständen verhindern. Der elfte September war Oluk eine Lehre.

Und wie er es erwartet hatte, war es eine große amerikanische Organisation, die hier zuschlagen wollte. Im Boden des Landeplatzes wurden 500 kg C4,[71] ein Plastiksprengstoff mit hoher Effizienz vergraben. C4 hatte die Eigenschaft, dass er

---

[71] C4 Composite Compound 4, Plastiksprengstoff. Wie die meisten militärisch genutzten Sprengstoffe enthält er Hexogen, ein hochexplosives Material. Bei C4 ist der Anteli davon über 90 Prozent. Er ist aufgrund seiner Chemie kaum aufzuspüren bzw. zu entdecken.

35. Endlich Frieden auf Erden

mit Mitteln der Erdbewohner selbst kaum entdeckt werden konnte. So mischten sie ihm daher Metallstaub bei, damit er auf einem Röntgenschirm zu erkennen war und Geruchsstoffe für Spürhunde. Nach einer späteren Analyse war aber keiner dieser Stoffe enthalten, damit das explosive Material von seiner Seite nicht entdeckt werden konnte, wie sie glaubten.

Nun haben Sprengstoffe eine Besonderheit. Ihre Molekulargitter sind aufgrund ihrer explosiven Eigenschaft wie ein Bienenschwarm unentwegt in starker Bewegung. Infolge dessen zeichnete sich ein besonderes gravitatives Feld in der Zielerfassung der für die Terrraner unsichtbaren Schiffe der Lumière ab. Der Transporter 127 mit 5.000 Chinesen an Bord war im Anflug auf den internationalen Flughafen Washington. Noch aus einer Entfernung von 5 km erkannte das System die Veränderung des Bodens am Landeplatz. Der Transporter stieg darauf in eine sichere Höhe, um dort zu verharren.

Oluk benötigte diese Verzögerung, um zu einer Entscheidung zu kommen. Das Mutterschiff, das ein vollautomatisches Flagschiff der Lumière war, schlug ihm nun verschiedene Alternativen als Antwort vor: »Es könne ein schwarzes Loch direkt neben Terra entstehen lassen, Dauer bis zum Untergang 120 Erdtage. Es könne diesen Planeten in ihre eigene Sonne stürzen lassen, Dauer bis zum Untergang zehn Jahre. Auch würde ein Mond mit einem Durchmesser um die 3500 KM derzeit gesucht werden. Mit einer Wegnahme würde die Erde um ihre Drehachse schlingern. Dauer bis zum Untergang nicht bekannt. Aber gewaltige Katstrophen würden sich einstellen.«

Oluk protestierte vehement und ferndachte: »Er wolle den ganzen Aufwand nicht umsonst betrieben haben.« Er überlegte: »Er stand an einem Scheideweg. Abbrechen und Starten nach Paix, war eine Möglichkeit, was gehen mich diese Barbaren an«, fragte er sich? »Er hatte absolut keine Lust, diesen bisher zum größten Teil "friedlichen Krieg in eine heiße Phase"

35. Endlich Frieden auf Erden

eskalieren zu lassen. Wenn er jetzt aufgeben würde, hätte er sein Ziel nicht erreicht; abgesehen von dem ungeheuren Aufwand, der bisher von den Lumière betrieben worden war.«

Oluk war ein Relianer, der sich in der Vergangenheit immer durchgesetzt hatte. Deswegen wurde ihm u.a. die Führung eines des teuersten Raumschiffes anvertraut, die die Relianer sein Volk je gebaut hatten. Und jetzt schuldete er Loyalität nicht nur seiner eigenen Eitelkeit, sondern weitaus mehr dem Vertrauen, das in ihn gesetzt worden war. Dem Vertrauen des Volkes von Relia, dem Vertrauen der Lumière und der Bewunderung von zwei klugen und schönen Frauen.

Oluk verfügte über die Mittel, hart und schnell zurückzuschlagen. Bisher hatte er versucht, das Leben dieser Wesen so weit als möglich zu verschonen. Er wollte sich in der weiteren Vorgehensweise von diesem Kurs nicht abbringen lassen. Für Oluk war es einerlei, welcher der Geheimdienste[72] verantwortlich war. Einige der Familienclans sahen bereits ihre Einnahmen, aus ihrer ungeheuren Waffenproduktion schwinden. Es wurde also ein Bedrohungspotenzial benötigt, um die Ausgaben für die Verteidigung mindestens konstant zu halten. Dafür war ein Angriff von Alien allemal bestens geeignet.

Oluk gab Order, den Transporter aus China und alle weiteren zunächst in Langley Virginia USA landen zu lassen. Es war eine waldreiche, landschaftlich reizvolle Umgebung für jeden Besucher. Nun konnte sich eine große Organisation mit aller Hingabe im positiven Sinn um Menschen kümmern. Menschen, die Nahrung und Unterkünfte benötigten.

Oluk ließ ihnen weltweit die stationären Abschussbasen für ihre Atomraketen. Mit der Zerstörung dieser Silos würde das Plutonium freigesetzt werden. Und er fragte sich: »Ob sie jetzt noch immer bereit waren, sich gegenseitig den Inhalt dieser Anlagen auf den "Kopf" zu kippen, wenn ein Teil ihrer eige-

---

[72] In den USA wurden jährlich ca 80 Mrd. ihrer Währung für ihre Geheimdienste ausgegeben. Zahlen 2014/2015

35. Endlich Frieden auf Erden

nen Bevölkerung im anderen Block war?« Aber er traute das den Terranern zu und fragte sich: »Wann wird sich diese Bevölkerung weltweit gegen all diejenigen wenden, die den Rüstungswahnsinn jeden Tag auf dieser Welt getrieben hatten und weiterhin treiben. Die endlichen Ressourcen ihres Planeten für diesen Zweck unnötiger Weise verbraucht hatten und verbrauchen?«

Als über den Gebäuden der Regierungen die Worte aufleuchteten: »Sofort alle Kriegsschiffe abrüsten und alle U-Boote vernichten!«, hob Oluk mit Cortensa und ihrem Sohn gerade auf der Plattform zum Transporter nachts um 3:00 in Berlin ab, um nach Paix 11 zurückzufliegen. Auf einem Bildschirm konnten sie erkennen, wie diese riesige Stadt unter ihnen immer kleiner wurde.

Cortensa kämpfte ein Gefühl von Traurigkeit gemischt mit Angst nieder, wahrscheinlich nie mehr wiederzukommen. Auf der anderen Seite hatte sie eine ungezügelte Neugierde über das, was dort auf sie zukommen würde. Sie hatte sich von allen Verwandten mit den Worten verabschiedet, sie werde in ein noch nicht bestimmtes Land auswandern und sie würde sich wieder melden.

Auf der Erde liefen die Transporte noch Monate weiter und verursachten viel Chaos auf dem Erdtrabanten. Dann kam ein Russe auf die für Menschen "unglaubliche" Idee, mit LASER über dem Kreml die Worte zu schreiben: »WIR WERDEN IN FRIEDEN LEBEN • WIR BAUEN KEINE WAFFEN • WIR SIND EINE MENSCHHEIT • BITTE DIE TRANSPORTE STOPPEN!« Als Oluk diese Nachricht las, konnte er es anfänglich nicht glauben. Er ließ diese Botschaft mit einem Haken "√" und zwei geklammerten Haken "(√) (√)" quittieren.

Er war gespannt, wie lange es nun dauern würde. Nach 24 Stunden Erdzeit stand die gleiche Nachricht über den Regierungssitzen der beiden anderen Länder. Oluk quittierte mit "√ √ √". Die Transporter und die Sicherungsschiffe verließen

35. Endlich Frieden auf Erden

darauf die Erde und kehrten zu ihren jeweiligen Paix-Monden zurück.

Als die Transporte beendet waren, begann auf Terra eine fieberhafte Suche nach den Alien, die furchterregend aussehen mussten, triefende Mäuler hatten und Körperfresser waren. Eine der Nationen war in der glücklichen Situation, ihr Militär wieder mit den notwendigen Hilfsmitteln aufrüsten zu können, da die Eliminierung von Alien im nationalen Interesse liegen würde.

Selbst ein Professor mit schütterem Haar und nicht amerikanischer Herkunft fürchtete einen weltvernichtenden Angriff von Alien, der abgewehrt werden müsse. So begann das Militär riesige Plakate zu kleben, mit dem Aufdruck: "Ihre Waffe gegen Bares". Und so bekam das Militär wieder einen "First Aid Kit" aus der eigenen Bevölkerung und der Privatmann im Gegenzug Geld. Einige Amerikaner verdächtigten allerdings ihre Regierung, dass bei dieser Gelegenheit ihnen ihre Waffen abgenommen worden waren, die sie für ihr Überleben beim Einkaufen, Arbeiten und in ihrer Freizeit doch so dringend in der Vergangenheit benötigt hatten.

Cortensa hatte sich Jahre später bei ihrer Schwester und ihren Eltern wieder gemeldet. Sie besuchte ihre Familie mit ihrem Sohn, Venus und Oluk: In der Galaxie Milchstraße, Spiralarm ORX-22, System Sol, Planet Erde, Europa.

36. Rückkehr nach Paix 11

Als sie gelandet waren, zeigte Oluk Cortensa die Stelle mit der Pflanze, mit der er ferngedacht hatte, als er zum ersten Mal auf Paix war. Er wusste genau den Ort, wo sie stand. Aber an diesem Platz standen nun 4 Pflanzen mit prachtvollen Blüten.

Er ferndachte zu ihnen: »Mit wem von Euch hatte ich das Gespräch?«, fragte er. Die Antwort kam kichernd: »Mit niemandem von uns, aber alle wissen von Dir. Wir sind ihre Ableger. Sie lebt in uns weiter. Selbst die Bäume wissen von Dir.« Oluk fragte: »Wieee?, die Bäume wissen von mir.« Die Blume antwortete in einem Sing-Sang: »Oluk ist unser Freund, Oluk ist unser Freund ...« Oluk unterbrach die Pflanze und wiederholte seine Frage: »Wie ist das mit dem Baum?« Sie antwortete: »Oluk, wir sind nicht nur über unsere Wurzeln miteinander verbunden. Was auf der anderen Seite auf Paix ge- schieht, kann ich hören und sehen. Wenn es Pflanzen auf Eu- rem Planeten gibt, ist das dort genauso.« Cortensa und Milo standen mit offenem Mund neben ihm. Sie hatten das alles "in" ihren Köpfen mitbekommen. Dann fragte Oluk sich selbst: »Ist das mit den Blumen hier ebenfalls Kino Real?« Von diesem Moment an erstarrte die Blume und kommunizierte mit ihm nicht mehr. In diesem Augenblick hatte Oluk die Empfindung, dass er zum zweiten Mal seine Kindheit verloren hatte.

Oluk sagte: »Wir müssen weiter, Venus wartet auf uns. Ihr könnt später hierher zurückkommen.« Nachdem sie sich begrüßt hatten, nahm Venus Milo ohne viel Worte in ihre Arme und er drückte sich fest an sie. Dann wurde er von Kindern in seinem Alter abgeholt. Überraschend schnell lernte er den telepathischen Umgang. Im Kopf von Cortensa entstanden die Worte: »So sieht also eine Frau aus, die Oluk in ihren Bann ziehen kann« und sie lächelte. Cortensa gab ihr den gleichen Satz zurück. Trotz der ausgeprägten Persönlichkeiten dieser beiden

36. Rückkehr nach Paix 11

Frauen hatten sie bereits ein stilles Einvernehmen. Sie waren sich sympathisch.

Oluk unterbrach die beiden in ihrem Gedankenspiel und bat Venus um Hintergrundinformationen zur Operation Terra. Vor allem wollte er wissen, wie die Lumière eine solch große Anzahl von Transportern in dreißig Tagen zur Erde herbeischaffen konnten und warum sie diesen ungeheuren Aufwand auf sich genommen hatten, der sicher sehr kostspielig gewesen sein musste?

Venus nickte und antwortete: »Sehr gute Fragen mein Schatz. Aber glaubst Du nicht, dass das eine Aktion war, die wir schon mehrfach ausgeführt hatten?« Oluk verneinte: »Er hatte an diese Möglichkeit überhaupt nicht gedacht.« Venus fuhr fort: »Von diesen Kulturen, denen wir geholfen haben, sind 60 % aus verschiedensten Gründen dennoch untergegangen. Der häufigste Fehler lag in ihrem Sozialverhalten: Habgier ohne Rücksicht auf das Allgemeinwohl und damit verbunden skrupellose Bereicherung des Einzelnen auf Kosten der Allgemeinheit. Allerdings funktioniert das nur für einen bestimmten Zeitraum« und sie fuhr fort:

»Wir denken, dass die Erdbewohner nicht, wie Du glaubst, durch ihre Umweltzerstörung vernichtet werden, was allerdings für diese Spezies auch eine ernste Bedrohung ist, sondern durch die vielen radioaktiven Nuklide, und wir meinen hier vor allem Tritium[73], das mit dem Betrieb von Kernreaktoren

---

[73] Tritium, entsteht in Kernreaktoren; Betastrahler mit hoher Strahlungsintensität, ein Teilchen davon kann bereits Krebs und damit den Tod auslösen! Jeder Kernreaktor gibt an die Umwelt (Luft, Kühlwasser) Tritium ab! Wenn es durch die Betreiber ins Kühlwasser gelangt und es über das Trinkwasser oder den Fisch im Körper eingelagert wird, löst es mit sehr hoher Wahrscheinlichkeit Krebs aus.

abgegeben wird. Sie haben zusätzlich Alphastrahler[74], die mit dem Zünden von Hunderten von Atombomben nach ihrem Zweiten Weltkrieg und durch ihre beiden Super-GAUs in Massen freigesetzt. Bei Störfällen können Kernkraftwerke diese Alphastrahler ebenfalls an die Umwelt abgeben. Diese radioaktiven Isotope kreisen in ihrer Welt und die machen mit dem Wahnsinn weiter und bauen sogar neue Anlagen!« und sie erläuterte:

»Zusätzlich geben ihre Wiederaufbereitungsanlagen ungeheuren Mengen radioaktiver Teilchen Tag für Tag an ihre Umwelt ab. Sie vergiften und verseuchen ihre Meere und die Luft.« Oluk sagte: »Wir auf Relia haben, wenn nur die Vermutung über eine Gefahr für die Bevölkerung da war, die Beweislast auf den Verursacher gelegt und nicht auf die Bevölkerung. Wie soll diese auch die Abgabe radioaktiver Nuklide aus Kernkraftwerken ohne ausreichende Anzahl von Dosimetern feststellen? Radioaktivität kann die Bevölkerung mit ihren Sinnen nicht wahrnehmen! Wenn diese den Zusammenhang zwischen ihren Krebserkrankungen und Tritium oder zu den langfristig krebsverursachenden Alphastrahlern wahrnimmt, ist es wahrscheinlich zu spät für diese Rasse.«

Venus wollte dieses Thema nicht weiter ausführen und wechselte zu den Fragen von Oluk zurück. »Wir benötigten die dreißig Tage, um die Raumschiffe aus allen Teilen dieser Galaxie von unseren Paix-Satelliten abzuziehen. Das heißt, uns stehen die Transporter und Sicherungsschiffe, wie Du sie nennst mit einem gewissen Vorlauf auf Abruf zur Verfügung. Das von Dir gewünschte Prozedere war bereits programmiert, so konnte

---

[74] Alphastrahler; radioaktive Isotope: z.B. 149 Sm Samarium, 152 Gd Gadolinium (vermutliche Einlagerung in der Leber u Knochen) und 174 Hf Hafnium. 180 W Wolfram (vermutliche Einlagerung im Knochengewebe) und 209 Bi Bismuth auch Wismut(h) Alphazerfall mit Halbwertszeiten von Millionen bis einigen **Trillionen** Jahre. Nach ihrer Freisetzung durch die Kernkraftbetreiber verbleiben sie in unserer Welt!

der von Dir gewünschte Prozess sofort anlaufen. Es war für uns ja nicht das erste Mal, dass wir in dieser Weise tätig wurden. Unsere Regierung auf diesem Mond bedankt sich für Deine ausgezeichnete Planung und Durchführung. Ach Oluk übrigens, die Vorschläge zur Vernichtung des terranischen Planeten war ein Scherz, der von mir kam. Unsere Gesetze erlauben ein solches Vorgehen nicht.« Im ersten Augenblick war Oluk erzürnt, dann musste er allerdings lachen. Er hatte sich darüber schon gewundert und sagte: »Na warte!« Er ging zu ihr und drückte einen Kuss so fest auf ihre Lippen, dass sie mit einem Ausruf des Schmerzes zurückwich. Dann sagte er zu ihr lächelnd: »Oh, ich habe vergessen, Dir zu sagen, dass ich Dich sehr liebe.«

Als Venus die Unterhaltung mit Cortensa fortsetzte, verließ er die beiden Frauen mit einem mulmigen Gefühl im Bauch. Er fragte sich: »Wie es denn wohl wäre, wenn die beiden Frauen sich gegen ihn aufstellen würden?« Oluk vergaß, dass Venus auf diesen Satelliten immer in seinen Gedanken sein konnte, er sah das Bild ihres schönen Gesichtes, wie es wieder schmunzelte und sie formte die Worte: »Der Herr Relianer mit den zwei Frauen hat nun Sorgen. Übrigens, Deine komplette Mannschaft wartet schon auf Dich eine Etage tiefer mein Schatz.«

Sie warf ihm mit ihren wundervoll geschwungenen Lippen einen Kuss zu, dann setzte sie ihre Unterhaltung mit Cortensa fort. Er eilte zu dem ununterbrochenen Strom von schwebenden Sitzen, die ihn zu den Schächten am Ende des Ganges führten. Viele Lumière, die dort saßen, grüßten ihn ehrfurchtsvoll mit dem Wort "Frieden". Es veranlasste Oluk, diesen Gruß ebenfalls mit Frieden zu erwidern. Er wusste, dass ein Film im Kino Real über seine Erlebnisse lief. Es war derzeit der absolute Bestseller und viele Lumière spielten die Szenen im Kino Real nach. Jeder Lumière, selbst die Kinder kannten ihn hier!

36. Rückkehr nach Paix 11

Die bei der Begrüßung genannten Namen und Gesichter waren dann wie eingebrannt in seinem Gedächtnis. Er spürte, wie sie in seinen Erinnerungen kramten, vor allem wollten sie von seiner Kindheit und Relia mehr in Erfahrung bringen. Auf der anderen Seite wurde er mit Gedankengängen konfrontiert, die ihm Einblicke in das Leben der Lumière gaben. Manche Frauen drangen in sein Sexualzentrum ein und wollten ihn stimulieren. Oluk winkte freundlich ferndenkend ab. Zwei wundervolle Frauen, die ihn liebten, er war glücklich!

Am Ende des Gangs angekommen, sprang er in einen der Schächte, die mit richtungsweisenden Pfeilen versehen waren. Anfangs hatte er immer große Probleme sich in das Nichts des Aufzugschachtes zu begeben, da es keine Kabine und keinen Boden gab. Er durfte einfach nicht mehr nach unten sehen. Nach einer Etage stieg er wieder aus und eilte diesmal zu Fuß zu dem Raum mit seiner wartenden Crew.

Helios empfing ihn freundlich am Eingang des Auditoriums, wo seine gesamte Mannschaft auf ihn bereits wartete. Als er an der Rednerbühne war, begann er mit den Worten: »Ich habe gerade erfahren, dass die Reparatur in unserem Alphakreuzer abgeschlossen ist. Außerdem wurden Wartungsarbeiten vorgezogen, sodass wir wieder über ein flugbereites und sicheres Schiff verfügen. Wie Sie bereits wissen, wurde ein schwerwiegender konstruktiver Fehler in beiden Reaktoren behoben und ein neuartiger Raumzeitstabilisator angebracht. Die mechanisch drehenden Ringe, die mit Energie-II beladen sind, werden sich zukünftig nicht mehr drehen. Wir sparen Energie ein und wir können nun theoretisch unbegrenzt ein Vielfaches der Lichtgeschwindigkeit fliegen.« In den Reihen der Relianer war darüber ein Raunen zu hören, das wenig später zum tosenden Beifall ausuferte. Würde es doch die Flugzeiten weiter drastisch verkürzen!

Er fuhr fort: »Der Umbau an unseren beiden Führungsschiffen FBS und dem Waffentransportschiff WTS mit den zwei

36. Rückkehr nach Paix 11

uns noch verbliebenen MAM`s ist ebenfalls abgeschlossen. Derzeit werden umfangreiche Tests gefahren, die von einem Team von Ingenieuren der Lumière und uns durchgeführt werden. Diese Überprüfung wird in zwei Tagen abgeschlossen sein. Die Kosten beliefen sich für den Umbau im veranschlagten Rahmen. Wir haben mit Gold aufgrund eines fehlenden Wechselkurses zu unserer Währung bezahlt;« seine Mannschaft begann laut zu lachen. »Dann werden wir hoffentlich ohne eine weitere Verzögerung Kurs auf unser Ziel Inferno nehmen können.« Er fügte hinzu:

»Wir werden diese zwei Tage noch hier verweilen. Ich weiß, dass einige von ihnen damit kein Problem haben.« Es war von denjenigen Gelächter im Raum zu hören, die bereits ihre Frauen bzw. Männer gefunden hatten und hier bleiben wollten. Oluk fuhr fort: »Viele unter ihnen haben Kenntnis über unser Ziel, aber nicht, was wir dort untersuchen sollen. Wir wissen nur so viel, dass eine ganze Spezies innerhalb beängstigend kurzer Zeit ausgestorben ist. Ob sich dieses Volk, die Lumière nennen sie Kalimar, selbst vernichtet haben oder ob es ein kosmisches Ereignis war, wissen wir nicht. Deshalb werden wir dort äusserst vorsichtig mit unseren Arbeiten beginnen.« Und nach einer kurzen Pause fügte er hinzu: »Die Flugzeit beträgt nach Inferno 17 Tage.«

Nachdem er noch weitere Einzelheiten dargelegt hatte, kam die Frage: »Wie es sich denn verhalte, wenn man auf Paix bleiben wolle?« Oluk hatte diese Frage, aufgrund seiner Informationen erwartet und antwortete: »Bitte reichen sie mir diesen Wunsch schriftlich innerhalb einer Stunde ein. Bereits jetzt darf ich ihnen mitteilen, dass ich jeden einzelnen Fall kritisch prüfen werde. Die Ingenieure unserer Crew werden mich in jedem Fall vollständig begleiten müssen«, er fuhr fort:

»Einige unserer Wissenschaftler, die hier bleiben wollen, können wir mit Spezialisten von Paix ersetzen. Viele Lumière möchten mit uns liebend gern nach Inferno fliegen. Voraus-

36. Rückkehr nach Paix 11

setzung für uns ist die fachliche Kompetenz, die auf Paix zweifelsfrei vorhanden ist. Ich werde Informationen über die Kalimar auf dem Flug nach Inferno mitteilen. Ich danke Ihnen für Ihre Aufmerksamkeit!« Mit diesen Worten schloss Oluk seine Rede.

Er dachte an Venus und sie war in seinem Gedanken. Unsere Wissenschaftler kannst Du mit gutem Gewissen eintauschen. Als die Experten der Lumière an seinem geistigen Auge vorbeizogen, nickte er zu Venus. Er war sehr zufrieden mit der Auswahl.

Oluk drückte auf seinen Responder und hatte sofort Verbindung mit ZER, dem Zentralrechner seines Raumkreuzers ALGUB II. ZER meldete sich: »Oh, unser charismatischer Kommandeur. Sir Oluk, unser Schiff ist einsatzbereit und mit den Daten auf Inferno ausgerichtet. Informationen über die Bewohner von Inferno, die Kalimar, habe ich bereits erhalten. Sie haben eine etwas abweichende Anatomie zu uns.« Und ZER fügte hinzu: »Der Abflug soll in zwei Tagen stattfinden. Sir Oluk ist das korrekt?«

Er stimmte mit »Ja« zu und setzte fort: »Es werden dreißig Lumière im Austausch mit an Bord kommen.« ZER antwortete: »Da freue ich mich sehr darauf.« Und mit einem Seitenhieb zu Oluk: »Ich hoffe, dass ich nun adäquate Schachgegner bekomme« und er führte weiter aus:

»Nun zu ihrem Hinweis, Sie würden mich in diesem Spiel immer gewinnen lassen: Ich kam zum Ergebnis, dass das wohl ein Scherz ist und ich weise das in den Bereich der Fabel. Wobei ich einräumen muss, dass mich diese Äußerung von Ihnen viel Rechenzeit gekostet hat.« Oluk grinste: »ZER, diese Erkenntnis hat aber etwas lange auf sich warten lassen. Oder war das ein taktisches Zögern?«, fragte er.

ZER erwiderte: »Ich habe unsere Schachpartien nachgespielt und dabei festgestellt, dass bei der von unserem Admiral geforderten Rücknahme von Zügen ein hohes Maß an Aggressionspotenzial zu verzeichnen war. Damit erkannte ich, dass Sie zumindest versucht haben, die Spiele zu gewinnen.«

36. Rückkehr nach Paix 11

Oluk antwortete: »ZER, sehr gut! Dieses Ergebnis kann von einem weiblichen Superrechner doch wohl erwartet werden.«

ZER antwortete mit einem: »Danke Sir Oluk! Ich freue mich bereits jetzt, Sie in zwei Tagen wieder an Bord sehen zu dürfen.« Oluk lächelte, unterbrach die Verbindung und eilte zu den Räumen von Venus. Er hatte noch mit zwei Frauen die Nacht verbracht und schon gar nicht zwei Frauen gleichzeitig geliebt. Voller Spannung ging er zu den Räumen von Venus.

Als er eintrat, spürte er Cortensa, wie sie ihre ersten Gehversuche mit der Telepathie unternahm. Zaghaft drang sie in seine Gedanken ein, und er ließ es zu. Sie erzählte ihm, dass ihr Sohn aus dem Staunen nicht mehr herauskam und mit dem Erzählen nicht fertig werden konnte. Er hatte nach Dir gefragt. Oluk freute sich darüber. Irgendwie war er stolz auf seine neue, wenn auch ungewohnte Rolle als Vater.

Er spürte Cortensa, wie sie in seinen sexuellen Vorstellungen kramte und zum ersten Mal wusste sie um seine Sehnsüchte, die er heimlich in sich trug. Er hatte sich nie getraut, diese ihr gegenüber direkt auszusprechen. Und umgekehrt bohrte er in ihren Erinnerungen und Wünschen.

Venus hatte die Gedankenspiele verfolgt aber sich aus dem Abtasten der beiden herausgehalten. Oluk dachte: »Das Schöne an der telepathischen Verbindung ist, dass man sich sexuell aufheizen konnte, ohne sich zu berühren.« Oluk legte sich in die Mitte des Bettes. Dann umarmte er beide Frauen und zog sie fest an sich. Er schloss die Augen und spürte den kaum wahrnehmbaren unterschiedlichen Geruch dieser beiden Frauen. Dann vergaßen sie zu dritt Raum und Zeit.

Oluk verabschiedete sich am Morgen nach der zweiten Nacht. »Würden die Frauen miteinander auskommen?«, fragte er sich ernsthaft? Venus antwortete ihm: »Oluk, wir haben viele Dinge geklärt, als Du bei Deiner Mannschaft warst. Du brauchst Dir um uns keine Gedanken zu machen. Sei vielmehr um Dich selbst besorgt, wenn Du auf Inferno bist. Die Kalimar auf Infer-

36. Rückkehr nach Paix 11

no waren ein gefährliches Volk. Wenn sie ihren Planeten aus irgendeinem Grund verlassen haben, dann haben sie dort mit hoher Wahrscheinlichkeit Sicherungssysteme installiert.«

Sie fuhr fort: »Ich empfehle Dir, zuerst den Außenposten der Kalimar anzufliegen, vielleicht bekommst Du einige Hinweise. Du musst dort genauso vorsichtig sein, wie auf ihrem Mutterplaneten Inferno«.

Beide Frauen vielen ihm unerwartet um den Hals. Venus ferndachte zu ihm mit einem Hauch von Trauer und setzte scherzhaft hinzu: »Unser starkes Bärchen verlässt uns jetzt.« Cortensa sprach es liebevoll aus: »Unser Jäger zieht in den großen tiefen Wald zur Jagd und lässt seine armen schwachen Frauchen zurück!« Beide ferndachten im Gleichklang: »Komm gut hin und zurück« und sie drohten mit den Fingern: »Zwei Frauen genügen, Du Bär!« Dann fingen beide gleichzeitig an zu lachen und Oluk begann, seine süße Zukunft mit den beiden etwas zu fürchten.

»Dann mal los und viel Erfolg Dir und Deiner Mannschaft«, wünschten sie ihm noch. Oluk eilte nach oben. Die Transporter brachten gerade seine Crew und die Wissenschaftler zum Alphakreuzer ALGUB II.

37. Ankunft auf Inferno

Sie erreichten nach einer Flugdauer von 10 Tagen den ehemaligen Handelsplatz Kallipso. Es war ein Mond, der um einen Planeten kreiste. Nach den Aufzeichnungen der Lumière hatte dieser namenlose Planet aufgrund einer gewaltigen Explosion, die in einer Entfernung von 1.000 Lichtjahren stattgefunden hatte, seine Lufthülle verloren. Zwei drehende Neutrinosterne, die aus dem Untergang dieses Sterns hervorgegangen waren, hatten das kosmische Ereignis verursacht.

Derzeit wüteten auf der Oberfläche heftigste Sandstürme mit Geschwindigkeiten von über 600 Meter/Sek. Eine Untersuchung von zwei vermutlich abgestürzten, sehr großen Raumschiffen der Kalimar, konnte deswegen nicht durchgeführt werden. Als die Spähschiffe keinerlei Aktivitäten auf dem Mond und dem Planeten erkennen konnten, näherte Oluk sich mit dem Alphakreuzer. Aus Vorsicht hatte er die Schutzschirme und LASER hochfahren lassen. Er setzte zwei Roboter mittels einem kleinen Transporter auf dem Mond ab. Die Roboter konnten zwar ein Flugfeld ausmachen, aber das Terrain und die Ankunftshalle waren ein einziges Trümmerfeld. Die Raumschiffe auf dem Raumhafen waren allesamt schwer beschädigt und nicht mehr flugtauglich.

Ohne größeren Aufwand konnte dieser ehemalige Handelsplatz nicht untersucht werden. Oluk beorderte die beiden Roboter wieder zurück, er würde hier nur Zeit verschwenden! Währenddessen bekam er die Nachricht, dass eines der beiden vorausfliegenden FB-Schiffe[75], die die Flugbahn des Al-

---

[75] Zur Erinnerung: Sichert die freie Flugbahn insbesondere bei Überlichtgeschwindigkeit; Informationen werden an das zu sichernde Schiff per Molekülketten mit Zeitstempel vom FBS ausgestoßen und vom nachfolgenden Mutterschiff aufgenommen und ausgewertet. Funkverkehr nicht möglich, da die Funkwelle das Raumschiff bei Lichtgeschwindigkeit nicht verlassen kann!

37. Ankunft auf Inferno

phakreuzers sicherten, Inferno bereits erreicht hatte. Mehrere große militärische Raumkreuzer würden Inferno umkreisen. Aber weder auf dem Planeten noch in den großen Raumschiffen sind Aktivitäten erkennbar. Oluk gab darauf die Anweisung, dass der Planet Inferno großflächig kartografiert werden sollte. Das zweite Flug-Bahnsicherungs-Schiff FBS flog wieder voraus und sicherte die Objektfreiheit auf dem Weg nach Inferno. Diesen Planeten erreichten sie nach weiteren sieben Tagen. Sie hatten auf ihrem Flug Funkverkehr ausgemacht, aber die Sprache war nicht kalimarisch. Ab jetzt setzte er den Alphakreuzer in die mittlere Alarmstufe Blau. Die Schutzschirme waren mit mittlerer Energie hochgespannt. Die LASER liefen in der Leerlaufspannung und konnten jederzeit energetisch geladen und schussbereit werden. Der Kontrollraum war ab sofort rund um die Uhr vollständig besetzt.

Spähschiffe umrundeten die fremden Raumschiffe, die aufgrund ihrer Form und der Aufbauten gewaltige Schlachtkreuzer waren. Oluk nahm an, dass von diesen Schiffen die größte Gefahr ausging, sofern sie kampffähig waren. Da sie sich in einer geostationären Umlaufbahn um Inferno befanden, musste etwas sein, was sie auch in dieser Umlaufbahn hielt. Oluk hielt einen Abstand von mehreren 100 Millionen Kilometer zu Inferno, um im Falle einer Aggression genügend Zeit zum Handeln zu haben.

Das Schiff mit den MAM (Materie-AntiMaterie-Torpedos), das unter normalen Bedingungen stets in einem Sicherheitsabstand hinter dem Alphakreuzer flog, ließ er an seinem Schiff vorbei, so nah als es vertretbar war an Inferno heranfliegen. Er sendete zunächst ein Spähschiff und drei 1-LASER-Schiffe zu dem nächstgelegenen Kampfschiff der Kalimar. Der Alphakreuzer war nun in der höchsten Alarmstufe Rot und schussbereit. »Waren die Schlachtkreuzer noch funktionsbereit«, fragte er sich? Das musste er unbedingt in Erfahrung brin-

37. Ankunft auf Inferno

gen; denn es konnte mit drei gewaltigen Kampfraumern eine tödliche Falle sein?

Als zwei Spähschiffe mehrfach eines der drei Großkampfschiffe umrundet hatten und keinerlei Aktivität festgestellt werden konnte, ließ er es auf elektrische Aktivitäten im Inneren des Schiffes untersuchen. Alle Sensoren zeigten eine "kalte Bilanz". Als nächsten Schritt entsendete Oluk zwei Robotschiffe mit je zehn leicht bewaffnete Roboter, die in der Lage waren, ein Loch in das Schiff zu sprengen und mit den Untersuchungen im Inneren zu beginnen.

Im Kommandoraum des Alphakreuzers war es totenstill. Die Relianer, die im Schiff verteilt für die Kontrolle der Energieerzeugung bis hin zu den LASER-Rohren die Technik überwachten, saßen mit höchster Anspannung an ihren Anzeigen und Bildschirmen. Oluk hasste solche ungeklärten Situationen. Er ließ die 12 LASER auf ein kalimarisches Kampfschiff ausrichten. Würden die Schutzschirme des ins Visier genommenen Kreuzers hochgefahren, war das ein Hinterhalt. Oluk würde, ohne zu zögern, den Befehl geben mit allen Rohren zu feuern. Er hatte den Antrieb abgeschaltet, um in der höchsten Leistungsstufe der beiden Reaktoren die LASER mit Energie aufladen zu können.

Zur gleichen Zeit suchten die Robotschiffe einen Haupteingang bei einem der Schlachtschiffe. Und tatsächlich fanden sie ein großes Gate, das allerdings durch ein angedocktes Beiboot blockiert war. Seine Kommandeure waren sich einig, das ein Eindringen über das Beiboot einfacher war als in eine vielleicht 10 Meter oder mehr dicke Hülle einzudringen, die zudem noch aus unbekannten Speziallegierungen gefertigt war.

Sie beleuchteten die Stelle, an der gesprengt werden sollte. Die Explosion riss ein zwei Meter großes Loch in die Außenhülle. Im Scheinwerferkegel sahen sie wie die Luft und papierartige Gegenstände aus dem Beiboot schossen. Eine leichte Nebelwand verteilte sich in der Unendlichkeit des nacht-

37. Ankunft auf Inferno

schwarzen Raumes. Als das Ausströmen der Luft abnahm, enterte ein Roboter nach dem anderen das fremde Schiff. Dann schlossen sie die gesprengte Öffnung mit für diesen Zweck mitgeführtem Material, bevor sie eine nahe gelegene Schleuse in dem Schiff öffneten.

Oluk konnte anhand der mitgeführten Kameras jeden Schritt im Inneren mitverfolgen. »Was würden die Maschinenwesen dort finden«, fragte er sich? Er sah, dass das Beiboot ein Personentransporter mit gehobenem Ambiente war. Es war womöglich für ranghohe Militärs oder Politiker gebaut worden. Sie erreichten das Schleusentor des Schlachtkreuzers, das glücklicherweise geöffnet war. Sie passierten den Eingang und entdeckten zwei Kampfrobotor mit Waffen im Anschlag, die keine Regung zeigten.

Die Sensoren meldeten auf ihren Anzeigen keine energetischen Aktivitäten im Inneren der zwei Kampfmaschinen. Die Roboter hatten Ähnlichkeit mit den Bildern, die er von den Kalimar gesehen hatte. Sie hatten vier Beine und zwei Arme, die zu einem rundlichen Körper führten. Oluk gewann den Eindruck, dass diese Wesen aus Kraken im Wasser hervorgegangen sein mussten. Der Roboter, sie nannten ihn nun Kali-Rob, hatte also Ähnlichkeit mit seinen Erbauern.

Als einer der Kali-Rob angestoßen wurde, fiel er mit einem dumpfen Schlag auf den Boden - er blieb regungslos auf dem Rücken am Boden liegen. Als sie die nächste Schleuse erreichten, fanden sie eine mechanische Vorrichtung um das Tor zu öffnen und zu schließen. Oluk ließ die Radioaktivität und Mikroorganismen im Inneren des Schiffes messen. Er hatte keine Lust, sich noch mit kontaminierten Systemen zu befassen. Die Messwerte zeigten keinerlei Radioaktivität oder biologische Aktivitäten. Wo war der Reaktor für die Stromerzeugung und wo war der Kommandoraum dieses riesigen Schiffes?

37. Ankunft auf Inferno

Da die Restlichtaufheller ohne Infrarotstrahler bei absoluter Dunkelheit nicht mehr arbeiteten, ließ Oluk zunächst einhundert Photonenstrahler (Licht) in das fremde Schiff bringen. Da aufgrund der metallenen Wände die Funkgeräte keine Reichweite hatten, waren an den Lichtstrahlern zusätzlich Repeater für den Funkverkehr angebracht. Jetzt sah man an den Wänden das Glitzern von Eisreif. Im Schiffsinneren herrschte eine Temperatur unter minus 60 Grad Celsius.

Langsam arbeiteten sie sich durch die Gänge. An den Wandseiten waren Schienen angebracht. Sie vermuteten, dass diese, wie im Alphakreuzer, für schnelle Transportfahrzeuge gedacht waren. Mehrere Abdeckungen an Schalttafeln sprengten sie ab, bis sie einen Elektroverteiler gefunden hatten. Sie erkannten eine dreiphasige Stromführung, aber es war keine Spannung auf den Verteilerschienen. Definitiv war dieses Schiff nicht in Betrieb. Oluk war über diese Nachricht erleichtert. Denn noch immer fürchtete er einen Angriff aus dem Hinterhalt.

Sie untersuchten die Räume des Schiffes Gang für Gang und Stockwerk für Stockwerk, aber außer den sterblichen Überresten von Kalimar war auf diesem Schlachtkreuzer nichts zu finden. Die Kalimar hatten das radioaktive Material von ihrem Schlachtkreuzer geschafft, bevor sie gestorben waren. Dann gelangten sie zu dem Kontrollraum, der sich direkt neben einem großen Reaktor für die Stromerzeugung befand. Da der Kontrollraum verschlossen war, öffneten sie diese gepanzerte Schleuse manuell und betraten die Schaltzentrale des Schiffes.

Zu ihrer Überraschung fanden sie vor einer Konsole am Boden liegend, einen geschlossenen Raumanzug. Durch das Sichtfenster konnten sie die sterblichen Überreste eines Kalimars sehen. Der Kopf sah verschrumpelt und braun wie eine ausgetrocknete Wurzel aus. Die Reste der Augen waren aus der Augenhöhle getreten und hingen an einigen Nerven. Die weiß schimmernden Gesichtsknochen waren noch mit Fleischresten verziert. Der Kopf dieses Kalimar musste haarlos

37. Ankunft auf Inferno

gewesen sein. Aufgrund der tiefen Temperatur, die in diesem Raumschiff herrschte, war dieser Kalimar noch relativ gut in seinem Raumanzug erhalten.

Oluk ließ die Schutzkleidung mit ihrem Inhalt in den Alphakreuzer verbringen. Vielleicht konnten sie Hinweise auf den Untergang der Kalimar finden. Ein Lumière und ein Wissenschaftler seiner Crew, beides Pathologen, setzte er zur Untersuchung ein. Oluk war äußerst gespannt auf das Ergebnis.

Als das Schiff keine weitere Ausbeute lieferte, begannen sie den zweiten und dann den dritten Schlachtkreuzer zu untersuchen. Da sie die gleiche Bauweise hatten, ging der Untersuchungsprozess nun wesentlich schneller voran. Alle drei Kampfschiffe waren außer Betrieb, bis auf jeweils eine Stabilisierungseinheit, die den Raumkreuzer in der geostationären Umlaufbahn hielt. Würde der chemische Brennstoff verbraucht sein, würden die Raumschiffe nach dem Abtriften aus ihrer stabilen Umlaufbahn auf Inferno stürzen.

Entscheidend für Oluk war, dass die Kreuzer keinerlei Energiebänke zur Verfügung hatten und die Notstromaggregate ohne Treibstoff waren. Sie entdeckten überdimensionierte Felder von Batteriezellen, die allesamt 0 Volt aufwiesen. Als er den Zustand der Schlachtkreuzer für gefahrlos einstufte, gab er den Befehl, mit zwei unbewaffneten Transportern und 20 Robotern mit leichten Waffen auf Inferno zu landen.

Nach über einem Jahr war Oluk zwar selbst noch nicht auf der Planetenoberfläche, aber endlich am Ziel seiner Reise angelangt. Er war bei den Pathologen gewesen und hatte sich den noch geschlossenen Raumanzug des Kalimar angesehen. Als er die Reste des Kalimar im Inneren des Anzuges sah, spürte Oluk, dass eine Gefahr von dem ausging, was da vor ihm lag. Sein Gefühl war so stark, dass sein Herz, wie unter einem Schraubstock zusammengepresst wurde.

37. Ankunft auf Inferno

Kalimar

Oluk schwitzte, was er nur bei seinem täglichen Training tat. Er schaute die beiden Pathologen an. Der Lumière hatte mit seinen telepathischen Fähigkeiten mitgelesen. Aufgrundseiner

37. Ankunft auf Inferno

Reaktion erkannte Oluk, dass sie beide die gleiche Einschätzung dieser Situation hatten. Da sein eigenes relianisches Crew-Mitglied nicht verstehen konnte, um was sie sich Sorgen machten, erläuterte der Lumière über ein Sprechgerät die Situation. Danach waren sie sich einig, den Raumanzug in einem Hochsicherheitstrakt des Labors zu öffnen. Sie arbeiteten dort mit Unterdruck und medizinischen Robotern, sodass Mikroorganismen sich im Raumschiff nicht ausbreiten konnten.

Oluk hatte keinen Dienst und statt den Transportzylinder zu nutzen, ging er zu Fuß zu seinen Räumen zurück. Er erreichte seinen Wohnbereich und betrachtete konzentriert den Bildschirm, der ihm die Einzelheiten zeigte. Sie hatten mit dem Öffnen des Raumanzuges des Kalimar begonnen.

Oluk sah sich Aufnahmen von Kalimar an, die er von den Lumière bekommen hatte. Wenn er die Reste des vorliegenden Gesichts verglich, zeigte das Gesicht blankes Entsetzen oder es war schmerzverzerrt. Er nahm Kontakt mit dem Pathologen der Lumière auf. Dieser schaute sehr ernst in die Kamera und sagte: »Ich interpretiere das Gesicht als Ausdruck von Schmerz und Überraschung. Der Tod musste schnell gekommen sein.« Oluk bat ihn: »Wenn die Laborwerte vorliegen, bitte ich um sofortige Information.« Der Lumière bestätigte mit einem Kopfnicken.

Dann kamen die ersten Bilder der Robotschiffe von Inferno. Die beiden Transporter waren auf einer Waldlichtung einige 100 Meter vor einer großen Stadt gelandet. Der Kommandant im Kontrollraum des Alphakreuzers befahl, dass drei Roboter bei den Transportern zu bleiben hatten. Alle weiteren sollten sich in die Stadt begeben.

Die Wege waren meist überwuchert von Pflanzen. Dieses Grün war aber überwiegend nicht symmetrisch gewachsen, sondern verkrüppelt. Irgendetwas verhinderte anscheinend ein gesundes Wachstum der Pflanzen. Waren sie gesund, das waren vielleicht 30 Prozent des Grüns, das sie umgab, dann

37. Ankunft auf Inferno

streckten sich die Bäume 20 bis 30 Meter in den Himmel und das erinnerte Oluk an seinen Heimatplaneten.

Das Auffallendste waren die Insekten und Kleinlebewesen. Viele von Ihnen waren verformt und hatten Wucherungen und Beulen an ihren Körpern. Als Oluk die Bilder des Planeten Inferno sah, rief er aus: »Undeco, was zum kalten Vakuum war auf diesem Planeten passiert?« Er hatte schon viele Welten gesehen, aber noch nie eine wie diese: »War das eine sterbende Welt, fragte er sich? Und warum?«

Als die Roboter die ersten höheren Häuser der Stadt erreicht hatten, sahen sie, dass viele Gebäude zum Teil eingestürzt und von Büschen und Bäumen überwuchert waren. Viele Gebäude zeigten schwere Beschädigungen, da die Fenster zum großen Teil gebrochen waren. Der eingedrungene Regen und der Frost zerstörten allmählich die Baumasse.

Die Kalimar hatten Transportzylinder mit einer Glaskuppel als öffentliches Transportmittel genutzt und sie kannten sich technologisch mit der Manipulation von Gravitation aus. Denn die Fahrzeuge schwebten noch heute über ihren Fahrrouten. Allerdings standen sie ohne Vortrieb still.

Auffallend war, dass sich überall Pools und Wasserwege befanden. Die Bassins waren mit dicken Teppichen verschiedener Pflanzen überwuchert. Schob man das Grün beiseite, waren einige Fische auszumachen. Der befehlshabende Relianer im Kontrollzentrum gab Anweisung einen Fisch zu fangen und zur Untersuchung mitzubringen. Ein energetischer Strahl aus einer der Waffen genügte und der Fisch trieb an der Oberfläche. Als er aus dem Wasser genommen wurde, zeigten sich auf seiner schuppigen Haut Risse und Endzündungen. Das Tier musste gelitten haben.

Besonders auffallend waren die Fassaden der Gebäude, soweit noch erkennbar, waren sie ausnahmslos in einem wasserblau gestrichen. In den drei Schlachtschiffen waren Wände und Boden ebenfalls blau gespritzt. Er vermutete, dass

37. Ankunft auf Inferno

die Kalimar eine Vorliebe für diesen Farbton hatten. Das würde auch die vielen Badegelegenheiten in der Stadt und die vielen Seen um die Stadt erklären. Die Kalimar hatten zweifelsohne eine Vorliebe für das Wasser gehabt.

Bei ihrem Vorrücken drangen sie nun in die intakten Häuser ein. Immer wieder fanden sie Überreste von Infernorbewohnern aber kein Leben. Teilweise saßen sie noch nach vorne übergekippt in ihren schwebenden Transportern, als sie der Tod ereilt hatte. Da, wo aufgrund besonderer Umstände das Gesicht noch zum Teil erkennbar war, wiederholte sich der Ausdruck und konnte mit Schreck oder Schmerz bezeichnet werden. Sie drangen in die Produktionsstätten und Dienstleistungsgebäude ein und fanden überall das gleiche Bild: Sterbliche Überreste von Infernobewohnern! Was Oluk verwunderte, die Stromversorgung dieser Stadt war in weiten Teilen immer noch existent. Hauptstraßen waren von Pflanzen nicht überwuchert, da sie von vierbeinigen Robotern freigeräumt wurden. Diese Maschinen konnten ihre Batterien anscheinend am Stromnetz nachladen, deshalb funktionierten sie noch. Die Maschinen nahmen von den fremden Robotern keine Notiz.

Oluk rief den Oberkommandierenden über INTERCOM, der gerade Dienst hatte und das Schiff befehligte. Er bat ihn, dass nach einem Energieversorgungszentrum oder Kraftwerk gesucht werden sollte. Eine weitere größere Anzahl von Spähschiffen wurde dazu nach Inferno gesendet.

Sie suchten nach Überlandleitungen und wurden fündig. Anhand einer Konzentration von Strommasten konnten mehr als 400 Reaktoren gefunden werden. Bei der Inspektion der Kernkraftwerke stellte sich überraschend anhand von Datumsangaben heraus, dass die Kalimar zu der Zeit ihres plötzlichen Untergangs überhaupt keine Reaktoren am Netz hatten. An vielen Reaktorgebäuden waren sie damals am Rückbau, andere waren bereits vollständig abgerissen worden.

37. Ankunft auf Inferno

Sie fanden große Solaranlagenfelder und riesige Windparksysteme, die anscheinend die Kernenergie ersetzte. Was war die Ursache, 400 Reaktoren in so kurzer Zeit abzuschalten? Bisher konnten sie darauf keine Antwort finden. Die auf der ALGUB II mitgereisten Wissenschaftler waren sich nach der Auswertung der gemessenen Daten einig, dass die Reaktoren bereits 40 Jahre vor ihrem schnellen Untergang abgeschaltet worden waren.

Was war der Grund, dass sie zusätzlich die Energie dezentral aus Dächern, Wänden und großen Flächen vor den Städten erzeugt hatten, wenn sie über 400 Kernreaktoren hatten? Jeder Dachziegel, jede frei verfügbare Fläche an den Gebäuden sogar Fensterscheiben erzeugten Strom aus Sonnenlicht. Aufgrund der gemessenen Spannung und der Leistung konnten sie auf eine sehr hohe Effizienz der eingesetzten Solarzellen schließen. Neben den Windparks standen riesige Behälter, in denen sie die überschüssige Energie mittels Pressluft speicherten.

Viel später sollte Oluk herausfinden, warum sie auf diesem Planeten nukleares Material zur Energieerzeugung nicht mehr eingesetzt hatten. Die Frage blieb, was hatte das Leben der Kalimar so schlagartig ausgelöscht? Konnte das in Zusammenhang mit der Kernkraft stehen? Noch kannten sie die Antwort nicht!

38. Die Untersuchung

Unter größten Sicherheitsvorkehrungen ließen währenddessen die beiden Pathologen den Raumanzug des toten Kalimar durch einen Medi-Robot öffnen. Der Anzug war nicht beschädigt. Also musste der Kalimar aufgrund eines biologischen Systemkollaps gestorben sein. War es etwas, dass durch Erkrankung ausgelöst wurde und plötzlich auftrat oder war es ein irgendwie gearteter Infarkt?

Medi-Robothände entfernten vorsichtig das hochflexible Kunststoffgewebe des Anzuges. Das Gesicht des toten Kalimar, soweit es erkennbar war, zeigte möglicherweise einen Ausdruck des Entsetzens. Oluk würde diesen Anblick nie mehr vergessen. Die Sensoren tauchten an verschiedene Stellen des durch Mikropilze zersetzten Körpers des Kalimar ein und entnahmen Gewebeproben. Sofort schrillte der biologische Alarm. Es wurden Eiweißketten eines Virus angezeigt, der nicht bekannt war. Wenn einzelne Viren noch intakt waren, wie gefährlich waren sie? Weitere Untersuchungen im Labor würden darüber Aufschluss geben!

Während der Untersuchung schrillte der Alarm ein zweites Mal und meldete eine ungewöhnlich hohe Konzentration von radioaktiven Isotopen im Körper des Kalimar. Schnell wurde erkannt, dass das Alphastrahler waren, die für den Organismus eine hohe Gefahr darstellen. Ihre Strahlung ist schwach, aber durch eine ständige Bestrahlung der Zellen im Körper lösen sie häufig langfristig nach ihrer Aufnahme Krebs aus und sie schädigen das Erbgut. Oluk wusste, dass Alphastrahler im Organismus das Immunsystem schwächen und damit Vorschub für gesundheitliche Probleme leisten. Vereinzelt im Organismus waren sie aufgrund ihrer schwachen Strahlung kaum zu entdecken. Sind Alphastrahler erst einmal in der Umwelt, dann bleiben viele von ihnen auch dort. Ihre Halbwertzeiten liegen oft bei Millionen von Jahren und länger. In jedem

38. Die Untersuchung

Fall steigen die Krebsraten bei Kindern im Umkreis von 50 Km um Kernreaktoren spürbar an. Und Alphastrahler überwinden die Plazentaschranke bei schwangeren Frauen; dies führt zu Missbildungen bei Kindern.

Auf Relia, seiner Welt, waren aus diesem Grund nie Reaktoren gebaut worden. Mit Windkraft und Solaranlagen konnte der Energiebedarf ohne große Anstrengungen vollständig gedeckt werden. Reaktoren, so wusste man auf Relia, waren zu keiner Zeit sicher und sie waren alles andere als "sauber", da die Abgabe von Tritium aus einem Kernreaktor nicht verhindert werden kann.

Oluk erhielt die ersten Untersuchungsergebnisse aus dem Labor über die Lebewesen von Inferno, die Schäden aufwiesen. Ob Tiere oder Pflanzen, sie zeigten alle in ihrem Organismus einen hohen Anteil an Alphastrahlern und weiterer radioaktiver Isotope, die bei der Uranabreicherung in Kernkraftwerken entstehen bzw. durch die Wiederaufbereitungsanlagen in ungeheuren Mengen an die Umwelt abgegeben werden. Diese wurden dann über die Nahrung, Luft und Wasser aufgenommen. Einmal in den Pflanzen und Lebewesen des Planeten Inferno, zerstörten sie das Erbgut und führten zu Missbildungen mit krebsartigen Wucherungen. Das waren also die Verursacher der Verkrüppelung der Geschöpfe auf Inferno!

Da radioaktive Isotope in dieser Masse in der Natur so gut wie nicht entstehen, waren sie von den Kalimar selbst erzeugt und an die Umwelt abgegeben worden. Die größten Verschmutzer von Wasser und Luft waren die kerntechnischen Aufbereitungsanlagen oder sollte man besser sagen: Plutoniumfabriken. Da Alphastrahler mittel- oder langfristig ihre tödliche Wirkung in den Lebewesen entfalten, konnten sie für den raschen Tod der Kalimar auf Inferno aber nicht ursächlich gewesen sein. Aber was war es dann? Oluk stand mit seinen Wissenschaftlern vor einem Rätsel.

39. Das Museum

Als Oluk die Nachricht bekam, dass ein Museum für Reaktortechnik gefunden worden sei, erhoffte er sich endlich einen Durchbruch. Er stellte ein Team zusammen und orderte zehn schwer bewaffnete Kampfmaschinen als Begleitschutz. Mit einer Distanz des Alphakreuzers von nur noch 10.000 Kilometer zu Inferno, war die Flugzeit mit den beiden Transportern von kurzer Dauer?

39. Das Museum

Sie setzten auf dem Flugfeld direkt neben dem Gebäude des Museums für Reaktortechnik auf. Das Kernkraftwerk selbst und die Kühltürme befanden sich in einem tadellosen Zustand. Wie in den meisten Städten auf Inferno war aufgrund der Solar- und Windtechnik noch immer Strom vorhanden. Roboter hielten die Anlage und das Flugfeld in Schuss.

Zur Sicherheit sendete Oluk zuerst die Kampfmaschinen in die Gebäude. Jeder Raum wurde durchsucht, aber es gab wiederum kein Anzeichen von Leben. Oluk setzte eine Atemschutzmaske auf, bevor er den Transporter verließ. Auf der Haut schadeten die Alphastrahler nicht, da sie sehr schwache Strahler waren und mit einer Dusche leicht entfernt werden konnten. Man durfte sie nur nicht aufnehmen, weder mit Essen noch Trinken oder gar einatmen. Er hatte Luftreiniger in den Gebäuden aufstellen lassen. Die Luft wurde umgewälzt und mit Filter gereinigt. Danach konnten sie die Atemschutzmasken wieder ablegen. Sie betraten das Gebäude, das frei zugänglich war. Ein großes Schild am Eingang enthielt einen Text, den ein Lumière übersetzte und laut vorlas:

»Der Bau von Kernreaktoren zur Stromerzeugung wurde ursprünglich von denen getragen, die die Atombombe[76] wollten, da jeder Reaktor im Betrieb Plutonium erbrütet. Nur mit

---

[76] Ansonsten wäre der Bau einer Atombombe nicht bezahlbar gewesen.

39. Das Museum

dieser Infrastruktur war dieses Massenvernichtungsinstrument überhaupt bezahlbar.« Sie erreichten einen Raum mit einer Anlage zum Vorführen von Filmen. Die Lumière begannen, sich mit der Technik auseinander zusetzen. Da Strom vorhanden war, und sie die kalimarischen Schriftzeichen verstanden, dauerte es nicht lange und ein Film lief an.

Er zeigte den Bau von Reaktoren zur Stromerzeugung aber auch den Einsatz von Atombomben. Allerdings waren die Kalimar schlauer oder besorgter um ihre Bevölkerung. Im Gegensatz zu den terranischen Wissenschaftlern und Verantwortlichen auf der Erde, zündeten sie eine Bombe unterirdisch und stoppten danach sofort die weitere Entwicklung. Ein Einsatz solch einer Waffe sei absolut sinnlos, da sie nicht nur das gegnerische Gebiet unbrauchbar mache, sondern der Fallout würde durch den Wind in die eigene Bevölkerung getragen werden. Ein Übersetzer, den ein Lumière aufgestellt hatte, übersetzt simultan das Kalimarische in die relianische Sprache.

Der Film fuhr fort. Plötzlich konnte wegen einer Bildstörung nur noch der Ton gehört werden. Während sich die Lumière wieder mit dem Vorführgerät befassten, öffnete sich die Tür und ein Wartungsroboter kam herein. Er lief auf vier Beinen, sah aus wie ein Kalimar und sagte in seiner Sprache: »Bitte gedulden sie sich einen Augenblick, ich werde das System reparieren.« Es dauerte fünf Minuten und der Film lief an der Stelle weiter, als das Bild wegfiel.

Es wurde der Bau ihrer Reaktoren zur Stromerzeugung gezeigt. Die Betreiber behaupteten, wie sicher diese seien und absolut sauber für die Umwelt und es wäre ein sehr preiswerter Strom. Es war zu sehen, wie Politiker mit den zukünftigen Betreibern von Kernreaktoren zur Stromerzeugung, die Verträge aushandelten. Leider hatten die verantwortungsvollen Politiker "vergessen" zu fragen, wer denn die Kosten für die Entsor-

39. Das Museum

gung[77] zu tragen habe. Man war sich einig in der leider skrupellosen Idee, zunächst erst einmal die Fässer ins große weite Meer auf Inferno zu kippen. Da wäre ja genügend Platz und die See wäre schließlich schön tief, denn das, was man nicht sehen könne, mache ja auch keine Probleme in der Bevölkerung. Und die Fische auf Inferno seien ja nicht dumm! Die würden schon um den radioaktiven Müll herumschwimmen. Und wenn nicht, sollten die Fische, die garantiert kontaminiert wurden, einfach nicht gegessen werden. Die Fässer wurden völlig ohne Skrupel 50 km vor Ban-Kazisko oder vor Lurkansk und vielen anderen Orten auf dem Planet Inferno in das Meer geworfen. Und das, was den Atomlobby auf Inferno im Besonderen erfreute, war die Tatsache, wenn ein Kalimar an Krebs erkrankte, konnte der Sterbende dem Atomkraftwerksbetreiber das radioaktive Isotop als Verursacher nicht nachweisen. So hatte der Verursacher keine Schadenersatzansprüche zu befürchten, denn die Beweispflicht lag bei dem krebserkrankten Kalimar!?

Verantwortungsvolle Politiker, hielten diesen Zustand für nicht tragbar. Mit der Unterstützung einer Organisation von Ärzten, die die Gefahr radioaktiver Verseuchung erkannt hatte, wurde ein Gesetz erlassen, dass jeder an Krebs erkrankte Kalimar im Umkreis von 50 Kilometer um einen Kernreaktor auf radioaktive Nukleide untersucht werden musste.

Aber der Atomlobby war auf Inferno beim Geldverdienen nicht zu bremsen. Um ganz sicher zu sein, wurden Grenzwerte z.B. für Tritium gesetzlich festgelegt. Erkrankte ein Anwohner an einem Atomkraftwerk an Krebs, hatte er das selbst zu verantworten, da sein Körper sich nicht an den gesetzlich verordneten Grenzwert vom Amt für Strahlenschutz gehalten hatte.

---

[77] Bei über 400 Kernreaktoren fielen auf dem Planeten Inferno jährlich zig zehntausende Tonnen mittelschwer radioaktiv verseuchtes Material pro Jahr an! Wohin damit?

39. Das Museum

Die Krebserkrankungen um die Reaktorenstandorte stiegen vor allem bei Kindern drastisch an. Da die kalimarische Bevölkerung sich nie dagegen gewehrt hatte, freute das den Atomlobby wiederum. Wieso sollte sich auch die Bevölkerung gegen etwas wehren, von dem sie nichts wusste? Denn auch das kalimarische Amt für Strahlenschutz vermied auf ihrer Home Page die Worte radioaktive Strahlung. So zeigte man dort verschiedene Arten von Strahlung an: U.a. "Ionisierende Strahlung", "Optische Strahlung" und dann "ups" sollten die Worte "Radioaktive Strahlung" kommen. Und genau da, wo die beiden Worte damals erscheinen hätte sollen, da erschien das viel besser klingende Wort "Kerntechnik"!?

Hier konnte man erkennen, dass dieses Amt sich doch sehr bemühte, die Bevölkerung nicht unnötigerweise zu beunruhigen. Womöglich auch noch wegen Tritium, das jeder Reaktor an die Luft und in das Wasser auf Inferno abgab! Und von einem Grenzwert für Tritium und anderer radioaktiver Strahler fand man auf der Home Page auch nichts, obwohl dieser von diesem Amt auf Inferno überwacht wurde. Würde der Kalimar auf Inferno doch dann nicht nachgefragt haben, ob es bei künstlich erzeugter Radioaktivität überhaupt einen Grenzwert geben darf? Und wenn ja, dann kann der wohl nur bei »0, in Worten "Null"« liegen.

Woher sollten die Kalimar denn wissen, dass das Tritium in Flüsse abgegeben wurde, wo dann flussabwärts einige Längenangaben weiter, aus Uferfiltrat ihr leckeres Trinkwasser gewonnen wurde. Und woher sollte der Kalimar wissen, dass das Tritium als Betastrahler mit hoher Strahlleistung aus dem Trinkwasser nicht gefiltert werden konnte, auch nicht mit einer Reverse Osmose Anlage, da es Wasser war. So wurde es vom Körper des Kalimar eingelagert mit tödlicher Folge.

Die Kalimar hatten weit über 400 Reaktoren auf ihrer Welt in ca 50 Jahren installiert. Der Film endete mit zwei Aufbe-

39. Das Museum

reitungsanlagen[78]. Eine davon mit Namen La Cague[79], sie lag an einer Küste in Krank-Reich, ein Staat auf Inferno, der sich mit einer Firma "verantwortungsbewusst" und legal darum kümmerte, Brennelemente wieder aufzubereiten; bzw. für die Entsorgung oder besser Einlagerung vorzubereiten. Da man aber mit vielen radioaktiven Stoffen nicht wusste, wohin damit, leitete man den radioaktiven Müll über Kilometer lange Rohre kostenfrei ins Meer. Selbstverständlich immer im Rahmen der gesetzlich erlaubten Mengen. Die Bevölkerung sollte doch nicht gefährdet werden, sagten die Atomfreunde und die verantwortlichen Politiker in Krank-Reich auf Inferno! Für die Tierfreunde der Lebewesen im Meer war das qualvolle Sterben der verseuchten Fische kein Thema. Es verbarg sich alles unter der Wasseroberfläche des Meeres.

Nach Beginn der Untersuchungen mit Detektoren bei Krebserkrankten wurde bei über 90 Prozent der Kalimar radioaktive Strahler als Ursache der Krankheit entdeckt. Die ersten Schadensprozesse gegen die Atomkraftindustrie mit horrenden Schadenssummen liefen an.

Der Sprecher im Film fuhr fort: »Und dann kam es, wie es kommen musste. Jeden Tag, Jahr für Jahr wurde radioaktiver Müll in die Umwelt abgelassen. Da die radioaktiven Strahler in der Natur nicht abgebaut wurden, kumulierten sie sich, - Tag für Tag und Jahr für Jahr ... Nach 100 Jahren nach dem ersten Bau eines Kernreaktors begann auf Inferno die Anzahl der Krebstoten rasant anzusteigen. Lungenkrebs, Blutkrebs und Knochenkrebs waren bei den Kalimar die häufigste Todesursache. Die Geburtenzahlen gingen zurück, da die radioakti-

---

[78] Tonnenweise wurde dort radioaktiver Müll wie Tritium, Strontium, Caesium, Krypton, Kohlenstoff, Ruthenium und noch viele andere Überraschungen für die gesamte kalimarische Weltbevölkerung abgegeben. Radioaktiver Feinstaub wurde über hohe Abluftkamine umweltfreundlich weitläufig verteilt, da man es im Wasser ja mit den Grenzwerten jederzeit genau nahm.

[79] Sprich La Kack

39. Das Museum

ven Isotope sich in den Fortpflanzungsorganen eingenistet hatten. Fehl- und Todgeburten häuften sich und die Lebewesen in der Natur und die Pflanzen bekamen auch ihren Teil der Nuklide ab. Sie verformten sich, sie verkrüppelten und die Tierwelt litt unter Geschwüren. An einem Insekt, das für die Bestäubung von Pflanzen auf Inferno sorgte, wurde beobachtet, dass sie ihre Aufgabe in immer geringerem Umfang erfüllten.«

Der Film dokumentierte weiterhin: »Als es einige verantwortliche Kalimar der Atomindustrie und ihre Familienangehörigen selbst traf und sie das durch Radioaktivität verursachte Leid in der eigenen Familie erleben mussten, zeigte man damals auf die Politiker, die die Verursacher des Desasters wären. Denn die hätten viel zu hohe Grenzwerte angesetzt.« Da wurden die Politiker, die die beste Lobbyarbeit für die Atomindustrie auf Kalimar viele Jahre geleistet hatten, sehr ungehalten. Sie schauten auf ihr Volk, das sie gewählt hatte, und sagten: »Dass die Grenzwerte nicht von ihnen kämen, sondern von denen, die es hätten wissen müssen.«

Nach dem Siechtum vieler, in jeder Managerhierarchie der Atomindustrie und massiver Erkrankungen in der Bevölkerung, vor allem junger Kalimar auf Inferno, begann man zig 100 Milliarden Kredits Steuermittel von der Bevölkerung wieder in die Hand zu nehmen und die Kernreaktoren abzuschalten und zurückzubauen.

Der Film endete mit den Szenen: »Solar- und Windstromanlagen mit Luftdruck-Speicheranlagen wurden jetzt mit Nachdruck gebaut. Und zur völligen Überraschung der Atomindustrie auf Kalimar konnte der Energiebedarf bestens mit diesen Anlagen gedeckt werden. Leider kam die Erkenntnis für das kalimarische Volk zu spät. Die Verseuchung mit radioaktiven Strahlern ließ sich aufgrund der langen Halbwertzeiten nicht mehr beseitigen und so wurde der Planet nach und nach zu einem strahlenden Museum.« Sie hatten nun ihre Beweise, dass die Kalimar mit dem Freisetzen radioaktiver Strahlung in

39. Das Museum

der Kerntechnologie auf dem besten Weg waren, sich selbst auszulöschen. Aber all das erklärte nicht das plötzliche Verschwinden dieser Rasse.

Oluk war zum Schluss gekommen, dass sie hier Verwertbares nicht mehr finden würden. »Aber worin lag die eigentliche Ursache des raschen Untergangs dieser Spezies«, fragte er sich? So ließ er von einem Team das bisher erstellte Kartenmaterial auswerten. Wo würde ein militärischer Apparat oder ein Konzern an gefährlichen Stoffen arbeiten? An Dingen, die vor der Öffentlichkeit verborgen werden mussten. Hier waren abgelegene oder nicht passierbare Gebiete bestens geeignet. So suchten sie nach solchen Flächen. Und sie wurden tatsächlich fündig! Sie entdeckten eine große Wüste mit einem ausgedehnten Sperrgebiet mit überdimensionalen Hallen. Ein Gebäude zeigte große Schäden, die vermutlich durch eine Explosion verursacht worden war. Verbarg sich dort das Geheimnis, das sie suchten?

Vielleicht konnte der Ort in der Wüste, mit den beschädigten Produktionsanlagen etwas zur Aufklärung beitragen. Nach diesem harten Tag waren sie alle müde und wollten schlafen. Da Oluk wegen der Strahlenlast nicht auf diesem Planeten bleiben wollte, sendete er die Roboter direkt zu der Anlage in der Wüste. Er kehrte mit den Lumière und seinen Wissenschaftlern zurück an Bord des Alphakreuzers und blieb dort zur Erholung zwei Tage. Dann flog er in die Wüste auf Inferno. Roboter hatten dort bereits alles nach einer möglichen Bedrohung durchsucht, aber es wurde kein Lebenszeichen gefunden.

Direkt an der Fabrikationsanlage ließ Oluk mehrere große Container aufbauen, um an Ort und Stelle bleiben zu können, und damit das lästige Hin- und Herfliegen zum Aphakreuzer zu vermeiden. Die Luft wurde in den Wohneinheiten mit hohem Aufwand gefiltert und stellte keine Gefahr mehr da.

Seine Wissenschaftler und die Lumière begannen sofort mit ihrer Arbeit.

40. Vor 63 Jahren

Markon war frisch gewählter Präsident der Kalimar. Die Relianer unter Oluk würden diesen Planeten 63 Jahre später, Inferno nennen. Er hatte den Chef des größten Geheimdienstes mit einigen Mitarbeitern seiner Abteilung zu einem geheimen Meeting mit der höchsten Sicherheitsstufe einbestellt.

Nach einer kurzen Begrüßung und Vorstellung der Anwesenden eröffnete der Präsident das heikelste Thema, das je in seiner Welt besprochen wurde. Er führte aus: »Dass aufgrund der fortwährenden Verseuchung des Planeten mit radioaktiven Partikeln durch Kernreaktoren, Wiederaufbereitungsanlagen und Verwendung radioaktiver Munition sich die Kernspaltungsprodukte in der Umwelt so angereichert und ausgebreitet hatten, dass bereits die Pflanzen und Insekten Schäden aufweisen würden.« Die übrigen Konferenzteilnehmer nickten mit ernsten Gesichtern; da aber kein Einziger von ihnen eine verunsicherte oder gar erschrockene Reaktion zeigte, war diese Tatsache offensichtlich keine Neuigkeit.

Markon setzte fort: »Den Medien und unseren Untersuchungen waren zu entnehmen, dass die Kindersterblichkeit und Missgeburten exorbitant zugenommen hatten und die Geburten sich drastisch verringerten. Ein weiteres Leben auf diesem Planeten war wegen der Langlebigkeit der radioaktiven Strahlung nun nicht mehr möglich« und er fuhr fort: »Im Klartext, wir werden untergehen, wenn wir nichts unternehmen.« Nun zeigte sich auf einigen Gesichtern doch eine gewisse Bestürzung aufgrund der Tragweite dieser Ausführungen.

Markon, der Präsident führte weiter aus: »Wie Sie wissen, konnte der Krieg gegen die Lumière nicht gewonnen werden, weshalb ein Friedensvertrag geschlossen worden war.

40. Vor 63 Jahren

Nun hat der Rat aufgrund von Vorschlägen hochrangiger Militärs entschieden, einen neuen Anlauf zu nehmen, um den Planeten[80] der Lumière übernehmen zu können.« Eisiges Schweigen war im Besprechungsraum eingekehrt: »Glauben Sie, dieser Beschluss ist uns nicht leicht gefallen. Bevor Sie mit den Fragen beginnen«, er schaute zu Barakuda: »Hören Sie unseren vollständigen Plan an.« Barakuda, der Geheimdienstchef, nickte langsam, aber seine hochgezogenen Brauen signalisierten höchste Skepsis.

Markon fuhr fort: »Wir werden diesmal keinen offenen Krieg mit Waffen führen, da sind uns die Lumière überlegen, sondern versteckt biologisch.« Dann bat der Präsident einen der bekanntesten und führenden Virologen um seine Erläuterungen. Der Experte stellte die Erzeugung eines Virus vor, der hoch ansteckend und tödlich war. Er erläuterte die Wirkweise und zeigte Berechnungen u.a. über die benötigte Viruslast.

Ein weiterer Experte schilderte die Art der Vorgehensweise, wie die Viren auf den Planeten der Lumière gebracht werden sollte. »Dazu wollte man einen Meteoroidenschwarm initiieren, der auf den Planeten fallen sollte. Einige der Meteoriten würden dann die tödliche Ladung enthalten. Die Oberfläche würde so beschaffen sein, dass die Reibungshitze den Virenbehältern nicht schaden würde. Beim Aufschlagen würden die Kapseln zerstört werden und die Viren freigesetzt.« Er erläuterte weiter:

»Die Zielgebiete sind Großstädte, sodass wir eine hohe Durchseuchungsrate erwarten. Wir werden somit einen unbewohnten Planeten kampflos innerhalb von wenigen Monaten übernehmen können«, fügte der Präsident Markon noch

---

[80] Zu diesem Zeitpunkt verwendeten die Lumière bereits ihren Mutterplaneten für den Anbau von Nutzpflanzen und zu Erholungszwecken. Sie hatten weit vor dieser Zeit begonnen, von ihrem Mutterplaneten unabhängige Satelliten zu bauen, die sie Paix nannten. Diese Satelliten waren weit verstreut in der Galaxie, aber das war den Kalimar nie bekannt geworden.

40. Vor 63 Jahren

hinzu und erläuterte weiter: »Das Virus[81] wäre später, aufrund seiner konstruierten Eigenschaften sicher aus dieser Welt, sodass wir mit dem Transport unserer Bevölkerung zur Übersiedlung beginnen können.« Jeder, der Beteiligen dieser Besprechung wusste, dass diese Vorgehensweise eines der größten Verbrechen darstellte, die auf diesem Planeten je geplant worden war. So fügte Markon noch hinzu: »Der Zweck heiligt das Mittel, wenn wir überleben wollen!«

Dann fragte Barakuda, der Chef des Geheimdienstes: »Woher man denn wisse, dass das Virus diese verheerende Wirkung haben würde?« Die Frage übernahm der Virologe und antwortete: »Wir haben dies bereits an 30 Lumière getestet.« Nach dieser Antwort sprang ein jüngerer Begleiter von Barakuda auf und erbrach sich, während er versuchte, den Raum zu verlassen.

Markon, der Präsident von Kalimar erteilte den Auftrag an den Chefvirologen und an Barakuda: »Sie sind ab sofort ein Team und federführend« und führte weiter aus: »Sie werden eine Fabrikation errichten, um eine ausreichende Menge des biologischen Kampfstoffes herzustellen. Der Angriff würde in sechs Jahren geplant sein. Bis zu diesem Zeitpunkt müsse die gesamte benötigte Infrastruktur stehen und die Produktion abgeschlossen sein.«

Markon schaute zu jedem der Beteiligten: »Noch Fragen?« Da sich nach dieser brüsken Ansage offensichtlich kein Konferenzteilnehmer zu Fragen oder einer Diskussion ermutigt fühlte, entließ der Präsident die Besprechungsteilnehmer mit den Worten: »Ich brauche nicht darauf hinzuweisen, dass dieses Projekt die höchste Geheimhaltungsstufe hat. Übrigens, das Virus nennen wir BECKIL und das Projekt "Abschreckung".

---

[81] Der Leser sollte keinen Zusammenhang zu AIDS auf Terra konstruieren, das Anfang der Achtziger wie aus dem Nichts auftauchte. Es war der Zeitpunkt, als Wissenschaftler Ende der Siebziger mit der Manipulation des Zellkerns begonnen hatten!

Ich erwarte zu Beginn des Projektes jede Woche einen Bericht.« Markon beendete das Meeting mit den Worten: »Ich danke Ihnen für Ihr Kommen«, und entließ die Teilnehmer mit einem Kopfnicken.

41. Vor 57 Jahren

In einer der Wüsten, die es auf Kalimar gab, wurde ein Hochsicherheitslabor, die Produktionsstätte für die Erzeugung der Viren und die notwendige Infrastruktur aufgebaut. Der vorgegebene Zeitraum konnte mit großer Anstrengung eingehalten werden, da bei diesem Projekt Geld keine Rolle spielte. Den Kühlaggregaten fiel dabei die Schlüsselrolle zu, da das Endprodukt BECKIL bei einer Temperatur von konstant plus 2 Grad Celsius gehalten werden sollte.

Das Projekt Abschreckung war fast abgeschlossen. Man hatte mit dem Einbau der Glaskugeln in die ausgehöhlten Meteoroidimitationen bereits begonnen. Beim Einbringen einer der durchsichtigen Behälter, die eine rötliche Flüssigkeit enthielt, blieb der Robotarm in der Vorwärtsbewegung stehen und war mittels manueller Steuerung aus dieser Position nicht mehr zu bewegen. Der Kalimar in der Produktion wusste zwar, dass in den Glasbehältern sich ein gefährlicher Stoff befand, aber wie gefährlich, das wurde den Arbeitern in der Fabrikation, aufgrund der höchsten Geheimhaltungsstufe nicht gesagt. Zwei der Wartungsarbeiter gingen mit ihren Schutzanzügen in den gesicherten Raum und versuchten den computergesteuerten Arm zurückzuziehen. Sie rutschten mit dem Werkzeug ab und trafen die Kugel. Das Glas zersplitterte und die rötliche Flüssigkeit ergoss sich über die Handschuhe. Der Alarm ertönte mit einem auf- und abschwellenden Ton im Labor und eine rote Anzeige begann zu blinken.

Genau in diesem Augenblick explodierte einer der Transformatoren zur Stromversorgung mit einem lauten Knall,

41. Vor 57 Jahren

der die angrenzende Halle schwer beschädigte. Schwarzer Rauch stand über der gesamten Produktionsstätte. Mit der Explosion viel sofort der Strom im Labor aus und es wurde schlagartig dunkel. Die Notstromaggregate sollten automatisch anspringen und das Notlicht aktivieren, aber es geschah nichts. Erst ein manuelles Umschalten durch die Elektriker mit einer Verzögerung von 10 Minuten brachte wieder Strom und damit Licht in das Labor.

Später würde man feststellen, dass ein Relais zur Ansteuerung der Notstromaggregate defekt gewesen war und ausgetauscht werden musste. Eine weitere Absicherung fiel aus, da die Notstromakkumulatoren, die das Notlicht für solch einen Fall stützen sollten, sich in nicht genügendem Abstand zu dem explodierten Transformator befunden hatten.

Dieser verhängnisvolle Fehler wurde ermöglicht, mit einem nachträglichen Anbau eines Transformators an der Aussenseite der Produktionshalle. Aufgrund des Zeitdrucks des Projekts wurde der Standort nicht auf seine Eignung im Hinblick auf die Sicherheit geprüft. Als der Transformator explodierte, wurde die Steuerung für die Notstromakkus an der Innenseite der Halle so schwer beschädigt, dass ihre elektrische Energie nicht mehr zur Verfügung stand.

Beide Wartungstechniker verließen den kontaminierten Raum nach dem Ereignis. Einer der Techniker hatte eine der Scherben mit dem Handschuh beiseitegeschoben. Dies verursachte einen winzigen kaum sichtbaren Schnitt in dem Handschuhgewebe. Eine hohe Anzahl der hochaktiven Viren gelangte in den Schutzanzug und infizierte den kalimarischen Techniker. Er dekontaminierte zwar in der dafür vorgesehenen Kammer und gab den Anzug ordnungsgemäß zur Prüfung auf Undichtigkeiten ab.

Während der Schutzanzug automatisch auf schadhafte Stellen untersucht wurde, viel der Strom für den Bruchteil einer Sekunde ein weiteres Mal aus, da von Notstrom auf die Haupt-

41. Vor 57 Jahren

versorgung wieder zurückgeschaltet wurde. Der Computer registrierte daher die schadhafte Stelle nicht. Der Anzug wurde ordnungsgemäß vernichtet und der Labor-Techniker konnte unbehelligt seine Schicht beenden und das Labor verlassen.

Er hatte einige Tage frei und kehrte zu seiner Familie zurück. Jedes Ausatmen, jedes Tröpfchen beim Sprechen und jeder Körperkontakt brachte die Viren BECKIL in die Umwelt und infizierte weitere Kalimar. Da zusätzlich Tiere und bestimmte Insekten den Virus übertragen hatten, aber selbst nicht erkrankten, war der Untergang der kalimarischen Zivilisation nicht mehr aufzuhalten. Was den Lumière zugedacht war, erlitt die Bevölkerung auf Inferno durch das Projekt Abschreckung[82] nun selbst.

Als 40 Prozent der Bevölkerung verstorben war, brach die Infrastruktur auf Kalimar zusammen. Wenige der öffentlichen Transportmittel fuhren noch, und diese wenigen, die vorhanden waren, waren vollständig überfüllt, womit sich die Infektion immer schneller in der Bevölkerung ausbreitete. Mit dem Zusammenbruch der Transportwege stand die Produktion wegen fehlender Ressourcen still. Vor allem wurden keine Nahrungsmittel mehr geliefert, und der Hunger beschleunigte den Untergang. Einige sehr vermögende Kalimar stiegen in ihre Raumschiffe und versuchten dem Desaster auf ihrem Heimatplaneten zu entkommen. Da viele bereits infiziert waren, ohne dass sie es wussten, starben sie und ihre Familien in den Raumschiffen. Andere hatten sich in Stollen und Bunkeranlagen von der Umwelt abgeschottet und hofften darauf, dass die Infektionsherde nach einer gewissen Zeit verschwunden sein würden. Aber der in dem Labor designte Virus war in hoher Luftfeuchtigkeit wesentlich langlebiger als geplant, wie es auf Kalimar vorherrschte, nicht aber auf dem Planeten der Lumière.

---

[82] Der Leser möge das nicht verwechseln mit der auf Terra betriebenen Abschreckung mit Atomwaffen. Denn dieses Konzept verfolgen die Intelligentesten mit der größten Moral und Ethik unter uns!

41. Vor 57 Jahren

Das Sterben ging so schnell vonstatten, dass die Krematorien[83] nicht nachkamen, die toten Körper zu verbrennen.

Als Raumschiffe, die aus den Fernen des Alls nach Inferno zurückkamen, keine Signale von ihrem Mutterplaneten bekamen außer automatischen Ansagen, landeten sie, um den Grund für das Schweigen der Funkstationen herauszufinden. Meldungen in den automatischen Ansagen über einen heimtückischen Virus nahm man nicht ernst. Dann kam der Tod schnell und überraschend. Das gesamte kalimarische Volk auf Inferno hatte endgültig aufgehört zu existieren.

Oluk war sich sicher, dass er auf Inferno keine Technologie finden würde, die Relia weiter nach vorn bringen würde. Teilweise hatten sie in der Vergangenheit mit dieser Strategie Erfolg und fanden wertvolle Technik, was zu einer erheblichen Einsparung von Entwicklungskosten geführt hatte. Die Technologie zur Überlichtgeschwindigkeit und die Gravitationsbodenplatten waren ihnen ebenfalls auf diesem Weg in die Hände gefallen.

Was sie diesmal gefunden hatten, war ein Hochsicherheitslabor mit einer biologischen Produktionsanlage und vielen Kühlsystemen. Sie wussten nicht, ob das, was in den Glaskugeln mit einer rötlichen, deutlich flockigen Flüssigkeit in den Kühlräumen lagerte, den gleichen Virus enthielt, den sie in dem Schlachtkreuzer der Kalimar gefunden hatten. War es dasselbe Virus, das diese Bevölkerung ausgelöscht hatte?

In den Räumen der Produktion hatten die Roboter keine biologischen Auffälligkeiten gefunden. Oluk wollte auch gar nicht wissen, was sich in den Glasbehältern befand und ob es noch eine intakte Funktion hatte, obwohl die Flüssigkeit eher nicht danach aussah. Die Wissenschaftler waren sich einig,

---

[83] Mit dem Verbrennen wurden die Alphastrahler wieder in der Luft freigesetzt; das Sterben anhand radioaktiver Isotope startete erneut. Bei Erdbestattungen dauerte es länger; von der Wurzel in Baum um dann beim Verbrennen auf die Reise eschickt zu werden!

41. Vor 57 Jahren

dass nach 57 Jahren nach der Katastrophe ohne Kühlung, der Virus nicht mehr aktiv sein konnte. Vielmehr interessierte ihn, was für ein Körperorgan das Virus angegriffen hatte und wie lange seine Inkubationszeit war und was letztendlich bei den Kalimar so schnell zum Tod geführt hatte?

Oluk war sich sicher, dass er die Lösung nur in der Computeranlage dieses Baukomplexes finden würde. Als sie im Laborbereich einen Arbeitsplatz gefunden hatten, ließ er die zentrale Computeranlage suchen. Sie wurde unterirdisch in einer Tiefe von 20 Meter gefunden. Die gesamte Anlage führte keinen Strom, bis auf den Bereich Licht.

Sie nutzten einen ihrer Raumtransporter und einen Energiewandler, um die benötigte Spannung und Frequenz zu erzeugen. Mit Elektrokabel wurde der erzeugte Strom in den Verteiler eingespeist, der die Computeranlage versorgte. Nach dem Kabelanschluss am Verteiler leuchteten die Kontrollleuchten auf. Der Rechner begann hochzufahren und forderte die Handfläche als Log-in und ein Passwort. Dies fanden sie auf einem Zettel notiert, die der damals bedienende Kalimar unter die Schreibmappe gelegt hatte. Mit der Handfläche wurde es dann schon schwieriger. Oluk ließ die Glasscheibe mit größter Vorsicht zusammen mit der Abdeckung ausbauen und in den Alphakreuzer bringen. Da der Handscanner mit einem Schutzdeckel geschützt war, konnte sich kein Staub in den 57 Jahren ablagern. Einer seiner Wissenschaftler kam auf die Idee, Goldstaub[84] auf der Glasplatte zu verteilen.

Ein LASER tastete das so gewonnene Bild dreidimensional ab. Und tatsächlich, nach dieser langen Zeit wurden mehrere Handabdrücke des Kalimars auf der Glasplatte sichtbar. Sie hatten Glück, dass die Auflagefläche damals kurz vor dem Gebrauch gereinigt worden sein musste, da nicht allzu viele Handabdrücke zu finden waren. Leider waren es viele

---

[84] Auf Terra wurde dieses Verfahren in 2014/2015 in Deutschland entwickelt, um Monate alte Fingerprints sichtbar zu machen.

41. Vor 57 Jahren

Teilsegmente, die mit einem speziell entwickelten Softwareprogramm zu einem Ganzen zusammengesetzt werden mussten.

Nach zwei Wochen waren sie in der Lage mit einem 3-D-Drucker die Rekonstruktion der Handfläche mit einem weichen Kunststoff ausdrucken. Sie legten diese auf die wieder eingebaute Glasplatte und gaben das Passwort ein. Der Bildschirm blinkte. Jeder starrte gespannt auf den Screen und warteten auf die Antwort des Computers. Es war totenstill in dem Raum. Die Beteiligten umringten das Eingabegerät, während die Hand mit einem leisen Summen gescannt wurde. Als der Rechner einen Kalimar namens Kamel Flaxon begrüßte, war die Freude groß und manche von ihnen umarmten sich. »Was kann ich für sie tun«, kam die Frage des Rechners in seiner Sprache.

Mit verschiedenen Datumseingaben tasteten sie sich an die letzten Aufzeichnungen heran. Als der Rechner antwortete: »Keine weiteren Einträge vorhanden«, hatten sie das Enddatum ermittelt. Sie fanden den Eintrag über den Unfall und die Kontamination, die ein Stromausfall mit fehlender Notstromversorgung ausgelöst hatte. Später wurde dann aufgrund der Aufzeichnungen rekonstruiert, dass der Schutzanzug doch beschädigt war. Man nahm nun an, dass dies der Grund für den Untergang des Volkes von Inferno gewesen war!

Sie hatten den privaten E-Mail-Verkehr von Kamel Flaxon gefunden. Jetzt wurde auch bekannt, dass er der Leiter der Produktion am Standort war. Zum ersten Mal tauchte dort das Wort Lumière in einem seiner E-Mail auf. Er schrieb seiner Frau am letzten Tag vor dem Ende der Aufzeichnungen: »Er könne es ihr ja nun sagen, da alles vorbei sei. Dieses Projekt sei einer der größten Verbrechen, welches sich die Verantwortlichen je ausgedacht hatten.«

Er schrieb weiter: »Es hieß immer nur, dass das Virus die Lumière angreifen und vernichten würde, aber dass es die Kalimar ebenfalls töten konnte und das mit einer extrem kurzen

41. Vor 57 Jahren

Inkubationszeit, wusste von uns niemand. Das Virus war künstlich entwickelt worden, hoch infektiös und überstand große Temperaturschwankungen. In der feuchten Luft von Inferno überlebte der Virus BECKIL[85] wesentlich länger, als in dem trockenen Klima des Heimatplaneten der Lumière.«

Das letzte Mail, das Kamel Flaxon versendete, war an seine Frau gerichtet und enthielt die Worte: »Ich liebe Euch alle, mein Schatz es tut mir unendlich Leid, wir haben uns selbst umgebracht, verzeih mir. Es geht mir sehr schlecht, ich habe diese Symptome und werde sterben! Ich habe Dich sehr geliebt, lebt wohl, ich küsse meine Kinder.« Das Schreiben war gezeichnet mit:

»In Liebe Dein Kamel.«

Jetzt erkannten sie alle das Drama, das sich auf Kalimar abgespielt haben musste. Als die Lumière diese Zeilen gelesen hatten, wollten sie wissen, was das für ein Virus war und mit welchen Eigenschaften. Man suchte die Dateien, die die Baupläne des Virus enthielten. Wieder verhinderte ein Zugangscode den Zugriff auf die Dateien. Da Kamel Flaxon es mit den Passwörtern nicht so genau genommen hatte, suchten sie in seinen Aufzeichnungen auf dem Schreibtisch. Ein Hinweis war aber trotz intensiver Suche nicht zu entdecken.

Oluk befand sich vor dem Fabrikgebäude und schaute in die Wüstenlandschaft. Der Abendhimmel war in ein Violett bis Feuerrot getaucht und verkündete den bevorstehenden Untergang der Sonne. »Wie schön war doch diese Welt«, dachte Oluk. Dann wurde er zu dem Computerarbeitsplatz gerufen. Sie würden einfach nicht weiterkommen, da ein Passwort fehlen würde.

Nach dem Betreten der Schleuse zog er die Atemschutzmaske wieder aus. Als Oluk im Labor zurückgekehrt war, setzte er sich auf den bequemen Sessel von Kamel und schau-

---

[85] BECKIL Abk. von **Be**ta**c**ell**kil**ler

te sich um. Es fiel ihm ein Bild auf, dass eine Uhr darstellte. Die beiden Zeiger wiesen auf zwei Zahlen. Darunter war ein Datum aufgemalt. Er bat einen der Lumière die Zahlen als Passwort zu übernehmen und tatsächlich, nach zwei Eingabeversuchen hatte der Lumière die Reihenfolge der Zahlen herausgefunden.

Den richtigen Code quittierte der Rechner mit "Access granted"[86] und die Baupläne des Virus wurden angezeigt. Alle Lumière standen nun erwartungsvoll um den Bildschirm.

Ein Film zeigte die gezielte Konditionierung eines Virus mit hoch ansteckenden Eigenschaften. Die Manipulation seiner Außenhülle ermöglichte ihm, damit an den Rezeptor der Betazelle anzudocken, und sein Erbgut zu übertragen. Die Zelle produzierte massenhaft weitere Viren, die wiederum an anderen Betazellen andockten. Sie gaben dort ihr Erbgut an den Wirt wieder weiter, der ebenfalls mit der Produktion von Viren begann. Nach 2-3 Tagen waren alle Betazellen befallen und brannten bei der massenhaften Virenproduktion aus.

Es wurde erläutert, dass Betazellen in direktem Kontakt mit dem Blut stehen und über bestimmte Fenster den Blutzuckergehalt feststellen. Eine lebenswichtige Funktion in jedem kalimarischen Organismus. Mit dem Absterben der Betazellen wurde der Blutzucker nicht mehr gemessen und kein Insulin abgegeben. Der Organismus des Kalimar lief in eine tödliche Überzuckerung. Zunächst hatten die Infizierten keine Symptome. Sie verstarben nach 2-3 Tagen innerhalb weniger Stunden. Sie fielen in ein hyperglykämisches[87] Koma. Da Diabetes bei den Kalimar als Krankheit nie auftrat, waren weder die Symptome noch Notfalltherapien bekannt. Damit gab es keinerlei Rettung für die Erkrankten.

---

[86] Aus dem relianischen frei übersetzt
[87] Zuckerkoma durch Überzuckerung im Organismus. Der Virus BECKIL (**Be**tacell**kil**ler) hatte einen Wachstumbeschleuniger und Stabilisator für die Zellteilung. Ein Designervirus, der ausschließlich zum Töten ausgelegt wurde.

41. Vor 57 Jahren

Weitere Filme dokumentierten das schreckliche Sterben von den 30 Lumière, die zum Austesten der Wirksamkeit verwendet worden waren. Eine im Film eingeblendete Uhr zeigte den grauenhaften und tödlichen Fortschritt der Wirkung bei den Probanden. Einige Lumière baten darauf Oluk um eine Auszeit und verließen weinend das Labor. Es sollten die Namen der 30 Gefangenen herausgefunden werden, aber außer Nummern waren keine Einträge darüber vorhanden. So lichtete man die Gesichter ab. Möglicherweise konnten die vor über 63 Jahren verschollenen Lumière identifiziert werden.

Oluk ließ die Wohncontainer wegen ihrer radioaktiven Kontamination zurück und flog mit seiner Crew zum Alphakreuzer zurück. Er ließ die drei Raumkreuzer mit Brennstoffzellen versehen, die sie auf Inferno in einem militärischen Raumhafen gefunden hatten. In den Schlachtschiffen konnten damit Grundfunktionen zum Leben erweckt werden.

Drei große Transporter wurden an die drei Raumschiffe der Kalimar gekoppelt. Als Ziel ließ er in die Schiffsautomatik Paix 11 eingeben. Vielleicht hatten die Lumière eine Möglichkeit, diese wertvollen Raumschiffe in einer akzeptablen Zeit nach Relia zu bringen. Auf jeden Fall würde er mit den Lumière über einen überlichtschnellen Versand der drei Raumschiffe sprechen, da der Transport sonst Tausende von Jahren dauern würde. In jedem Fall stellten die Raumer einen erheblichen materiellen Wert dar. Der Alphakreuzer flog nach Paix 11 für eine kurze Zwischenstation. Oluk freute sich auf seine beiden Frauen und das Kind.

42. Ankunft auf Paix; Weiterflug nach Relia

Am siebzehnten Tag nach ihrem Start erreichte der Alphakreuzer wieder Paix 11. Als er seine beiden Frauen zärtlich begrüßt hatte, nahm er Milo, den Sohn von Cortensa in den Arm und schenkte ihm eine Miniatur des Alphakreuzers, der viel Leuchteffekte und akustischen Lärm erzeugte. Als Milo begeistert mit seinem Raumschiff abflog und das Zimmer mit Lärm erfüllte, küsste Oluk den Bauch von Venus. Er freue sich bereits auf sein Kind.

Oluk ferndachte und fragte beide Frauen, ob sie mit nach Relia fliegen wollten. Er müsse das Schiff zurückbringen. Gern würde er Helios und Heliane mitnehmen. Er setzte sich an den Schreibtisch von Venus und prüfte die Anträge von 45 Relianern, die auf Paix bleiben wollten. Es waren unter ihnen zehn seiner besten Ingenieure, auf die er keinesfalls verzichten wollte. Er teile dies ihnen mit, sagte aber, dass ein späteres Zurückkommen nach Paix kein unüberwindbares Hindernis darstellen würde. Nachdem Helios, Heliane, seine beiden Frauen und Milo zur Abreise bereit waren, startete der Alphakreuzer nach Relia.

Oluk fiel es immer leichter zu Ferndenken. Eines Tages fragte er Venus, warum sie die Völker in dieser Art und Weise unterstützen würden. Er würde das überhaupt nicht verstehen, da diese Hilfsaktionen viel Geld kosten würden und der Ausgang alles andere als sicher war. Nach dieser Frage wurde Venus sehr ernst und sagte: »Ja, es gäbe da noch etwas, was er erfahren sollte. In diesem Universum gibt es noch eine zweite große Rasse und die würden sich die Soleil[88] nennen«, sie fuhr fort:

»Sie haben die gleiche Technologie- und Ethik-Stufe wie die Lumière. Sie tun das, was wir auch tun, sie unterstützen Wesen ihrer Art. Wir treiben intensiven Handel und tauschen

---

[88] Sprich ohne das zweite "l", nicht ei sondern e und i. Sonne.

42. Ankunft auf Paix; Weiterflug nach Relia

uns mit ihnen aus. Aber ein direkter Kontakt ist nicht möglich, da ihre Lungen eine andere Gasmischung atmen. Sie kommen von sternfernen Planeten mit wenig Licht und Wärme. Sie haben begonnen, Sonnen zu erzeugen, da das Leben im Licht und mit Wärme komfortabler für sie ist. Wir helfen ihnen dabei, da das Zünden der Kernfusion eines Sterns nicht einfach ist und Gefahren beinhaltet.«

Oluk wollte wissen und fragte: »Was machen denn die Terraner nach ihrer Entwaffnung?« Venus lächelte und gab zur Antwort: »Sie suchen die Alien, die ihnen "das angetan" haben. Ihre Militärs haben die Losung ausgegeben, auf alles zu Achten, was _nicht_ gesehen werden kann. Jeder Angehörige habe bei der Suche im Grünen aus Gründen der Sicherheit immer mit einem Knüppel ausgestattet zu sein«, Venus fuhr fort:

»Auf jeden Fall das gegenseitige Morden hat dort in großen Teilen aufgehört, da sie mit dem Suchen beschäftigt sind. Wir konnten es nicht glauben, aber einige Staatspräsidenten kamen nun auf die Idee, man könne ja mal darüber reden, ob man nicht ganz ohne Waffen weltweit und ohne Militär auskommen könnte. Sie streiten nun, wer auf diese außergewöhnliche Idee als Erster gekommen sei« und Venus erzählte:

»Einige der Präsidenten stellten fest, dass es ohne Waffen kostengünstiger wäre und die Weltbevölkerung könnte drastisch von ihrer hohen Steuerlast befreit werden. Denn seit Land in der Urzeit in Besitz genommen wurde, würde man sich gegenseitig das Lebenslicht ausblasen und irgendwann sei ja mal wirklich Schluss damit. Die Machthaber dieses Planeten sind ja wohl heutzutage keine Barbaren mehr!«

Dann fanden sie urplötzlich und völlig überrascht heraus, dass über 1 Milliarde ihrer Rasse hungern würde bzw. kein sauberes Trinkwasser zur Verfügung hätten. Und da das meist Kinder seien, wäre das ein Verbrechen an der eigenen Art.

42. Ankunft auf Paix; Weiterflug nach Relia

Jetzt wird gestritten, wer die meiste humane Hilfe bereits geleistet hat.

Selbst der Naturschutz kam bei den Staatspräsidenten wieder so richtig zur Geltung. Da die Soldaten auf der Erde es langweilig gefunden hatten, immer und immer wieder unsichtbare Alien zu suchen, haben die Generäle sie in die Wüsten ihres Planeten geschickt. Dort legen jetzt Millionen von ihnen gemeinsam Wasserkanäle an und bepflanzen ihre trockenen Gebiete. Venus sagte: »Ja mein Schatz, das hat die Menschheit auf Terra Dir zu verdanken.« Oluk war über diese gute Nachricht zufrieden! Er freute sich auf seine Heimreise. Als sie sich auf der Oberfläche von Paix 11 versammelt hatten, brachte ein Transporter sie zum Alphakreuzer. Sie erreichten Relia nach einigen Monaten auf einer sicheren Flugroute, da die Lumière ihnen ihre ständig überwachten "Flugautobahnen" bekannt gegeben hatten. Er parkte den Alphakreuzer in einer geostationären Umlaufbahn. Techniker und Ingenieure von Relia, die sie begrüßen wollten, waren zum Mond mit öffentlichen Verkehrsmitteln geflogen. Mit gecharterten Booten flogen sie dann weiter zum Alphakreuzer. Oluk wurde vielfach umarmt und sie jubelten ihm zu. Jeder wusste, dass das der entfernteste Raumflug von Relia war, der jemals stattgefunden hatte. Jeder wollte Oluk und seine Gäste begrüßen.

Helios und Heliane mussten wieder und wieder in einem Vortragssaal die starren Antimaterieringe erläutern. Seine Ingenieure hielten pausenlos Präsentationen über die technischen Änderungen an den Reaktoren und den Grund für den Untergang des Alphakreuzers I.

Nach einer Woche bat man Oluk, er möge doch in die Hauptstadt Narkosis kommen. Es war ein großer Umzug dort von der relianischen Regierung geplant. Regierungsmitglieder, die Lumière Helios, Heliane, Cortensa mit ihrem Sohn, Venus und seine Crew fuhren im Gefolge von Oluk mit vielen Hunderten von Kindern durch die Straßen von Narkosis. Hunderttau-

42. Ankunft auf Paix; Weiterflug nach Relia

sende von Relianern säumten den Straßenrand und jubelten ihnen zu. Das Gefühl von der Menge so gefeiert zu werden, war berauschend. Es weckte in ihm etwas, dass er an sich nicht kannte. Dabei wusste er, dieser Erfolg schuldete er seiner Crew und den Lumière. Er drehte seinen Kopf zu Venus, die im Winken innehielt und dann ihren Finger mahnend erhob. Sie war in seinen Gedanken. Oluk errötete! Verlegen warf er ihr einen Kuss mit der Hand zu. Sein Kopf füllte sie nun mit den Worten: »Ich liebe Dich, Oluk.«

Als der Umzug vorüber war, hatte Oluk ein persönliches Gespräch mit den zwei Präsidenten. Sie boten ihm einen Präsidentensitz an, da einer der beiden aus Altersgründen ausscheiden würde. Sie versicherten ihm, dass sie alles dafür tun würden, dass er als Kandidat gewählt werden würde. Oluk war völlig überrascht. Er war früher für kurze Zeit politisch aktiv gewesen und hatte auf diesem glatten Parkett Erfahrung gesammelt, aber dieser Vorstoß traf ihn völlig unvorbereitet. Er bedankte sich für das in ihn gesetzte Vertrauen und er würde dieses verlockende Angebot überdenken. Nach langen Diskussionen mit seinen beiden Frauen entschied er sich, einen kleinen Raumer zu mieten und zum Mond von Relia zu fliegen.

Er wollte den Blick von der Abflughalle nochmals genießen und einfach für sich allein sein! Er wusste, dass er auf dem Höhepunkt seines beruflichen und privaten Lebens angekommen war. Nun hatte er mehrere Optionen zu Wahl: Nach Paix 11 zu fliegen und dort als mehrfacher Vater mit zwei wundervollen Frauen zu leben oder Präsident zu werden und auf Relia zu leben. Oder sollte er wieder in den Alphakreuzer steigen und untergegangene Kulturen untersuchen? Als Oluk von der Aussichtsplattform auf seinen Heimatplaneten Relia blickte, hatte er seine Entscheidung bereits getroffen.

42. Ankunft auf Paix; Weiterflug nach Relia

Sir Oluk blickt auf Relia

43. Übersicht Flugroute

Start von Relia ab S. 11
⋮

Rettung der ARDENNOS ab S. 24
⋮

Treffen mit Reptosianer ab S. 60
⋮

Kantura ab S. 107
⋮

Paix 11, die Lumière ab S. 156
⋮

Auf der Erde ab S. 201
⋮

Zurück nach Paix 11 ab S. 247
⋮

Inferno ab S. 256
⋮

Paix 11 u. zurück nach Relia ab S. 288

44. Stichwortverzeichnis

360-Grad-Strahler	38
ADP	81, 118
Alphastrahler	249
Atombombe	73
Boosterschaltung	147
C4	242
Call-On-Duty	71
COD	82
CORD	122
DNS	29
drehende Ringe	41
Drop-In-Box	22
Drop-Ins	21
dunkle Energie	41
Entsorgung	270
Erbgut	268
Eurofigther	234
Explosionszeichnung	158
Fall-out	48, 74, 270
FB-Schiffe	256
FBS	13, 203
ferndenken	205, 251, 288
Hexogen	242
HRA	70
hyperglykämisch	286
INTER-COM	29
Investitionsgüter	233
Jin-Klasse	237
Kondensator	147
Konsumgüter	233
Krank-Reich; ehemaliger Staat auf Inferno	273
La Caque; ehemal. Wiederaufbereitungs-Anlage in Krank-Reich	273
Längstwellen	236
Libron	39

MAM	119
MASER	99
Meteoroid	25
Meteoroit	277
Moral und Ethik Stufen	47
Nano-Technologie	40
Ohio-Klasse	236
Partikelstrahlantrieb	116
Plutonium	48, 74
Plutoniumbombe	73
pyroklastisch	196
radioaktive Isotope	20, 268
Reverse Osmose	207
RKWE 20	101
Sewerodwinska	237
Standard & Poor's	223
Standby	26
Strahlrohr	40
Stromerzeugung	260
Strychnin	21
Tesla	232
Tritium	207
Undeco	16
Uran	73
Uranabreicherung	268
VAKE	124
Virus	267
Viruslast	277
ZEGU	122
Zwillingstürme	225

Notizen